Blinde Wut

Hilary Norman

Blinde Wut

Thriller

Aus dem Englischen von
Bianca Güth

Weltbild

Besuchen Sie uns im Internet:
www.weltbild.de

Genehmigte Lizenzausgabe für Verlagsgruppe Weltbild GmbH,
Steinerne Furt, 86167 Augsburg

Übersetzung: Bianca Güth
Umschlaggestaltung: Johannes Frick, Augsburg
Umschlagmotiv: © Elizabeth Opalenik/Corbis
Gesamtherstellung: GGP Media GmbH,
Karl-Marx-Straße 24, 07381 Pößneck
Printed in Germany
ISBN 3-8289-7762-6

2009 2008 2007 2006
Die letzte Jahreszahl gibt die aktuelle Lizenzausgabe an.

ERSTER TEIL

1.

Er hatte gehört, das Töten werde einfacher, je öfter man es tat.

Falsch.

Das Töten war schwierig, hässlich und schmerzvoll.

Bis zum heutigen Tag hatte er dem Leben von fünf Menschen ein Ende gesetzt, und jedes Mal hatte er vor Schmerzen aufgeschrien, während er ihren letzten Atem auslöschte. Und wenn dann alles vorüber war, war ihm speiübel geworden.

Vor dem ersten Mal hatte er sich so sehr gefürchtet, dass er es nur hatte durchstehen können, weil er überzeugt gewesen war, es müsse sein. Er wusste, dass er kein geborener Killer war, dass er nie ein richtiger Mörder sein würde. Er hatte jedes Mal gemordet, weil er *keine andere Wahl* gehabt hatte. Weil er diesen Menschen nicht gestatten konnte, weiterzuleben. Weil entweder sie gehen mussten oder er selbst. Und er war noch nicht bereit zu sterben – noch lange nicht.

Ja, dieser Tage liebte er das Leben, meistens jedenfalls. Er liebte es mehr, als er es in jüngeren Jahren für möglich gehalten hatte.

Nur das Töten liebte er noch mehr.

2.

Ich heiße Jake Woods, und ich bin Lehrer.

Das hört sich an, als spräche ich vor einer Versammlung der Anonymen Alkoholiker. Möglicherweise deshalb, weil meine Entscheidung, wieder an die Uni zu gehen, für manche nach Drückebergerei aussah. Vorher war ich nämlich Polizist. Genau genommen war ich nur Polizist auf dem Weg zu dem, was ich damals glaubte, werden zu wollen: Ermittler der Bundesstaatsanwaltschaft. Bevor ich meine Meinung änderte.

Ich war den ganzen langen Weg gegangen, hatte mich durch fünf Jahre am John Jay College geackert, hatte mir ein juristisches Praktikum bei der New Yorker Polizei besorgt und schließlich in Albany den Job gefunden, den ich gesucht hatte. Und dann, eines Morgens, sah ich in den Spiegel und gestand mir endlich ein, was ich schon seit längerem wusste: Ich wollte mein Leben nicht damit verbringen, Korruption, Drogendelikte, organisiertes Verbrechen und Wirtschaftsvergehen zu untersuchen. Mir liegt zwar sehr viel an der Gerechtigkeit, aber ich mag es nicht, herumzuspionieren. Ich bin von Natur aus ein diskreter Mensch, der die Privatsphäre anderer respektiert, wo es möglich ist. Natürlich hielt ich solche Ermittlungen nach wie vor für notwendig, aber ich wollte nicht derjenige sein, der sie vornahm. Aber – so wurde mir plötzlich klar – ich wollte diejenigen *ausbilden*, die sich besser für diese Aufgabe eigneten, und so dazu beizutragen, dass sie ihren Job so gut wie möglich machten.

Niemand hat mir diese Entscheidung schwerer gemacht als ich selbst. Ich fühlte mich beinahe wie ein Überläufer, als ließe ich die Menschen in meiner Umgebung im Stich, hätte ihre Zeit und Energie verschwendet.

Simone sagte, das sei Unsinn.

Meine Frau.

Sie half mir zu verstehen, was ich tief im Innern vermutlich schon wusste. Dass meine Schul- und Collegejahre die glücklichste Zeit in meinem Leben gewesen waren. Ich hatte den größten Respekt vor meinen Kollegen von den Ermittlungsbehörden und der Justiz, doch am wohlsten hatte ich mich bei den Menschen gefühlt, mit denen ich am meisten gemeinsam hatte: meine Lehrer. Als Student hatte ich von dem profitiert, was mir die Besten von ihnen mit auf den Weg gegeben hatten. Genau das, sagte Simone, sollte ich mir auch jetzt zum Ziel setzen, selbst wenn andere darin ein Versagen sehen mochten.

»Du versagst nur, wenn du nicht den Mut hast, einen neuen Weg einzuschlagen.«

Außerdem, fügte sie hinzu, habe sie immer eine Schwäche für Lehrer gehabt.

Ich sagte, damit sei die Angelegenheit endgültig klar für mich.

Wir wussten beide, dass das nur halb gelogen war.

Also kündigte ich im Büro des Staatsanwalts, drückte wieder die Hochschulbank und wurde schließlich Dozent für Strafrecht an der Universität von New Haven in Connecticut. Die »andere Uni« wird sie auch genannt, weil Yale ebenfalls im Großraum New Haven liegt. Und natürlich kann ich die Schönheit dieses großartigen Campus ebenso wenig leugnen wie jeder andere, kann ebenso wenig umhin, die großen Köpfe zu bewundern, die dort ein- und ausgehen. Ich lebe schrecklich gern in unmittelbarer Nähe dieser gotischen Fassaden und der regen Geschäftigkeit davor und dahinter, aber soweit es mich persönlich betrifft, besitzt unsere Uni eine größere, wenn auch bescheidenere Realität, und ich bin stolz, dieser Fakultät anzugehören.

Ich hoffe, dass ich ein einigermaßen guter Lehrer bin.

Ich weiß, dass ich ein vollkommen glücklicher Mann wurde, als ich zu unterrichten begann.

Und Simone war stolz auf mich.

Das war das Sahnehäubchen auf dem Kuchen.

Eine Zeit lang.

3.

Er musste weg.

Er *musste*.

Der bloße Gedanke ließ ihn schaudern, aber es führte kein Weg daran vorbei.

Er hatte geglaubt, vollkommen richtig zu liegen, als er ihn nahm. Er dachte, er habe endlich den einen Richtigen gefunden. Jung, gut aussehend, athletisch, strotzend vor Vitalität und zu fast allem bereit.

Es war seine eigene Schuld, das wusste er. Er hätte es besser wissen sollen, als einen Läufer auszuwählen. Läufer brauchten Platz, sonst wurden sie verrückt. Wenn er ihn noch länger hier hielt, würde der Junge völlig durchdrehen, würde körperlich und seelisch erkranken.

Wenigstens das würde ihm jetzt erspart bleiben.

Über die Methode hatte er immer wieder nachgedacht, hatte sich das Hirn zermartert, welches die barmherzigste und schnellste Art und Weise war. Die Kugel gewann jedes Mal. Bei Hinrichtungen hielt man tödliche Injektionen offenbar für den humansten Weg – aber im Vergleich zu *was?* Festgeschnallt und geschmort zu werden?

Er konnte natürlich *Dim Mak* benutzen, die tödliche Berührung, todbringend und schnell, wenn man es richtig machte – und er hatte Talent genug und war gut genug ausgebildet. Aber der Junge würde sich womöglich wehren, würde vielleicht kämpfen, und dann würde alles so *hässlich* werden, und das wollte er nicht. Ganz und gar nicht.

Er hatte dem Essen des Jungen vorher schon manchmal Drogen beigemischt, um ihn auszuschalten, wenn es nötig war. Aber weil der Junge so unregelmäßig aß, konnte er nie sicher sein, ob er genügend Sedativum geschluckt hatte, dass es ihn umhaute. Und überhaupt – er war kein Apotheker, er konnte alle möglichen Fehler machen ...

Daher musste es schließlich und endlich doch die Kugel sein.

Im Dunkeln, damit der Junge es nicht kommen sah, und idealerweise – für sie beide – während er schlief. Er würde einen Schalldämpfer benutzen, für alle Fälle, obwohl das natürlich unnötig war.

Niemand konnte etwas hören.

4.

Es war am Samstag, den 13. Mai, eine Woche vor den Examen und dem Ende des Frühjahrssemesters. Ich war gut gelaunt und gerade im Begriff, meinen Töchtern, die jeden Augenblick von ihren arbeitsamen Vormittagen nach Hause kommen würden, Mittagessen zu machen, als plötzlich das Telefon klingelte.

»Jake, hier spricht Stu Cooper.«

Die Anspannung in seiner Stimme fiel mir sofort auf. Ich kannte Stu, seit er vor sechzehn Jahren Fran Gottlieb geheiratet hatte, eine alte Schulkameradin aus alten Zeiten in New Jersey. Stu ist ein Typ, der fast immer gut drauf ist, und er ist verrückt nach Fran und ihrem Sohn Michael, genannt Mikey.

Dieser Anruf jedoch brachte schlechte Nachrichten.

»Mikey ist verschwunden, Jake«, sagte Stu.

»Wie lange schon?«, fragte ich.

»Seit einem Monat.«

Ein *Monat?* Wie lange war es her, verdammt noch mal, seit wir zum letzten Mal miteinander gesprochen hatten?

»Was ist passiert, Stu?« Ich schüttelte das schlechte Gewissen ab.

»Er ist am 14. April verschwunden.« Stus Stimme begann zu zittern. »Und niemand tut etwas.«

»Wie meinst du das?« Ich war verwirrt.

»Genau so, wie ich es sage.« Der Mann war den Tränen nahe.

»Ist Fran da?«

»Ja. Aber sie kann nicht ans Telefon. Wenn du denkst, dass es mir beschissen geht, hast du keine Vorstellung, in welcher Verfassung *sie* ist.« Stu hielt kurz inne, um sich zu räuspern und sich zusammenzureißen. »Deshalb rufen wir an, Jake. Wir brauchen jemanden, der uns hilft.«

Ich schloss die Augen und versuchte, mir meine Pläne für den Rest des Wochenendes in Erinnerung zu rufen. Heute war es hoffnungslos, aber morgen ...

»Ist morgen früh genug?«, fragte ich.

Ich brach am frühen Sonntagmorgen auf und fuhr nach Nordosten aus der Stadt, Richtung Hartford. Dann nahm ich den Mass Turnpike nach Boston. Es gibt schönere Strecken, aber ich war nicht in der Stimmung für Umwege. Der fünfzehnjährige Sohn von Freunden wurde vermisst. Meine ältere Tochter, Rianna, ist ebenfalls fünfzehn, ihre Schwester Ella erst neun. Ich sorge mich ununterbrochen um sie. Welcher Vater würde das nicht tun?

Als Simone noch bei uns war, konnten wir uns die Last wenigstens teilen – nicht dass Teilen die Ängste wirklich kleiner macht. Ich erinnere mich an Nächte früh im Leben der Mädchen, in denen ich mit panischem Schrecken aufwachte und ins Kinderzimmer rannte, um nachzusehen, ob die Babys atmeten – nur um festzustellen, dass Simone mir zuvorgekommen war. Ich weiß noch, wie wir an der Wiege wachten, sie anschauten, lauschten, stillen Dank sagten und einander umarmten.

Ich erinnere mich ganz deutlich daran.

Wir lebten damals in einem wundervollen alten Schindelhaus in Madison, ganz in der Nähe des Strandes. Wir hatten es an irgendeinem Wochenende gemeinsam entdeckt, kurz nachdem ich erfahren hatte, dass ich die Stelle in New Haven hatte. Simone war wegen des Umzugs von Albany nach Connecticut ebenso unbekümmert wie wegen des vorherigen Durcheinanders, als meine Arbeit im Büro des Bundesstaatsanwalts uns von New York City nach Norden geführt hatte. Die Nähe zum Meer, sagte sie, wäre wundervoll für Rianna – damals sechs – und das neue Baby, wenn es da wäre. Und sie hatte Recht, es *war* wundervoll, für die Mädchen und für uns. Dort gründete

Simone – deren große Leidenschaft das Kochen war – ihren Party-Cateringservice, der ihr großen Erfolg und uns viele neue Freunde in der Stadt brachte.

Er brachte ihr auch den Tod bei einem Autounfall drei Jahre später, als sie es während eines Unwetters eilig hatte, ein vorgekochtes Abendessen für sechs Personen zu den Kunden zu bringen.

Damals lernte ich, dass es Anrufe gab, die *sehr* schlechte Nachrichten bedeuteten.

Die Coopers lebten außerhalb von Boston, in Brookline. Beschäftigt mit Arbeit und Kindern, wie wir alle es in diesen rasch vorüberfliegenden Tagen zu sein scheinen, hatte ich sie in den Jahren seit Simones Tod nur etwa fünfmal gesehen. Meistens hatten wir uns zum Mittag- oder Abendessen entweder in New Haven oder Boston getroffen und die wichtigsten Neuigkeiten ausgetauscht. Simones Sohn Michael war ich zweimal begegnet, seit er ein Teenager war, und hatte ihn als warmherzigen, liebenswürdigen, gut aussehenden Jungen kennen gelernt. Es war nur eine Frage der Zeit, da waren Fran und ich uns einig, bis er zum Herzensbrecher werden würde und auch selbst erfahren würde, was Liebeskummer heißt.

Aber diese Art von Herzschmerz hatten wir ganz sicher nicht im Sinn gehabt.

Das Haus der Coopers war schlicht und gemütlich, ein echtes Familienheim. Ich dachte an das eine Mal, als wir alle zusammen hier gewesen waren und im Garten gegrillt hatten. Die Kinder hatten einen Riesenspaß gehabt. Wir Erwachsenen mussten sie bloß von den glühenden Kohlen fern halten und waren ansonsten rundum zufrieden mit unserem Essen, ein paar Bierchen und der netten Gesellschaft.

Fran war ein Rotschopf mit fröhlichen haselnussbraunen Augen, und Stu brachte sie oft zum Lachen.

Heute lachte niemand.

»Erzählt«, sagte ich, nachdem Stu und ich uns kurz umarmt hatten und ich die weinende Fran in den Armen gehalten hatte. Sie war schrecklich dünn geworden.

Wir saßen im Wohnzimmer, wo neben zahlreichen Familienfotos und Erinnerungsstücken Stus Golfpokale und Michaels Leichtathletik-Trophäen standen.

Stu übernahm das Sprechen. Am Freitag, den 14. April, hatte Mikey seine Tasche gepackt, um das Wochenende bei seinem besten Freund Steve Chaplin zu verbringen. Dort war er niemals angekommen.

»Und weil er eine Tasche gepackt hatte«, sagte Stu, »geht die Polizei davon aus, dass er von zu Hause weglaufen wollte.«

»Jugendliche laufen ständig davon.« Schon während ich diese Worte aussprach, wusste ich, dass es verkehrt gewesen war. Deshalb war die Bemerkung aber nicht weniger zutreffend. Michael Cooper war ein Teenager. Auch wenn er mir beim letzten Mal, als ich ihn gesehen hatte, wie ein sorgloser, fröhlicher Junge erschienen war, konnte er sich durchaus geändert haben. Diese Testosteron-Wallungen in der Pubertät haben schon so manchen reizenden Jungen in einen Rabauken verwandelt und so manche Eltern die Geduld verlieren lassen.

»Michael würde niemals davonlaufen«, sagte Stu. »Die Polizei fragte uns immer wieder, ob wir Probleme mit ihm hatten. Und da haben wir den großen Fehler gemacht, ihnen die Wahrheit zu sagen – dass wir *natürlich* über manche Dinge gestritten haben. Welche Familie tut das nicht?«

»Hattet ihr auch an diesem Tag über irgendwas gestritten?«, musste ich sie fragen.

»Nein«, antwortete Stu bedrückt. »Nichts Ernstes ... nichts Besonderes.«

»Aber die Polizei will das partout glauben«, sagte Fran. »Und die glaubt es immer noch, nach vier Wochen.« Ihre Augen waren rot und nass vor Tränen. »Mikey wollte bei den Chaplins übernachten. *Deshalb* hat er seine Tasche gepackt, nicht weil er davonlaufen wollte. So etwas würde er uns niemals antun.«

Ich musste ihr Recht geben: Das war unwahrscheinlich.

»Keiner hört uns richtig zu«, sagte Fran. »Sie sagen, es gäbe keine Beweise, dass Mikey etwas Schlimmes zugestoßen sein könnte, aber das ist nicht wahr.«

Stu beugte sich vor; der Blick seiner braunen Augen war intensiv und voller Schmerz. »Ein paar Wochen, bevor er verschwand, geschah etwas Seltsames. Jemand schickte ihm ein Geschenk – anonym.«

»Was für ein Geschenk?«

»Eins dieser schrecklichen Computerspiele, die Kinder so lieben.« Fran rümpfte die Nase. »Ein Spiel, das Mikey schon hatte.«

»Allerdings war es eine Art Sonderausgabe«, fügte Stu hinzu.

»Welches Spiel war es denn?«, fragte ich, da ich dank meiner fünfzehnjährigen Tochter ein wenig über das Genre wusste.

»*Limbo*«, antwortete Fran mit sichtlichem Widerwillen.

»Ich habe davon gehört«, sagte ich, »obwohl ich nicht glaube, dass ich es bei Rianna gesehen habe.« Sie schien Sportspiele am liebsten zu mögen, zumindest zu Hause, aber ich hatte so eine Ahnung, dass sie bei Freunden manchmal auch etwas anderes spielte.

»Es lag eine Nachricht dabei«, kam Stu auf das eigentliche Thema zurück. »Ohne Unterschrift. Darin stand, der Absender wisse, dass Michael bereits als ›*Limbo*-Master‹ gelte, aber vielleicht gefiele es ihm, die Luxusausgabe zu besitzen.«

»Master?«, hakte ich nach.

»Irgendeine Rangliste der besten Spieler«, erklärte Stu. »Außerdem stand in der Nachricht, dass der Absender Michael beim Laufen beobachtet hatte ...«

»Du erinnerst dich sicher, was für ein guter Läufer er ist«, sagte Fran.

»Natürlich.« Ich nickte in Richtung der Trophäen.

»Er schrieb, er habe ihm zugeschaut«, fuhr Stu fort, »und den Eindruck gewonnen, dass Michael viel Potenzial besitzt. Er werde eines Tages Größeres erreichen, als er sich vorstellen könne.«

»Hat *Limbo* etwas mit Sport zu tun?«, fragte ich.

»Nicht direkt«, antwortete Stu, »nur dass die beiden Helden die typischen synthetischen, stupiden, unschlagbaren Alleskönner sind. Sie haben Superkräfte, können Wolkenkratzer hochklettern ... du weißt schon, Jake.«

»Und sie können töten«, fügte Fran leise hinzu.

Ich blickte sie an. Panische Angst verdunkelte ihre Augen.

»Trotzdem ist es nur ein Spiel«, sagte ich leise und wandte mich wieder Stu zu. »Unter diesen Umständen ist die Nachricht jedoch ziemlich beunruhigend. Kann ich sie sehen?«

»Wir haben sie nicht«, sagte Stu. Seine Furcht und Verzweiflung waren ihm deutlich anzusehen. »Wenn wir die Nachricht *hätten*, könnten wir sie der Polizei geben. Dann würde man uns vielleicht ernster nehmen.«

»Wir vermuten, dass Mikey sie behalten hat«, sagte Fran, »weil sie ihm so wichtig zu sein schien.«

Genau das sei auch der Grund für die Auseinandersetzungen gewesen, die Stu erwähnt hatte, erklärte sie weiter. Michael war wegen dieses Schreibens sehr aufgeregt gewesen; er war sicher, dass es vom Talentsucher einer Uni oder eines Sportvereins stamme, und verschloss die Augen davor, wie unheimlich das Ganze war. Auf gewisse Weise waren Fran und Stu sogar froh darüber gewesen, zeigte es doch, dass ihr Sohn kein Angsthase war.

»Andererseits«, sagte Stu, »hätte ein wenig Angst vielleicht ...«

Er verstummte.

»Er hat die Schule immer mehr vernachlässigt.« Einen Moment lang war Fran die Stärkere von beiden. »Plötzlich wollte Mikey nichts anderes mehr als trainieren.«

»Was zu ewigen Diskussionen führte«, sagte Stu. »Nachdem er verschwunden war, erzählten wir der Polizei davon, und auch von dem Brief und dem Spiel, aber sie sagten, da wir das Schreiben nicht hätten und es ihnen nicht zur Untersuchung vorlegen könnten, hätten sie keine Handhabe.«

»Und seither«, fügte Fran hinzu, »haben sie sich darauf fixiert, dass wir uns mit Mikey gestritten hatten.«

»Eine Zeit lang«, sagte Stu leise, »haben sie sogar so Andeutungen gemacht, wir hätten ihm etwas angetan.« Er hielt inne und schluckte schwer. Dann fuhr er fort: »Sie fragten mich, ob ich ihn je geschlagen hätte. Ich verneinte. ›Kein einziges Mal?‹, wollten sie wissen, als wäre das völlig unmöglich.«

»Wir hatten niemals auch nur den geringsten Grund, Mikey eine Ohrfeige zu geben.« Frans Augen füllten sich wieder mit Tränen. »Das mussten wir nie – er war immer ein sehr umgänglicher Junge.«

»Du kennst ihn ja«, sagte Stu.

»Sicher«, sagte ich. »Wie wurde das Geschenk geschickt?«

»Mit der normalen Post«, sagte Fran.

»Wir haben die Verpackung nicht aufbewahrt, weil wir ja nicht wussten, dass Mikey wie vom Erdboden verschwinden würde.«

Wir alle schwiegen ein paar Sekunden lang. Was mich betraf, so war ich damit beschäftigt, mir über Mikeys Verschwinden klar zu werden und diesen Schrecken und seine möglichen Folgen zu verdauen. Fran und Stu, das wusste ich, durchlebten das Entsetzen zum tausendsten Mal ... unaufhaltsame Gedanken der schrecklichsten Art.

»Was kann ich tun?«, fragte ich sie schließlich.

»Sprich mit der Polizei«, sagte Fran. »Mach ihnen begreiflich, dass Mikey kein Ausreißer ist. Mach ihnen klar, dass ihm etwas Schlimmes zugestoßen sein muss, dass ...« Sie stockte.

»Dass jemand ihn entführt hat«, griff Stu ein. Seine Augen brannten.

»Das Problem ist«, erwiderte ich nachdenklich, »ich kenne niemanden bei der Polizei von Brookline, und auch nicht in Boston.«

»Aber du musst doch *Leute* kennen, die jemanden kennen«, sagte Stu.

»Eigentlich nicht.« Ich fühlte mich elend. »Du weißt doch, wie überstürzt ich meinen Job in Albany gekündigt habe, Fran.« Bei dem Gedanken daran zuckte ich leicht zusammen. »Was meine Akte bei der Polizei betrifft, haben sie hinter meinen Namen mit Sicherheit ein großes D gesetzt, wie ›Drückeberger‹. Ich bin also nicht gerade in der idealen Position, irgendwelche Gefallen zu erbitten, besonders nicht von Leuten, die mich nicht einmal kennen.«

Stu stand auf und ging zu den großen Glastüren, die zum Garten führten. Eine getigerte Katze, die ich hier nie zuvor gesehen hatte, saß auf den Hinterbeinen und putzte sich. Stu wandte mir den Rücken zu. Ich war froh, dass ich sein Gesicht nicht sehen konnte.

»Aber du lehrst doch Strafrecht.« Fran gab nicht so einfach auf. »Das muss dir bei der Polizei doch Glaubwürdigkeit verleihen.«

Ich schüttelte den Kopf. »Da bin ich mir nicht so sicher, Fran.« Ich versuchte es ihr zu erklären: »Es ist zwar richtig, dass ich in meinem Beruf über Arbeitsmethoden und neue Entwicklungen auf dem Laufenden bleiben muss, aber für die Polizei bedeutet das, dass wir ihr oft im Weg sind. Darüber hinaus bevorzugen sie in aller Regel die Kollegen, die ihre Zeit abgeleistet haben, am besten bis zur Pensionierung.«

Stu stand immer noch mit dem Rücken zu mir.

Ich atmete tief ein. »Aber ich werde gern mal nachfragen und sichergehen, dass sie Michaels Verschwinden ernst nehmen.«

Stu drehte sich um. »Um mehr bitten wir dich gar nicht, Jake.«

Fran stand auf. »Können wir gleich gehen?«

»Klar.« Ich zögerte. »Obwohl ich wahrscheinlich besser alleine gehen sollte.«

Sie verstanden.

»Ich fahre Jake rüber«, sagte Stu zu Fran. »Es ist besser, wenn einer von uns hier beim Telefon ist – nur für den Fall.«

Fran kam zu mir und legte die Arme um mich. »Vielen Dank, Jake.«

Wieder fühlte ich ihre erschreckende Zerbrechlichkeit, spürte ihr Zittern und fragte mich, ob sie sich in den letzten Wochen jemals entspannt hatte und wie viel Schlaf sie nachts bekam, falls überhaupt.

»Ich wünschte, ich könnte euch wirklich helfen.«

Ich hörte Stu bereits vor der Haustür. Die Schlüssel klimperten in seiner Hand.

Fran löste sich von mir. »Du versuchst es wenigstens. Das ist doch schon mal was.«

Ich hoffte von ganzem Herzen, dass sie Recht hatte.

5.

Der Teenager schlief, als er den verdunkelten Raum betrat.

Ein Segen für sie beide.

Er richtete den Infrarotstrahl seines Nachtsichtgeräts auf den Jungen und warf einen letzten, bedauernden Blick auf ihn. Dann zielte er auf seinen Kopf. Die rechte Schläfe schimmerte grünlich im Infrarotlicht.

Er hob die Waffe, die er bereits entsichert hatte, weil er *ehrlich* nicht wollte, dass der Junge etwas ahnte – er wollte es nicht schlimmer machen, als es ohnehin schon war.

Der Junge bewegte sich. Wachte auf. Er konnte das Licht nicht sehen, wusste aber, dass jemand da war und dass etwas nicht stimmte, dass etwas Schlimmes drohte, und Panik trat in seine Augen.

Verdammt, wie ich das hasse.

Er drückte ab.

Zwei Schreie gellten durch die Dunkelheit, begleitet vom dumpfen Knall der schallgedämpften Waffe. Dann ein Stöhnen. Umherwälzen. Zappeln. Zucken.

Er ist noch nicht tot.

Er trat näher an den Jungen heran. Seine Hände zitterten, als er die Waffe fest umklammerte. Das Zucken und die Schmerzenslaute hatten aufgehört, aber der Junge war nur bewusstlos, nicht tot.

Sei nicht so ein Feigling.

Er zielte ihm mit dem Lichtstrahl und dem Lauf der Pistole direkt zwischen die Augen. Jetzt, wo der Junge sich nicht bewegte, war es einfacher.

Noch eine Kugel.

Nur ein Schrei diesmal.

6.

Ich kam aus dem Polizeirevier und ging zu Stu, der neben seinem Wagen auf und ab schritt und fragend die Augenbrauen hob. Ich schüttelte den Kopf, um sein schmerzvolles Erwarten zu beenden.

»Diese Scheißkerle«, sagte er, als ich näher kam. »Verdammte Scheißkerle ...«

»Nein, Stu.« Ich tätschelte seinen Arm.

»Du hast den Kopf geschüttelt.«

»Weil ich nicht glaube, dass ich viel bewirken konnte.« Ich sah ihn an. »Was hältst du davon, wenn wir irgendwo hingehen und einen Kaffee trinken, während ich dir alles erzähle?«

»Was willst du mir schon groß erzählen?« Seine Aggression war immer noch da. »Dass die Cops alles tun, was sie können? Diese Leier kenne ich schon!«

»Stu.« Ich ging an ihm vorbei und öffnete die Beifahrertür.

»Okay«, sagte er, ging auf die andere Seite des Autos, stieg ein und knallte die Tür zu. »Schieß los.«

Ich erzählte es ihm. Dass ich darauf geachtet hatte, nicht zu sehr zu drängeln oder ihnen irgendwie auf die Füße zu treten, damit der Schuss nicht nach hinten losging. Die gute Nachricht war, dass ich keineswegs den Eindruck hatte, auf Desinteresse gestoßen zu sein. Die Polizei war ernsthaft um Michael besorgt, besonders angesichts des Geschenks und des Schreibens, von denen die Eltern erzählt hatten. Was das betraf, hatten sie getan, was sie konnten, und bei der Post und allen privaten Kurierdiensten nachgefragt, ab die Lieferung irgendwo registriert war.

»Sie scheinen allerdings der Ansicht zu sein«, ich wählte meine Worte mit Bedacht, »das Geschenk und die Nachricht könnten darauf hindeuten, dass Mikey aus freien Stücken mit jemand mitgegangen ist.«

»Auf keinen Fall«, sagte Stu mit Nachdruck. »Er würde *niemals* mit einem Fremden mitgehen.«

Ich sah ihn an. »Und wenn der Fremde behauptet hat, Talentsucher zu sein? War es nicht das, was Michael sich von dieser Nachricht erhofft hatte?«

»Nicht einmal dann wäre er mitgegangen«, sagte Stu, dann zuckte er mit den Achseln. »Na ja … vielleicht doch.« Die Anspannung verschwand aus seinem Gesicht, und binnen Sekunden schienen seine Züge zu erschlaffen. »Aber was macht das schon aus, Jake? Was macht es für einen Unterschied, ob Mikey glaubte, der Scheißkerl hielte ihn für einen guten Läufer? Ist das nicht genauso eine Entführung, wie wenn er ihm eins über den Schädel gezogen hätte?« Er schüttelte den Kopf und schloss die Augen.

»Ich weiß es nicht. *Sie* wissen es nicht. Noch nicht.« Ich zwang mich weiterzusprechen. »Soweit ich es beurteilen kann, unternehmen sie alle Schritte. Niemand verdächtigt dich auf irgendeine Weise, Stu, und auch ein Vormundschaftsstreit wurde ausgeschlossen. So etwas wird jedes Mal in Betracht gezogen, denn Auseinandersetzungen über das Sorgerecht sind das häufigste Motiv für die Entführung von Jugendlichen, und das nicht immer als Folge einer Scheidung – manchmal sind es die Großeltern oder andere Verwandte, die Kinder kidnappen. Natürlich ist Michael für so etwas eigentlich schon zu alt.«

Stu öffnete die Augen und starrte durch die Windschutzscheibe.

»Tut mir Leid, Stu«, sagte ich. »Ich nehme an, du hast das alles schon gehört.«

Er nickte, ohne etwas zu erwidern.

»Haben sie dir erzählt, dass sie Mikeys Foto in das TRAK-Fahndungssystem eingescannt haben?«

Wieder ein Nicken.

»Und das bedeutet, dass sein Foto sämtlichen Polizeirevieren im ganzen Land vorliegt.«

»Ich weiß.« Die Schlaffheit verschwand aus Stus Gesicht, seine Miene spannte sich wieder.

Ich ließ nicht locker. »Die Beamten haben mit seinen Lehrern und Mitschülern gesprochen. Sein Freund Steve sagte, Michael habe ihm von den Streitigkeiten erzählt, die es wegen des Trainings gab, unter dem die Schularbeiten litten, und dass Mikey ein wenig genervt war.«

Stu reckte das Kinn vor. »Das waren keine schlimmen Streitigkeiten. Das haben wir dir doch erzählt.«

»Ich weiß.« Ich versuchte, meiner Stimme einen beruhigenden Klang zu geben. »Von dem Geschenk und dem dazugehörigen Schreiben abgesehen, deutet nichts auf eine Entführung hin – Gott sei Dank.«

»Aber wo *ist* er?« Stus Adamsapfel bewegte sich auf und ab. »Wo ist mein Sohn, Jake?«

»Jugendliche in seinem Alter verschwinden ständig.« Ich wusste, dass ich Gemeinplätze von mir gab, aber mir fiel nichts Besseres ein. »Manchmal verschwinden sie, besonders nach einem Krach mit den Eltern. Den Eindruck hat die Polizei in diesem Fall jedoch nicht. Manchmal lassen Jugendliche sich überreden, Dinge zu tun, von denen sie wissen, dass ihre Eltern sie wahrscheinlich nicht gutheißen würden.«

Zum ersten Mal flackerte ein Hauch von Hoffnung in Stus Augen auf. »Du meinst, Michael wurde tatsächlich überredet, mit jemand wegzugehen, weil er glaubte, der oder die Betreffende würde ihm helfen, ein Läuferstar zu werden?«

»Das ist nicht ausgeschlossen.«

»Klingt aber nicht nach Mikey«, sagte Stu.

Ich antwortete nichts darauf, denn ich kannte den Jungen nicht gut genug. »In den meisten Fällen, sagten die Cops, kommen die Jugendlichen nach Hause, wenn sie genug haben.«

»Mikey ist schon einen Monat fort, Jake.«

»Ich weiß.« Ich überlegte krampfhaft, was ich noch sagen könnte. »Jedenfalls steht er auf der Liste der vermissten Jugendlichen und im TRAK-System.«

»Und Gott weiß wie viele andere auch.« Stu schüttelte den Kopf. »Du warst nur kurze Zeit Polizist, Jake, aber eine halbe Stunde da drin, und schon klingst du wie ein Cop.«

Ich schluckte seine Bitterkeit, ohne etwas zu erwidern. Ich konnte ihm keinen Vorwurf daraus machen.

Wir fuhren langsam wieder zu ihrem Haus. Ich beobachtete Frans Gesicht, als sie Stu und mich ansah und erkannte, dass ich nichts hatte ausrichten können – und ich sah Stus Gesicht, als ihm klar wurde, dass sich auch hier nichts getan hatte. Niemand hatte angerufen und Nachrichten von ihrem Sohn überbracht, kein Kidnapper hatte Lösegeld gefordert. Und Michael selbst hatte auch nicht angerufen, um seinen Eltern zu sagen, dass er nach Hause kommen würde.

Fran stellte mir ein Sandwich hin, und ich glaube, ich aß es, obwohl ich mich nicht erinnern kann, womit es belegt war. Ich weiß noch, dass Fran nichts aß und dass Stu an jedem Bissen kaute wie ein Roboter.

Ich schlug vor, dass sie sich mit dem Nationalen Zentrum für vermisste und missbrauchte Kinder in Verbindung setzen sollten, worauf Stu ziemlich schroff erwiderte, das habe Fran bereits getan. Ich erwähnte die Polly-Klaas-Stiftung und sah Fran nicken. Sie brachte sogar den Anflug eines Lächelns zustande, und ich wusste, dass sie versuchte, Stus zornige Bemerkungen wieder gutzumachen.

Als ich ging, versprach ich ihnen, mit Kollegen zu sprechen und nachzuhören, ob es noch etwas gab, das man unternehmen könnte, obwohl in Mikeys Fall keine Beweise vorlagen, was die Handlungsfreiheit einschränkte.

»Vielen Dank«, sagte Fran und umarmte mich.

»Auch von mir«, brachte Stu heraus.

Wir schüttelten uns die Hände. Ich sah die Verzweiflung in seinem Gesicht und konnte mich nur mit Mühe daran hindern, den Blick abzuwenden.

Ich wusste, dass niemand, mit dem ich sprechen würde, mir auch nur den kleinsten Tipp geben konnte.

7.

Er hatte sich um die Leiche gekümmert.

Derselbe abscheuliche Prozess wie zuvor.

Zuerst hatte er den Toten zugedeckt, damit er ihn keinen Augenblick länger ansehen musste als notwendig. Die Leiche anzusehen erinnerte ihn immer ...

Es war nicht deine Schuld.

Natürlich war es deine Schuld. Darum geht es doch, oder?

Dann das Saubermachen. So viel Blut ... er kam sich vor wie Lady Macbeth. Dann die Plane. Der Junge war schwerer, als er aussah, denn Muskeln wogen mehr als Fett. Dann das Verpacken in Schrumpffolie. Übelkeit erregend, widerwärtig, aber effektiv. Und dann – endlich, dem Himmel sei Dank – ab in den Kühlraum.

Weg war er.

Außer im Kopf seines Mörders.

Dort strömte das Blut noch immer.

Eines Tages, fürchtete er, würde er darin ertrinken.

8.

Endlich zu Hause.

Später als geplant. Aber die Mädchen waren beide da, sicher und wohlbehalten bei Kim.

Alles war in bester Ordnung.

Ich hatte das unglaubliche Glück, Kim Ryan innerhalb nur einer Woche zu finden, nachdem ich nach New Haven gezogen war – das war 1995. Sie las meine Anzeige am schwarzen Brett der Universität, an der sie damals studierte, und nachdem ich mich mit ihr getroffen hatte, wusste ich, dass ich keine anderen Bewerberinnen mehr zu sehen brauchte. Kim ist achtundzwanzig, hat kurzes blondes Haar, Augen, die scharf genug sind, um Gefahren für meine Kinder auf dreihundert Meter Entfernung zu erkennen, und einen Verstand, der wach genug ist, um genau zu wissen, wie sie mit ihnen umzugehen hat. Sie ist schlank und zierlich, aber zäh, doch vor allem ist sie freundlich und liebevoll. Sie weiß, wie und wann meine Töchter Zuwendung und Zärtlichkeit brauchen, und sie weiß auch, wie sie die Mädchen zur Ordnung ruft, obwohl sie nicht ihre Mutter ist. Aber sie ist ihnen eine sehr gute Freundin, und mir auch. Ebenso wie ihr Mann Tom, der als Computeranalyst für eine der zahlreichen Elektronikfirmen unserer Stadt arbeitet.

Die Ryans versuchten seit Jahren vergeblich, eine eigene Familie zu gründen, aber sie sind deshalb weder verbittert noch hoffnungslos. Ich weiß, dass das Zusammensein mit Rianna und Ella den beiden aufrichtige Freude bereitet. Manchmal, wenn ich an einer Abendveranstaltung der Universität teilnehmen muss oder privat ausgehe (zu meinem ersten Post-Simone-Date wurde ich fünf

Jahre nach ihrem Tod überredet, und seither hatte ich mit einer Hand voll netter Frauen was gehabt, aber nie etwas Ernsthaftes), kommen beide Ryans zu uns in die Wohnung. Manchmal, erzählt mir Kim, tollen sie herum wie Teenager – natürlich immer erst, fügt sie hinzu, wenn die Mädchen schlafen. Als ob sie mir das sagen müsste. Ich vertraue ihr und Tom blind, und ich würde nicht im Traum daran denken, Rianna oder Ella bei jemandem zu lassen, dem ich nicht tausendprozentig vertraue.

Ich schulde Kim sehr viel. Sie ist zwar nicht die beste Köchin der Welt, und wenn ich von der Arbeit nach Hause komme, sieht die Wohnung oft noch so aus, als wäre ein Wirbelsturm hindurchgejagt, aber auf solche Dinge lege ich keinen großen Wert. Kim weiß, wie sie Ella auf andere Gedanken bringen kann, wenn sie kurz vor einem Wutausbruch steht, und wie sie Ella beruhigt, wenn bei ihr das heulende Elend ausgebrochen ist. Es war Kim, die dafür sorgte, dass die Mädchen die wirklich wichtigen Dinge über New Haven lernten – zum Beispiel, dass sie die erste Stadt in den USA gewesen war, in der sowohl Hamburger als auch Pizza serviert wurden, und dass Yale-Studenten hier die Frisbeescheibe erfunden haben. Es war Kim, die die Mädchen zum ersten Mal auf das antike Karussell im Lighthouse Point Park setzte und die mir erzählte, wie toll es sich im nahen Sleeping Giant State Park wandern, picknicken und angeln lässt. Und es war Kim, die erkannte, dass Rianna trotz ihrer emotionalen Ruhe über ungewöhnlich viel körperliche Energie verfügte, die ein regelmäßiges Ventil brauchte. Was dazu führte, dass Rianna mit dem Turnen begann und es lieben lernte. Und selbstverständlich war es Kim, die den High Fliers Club entdeckte, unter die Lupe nahm und mir dann diskret davon erzählte, damit ich selbst entscheiden konnte, bevor wir Rianna zum ersten Mal mit dorthin nahmen.

Manchmal bin ich mir gar nicht so sicher, welche Rolle ich da noch spiele.

Nein, das ist nicht wahr.
Ich bin ihr *Vater.*

Ella lag schon im Bett, und Kim hatte Spaghetti für sich und Rianna gemacht, als ich nach Hause kam – mehr als genug, dass es für drei reichte.

»Ich lasse euch allein«, sagte sie, als ich Rianna umarmt hatte.

»Du kannst jetzt nicht gehen«, sagte ich.

»Natürlich kann ich das.«

»Du hast Abendessen gekocht.«

»Das heißt aber nicht, dass ich es auch essen muss.« Kim zog eine Grimasse, und Rianna grinste. Dabei ist Kims Fleischsauce eine ihrer größeren kulinarischen Errungenschaften. »Wenn ich jetzt gehe, bin ich noch früh genug zu Hause, dass Tom und ich uns etwas zu essen bestellen können.«

»Pizza?«, fragte Rianna.

»Sushi.«

»Keine Einwände.«

»Wie unhöflich.«

»Nur ehrlich«, sagte Kim.

»Im Ernst«, sagte ich, »ich würde mich freuen, wenn du bleiben könntest.«

»Nein, tust du nicht.«

Auch die Fähigkeit, meine Stimmungen zu lesen, zählt zu Kims Qualitäten; ich vermute, dass sie mir anmerkte, was für einen höllischen Tag ich gehabt hatte. Wahrscheinlich war sie der Meinung, ein gemütlicher Familienabend sei das, was ich jetzt am dringendsten brauchte. Also verschwand sie, und ich ging nach oben, um Ella einen Gutenachtkuss zu geben. Sie wachte auf und quengelte, dass sie herunterkommen und mit ihrer Schwester und mir am Küchentisch zusammensitzen wolle, und ausnahmsweise gab ich nach. War es denn im Grunde nicht egal, wenn sie am nächsten Tag in der Schule ein bisschen müde war?

»Ist Mikey was passiert?«

Mit dieser Frage warf Rianna mich fast vom Stuhl, während wir unseren Nachtisch aßen. Sie wusste, wo ich an diesem Morgen hingefahren war, nicht aber warum. Doch ich hatte bei einigen Antworten auf Fragen über die Coopers gezögert, und da Rianna eben Rianna war, hatte sie gespürt, dass etwas nicht stimmte. (Entweder ist mein Leben voller Gedankenleser, oder ich bin viel leichter zu durchschauen, als gut für mich ist.)

Jetzt musste ich mich entscheiden, und zwar schnell, zwischen der Wahrheit und dem Seelenfrieden meines Kindes.

Vielleicht die Wahrheit – aber erst, wenn Ella im Bett war.

»Mikey war nicht da«, wich ich aus.

»Aber es geht ihm gut?«

Ich blickte in Riannas ruhige graue Augen – die Augen ihrer Mutter. »Bestens«, log ich und warf einen schnellen Blick auf Ella, die Eiscreme aß, aber schon todmüde aussah. »Du musst bald ins Bett, Süße«, sagte ich zu ihr.

»Nach dem Eis«, sagte sie.

»Na klar«, antwortete ich.

Ellas Augen sind von einem faszinierenden Schieferblau. Sie hat diese Augen weder von Simone noch von mir – meine Augen sind braun. Ellas Augen können dich durchbohren, wenn sie will, oder dich festnageln, wenn das ihre Absicht ist, aber sie können auch dein Herz zum Schmelzen bringen, ganz besonders, wenn sie lächelt. Jetzt schenkte sie mir ein solch natürliches, bedingungsloses Lächeln, und ich wusste, wofür ich es bekam: weil ich die Regeln dieses eine Mal gelockert hatte. Darin lag fast eine gewisse Reife, die mich überraschte. Eigentlich ist Rianna die Reifere in unserer Familie – sie ist fünfzehn, geht aber flott auf die zwanzig zu, so scheint es mir manchmal. Allerdings hat das nicht viel mit dem Alter zu tun. Simone entdeckte es, als Rianna erst drei Jahre alt war.

»Unsere Tochter besitzt eine gewisse ... Weisheit«, sagte sie zu mir.

Wir waren am Strand, mit Freunden auf Long Island, und unsere Erstgeborene spielte im Sand. Ich schaute Rianna an, sah ihre zarten, weichen Arme, ihre sandigen Beinchen und diesen bezaubernd ernsten Gesichtsausdruck, den sie immer aufsetzte, wenn sie sich konzentrierte. Doch etwas, das dem Begriff *Weisheit* auch nur nahe kam, konnte ich nicht entdecken. Inzwischen aber habe ich eingesehen, dass Simone vollkommen Recht gehabt hatte.

Meine Frau hatte überhaupt in vielen Dingen Recht; deshalb hatte wohl auch sie selbst diese Weisheit besessen.

Rianna wartete, bis Ella friedlich im Bett lag und wir gemeinsam das Geschirr spülten, bevor sie die Frage nach Michael Cooper noch einmal stellte.

»Ihm ist etwas passiert, nicht wahr?«

»Ich fürchte ja.« Diesmal zögerte ich nicht. Es hatte keinen Sinn. »Er ging vor einiger Zeit von zu Hause fort, um bei einem Freund zu übernachten, ist aber nie dort angekommen.«

Rianna hatte gerade einen Teller abgetrocknet. Jetzt stellte sie ihn vorsichtig hin und sah mich mit gerunzelter Stirn an. »Wie lange ist das her?«

»Einen Monat«, antwortete ich leise.

»*Was!*«, stieß sie hervor. »Glaubt die Polizei, dass er weggelaufen ist?«

»Man hält es für möglich. Fran und Stu glauben es allerdings nicht.«

»Aber wenn er nicht ...« Entsetzen stand in ihren grauen Augen.

Ich streckte die linke Hand aus, die noch nass vom Seifenschaum war, und berührte ihren Arm. »Ich weiß, mein Schatz.«

»Können wir irgendwas tun?«, fragte Rianna.

»Ich glaube nicht. Ich habe mit den Polizisten gesprochen, die nach Mikey suchen. Sie tun, was sie können.«

Ich erinnerte mich an dieses Spiel mit dem seltsamen Namen – *Limbo* – und überlegte, ob ich Rianna danach fragen sollte, sagte mir dann aber, dass der schöne Abend schon genug verdorben war.

»Mach dir nicht zu viele Sorgen, Baby«, sagte ich.

Rianna nickte.

»Du auch nicht«, sagte sie.

9.

Später, als er sich einigermaßen erholt fühlte, ging er sich das Mädchen ansehen, in der Hoffnung, dass sie ihn aufheitern und fröhlicher stimmen würde.

Sie hielt sich wacker.

Frauen sind härter im Nehmen, heißt es. Er hatte das nie bezweifelt, und diese hier, mit ihren Taekwondo-Kenntnissen und ihrem perfekten sechzehnjährigen Körper, der weich und fest zugleich war, hatte ihn bisher noch nicht enttäuscht.

Natürlich hatte sie sich ihrer letzten Herausforderung noch nicht stellen müssen, und das würde auch noch eine Weile dauern – bis er ihren neuen Gefährten gefunden, hierher gebracht und gebändigt hatte.

Das war besonders faszinierend. Sie waren immer ängstlich. Das ärgerte ihn, doch er lernte allmählich, damit umzugehen. Angst war seine Spezialität. Er wusste alles über die Angst, er verstand sie, hatte begriffen, was diese Teenager nicht akzeptieren konnten, weil sie noch zu jung dafür waren: dass Angst der schlimmste Feind war. Angst war der Vernichter. Und es gab nichts Befriedigenderes, als die Angst zu bezwingen.

Ihm war klar, dass er jetzt für gewisse Zeit so viel von seinem Leben auf Eis legen musste wie möglich – kein einfaches Vorhaben, aber es ging nicht anders. Es hatte oberste Priorität, dass er ein neues junges Männchen fand. Das vollkommene, ganz und gar perfekte Pendant zu seinem Weibchen.

Er wollte sie nicht zu lange warten lassen. Für sie war es anders als für ihn. Er hatte die Vorfreude auf seiner Seite, den Kitzel der Jagd – er hatte sehr lange gebraucht, um das zu erkennen. Das Mädchen hatte nur Dunkelheit und Angst, während er ihren Gefährten suchte. Wenn sie zu lange warten musste, würde ihre Makellosigkeit darunter leiden; sie würde trübe und mutlos werden und vielleicht sogar krank, wie die anderen.

Bloß nicht noch einmal.

Er verbannte diesen unguten Gedanken sofort aus seinem Kopf.

Er wollte keinen Ersatz mehr. Nie wieder. Sobald er den nächsten jungen Mann gefunden hatte, war es endgültig damit vorbei. Von da an würde alles funktionieren, dafür würde er schon sorgen.

Mach dich auf die Suche.

10.

Ich lag im Bett und dachte an Michael Cooper und meine Töchter, und jedes Mal, wenn ich die Augen schloss, sah ich Mikey vor mir, wie ich ihn zuletzt gesehen hatte: als gesunden, starken, glücklichen jungen Mann. Oder ich sah Frans angsterfüllte Augen und Stus wütend vorgerecktes Kinn.

Um drei Uhr morgens gab ich den Versuch auf, einzuschlafen, stieg aus dem Bett, zog meinen Bademantel an und sah leise nach beiden Mädchen. Dann schlich ich in mein Arbeitszimmer, wobei ich es sorgfältig vermied, auf die knarrenden Dielen zu treten, und schaltete meinen PC ein.

Ich empfinde meinen Computer immer als tröstlich, sein Schimmern in der Dunkelheit als einladend, wenn ich nicht schlafen kann – seine gesamte nicht reale Welt ist gemeinsam mit mir wach. Ich habe mir angewöhnt, per E-Mail zu kommunizieren, aber noch nie einen Chatroom betreten, obwohl ich glaube, die Anziehungskraft, die sie auf manche Menschen haben, ansatzweise nachvollziehen zu können. Manchmal arbeite ich nachts, manchmal surfe ich durchs Netz und besuche Bibliotheken, oder ich erledige Korrespondenz.

Doch in dieser Nacht hatte ich eine Aufgabe. Sobald der Rechner hochgefahren war, ging ich online, fand eine Spiele-Website und tippte LIMBO ins Suchfenster. Kein Problem, nur dass es *so viel* gab. Ich hatte auch nicht gewusst, dass eine Fortsetzung auf dem Markt war: *Limbo II*.

Ich sah das Wort *Rezension* und klickte es an.

Auf den ersten Blick wirkte *Limbo I* wie jedes andere der zahllosen Endzeitspiele, doch als es uns nach und nach völlig in Beschlag nahm, begriffen wir, dass es sich hier um eine gefährlichere, tödlichere Variante handelte. Trotzdem, sagten wir – zumindest die von uns, die dafür bezahlt werden, solche Phänomene zu analysieren: Es gibt noch eine Menge anderer großartiger Spiele. Was also war die magische Zutat, die gerade *dieses* Spiel zu einem solchen Mega-Verkaufsschlager machte? Einige vertraten die Ansicht, es läge an »Ghoulo«, dem mutierten Monster, halb Werwolf, halb Mensch, das im post-apokalyptischen Manhattan in der Unterwelt überlebt, indem es so ziemlich alles und jeden frisst, in den es seine Reißzähne schlagen kann.

Doch den meisten von uns war klar, dass der eigentliche Reiz von *Limbo* in »Steel« und »Dakota« liegt, den letzten überlebenden Teenagern von New York City. Zwei nette Jugendliche aus netten, glücklichen Familien, die in einer grauenvollen Untergrund-Hölle gefangen sind. Beide sehen natürlich blendend aus, sind aber normal, trotz ihrer perfekten Körper und ihrer herausragenden Fähigkeiten. Dakota und Steel geben sogar zu, dass sie panische Angst haben. Sie mögen zwar Cyber-Helden sein, aber unter ihren Pseudo-Körpern sind sie Menschen wie du und ich, und vielleicht, nur vielleicht, würden auch wir – sogar die weniger Sportlichen unter uns – zu einer Stärke finden, von der wir niemals zu träumen gewagt hätten, wenn wir es mit blutrünstigen Banden zu tun bekommen, mit einstürzenden Tunneln, Überschwemmungen, ausgehungerten Rudeln von Hunden, die sich in beutegierige Bestien verwandelt haben, ganz zu schweigen von Ghoulo selbst.

Ich sah, dass da noch viel mehr kam, vor allem, wie das zweite Spiel sich vom Original unterschied. Aber da stand viel Unverständliches über FMV und PRG, und so hörte ich zu lesen auf, schaltete den PC aus, ging in die Küche und zündete die Gasflamme unter dem Wasserkessel an.

Ich mag diese Küche. Sie kommt nicht annähernd an die hübsche, gemütliche Küche unseres Hauses in Madison heran, aber die war Simones Territorium gewesen, dort hatte sie ihre Kunst praktiziert, und dorthin hatte es uns alle gezogen, wann immer wir konnten.

Die Küche war auch der Raum gewesen, der uns am unerträglichsten war, nachdem wir sie verloren hatten. Achtzehn Monate lang blieb sie – natürlich – weiter unsere Küche, der Raum, in dem wir das Essen zubereiteten, das wir brauchten, um am Leben zu bleiben. Aber während die Küche vorher Herz und Seele des Hauses gewesen war, wirkte sie nach Simones Tod schmerzlich leer und trostlos; sie war der Ort, an dem ich Simone am meisten vermisst habe.

Abgesehen von unserem Bett.

Ich kämpfte hart darum, unserem Leben wieder einen Anschein von Normalität zu geben, weniger für mich selbst als für Rianna, die neun war, als ihre Mutter starb, und für die kleine Ella. Aber bei aller Vertrautheit des Hauses – mit Simone schien es ebenfalls zu sterben. Nicht sofort, es war mehr ein in die Länge gezogener Zerfallsprozess: Während die Frau, die es genährt hatte, binnen eines Wimpernschlags gestorben war, war das Haus in langsamer Trauer zerbröckelt, als habe es erst nach und nach begriffen – genau wie wir –, dass Simone niemals zurückkam.

Das war der Moment, da ich beschloss, mit meiner zerbrechlichen kleinen Familie in die Stadt zu ziehen und einen Neuanfang zu versuchen, in einem Haus, das mir nicht jedes Mal einen Stich ins Herz versetzte, wenn ich mich umdrehte. Rianna – damals zehneinhalb – kam mit mir nach New Haven, um die Wohnung zu besichtigen, die der Makler für uns gefunden hatte. Sie befand sich in einem hübschen Sandsteinhaus ohne Aufzug am Wooster Square. Ich weiß noch, wie ich den Atem anhielt, während Rianna langsam und schweigend umherging und jedes Zimmer, jeden Winkel genau betrachtete. Dann kam sie zurück ins Wohnzimmer, stellte sich neben mich, nahm meine Hand und sagte: »Hier ist es richtig, Daddy.«

»Wirklich?« Ich beugte mich zu ihr hinunter, um ihr direkt in die Augen zu schauen. »Ich möchte nicht, dass du das sagt, weil du meinst, dass es dann einfacher für mich ist. Ich möchte, dass Ella und du vollkommen zufrieden seid.«

»Ich weiß.« Sie setzte ihr ernstes Gesicht auf. »Aber die Wohnung gefällt mir wirklich. Ich kann mir unsere Sachen hier vorstellen. Zum Beispiel die Wiege in der Ecke da drüben ...«

Ich folgte der Richtung ihres ausgestreckten Fingers und stellte fest, dass auch ich mir die Möbel dort vorstellen konnte.

»Und du könntest in dem kleinen Zimmer arbeiten und auf die Bäume hinausschauen.«

Der Platz unten war fast vollständig von Kirschbäumen umstanden, die zu dieser Jahreszeit zwar nicht blühten, aber trotzdem sehr hübsch aussahen. Ich war zu der Zeit noch nicht annähernd so weit gewesen, mein Arbeitszimmer zu planen, aber mir war klar, dass Rianna mit ihrem Vorschlag Recht hatte.

»Und ...« Sie zögerte.

»Und was, Liebes?«

Sie hielt meine Hand immer noch fest. »Vielleicht ist es dann nicht mehr so schwer.«

Diese Küche hier ist anders. Sie ist viel kleiner, und sie sieht weder so schön aus, noch riecht sie jemals so gut wie die alte. Außerdem stehen die Dinge selten an dem Platz, an dem sie stehen sollten. Doch im Laufe der Zeit ist sie zu einem Heim geworden, und – wie wahrscheinlich in den meisten Wohnungen – ist sie das Zimmer, in das es die Bewohner zieht, wenn sie nachts nicht schlafen können.

Fran hatte Recht gehabt, dass *Limbo* ein schreckliches Spiel war, ging es mir durch den Kopf, während ich kochendes Wasser auf einen Teebeutel schüttete. Doch es war offenbar nicht so abartig wie viele andere Spiele auf dem Markt. Entscheidender war jedoch, dass die Beschreibung mir keinen Hinweis geliefert hatte, der dazu beitragen konnte, Michael wieder nach Hause zu bringen. Es gab keine offensichtlichere Verbindung zwischen dem Spiel und Michael als zu jedem anderen amerikanischen Teenager – zumal Michael in Brookline, Massachusetts, lebte und nicht in New York City.

Es war nichts weiter als ein seltsames Geschenk gewesen, begleitet von einer irritierenden, vielleicht bedrohlichen Nachricht.

Ich setzte mich an den Tisch und rührte einen Löffel Honig in den Tee.

Meine Kinder waren nicht die Einzigen, die in wenigen Stunden in die Schule gehen mussten. Es blieb nicht einmal mehr eine Woche bis zu den Examen, dann lag der ganze Sommer vor mir – und mein noch ungeschriebener Roman, den ich in diesen langen Ferien mit Sicherheit in Angriff nehmen würde.

Ich würde Energie brauchen, Motivation und Selbstdisziplin. Ganz zu schweigen von Inspiration. Und jeder Menge Schlaf.

Aber in *dieser* Nacht, das stand fest, würde Professor Jacob Woods nicht noch einmal einschlafen.

11.

Es war Freitag, als Kim mich in der Uni anrief, um mir zu sagen, dass Stu Cooper wieder angerufen habe. Ich stieß einen Seufzer aus, bevor ich schuldbewusst nach meinem Bürotelefon griff, um Stu zurückzurufen. Seit Sonntag hatte ich bereits zweimal mit Fran gesprochen, und ich wusste, dass sie starb, Stück für Stück, und dass jeder Tag, der ohne Nachricht von Michael verstrich, den weiß glühenden Dolch ein Stück tiefer in die Herzen seiner Eltern drückte. Ich wusste nur nicht, was ich dagegen tun konnte.

Ich rief trotzdem zurück.

»Wir haben uns gedacht«, sagte Stu ohne Einleitung, »dass wir einen Privatdetektiv engagieren.« Er sprach schnell weiter, bevor ich ein Wort sagen konnte. »Die Polizei hat uns davon abgeraten, aber das ist uns egal. Und ganz gleich, was du uns gesagt hast – wir haben das Gefühl, dass die Cops einfach nicht genug tun. Selbst wenn es nichts bringt, Jake, ist es immer noch besser, als bloß herumzusitzen und zu warten.«

Er schwieg, wartete darauf, dass ich etwas sagte, doch in meinem Kopf herrschte ein heilloses Durcheinander.

»Wir dachten, du könntest uns vielleicht jemanden empfehlen«, sagte Stu schließlich.

»Das Problem ist«, begann ich langsam, »dass ich nicht sehe, was ein Privatdetektiv herausfinden könnte. Er hat doch kaum etwas, wo er ansetzen kann.«

»Das wissen wir, Jake.«

»Ich sage ja nicht, dass ich euch nicht helfen will, einen guten Mann zu finden«, fuhr ich fort. »Aber ihr müsst euch darüber im Klaren sein, dass er nicht viel ausrichten kann.«

»Trotzdem«, sagte Stu, »Fran will es unbedingt versuchen. Deshalb wüssten wir gern von dir, wer der Beste ist. Wir wissen, dass es nicht billig wird, aber das ist uns egal.«

Ich schluckte meinen Widerstand dieser Idee gegenüber herunter. »Aus dem Stegreif kann ich euch nichts sagen, aber ich werde ein paar Leute unter die Lupe nehmen und sehen, welcher sich als der Beste erweist.«

So konnte ich wenigstens dafür sorgen, dass sie nicht abgezockt wurden.

12.

Eine ganze Woche war wie im sprichwörtlichen Flug vergangen.

Er hatte gesucht, wann und wo er konnte, stets sorgfältig darauf bedacht, keinen Verdacht zu erregen. Er verstand sich gut darauf, sich unauffällig zu verhalten – ein nützliches Talent für einen Jäger. Dieser Teil des Ganzen hatte ihm nie etwas ausgemacht: das Aufspüren, das Markieren, das Warten. Lediglich das Töten verursachte ihm Bauchschmerzen.

Plus ça change.

Er wünschte, er hätte mehr Zeit. Noch ein Klischee: sehr viel zu tun, sehr wenig Zeit. Aber bei ihm traf es zu. Arbeiten, nach Hause kommen, für *sie* sorgen, *ihn* suchen ...

Junge Männer mit Potenzial gab es überall. Auf Tennisplätzen, Sportplätzen, in Schwimmbädern, in Fitnessstudios, in den Parks auf ihren Inline-Skates oder beim Joggen. Manche genossen es, beobachtet zu werden, manche bemerkten ihn gar nicht.

Zumindest die Läufer schloss er jetzt aus. Seine Augen folgten ihnen immer noch voller Bewunderung, aber er zwang sich, den Blick abzuwenden. Gebranntes Kind ... Er musste sich auf diejenigen konzentrieren, die ihr Training auf engem Raum durchführen konnten.

Die Ferien würden bald beginnen, und dann würden sie überall sein. An Stränden, auf Campingplätzen, sogar in Büros und Geschäften, wo sie ihren Sommerjobs nachgingen.

Er konnte wirklich nicht viel länger warten.

Sie brauchte Gesellschaft.

13.

Ich hatte einen Privatdetektiv für die Coopers gefunden, einen Mann namens Norman Baum.

Baums Partnerin, Thea Lomax, führte ein Büro in der New Havener George Street, das mir ursprünglich Sigmund Green empfohlen hatte, ein befreundeter Kriminologe. Aber dann stellte sich heraus, dass sie erst kürzlich eine neue Zweigstelle in Boston eröffnet hatten, die Baum leitete und die wesentlich näher an den Coopers lag, vorausgesetzt, Baum und ich wurden uns einig.

»Er ist sehr erfahren«, bestätigte Green mir, nachdem Thea Lomax vorgeschlagen hatte, ich solle mit ihrem Partner sprechen, »und er ist mit dem Herzen bei der Sache.«

Etwa zwanzig Minuten nachdem ich Norman Baum in den Büros von Lomax & Baum kennen gelernt hatte, konnte ich mich diesem Urteil rückhaltlos anschließen. Die Räumlichkeiten der Detektei befanden sich im zweiten Stock eines alten Gebäudes im Bostoner Leather District: zwei frisch gestrichene Räume, möbliert mit Schreibtischen, Stühlen und Büroschränken aus zweiter Hand. Die Computer und die sonstige Technik wirkten jedoch modern und leistungsfähig.

Das Äußere des Mannes war nicht sehr beeindruckend: durchschnittlich groß, ein wenig übergewichtig, spärliches, schon leicht ergrautes Haar und braune, kurzsichtige, intelligente, freundliche Augen. Sein gräulicher Tweedanzug war vermutlich in längst vergangenen Zeiten einmal elegant gewesen (vielleicht an einem anderen Mann), und seine Schuhe waren sauber, aber verschrammt. Wie ich schon sagte: unauffällig. Doch er *wand* sich förmlich, als er von der verzweifelten Lage der Coopers hörte, und er wurde erst sehr still, als er Michaels Foto studierte, und wirkte dann ernstlich aufgebracht. Vielleicht, weil er wusste, dass dem Jungen wahrscheinlich etwas Schlimmes zugestoßen war. Oder weil er fürchtete – so wie ich –, dass er nur wenig dagegen unternehmen konnte.

»Ich wünschte, ich könnte behaupten, dass ich zuversichtlich bin.« Seine Stimme war sanft und traurig.

»Wem sagen Sie das«, erwiderte ich.

»Es ist Ihre Entscheidung, beziehungsweise die der Eltern. Wenn Sie mich engagieren wollen, werde ich alles tun, um den Jungen zu finden.«

»Diese Entscheidung ist bereits getroffen. Wir *wollen* Sie engagieren«, erklärte ich.

»Aber ich werde ihnen keine Versprechen machen, die ich nicht halten kann, und ich lasse die Coopers keinen Cent mehr von ihrem hart verdienten Geld ausgeben, als ich für sinnvoll halte.«

»Ich bin froh, dass Sie das sagen«, erwiderte ich. »Ich bin ein wenig besorgt, dass Stu und Fran an einem Punkt angelangt sind, wo sie Geld zum Fenster hinauswerfen würden, ohne es zu bemerken.«

»Aber nicht bei Lomax & Baum«, sagte der Privatdetektiv.

Ich spürte, dass er es ernst meinte. Und schließlich war es ja nicht ausgeschlossen, dass Baum auf etwas Nützliches stieß, das der Polizei entgangen war.

Solange es nicht etwas Abscheuliches war.

In seinen traurigen, zornigen Augen sah ich, dass Norman Baum der Typ war, der sich auch innerlich an einer solchen Sache beteiligte, selbst wenn es um einen völlig Fremden ging.

Zweiter Teil

14.

Er sah ihn.

Spürte eiskalte Finger im Nacken. Sie umklammerten sein Herz. Wieder ein Klischee, aber deshalb nicht weniger wahr. O ja.

O ja.

Nur ein ganz normaler öffentlicher Basketballplatz auf der West Side von Manhattan an einem Sonntagnachmittag – Sonntag, der 28. Mai 2000. Nur ein paar junge Männer, die ein zwangloses Basketballmatch spielten. Sie alberten ein wenig herum, aber ihre sportlichen Fähigkeiten waren offensichtlich. So viele Sportplätze, Spielfelder und Turnhallen – drei Städte in nur einer Woche. Und mehr gut aussehende, sportlich begabte Teenager, als er zählen konnte.

Doch dieser junge Mann strahlte. *Er strahlte.*

Er war fünfzehn, höchstens sechzehn, und er war ein Naturtalent; keine dieser merkwürdigen Bohnenstangen, die aussehen, als wären sie genmanipuliert, um die Bälle mühelos in den Korb legen zu können – obwohl es auch bei *ihm* vollkommen mühelos aussah. Aber es war zugleich schön anzusehen. Er trug Shorts und ein graues Sweatshirt, dessen Ärmel an der Schulter abgeschnitten waren. Er hatte kraftvolle, aber nicht zu muskulöse Schultern. Seine ganze Erscheinung, während er übers Spielfeld lief, war schlank, geschmeidig, entspannt.

Du lieber Himmel, bloß nicht noch einen Läufer.

Er atmete tief ein und wandte sich mit großer Mühe vom Spielfeld ab, doch dann ertönte ein Lachen – außer Atem und voller lebendiger Jugend, voller *joie de vivre* –, das ihn zwang, wieder hinzusehen. Es war *sein* Lachen, wie er es geahnt hatte, und es ließ sein gut aussehendes Gesicht erstrahlen – ein Lachen, wie dafür geschaffen, einem direkt ins Herz zu dringen und die Seele zu erfüllen.

Wahrscheinlich trainierte er in einem Fitnessstudio. Läufer spielten kein Basketball, sie trainierten auf der Aschenbahn oder joggten.

Jetzt hatte der Junge den Ball ... wurde angegriffen ... er blieb dran, hielt den Ball. Er spielte kühn, ging Risiken ein, sprang hoch, warf einen Korb, landete auf einem unebenen Stück Erde, stürzte schwer, war aber sofort wieder auf den Füßen und lachte.

Mutig war er auch.

Er war es.

15.

»Kommst du noch auf ein Sandwich mit?«

Robbie Johanssen warf einen Blick auf seine Armbanduhr. »Ich kann nicht.«

»Hast du ein Date?«, fragte Carl Smith, einer der Jungs.

Er schüttelte den Kopf. »Meine Mutter hat heute Geburtstag. Wir geben eine Überraschungsparty für sie, und ich muss früh genug zu Hause sein, um sie zum Ausgehen zu überreden, damit wir alles vorbereiten können.« Er sah dem anderen nach, als er davonschlenderte. »Bestell den Jungs einen schönen Gruß und sag ihnen, dass wir uns nächste Woche sehen, okay?«

»Klar.«

Robbie sah, wie Carl die anderen einholte, dann wandte er sich in die entgegengesetzte Richtung, um nach Hause zu gehen. Er musste ein ordentliches Tempo vorlegen – oder ein Taxi nehmen. Aber es waren weniger als zwanzig Blocks. Außerdem konnte er sich beim Gehen genau überlegen, wie er seine Mutter überzeugen sollte, dass es ihm *wirklich* nichts ausmachte, wenn sie zum Konzert ging, zu dem Mark und Anna Franklin sie in Übereinstimmung mit dem Plan eingeladen hatten.

Er bog rechts ab auf die Amsterdam und dachte über ihre Einstellung zu Geburtstagen im Allgemeinen nach – das betraf jedoch nur ihre eigenen, nicht die von anderen und ganz bestimmt nicht seinen. Er wusste, dass sie glaubte, die Franklins hätten ihren Geburtstag vergessen – und dass es ihr nur recht war, denn sie hasste den »Riesentamtam«, wie sie es nannte. Deshalb war das Konzert aus ihrer Sicht genau das Richtige. Das einzige Problem war, dass sie im Grunde gar nicht ausgehen wollte. Am liebsten – das wusste Robbie – wäre ihr ein gemütliches Abendessen mit ihm gewesen, aber das gab sie ihm gegenüber nicht zu, weil sie der Meinung war, man dürfe einen Sechzehnjährigen nicht mit dem Geburtstag seiner verwitweten Mutter belasten.

»Verdammt«, murmelte Robbie, als er an zwei ausgesprochen hübschen Mädchen vorbeiging. Sie liefen Arm in Arm, und die eine, eine Blondine mit einem sexy Mund, lächelte ihn an. Keine Zeit, sagte er sich und widerstand dem Impuls, sich noch einmal zu den Mädchen umzudrehen. Er hatte Wichtigeres zu tun: Er musste Lydia dazu bringen, die Franklins zu begleiten und das Haus für die Party vorbereiten, solange Lydia fort war.

Aber das war bereits das nächste Problem: Seine Mutter hasste Überraschungspartys, hatte sogar zu ihm gesagt, er solle bloß nicht auf die Idee kommen, so etwas für sie zu organisieren.

Robbie bog nach links auf die 87. ab und schüttelte den Kopf.

Für eine an sich aufgeschlossene Frau hatte Lydia Johanssen eine ganze Menge Regeln aufgestellt.

Robbie grinste.

Vielleicht, damit diese Regeln gebrochen wurden.

Robbie betrat das sandfarbene Steingebäude auf der 73. West – eine fast identische Ausgabe des Nachbarhauses, mit dem es durch einen gemeinsamen Garten hinter dem Haus verbunden war. Er winkte Solomon, einem der Portiers, einen Gruß zu, stieg in den Fahrstuhl, um ins oberste Stockwerk zu fahren, und schloss die Wohnungstür von 15c auf.

»Mom?«

Lydia Johanssen kam lächelnd aus dem hinteren Teil der Wohnung. »Hallo!«

Robbie umarmte sie, dann trat er einen Schritt zurück und sang ihr mit gedämpfter Stimme ein *Happy Birthday.* Lydia lachte und stimmte ein, sang in einer süßen, tiefen

Harmonie für sich selbst. Ihr Kontraalt hatte seinerzeit viel Bewunderung erregt, doch jetzt hatte sie schon seit längerem nicht mehr auf der Bühne gestanden. Heute war sie eine angesehene Gesanglehrerin. Ihre Schüler waren Männer und Frauen jeden Alters und unterschiedlichster Begabung, und es waren nicht wenige darunter, die nur deshalb zu Lydia kamen, weil sie die Stunden bei ihr als angenehme körperliche und emotionale Entspannung empfanden.

»Du siehst gut aus, Mom«, sagte Robbie und ging in die Küche.

In ihren schlichten Leinenhosen, dem frischen Baumwollhemd im Männerstil und den glatten, dunklen Haaren, die sie zu einem langen Zopf gebunden trug, sah sie wirklich gut aus. Manche Leute sagten, Lydia und Robbie sähen sich ähnlich, aber sie waren beide der Meinung, das läge nur daran, dass sie dieselbe Haarfarbe und eine ähnliche Gestik hatten. Aber Lydias Augen waren honigbraun, während Robbie die hellblauen Augen seines Vaters und dessen markantes Grübchen im Kinn geerbt hatte, wenn Aaron Johanssen auch kleiner und stämmiger gewesen war als sein Sohn. Anna Franklin hatte Robbie einmal gesagt, er habe auch Aarons Lächeln, und Robbie gefiel die Vorstellung, ein bisschen von seinem Vater in sich zu tragen, wenn er lächelte.

»Gutes Spiel?« Lydia kam in die Küche, während er sich ein Glas Saft einschenkte.

»Geht so.« Robbie hielt die Tropicana-Flasche fragend hoch, aber sie schüttelte den Kopf, und er stellte sie zurück in den Kühlschrank. »Ziehst du dich noch nicht um?«

»Das hat keine Eile«, sagte sie und setzte sich an den Tisch. »Hast du schon Pläne für heute Abend, Sohn?«

»Noch nicht.« Er leerte das Glas zur Hälfte. »Freust du dich auf deinen Liederabend?«

»Geht so«, sagte sie und zog die Nase kraus. »Allerdings bin ich nicht ganz sicher, ob ich wirklich in der Stimmung für Schubert bin.« Sie grinste. »Ich glaube, es wäre mir lieber, wir gingen ins Birdland oder ins Blue Note. Dann wärst du vielleicht mitgekommen.«

Da war es: kein Hauch von Nörgeln, kein noch so leiser Tadel – das war nie ihr Stil gewesen. Sie unterstützte seine Unabhängigkeit, das hatte sie schon immer getan, und dafür war er ihr sehr dankbar. Doch Robbie wusste, dass sie heute Abend nicht zu dem Konzert gehen wollte – zum Teufel, sie *alle* wussten es, Anna und Mark Franklin am allerbesten. Doch später, falls die Party zustande käme, würden sie darüber lachen. Zumindest hoffte Robbie, dass seine Mutter mit ihnen lachen würde, doch ganz sicher konnte man sich nicht sein.

»Jetzt ist es zu spät«, erklärte Robbie fröhlich. »Die Franklins haben die Karten schon gekauft. Es ist ja nicht ihre Schuld, dass du sie nicht an deinen Geburtstag erinnert hast.«

»Zumindest dafür bin ich dankbar.« Lydia schüttelte den Kopf. »Und ich würde sie nie hängen lassen.« Sie zögerte. »Ich wünschte nur, du würdest den Abend nicht allein verbringen. Vielleicht kann Josh vorbeikommen.«

»Ich frag ihn«, sagte Robbie.

»Du könntest Pizza bestellen.«

»Sicher, Mom.«

»Vielleicht einen Film ausleihen?«

Robbie ging zu ihr, beugte sich herunter und drückte ihr einen Kuss auf den Scheitel. »Hör auf, dir um mich Gedanken zu machen, okay? Mach du dich für deinen Abend fertig. Nimm ein ausgiebiges Bad, so wie du es gern hast.«

Lydia sah zu ihm hoch. »Versuchst du mich loszuwerden?«

»Endlich«, sagte Robbie, »du hast es kapiert.«

Lydia lehnte sich entspannt zurück. Sie saß in der großen Badewanne, die der erste Besitzer der Zwillingsgebäude installiert hatte. Er hatte ihre Wohnung – zusammen mit den beiden anderen Apartments im obersten Stockwerk, die damals alle zusammengehört hatten – als Domizil in Manhattan genutzt. Lydia wusste nicht genau, wann er ausgezogen war und wann man 15c zu einer eigenständigen Wohneinheit umfunktioniert hatte, doch Aaron und sie waren vor siebzehn Jahren hier eingezogen.

Ein ganzes Leben.

Träge vom warmen Wasser und dem Duft des Badeöls, ließ Lydia ihre Gedanken in die Vergangenheit wandern. Im Laufe der Jahre hatte es hier so viele besondere Augenblicke gegeben ... darunter wichtige Meilensteine, manche freudig, manche entsetzlich. Der Schönste war wohl die Empfängnis von Robbie gewesen, in der Dezembernacht, nachdem Aaron in der Alice Tully Hall gespielt und stehende Ovationen bekommen hatte. Sie beide waren völlig euphorisch gewesen, und Aaron, der so selten egoistisch war, hatte Lydia gebeichtet, dass ihn während seiner zahlreichen Verbeugungen ein flüchtiges, aber überwältigendes Gefühl der Unsterblichkeit übermannt habe. Gleich nach diesem Geständnis hatten sie sich gegenseitig die Kleider vom Leib gerissen und waren ins Bett gerannt, wo sie mit ziemlicher Sicherheit ihren Sohn gezeugt hatten.

Vor siebzehn Jahren.

Heute war Lydia eine fünfunddreißigjährige Witwe, die versuchte, jene Stellen an ihren Oberschenkeln zu ignorieren, an denen sie erste Anzeichen von Zellulitis zu erkennen glaubte, ein Zeichen der Zeit.

Es waren auf den Tag genau fünf Jahre seit Aarons erstem Herzinfarkt, mitten auf der großen Party, die er anlässlich ihres Dreißigsten gegeben hatte. Sie hatte ihn damals beinahe an Ort und Stelle verloren. Hätte Daniel Asher nicht eine medizinische Ausbildung gehabt, wären sie um ihre letzten gemeinsamen drei Monate gekommen: die drei Monate, bevor der zweite, schwerere Infarkt ihn in seiner Garderobe in der Carnegie Hall niederstreckte, nur wenige Augenblicke, bevor er zu einem Rachmaninow-Konzert auf die Bühne gemusst hätte ...

Lydia setzte sich abrupt auf, und das Wasser in der Wanne schwappte auf und ab. *Denk an die guten Zeiten.* Davon gab es mehr als genug, selbst nach Aarons Tod. Damals war es natürlich unvorstellbar gewesen, aber es hatte dennoch solche Zeiten gegeben. Da war ihre Arbeit – ihr stetiger Retter – und die Chance, ihre eigenen begrenzten Talente mit anderen zu teilen. Da war das zusätzliche Glück, Nachbarn zu haben, die nicht gegen Musik protestierten, sodass Lydia, wenn das Wetter zu schön war, um sich mit ihren Schülern ins schalldichte Musikzimmer einzuschließen, auf die Dachterrasse fliehen und nach Herzenslust üben konnte.

Ihre Freunde waren ebenfalls ein Segen. Sie hatten geholfen, sie aus der Finsternis zu befreien: Mark und Anna natürlich, die Ashers und die Steinmans – Joshs Eltern, die nur zwei Etagen unter ihnen wohnten – sowie Carla Radici und all die Menschen, die sie durch die Musik kannte.

Am meisten aber hatte ihr Robbie geholfen. Robbie hatte seinen Vater vergöttert. Wahrscheinlich hatte es ihm deshalb nie viel ausgemacht, Einzelkind zu sein – Aaron war ihm ein so toller Freund gewesen. Robbie und Lydia hatten gemeinsam um ihn getrauert – und dann hatten sie gemeinsam weitergemacht. Sie hatten die Vergangenheit ebenso geteilt wie ihren Verlust, aber sie hatten es beide geschafft, wieder nach vorne zu sehen.

Lydia war froh, Robbie zu haben. Er war ein Segen. Sie hätte nicht stolzer auf den Sohn sein können, mit dem sie immer noch zusammenleben durfte.

Nicht mehr lange, dachte sie jetzt, stand auf und ließ das Wasser von ihrem rechten Fuß abtropfen, bevor sie aus der Wanne stieg. Sehr bald würde Robbie fortgehen, um an der Uni zu studieren, obwohl er als Schüler keine große Leuchte gewesen war. Seine Lehrer – auch seine Sportlehrer – hatten ihn mehrfach wegen seiner flatterhaften Art getadelt.

Und sie hatten Recht, überlegte Lydia, als sie sich nun abtrocknete. Robbie hatte die Neigung, sich immer wieder von einem neuen Fach, einem neuen Sport oder Hobby faszinieren zu lassen. Ihn reizte die Herausforderung, alles zu beherrschen, was immer es auch war – um dann schnell wieder das Interesse zu verlieren.

»Zumindest wird er ein guter Allrounder«, hatte sie einem seiner Kritiker gegenüber einmal bemerkt.

»Aber willst du nicht, dass er Herausragendes leistet?«, hatte er sie gefragt.

Lydia hatte über ihren Sohn nachgedacht, über seine körperliche und geistige Lebendigkeit, über seine Liebe zum Leben im Allgemeinen, seine Liebe zu vielen unterschiedlichen Menschen und darüber, dass so viele von ihnen seine Zuneigung erwiderten.

»Ich finde, das tut er bereits«, hatte sie geantwortet.

16.

O, wie er Computer liebte! Er hatte sie vom ersten Moment an geliebt.

Es war Liebe auf den ersten Blick und auf die erste Berührung gewesen. Zum ersten Mal hatte er das Gefühl, ihm stehe die Welt offen. Maschinen mit Hirn, aber ohne Herz oder Seele, die weder die Fähigkeit noch den Willen besaßen, zu spotten oder zu verletzen, die aber in der Lage waren, ihm weniger als vierundzwanzig Stunden, nachdem er den jungen Basketballspieler zum ersten Mal gesehen hatte, so ziemlich alles zu verraten, was er über Robert David Johanssen und dessen verwitwete Mutter Lydia wissen musste.

Eine gute Familie. Ein scharfer Verstand. Ein wundervoller Körper. Eine erstklassige Schule. Robert war ein sehr guter Allround-Sportler, wenn auch ein wenig wankelmütig. Die Mutter war eine begabte Gesanglehrerin mit großem Freundeskreis. Es gab in der Familie weder Politiker noch Gesetzeshüter. Der Mann, der Pianist Aaron Johanssen – er war landesweit bekannt, wenn auch kein Weltklasse-Virtuose –, verschwand bereits aus dem öffentlichen Gedächtnis. Soweit er sehen konnte, gab es in der Familie niemanden, der bedeutend genug war, besonderes Interesse der Polizei zu erregen. Sie waren wohlhabend genug, um in einem guten Haus zu wohnen, aber nicht ausgesprochen reich, es gab also weder Bodyguards noch andere außergewöhnliche Sicherheitsvorkehrungen, um die er sich sorgen musste. Ebenso wenig war es ein Thema, Robert – Robbie – alleine oder mit Freunden ausgehen zu lassen.

Der Junge erfüllte alle Kriterien.

Er war Lydia und Aaron Johanssen dankbar, dass sie ihn so gut hingekriegt hatten.

Dass sie ihm den Jungen gaben.

17.

Was für einen schönen Abend sie gehabt hatte! Was für einen schönen Abend *alle* gehabt hatten, erinnerte sie sich lächelnd, während sie ihr sehr spätes Montagmorgen-Frühstück aß.

Alles war so liebevoll geplant gewesen, so bewusst völlig anders als das Fest vor fünf Jahren, und doch war es ausdrücklich und unmissverständlich eine *Party* gewesen. Nichts Großes, nur ein Dutzend Freunde, die gemütlich und lachend beisammen saßen. Die Musiker unter ihnen hatten abwechselnd auf Aarons Bechstein gespielt, und Lydia hatte gemeinsam mit Mook Swanson und David Steinman, Joshs Vater, Jazz gesungen. Robbie hatte erleichtert ausgesehen, dass alles gut gegangen war und dass seine Mutter sich sogar großartig amüsierte.

Nicht wie in den alten Zeiten, aber immerhin.

Als Robbie an diesem Nachmittag von der Schule nach Hause kam, durchquerte er das Foyer, fragte Anthony, den Portier, der gerade Dienst hatte, was sein Schnupfen machte, und verbrachte volle drei Minuten damit, sich über die Nebenhöhlen des Mannes informieren zu lassen. Er entkam ins Postzimmer, um den Briefkasten von 15c zu leeren. Außer den Rechnungen und den Reklamesendungen an seine Mutter fand er einen Zettel, der besagte, er solle im Paketfach nachsehen.

Dort erwartete ihn ein brauner Polster-Umschlag, der mit Schreibmaschine an Robert D. Johanssen adressiert war. Zusammen mit der Post seiner Mutter schob er ihn sich unter den linken Arm und ging durchs Foyer zurück zu den Fahrstühlen, wobei er sich fragte, wer ihm wohl ein Päckchen geschickt hatte. Er erinnerte sich nicht, in letzter Zeit etwas übers Internet bestellt zu haben, mit Ausnahme einer CD von Shania Twain, und die hatte Amazon ihm bereits letzte Woche zugeschickt ...

Beim Betreten der Wohnung fiel ihm auf, wie still sie war, und er musste daran denken, dass seine Mutter heute Nachmittag einen Zahnarzttermin hatte. Lydia hasste es, zu Dr. Schreiber zu gehen, aber an diesem Morgen, müde wie sie war, hatte sie den Termin fast unbekümmert erwähnt. Da war Robbie endgültig sicher gewesen, dass ihr die Party wirklich Spaß gemacht hatte. Die Franklins und er hatten ihre Sache gut gemacht.

Robbie legte Lydias Briefe auf das Flurschränkchen, warf seine Schulsachen in sein Zimmer und ging mit dem Päckchen in die Küche, wo er es auf den Tisch legte, während er sich eine Dose Dr. Pepper aus dem Kühlschrank holte.

»Okay.«

Er setzte sich und drehte das Päckchen um. Es war einer dieser gut schließenden, aber leicht zu öffnenden Umschläge, bei denen man nur einen perforierten Streifen von einem Ende zum anderen aufziehen musste; wenn man nicht zu ungeduldig oder grob war, funktionierte es in der Regel auch.

So wie jetzt.

Robbie holte den Inhalt heraus und runzelte die Stirn. Es war ein Computerspiel – aber er hatte es bereits, sowohl *Limbo* als *Limbo II*. Hier war wohl irgendetwas schief gegangen. Er würde das Spiel zurückschicken müssen.

»Verdammt«, sagte er und nahm einen Schluck aus der Dose. Dann bemerkte er, dass es ein anderes Spiel war als das *Limbo* aus seiner Sammlung: Es war eine Art Deluxe-Ausgabe, doch Robbie hatte keine Ahnung, ob es sich inhaltlich von dem anderen Spiel unterschied.

Er stellte die Dose wieder ab, griff noch einmal in den Umschlag und fand ein zusammengefaltetes Stück weißes Papier. Er öffnete es und blickte auf einen kurzen Text in einer kunstvoll verschnörkelten Computerschrift.

Kunstvoll und sehr merkwürdig.

Ein kleines Geschenk für dich, junger Mann – ein Sammlerstück, das du vielleicht noch nicht besitzt. Falls nicht, solltest du als Limbo-Master es unbedingt besitzen.

Ich habe deine sportlichen Errungenschaften verfolgt, Robert Johanssen, und ich finde, du solltest wissen, dass ich dich für einen talentierten Allrounder halte – talentiert genug, um eine ernsthafte Fünfkampf-Ausbildung zu erwägen. Dein Talent könnte ausreichen, wenn du weniger flatterhaft wärst.

Vielleicht brauchst du eine kleine Auszeit, um darüber nachzudenken.

Mit der richtigen Einstellung und einer großen Portion Glück wirst du vielleicht feststellen, dass das Leben ganz Erstaunliches für dich bereithält.

Keine Unterschrift, kein Absender. Robbie starrte noch einen Moment lang auf den Brief, dann zuckte er mit den Achseln. Das ergab keinen Sinn. Entweder stammte der Schrieb von einem Verrückten, oder es sollte ein Scherz sein – ein ebenso kostspieliger wie misslungener Scherz.

Robbie stand auf, trank die Dr.-Pepper-Dose aus und warf sie in den Abfall. Dann nahm er Spiel und Brief mit in sein Zimmer und warf beides auf den Fußboden neben seinem Bett. Er schubste seine Schulsachen mit dem Ellbogen über den Bettrand, damit er sich hinlegen und ein Nickerchen machen konnte. Seine Mutter würde noch eine Weile weg sein, und er war nach der letzten Nacht *und* einem harten Tag in der Schule hundemüde.

Mann, war er müde.

Erst am nächsten Morgen, als er seine Cornflakes aß und seine Mutter sich die erste Tasse Kaffee des Tages einschenkte, dachte Robbie wieder an das Päckchen.

»Warum hast du mir gestern nichts davon erzählt?« Lydia wurde mit einem Mal aus ihrer morgendlichen Ruhe gerissen.

»Ich hab's vergessen.«

»Wie konntest du so etwas vergessen?« Sie wartete nicht auf eine Antwort. »Wo ist es?«

»In meinem Zimmer.« Er stand auf, stellte seine Schüssel in die Spüle und streckte die rechte Hand aus, um den Wasserhahn aufzudrehen.

»Lass nur«, sagte Lydia. »Ich würde lieber die Sachen sehen, wenn es dir nichts ausmacht.«

Robbie drehte sich um. »Warum sollte es mir was ausmachen?«

»Vielleicht ist es ja privat.«

Robbie lachte. »Wohl kaum. Das hat nichts mit mir zu tun.« Er verließ die Küche und kam einen Augenblick später wieder, die Schultasche in der einen Hand, das Spiel und den Zettel in der anderen. »Ich nehme an, es ist eine Verwechslung.« Er reichte ihr den Inhalt des Päckchens.

Sie las das Schreiben schweigend durch, und zwischen ihren Augenbrauen bildete sich eine tiefe Furche. »Für mich klingt das nicht nach einer Verwechslung.«

»Vielleicht ein Scherz?«

»Vielleicht.« Sie war nicht überzeugt.

Robbie ließ seine Tasche auf den Boden fallen und setzte sich wieder. »Guck nicht so besorgt, Mom. Es ist nichts.«

Lydia schüttelte den Kopf. »Jemand hat dich beobachtet. Der Gedanke gefällt mir nicht besonders.«

»Als ich den Zettel gelesen hatte, fand ich ihn zuerst auch ein bisschen unheimlich. Als hätte irgendein Perverser mich verfolgt. Aber dann sagte ich mir, dass sich wahrscheinlich nur einer der Jungs einen Spaß erlaubt hat.«

»Wer denn?«, fragte Lydia ungläubig. »Keiner deiner Freunde würde so etwas tun.« Sie sah ihren Sohn prüfend an. »Gab es irgendwelchen Ärger, von dem ich nichts weiß? In der Schule oder ...«

»Nein.« Robbie grinste und stand wieder auf. »Ehrlich,

Mom. Vielleicht ist es nur das, was da steht – vielleicht hält mich jemand für einen begabten Sportler.«

Lydia sah ihn scharf an. »Ich hoffe, du bildest dir nicht ein, dass dieser Wisch hier von einem Talentsucher für das Team USA oder dergleichen kommt?«

»Schön wär's.« Er schüttelte den Kopf. »Es ist Schwachsinn, und das weiß ich.« Er hielt inne. »Und wer auch immer das geschrieben hat, lag falsch damit, mich einen *Limbo*-Master zu nennen. Ich spiele das Spiel zwar, aber du kennst mich ja. Ich hab gar nicht die Geduld, lange genug bei einer Sache zu bleiben, um ein Meister zu werden.«

Lydia senkte den Blick wieder auf das Schreiben und schwieg.

»Was ist, Mom?«

»Ich frage mich, ob ich das melden sollte.«

»Wem?«

»Wem«, sagte sie automatisch. »Der Polizei wahrscheinlich.«

»Wozu?«, fragte Robbie. »Es ist nur ein Geschenk mit einem Brief. Ich wüsste nicht, was die Polizei da unternehmen sollte, selbst wenn das Ganze ein bisschen merkwürdig ist. Aber wir sind in New York, der Stadt der Durchgeknallten.« Er hob seine Tasche auf. »Ich muss los.«

»Wo ist die Verpackung, in der das hier kam?« Lydia war noch nicht bereit, das Thema fallen zu lassen.

Robbie überlegte. »Ich habe sie hier liegen lassen, glaube ich. Es war bloß ein Polster-Umschlag.«

»Den ich gestern Abend mit dem Rest des Abfalls in den Müllschlucker geworfen habe.« Lydia verzog das Gesicht. »Verdammt.«

»Siehst du?« Robbie grinste wieder. »Du solltest schlampiger sein, so wie dein Sohn.«

Lydia erwiderte sein Lächeln. »Ab zur Schule mit dir, du schlampiger Kerl.«

Er beugte sich zu ihr hinunter, um ihr einen Kuss zu geben, und sah, dass sie immer noch Angst hatte. »Das ist nichts, worüber man sich aufregen muss, Mom.«

»Ich weiß«, sagte sie.

Robbie schlenderte zur Tür. »Ich verspreche dir, nicht mit Fremden zu reden.«

»Sei nicht so altklug«, sagte sie. »Sei lieber vorsichtig.«

»Bin ich«, versicherte er, »wenn du versprichst, das Ganze zu vergessen.«

»Was zu vergessen?«, fragte Lydia.

Sie hörte ihn aus der Wohnung gehen, sah wieder das Computerspiel auf dem Tisch an und verspürte das Verlangen, es in den Müllschlucker auf dem Gang zu werfen, zusammen mit der Nachricht. Andererseits war es vielleicht klüger, den Inhalt des Päckchens zu behalten, falls Robbie jemanden bemerkte, der ihn verfolgte ...

Lydia trank einen Schluck Kaffee, aber der war schon kalt. Sie ging mit der Tasse zur Spüle, drehte sich dann aber schnell wieder um, nahm das Spiel und den Brief und legte beides in die unterste Schublade der Küchenanrichte.

»Aus den Augen«, sagte sie laut vor sich hin.

Wenn auch nicht ganz aus dem Sinn.

18.

Er hatte sich mehrmals gefragt, warum er wieder ein Spiel geschickt hatte, warum er sich diese Mühe machte, nur um zu riskieren, dass sie misstrauisch wurden. Er wusste, dass es klüger gewesen wäre, Rituale jeder Art zu vermeiden, die eines Tages mit Sicherheit zum Gegenstand polizeilicher Ermittlungen würden. Er hatte gelesen, dass Serientäter in solchen Dingen oft zwanghaft waren. Und es war ja keineswegs notwendig gewesen, Robert Johanssen das Spiel zu schicken.

Reiner Aberglaube. Er hatte nie Angst gehabt, unter Leitern hindurchzugehen, fand es nicht schlimm, Salz zu verschütten oder Schlüssel auf Tische zu legen. Aber was *das hier* betraf, musste er zugeben, dass er in mancher Hinsicht tatsächlich einen gewissen Aberglauben entwickelt hatte. Er hatte jedem von ihnen das Geschenk und die Nachricht geschickt, und wenn er auch sein Endziel noch nicht erreicht hatte, so hatte zumindest noch niemand eine Verbindung zwischen den vermissten Kindern hergestellt. Also hatte er sich gesagt, dass es sinnlos war, das Muster jetzt zu stören; sonst würde er alles verderben, und das hätte er nicht ertragen.

Nicht bevor er die beiden zusammengebracht hatte.

Damit sie das Spiel spielen konnten.

Das wahre Spiel.

19.

Robbie ging zur Schule und blieb etwas länger als gewöhnlich, um gemeinsam mit Phil Breckenbridge, Candice Clarke, Larry Jackson und einigen anderen Briefe für Amnesty International zu schreiben. Als Robbie nach Hause kam, war er erleichtert, dass seine Mutter fast wieder ganz sie selbst zu sein schien. Ihre Fragen, wie sein Tag gewesen sei, waren allerdings ein bisschen ängstlich: Im Augenblick interessierte sie sich offensichtlich viel weniger für Mathe oder Naturwissenschaften als dafür, ob Robbie irgendwann jemanden bemerkt hatte, der ihn beobachtete. Aber zumindest ging sie nicht so weit, das Wort *verdächtig* zu benutzen, und sie schien seinem Urteil zu vertrauen, dass alles in Ordnung sei.

»Deine Mom geht so viel cooler damit um, als meine es tun würde«, sagte Josh, als Robbie ihn nach dem Abendessen in Nummer 13b besuchte, der Wohnung der Steinmans. »Hätte *mir* jemand dieses bekloppte Geschenk geschickt – ich glaub nicht, dass Mel mich noch einen Augenblick aus den Augen ließe.«

»Ach, das siehst du zu eng«, sagte Robbie leichthin und wünschte, Josh würde das Thema wechseln.

Sie saßen in Joshs Zimmer, in dem aus jedem erdenklichen Winkel sein derzeitiger Schwarm, Britney Spears, von Postern auf sie heruntersah.

»Machst du Witze?« Josh schüttelte den Kopf. Er trug eine getönte Brille und färbte sich während der Ferien das Haar häufig in Regenbogenfarben. Seine Eltern gingen in Robbies Augen unglaublich cool mit den Spleens ihres Sohnes um – ganz abgesehen davon, dass Josh sie manchmal beim Vornamen nannte. »Wenn *ich* diese

Nachricht bekommen hätte, würde Mom meinen Vater so lange belatschern, bis der ’nen Bodyguard für mich engagiert.«

»Lass uns davon aufhören. Ich will nicht mehr über diesen Brief reden«, sagte Robbie.

»Nicht dass jemand mir so was schreiben würde«, fuhr Josh dennoch fort. »Ich bin ja sowieso völlig unsportlich.«

»Hör endlich auf mit diesem hirnrissigen Brief!«

»Was hast du denn?« Josh war aufrichtig verblüfft.

»Nichts.« Robbie hielt inne. »Aber das Thema langweilt mich allmählich.«

»Wie kann so was dich langweilen?«

»Weil es *nichts* ist.«

Josh spähte über den Rand seiner Brille. »Hast du Angst deswegen, Rob?«

»Natürlich nicht.« Doch Robbie merkte, dass seine Stimme nicht überzeugend klang.

»Bist du sicher?«

In seiner Frage lag kein Spott. Josh und Robbie waren die besten Freunde, und das nicht nur, weil sie zufällig im gleichen Haus wohnten. Josh neckte seine Mutter und in geringerem Maße auch seinen Vater ständig, aber das war nur oberflächliche Albernheit. Wenn es ernst wurde, waren alle Steinmans vernarrt ineinander. Deshalb hatte der frühe Tod von Robbies Vater auch Josh tief getroffen. Robbie würde nie vergessen, wie Josh für ihn da gewesen war, wie viel Zeit er mit ihm verbracht hatte: Er war bei ihm geblieben, hatte ihn abzulenken versucht, hatte mit ihm gesprochen und mit ihm geschwiegen – was immer Robbie gerade gebraucht hatte.

»Ich meine«, Josh war immer noch nicht fertig, »vielleicht hatte deine Mutter Recht, und sie sollte die Cops anrufen.«

»Josh, verdammt!«, rief Robbie.

»Du hast Angst.«

»Vielleicht *hatte* ich ein bisschen Angst.«

»Aber jetzt nicht mehr?«

Robbie schüttelte den Kopf. »Es war ein missglückter Scherz von irgendeinem Blödmann.«

»Ziemlich bescheuert«, sagte Josh.

»Ja.«

Beide schwiegen einen Moment.

»Candice hat morgen Geburtstag«, sagte Josh.

Robbie nickte.

»Hast du schon ein Geschenk?«

»Ein Buch. Und du?«

Josh schüttelte den Kopf. »Noch nicht.« Seine braunen Augen funkelten. »Glaubst du, dass sie *Limbo* schon hat?«

»Jetzt reicht's, Mann«, sagte Robbie energisch.

Candices Geburtstagsessen fand im East Village statt, im Eden, einem sehr hübschen Restaurant. Hinter der Bar befand sich das Gemälde eines exotischen, von Mauern umgebenen Gartens, in dem arglistige Schlangen aus den Bougainvilleas spähten, bereit, sich auf ihre Opfer zu stürzen.

Candice und James Dickson hatten gesagt, sie wollten nach dem Abendessen tanzen gehen, und Josh war dafür, doch als Angie Molina darauf hinwies, dass am nächsten Tag Schule war und ihre Eltern sie umbringen würden, hatte Robbie ihr beigepflichtet. Josh und Suzie McLean waren auf ihn losgegangen, er solle sich nicht anstellen wie ein Muttersöhnchen, waren sich dann aber nicht einig gewesen, wohin sie gehen sollten. Hinzu kam, dass die Clubs, in die sie gern gegangen wären, strenge Ausweiskontrollen durchführten oder nur Mitglieder hineinließen, sodass Angie und Robbie für den Augenblick aus dem Schneider waren – Muttersöhnchen hin oder her.

»Ist das zu glauben?«, fragte Candice, als der Hauptgang abgeräumt wurde. »Meine Mutter hat gestern Abend verkündet, dass wir im Sommer die Stadt verlassen werden, falls die Nil-Moskitos wiederkommen. Wenn das nicht neurotisch ist!«

»Wer sagt denn, dass die Nil-Moskitos zurückkommen?«, fragte Robbie.

»Ich sage es.« Josh kam von der Toilette zurück und schnappte den letzten Satz der Unterhaltung auf, während er sich wieder auf seinen Platz sinken ließ. »Ich glaube, irgendwann in den nächsten Jahren wird's eine Mega-Insektenplage geben.«

»Steinman redet wieder Schwachsinn«, sagte Suzie.

Die Kellnerin kam, um ihre Bestellungen für den Nachtisch aufzunehmen: Mousse au chocolat für James und Angie, Pistazieneis für Candice, Käsekuchen für Robbie und Josh, Apfel-Zimt-Crêpes für Suzie.

Robbie stand auf.

»Ich habe das letzte Papier benutzt«, informierte Josh ihn.

»Was für Papier?«, fragte Candice.

Josh grinste sie an. »Po-Papier.«

Robbie versetzte ihm einen Knuff. »Sei nicht eklig, Mann.«

»Gehen wir jetzt tanzen oder nicht?«, fragte Candice.

Robbie ging zur Treppe.

20.

Endlich.

Er hatte von der kleinen Straße hinter dem Restaurant alles beobachtet. Die Glasscheibe in der Hintertür gewährte ihm den Blick auf die Tür der Herrentoilette, und die hatte er so lange angestarrt, dass ihm die Augen brannten. Er sah Steinman zweimal hineingehen, den schwarzen Jungen vom Tisch der Teenager einmal, und er hatte einen Blick auf die hübsche Blonde und das Mädchen mit dem kurzen, roten Haar werfen können, als sie in die Damentoilette gingen. Er hatte beinahe den Überblick verloren, wie viele andere Gäste und Angestellte hineingegangen waren – aber nur beinahe. Er *musste* die Leute zählen, die hineingingen, vor allem aber die, die *hinausgingen*, damit er wusste, ob er allein in der Toilette war, wenn Johanssen käme.

Er war ein wenig überrascht, dass niemand ihn gefragt hatte, was er dort tat und warum er hinter einem Restaurant in einem Van saß und die Tür beobachtete, aber niemand hatte ihn auch nur eines Blickes gewürdigt oder ihm gesagt, er solle verschwinden. Selbst als eine Küchenhilfe den Abfall herausbrachte und er den richtigen Augenblick abgewartet hatte, um ein Streichholzheftchen dazwischenzuklemmen, das die Tür offen hielt – genau eine Sekunde, bevor sie ins Schloss fiel –, selbst da hatte niemand ihn bemerkt.

Jetzt lief die Sache.

Er sah Robbie zur Toilette gehen.

Sah den jungen Kellner herauskommen, der zwei Minuten vorher hineingegangen war.

Er stieg aus dem Van, ging rasch zur Hintertür, öffnete und stieß die Tür mit der Aufschrift »Herren« auf.

Der Junge stand am Pissoir. Niemand sonst war da, auch nicht in den Kabinen.

Er ging zum Waschbecken und blickte in den Spiegel.

In seinen Augen stand ruhige, kühle Zuversicht.

Johanssen war fertig, kam auf ihn zu, drehte den Heißwasserhahn am anderen Waschbecken auf, nahm die Seife in die Hand … alles, ohne ihn anzusehen.

Jetzt.

Er brauchte eine sichere Methode.

Dim Mak. Die tödliche Berührung. Sehr gefährlich.

Aber nicht mit *seinen* Fähigkeiten, seinem Wissen über die vierundsiebzig Chi-Hohlräume im menschlichen Körper, auf die man schlagen oder drücken musste, um Bewusstlosigkeit zu verursachen (und die sechsunddreißig Hohlräume, um den Tod herbeizuführen).

Der Teenager sank lautlos zusammen.

Er fing ihn auf, sanft, beinahe zärtlich.

Wenn jemand sie jetzt sähe, würde er den Jungen für betrunken halten.

Raus aus der Tür.

In den Van.

Niemand sah sie.

21.

Lydia saß am Schreibtisch in ihrem Arbeitszimmer und schrieb einen lange überfälligen Brief an ihre alte Freundin Cynthia Gregory in San Francisco, als es an der Wohnungstür klingelte.

Sie stand auf und öffnete.

Josh stand draußen. Er schien sich sehr unwohl zu fühlen.

»Ist Robbie hier?«

Die Panik überfiel sie wie ein wildes Tier, fuhr ihr scharf wie eine Klinge in den Körper.

»Was ist passiert?«

»Nichts.« Josh verlagerte sein Gewicht vom linken auf den rechten Fuß.

Lydia atmete tief ein. »Komm rein, Josh.«

Er trat durch die Tür und zog sie hinter sich zu.

»Was war los?« Sie versuchte, unbekümmert zu klingen.

»Ich weiß es nicht genau.« Josh zuckte leicht mit den Achseln und schüttelte den Kopf. »Rob hat das Restaurant verlassen, ohne jemandem Bescheid zu sagen. Er sagte, er wollte auf die Toilette gehen, und kam nicht mehr zurück.« Er hielt inne und versuchte, Lydias Blick auszuweichen. »So was ist gar nicht seine Art, also bin ich ein bisschen besorgt.«

Lydia zitterte am ganzen Leib. »Wann?«

»Ich weiß es nicht genau.« Josh biss sich auf die Unterlippe. »Vielleicht vor einer Stunde, vielleicht ein bisschen länger.«

»Wie viel länger?« Sie merkte, dass ihr Tonfall schärfer wurde, konnte aber nichts dagegen tun.

»Vielleicht zwei Stunden.« Er sah ihr in die Augen. »Es

tut mir Leid, Mrs Johanssen, ich dachte ... am Anfang dachten wir alle ... Robbie wäre nur hinausgegangen, um ein bisschen frische Luft zu schnappen.«

»Seid ihr nicht in die Toilette gegangen, um ihn zu suchen?«

»Doch, natürlich«, sagte Josh. »Ich ging ihm nach, als er ... na ja, ungefähr fünfzehn Minuten weg war.« Er mied Lydias Blick. »Ich meine, ich kam nicht auf die Idee, eher nachzusehen. So was tut man doch nicht, oder?«

»Nein«, sagte Lydia und schaffte es, freundlich zu klingen. »Wahrscheinlich nicht.« Sie wusste, dass sie den Teenager ins Wohnzimmer bitten sollte, damit er sich hinsetzen konnte, zumal sie sah, wie aufgeregt er war. Doch sie fühlte sich wie am Boden festgewachsen. Sie wollte, dass es gleich da aufhörte, wo es begonnen hatte: hier und jetzt. Sie wollte, dass Robbie durch die Tür kam und sie hier im Flur stehen sah ...

»Als ich sah, dass Robbie nicht dort war«, fuhr Josh fort, »und dass ihm nicht schlecht geworden war oder so was, da dachte ich, dass er vielleicht 'nen Spaziergang gemacht hat ... oder jemand getroffen hat ... und dass er hinausgegangen war, um sich mit demjenigen zu unterhalten.«

»Du hast im ganzen Restaurant nachgesehen?«

»Klar.« Josh schaute sie wieder an. »Aber nicht sofort. Ich meine, ich hab mich ein bisschen umgesehen, als ich zurück zu den anderen ging. Wir sprachen dann darüber, wohin Rob gegangen sein könnte.«

»Und dann hast du an allen Tischen nachgesehen?«

Er nickte. »Klar. Wir haben auch den Oberkellner gefragt, ob der ihn gesehen hatte, und die Kellnerin, und wir sind vorn rausgegangen, aber er war nicht da.«

»Gab es einen Hinterausgang?«

»Da haben wir auch nachgesehen«, sagte Josh. »Hinter dem Restaurant ist eine kleine Straße. Aber auch da war keine Spur von ihm.«

»Und du bist sicher, dass er wirklich auf die Toilette gegangen ist?«

»Ja, äh ...« Josh schüttelte verwirrt den Kopf. »Nein, ich bin nicht ganz sicher. Ich meine, ich saß mit dem Rücken zur Toilette, und das Restaurant war ziemlich voll, und dann wurde der Nachtisch serviert, als Rob gerade gegangen war, also ...« Er verstummte.

»Schon gut«, sagte Lydia leise.

»Es tut mir Leid.« Josh nahm seine getönte Brille ab, wischte sie sauber und setzte sie wieder auf.

Lydia dachte, er würde in Tränen ausbrechen.

»Es ist nicht deine Schuld«, sagte sie.

»So was sieht Rob nicht ähnlich. *Ich* würde vielleicht so was bringen, aber nicht Rob.«

»Das stimmt«, sagte Lydia.

»Was sollen wir denn jetzt tun?«, fragte Josh. »Ich meine, sollen wir die Polizei anrufen oder so etwas?«

Lydia schüttelte den Kopf. Das hätte sie sich zwar mehr als alles andere gewünscht, doch sie wusste, dass es keinen Sinn hatte. »Ich will nicht überreagieren«, sagte sie. »Wenn wir die Polizei jetzt anrufen, wo es noch nicht einmal ...« Sie sah auf die Armbanduhr und stellte fest, dass es kaum halb zwölf war. »Es ist zu früh, um in Panik zu geraten, Josh. Die Polizei wird mir sowieso nur sagen, dass ich erst mal warten soll.«

Warten Sie ab, bis er nach Hause kommt. Sie würden ihr versichern, dass sechzehnjährige Jungs per definitionem unzuverlässig waren, und natürlich hatten sie Recht. Nur dass Robbie zuverlässig war. Rücksichtsvoll.

»Mrs Johanssen?«

Sie sah Josh an, der darauf zu warten schien, dass sie ihm sagte, was er tun sollte – der starke Mann, den er normalerweise so gern markierte, schwand von Minute zu Minute.

»Geh nach Hause, Josh.«

»Aber was ist mit ...«

»Es ist spät, und du hast morgen Schule. Deine Eltern machen sich bestimmt schon Sorgen.«

»Okay.« Er rührte sich nicht vom Fleck.

»Mach dir keine Gedanken um mich«, sagte Lydia. »Ich bin sicher, Robbie kommt bald nach Hause.«

Josh ging zur Wohnungstür, drehte sich aber noch einmal um. »Rufen Sie mich an, wenn er kommt?«

»Ich will deine Eltern nicht wecken.«

»Das macht denen nichts«, beharrte Robbie energisch. Jetzt war er wieder mehr er selbst. »Ich erklär's ihnen. Sie werden auch wissen wollen, dass es Josh gut geht.«

Lydia nickte. »Okay. Ich ruf an.«

Eine Sekunde, nachdem die Tür ins Schloss gefallen war, wurden Lydias Beine weich. Sie lehnte sich an die Wand und starrte auf Pat Singers Central-Park-Gemälde »Dog Hill« – eins von Robbies Lieblingsbildern –, ohne es wirklich zu sehen. Vielleicht hatte Robbie tatsächlich jemanden getroffen und war mit ihm oder ihr fortgegangen – vielleicht jemand, von dem die anderen nichts wussten oder den sie nicht mochten. Aber überzeugend klang diese Erklärung nicht. Josh hatte Recht – Robbie würde auf keinen Fall einfach davongehen, ohne etwas zu sagen, wenn ein Tisch voller Freunde auf ihn wartete.

Aber vielleicht hatte er sich plötzlich unwohl gefühlt und hinausgemusst. Wenn das Restaurant so voll war, wie Josh es beschrieben hatte, hatte Robbie sich vielleicht nicht imstande gefühlt, zum Tisch zurückzugehen, um den anderen Bescheid zu sagen. Das war gut möglich.

Nur dass er in diesem Fall nach Hause gekommen wäre.

Falls er gekonnt hätte.

Lydia stand auf, ging zum Telefon, nahm die Gelben Seiten und rief die Krankenhäuser an.

Um zwei Uhr morgens – die kurzfristige Erleichterung, dass Robbie zumindest nicht in einem der Krankenhäuser Manhattans lag, war längst verflogen – rief sie die Polizei an.

Der Beamte vom 20. Revier, mit dem sie sprach, war freundlich und alles andere als abweisend, doch wie sie es erwartet hatte, riet er Lydia, zu Hause zu bleiben, sich nach Möglichkeit ein wenig auszuruhen oder jemanden zu bitten, ihr Gesellschaft zu leisten, während sie darauf wartete, dass ihr Sohn nach Hause käme. Was sicher sei.

Ziemlich.

»So wie Sie die Situation beschrieben haben«, sagte der Beamte, »kommt Ihr Sohn ganz bestimmt zurück oder er ruft zumindest an, um Sie wissen zu lassen, was passiert ist.«

Der Mann hatte Recht. Da Robbie nun einmal Robbie war, würde er sie nicht die ganze Nacht im Ungewissen lassen.

Wenn er es vermeiden konnte.

Um halb acht – Lydia hatte immer noch kein Auge zugetan – rief Melanie Steinman an.

»Joshua hat darauf bestanden, dass ich dich anrufe«, sagte sie mit ihrer sanften Stimme, »obwohl es noch so früh ist.«

»Robbie ist noch nicht nach Hause gekommen«, kam Lydia der Frage zuvor.

»Und er hat nicht angerufen?« Melanies Ungläubigkeit war beinahe mit Händen zu greifen.

»Nein.« Lydia war plötzlich den Tränen nahe. »Gib Josh einen Kuss von mir und sag ihm, er soll sich nicht zu viele Sorgen machen.«

Sie legte auf, kämpfte die Tränen nieder, hob dann wieder ab und rief auf dem 20. Polizeirevier an. Dort sagte eine Beamtin, wenn sie sich sehr große Sorgen mache, solle sie vorbeikommen und eine Vermisstenanzeige aufgeben; in dieser Zeit könne sie vielleicht jemand anderen bitten, an ihrer Stelle am Telefon zu bleiben. Es hätte sich natürlich angeboten, Melanie zu fragen, aber so gut sie es auch meinte, Joshs Mutter ging Lydia schon in normalen, ruhigen Zeiten auf die Nerven, und jetzt waren die Zeiten alles andere als ruhig.

Sie rief die Franklins an.

Anna ging ans Telefon, offensichtlich schon hellwach. »Was ist passiert?«

»Robbie ist letzte Nacht nicht nach Hause gekommen.«

»O Gott.« Eine kurze Pause. »Was brauchst du?«

Lydia sagte es ihr. Anna sagte, das sei kein Problem.

»Bist du sicher? Hast du heute Morgen nichts vor?«

»Nur meine Aerobic-Stunde«, sagte Anna. »Ich würde alles tun, um mich davor zu drücken.«

»Vielen Dank, Anna«, sagte Lydia und legte auf.

Robbie, wo bist du?

22.

Robbie kam inmitten eines Albtraums wieder zu sich.

Der Kopf tat ihm weh und fühlte sich schwer an, als wäre etwas darauf festgebunden.

Er stöhnte auf – ein hohler, seltsamer Laut. Seine Füße waren kalt, seine Hände warm, umschlossen von irgendetwas ... Handschuhen?

Er schlug die Augen auf und blinzelte heftig.

Nur blassblaues Licht.

Voller Entsetzen fuhr Robbie hoch und schlug wild um sich, doch er konnte die eigenen Arme nicht *sehen* ... er versuchte, seinen Kopf zu berühren, sein Gesicht, doch die Handschuhe waren dick und unhandlich ...

»Keine Panik.«

Er hörte die Stimme und drehte den Kopf, versuchte, den Sprecher auszumachen.

»Bleib ruhig.«

Eine männliche Stimme, leicht verfremdet, aber tief und beruhigend.

»Wo bin ich?« Robbie erinnerte sich, wo er zuletzt gewesen war. Im Restaurant mit Josh, Candice und den anderen ... auf dem Männerklo, er hatte gepinkelt ... dann war er zum Waschbecken gegangen, um sich die Hände zu waschen, und dann ... *Schmerz.*

»Wo bin ich?«

»Es ist alles in Ordnung«, sagte die Stimme. »Es geht dir gut, du bist in Sicherheit.«

»Bin ich im Krankenhaus?« Vielleicht hatte er einen Unfall gehabt. Vielleicht lag er auf der Intensivstation.

»Nicht im Krankenhaus«, sagte die Stimme. »Aber in Sicherheit.«

Robbie versuchte wieder, den Kopf zu drehen – immer noch diese seltsame Schwere. »Mein Kopf«, sagte er.

»Deinem Kopf geht es gut.«

»Warum ist das Licht hier so blau?«

»Das wirst du bald verstehen«, erklärte die Stimme. »Sobald du bereit bist.«

»Was geht hier vor?«, fragte Robbie. »Was ist das für ein Ort?«

»Meinst du, du bist schon bereit, diesen Ort zu sehen?«, fragte die Stimme.

»Was? Ich verstehe nicht …«

»Bist du bereit, dir anzusehen, wo du bist? Ich glaube, es wird dir gefallen.«

Plötzlich begriff Robbie, was los war. Das hier war nur ein Traum. Also konnte er ebenso gut mitmachen. Sein Kopf schmerzte noch immer, und ihm war ein wenig übel, aber es war nur ein Traum …

»Ich bin bereit«, sagte er zum Traummacher.

Das blaue Licht erlosch, und tiefe Dunkelheit umgab ihn.

»He!«

Keine Antwort.

Gerade als Robbie noch einmal rufen wollte, bemerkte er, dass seine Augen sich langsam an die Dunkelheit gewöhnten. Er erkannte schemenhafte Umrisse unmittelbar vor sich. Umrisse, die wie eine hohe, gebogene Decke aussahen, wie ein Gewölbe, das an beiden Seiten in Wände überging, steinerne Mauern … Hinter diesem Bogen lag noch mehr Dunkelheit, und die erstreckte sich tief in einen Tunnel hinein …

Ist das alles? Er fühlte sich schon ein wenig besser, zuversichtlicher, und war nahe daran, den Traummacher zu verspotten. *Ich hatte schon bessere Albträume, das kann ich dir sagen.*

Dann hörte er es. *Da kommt etwas.* Seltsame Schritte … sie klangen nicht wie Schritte eines Menschen, sondern patschend, merkwürdig, wie ein großes Tier, das durch Schlamm läuft, aber nicht auf vier, sondern auf zwei Beinen ... langsam, bedächtig und merkwürdig vertraut.

Robbie hörte auch den Atem. Er klang röchelnd, nasal, wie ein alter Mann mit einem schlimmen Schnupfen und noch schlimmeren Angewohnheiten.

Robbie grinste ins Halbdunkel. Jetzt wusste er, wie es klang: wie Ghoulo, der Fleischfresser. *Nicht besonders originell, Mann.* Das blaue Licht allein war unheimlicher gewesen, viel effektiver. Jeder *Limbo*-Fan könnte das hier zusammenträumen, obwohl Robbie plötzlich vermutete, dass der Traum jeden Augenblick eine Furcht erregende Wendung nehmen würde – sobald Ghoulo näher schlurfte und versuchte, ein Stück aus ihm herauszubeißen. Aber trotzdem ...

Der Tunnel verschwand in der Finsternis.

Scheiße.

Das blaue Licht war wieder da.

Du musst aufwachen, Rob.

»So, junger Mann«, sagte die Stimme, »weißt du jetzt, wo du bist?«

»Natürlich weiß ich das«, antwortete Robbie. Jetzt war ihm wieder unwohler. Der Traum dauerte zu lang, und er fühlte sich nicht allzu gut an.

»Irgendwo unter der Stadt«, sagte die Stimme.

»Ja, ja«, gab Robbie zurück. »Wie in *Limbo.* Ich habe es also herausgefunden. Lass mich jetzt aufwachen.«

»Du schläfst nicht«, sagte die Stimme.

»Ja, ja«, sagte Robbie wieder.

»Das hier ist erst der Anfang, Steel«, sagte die Stimme.

Steel. Jetzt verstand Robbie, warum er das hier träumte: wegen des Geschenks und der Nachricht von dem Irren – es war vollkommen logisch, dass er jetzt so etwas träumte.

»Du schläfst nicht«, sagte die Stimme noch einmal. »Dies ist kein Traum, Steel, es ist die Wirklichkeit. Das hier passiert wirklich.«

»Ja, sicher«, sagte Robbie mit dumpfer Stimme. »Ich bin Steel, Dakota ist im nächsten Tunnel, und der Weihnachtsmann kommt mit dem nächsten Zug.«

»So ähnlich«, sagte die Stimme nachsichtig.

Robbie hörte der Stimme nicht mehr zu. Das Ding auf seinem Kopf erstickte ihn allmählich, und er bekam Kopfschmerzen.

»Würdest du jetzt gern Dakota sehen, Steel?«

»Was?«, sagte Robbie gereizt.

»Ich fragte, ob du jetzt gern Dakota sehen würdest.«

Die Neugier verdrängte seinen Zorn. »Warum nicht.«

Das blaue Licht erlosch. Wieder wurde Robbie von plötzlicher Dunkelheit erschreckt. Dann verwandelte sie sich allmählich, und Robbie sah einen kleinen, schwach beleuchteten Raum mit feuchten Steinwänden. Wie eine Zelle. Robbie musste die Augen sehr anstrengen, um etwas zu erkennen. Da war jemand in dem Raum, lag auf einer Matratze auf dem Boden. Ein Mädchen. Sie lag auf der Seite. *Sie schläft*, dachte Robbie, während er angestrengt in ihre Richtung spähte und versuchte, sie besser zu sehen. Lange Beine, nackte Füße mit schmutzigen Fußsohlen ... sie trug das knappe Leder-Outfit, das Dakota in dem Spiel anhatte. Sie hatte den rechten Arm gehoben, um ihr Gesicht zur Hälfte damit zu bedecken, doch ihr Haar war lang und dunkel, wie ...

»Hübsch«, musste er zugeben.

»Dakota.«

»Okay«, sagte Robbie beinahe bewundernd.

»*Dakota.*«

Robbie merkte, dass die Männerstimme jetzt nicht mehr mit ihm sprach, sondern mit dem Mädchen in der Zelle.

»Wach auf, Dakota.«

Das Mädchen stöhnte leise und bedeckte ihr Gesicht noch mehr.

»*Dakota!*« Jetzt in schärferem Tonfall.

Sie wimmerte. Ihr Arm bewegte sich, sodass Robbie ihr Gesicht sehen konnte.

Sie war sehr schön. *Sie würde eine gute Dakota abgeben*. Der Traum hatte eine verrückte Wendung genommen. Robbie war davon ausgegangen, dass er *Limbo* träumen würde, das Spiel, aber sie war ein lebendiges, *menschliches* Mädchen, keine Cyber-Heldin. Bloß ein Mädchen.

»Sie ist nur ein Mädchen«, sagte er dem Traummacher.

»Falsch«, antwortete die Stimme. »Sie ist Dakota. Genau wie du Steel bist.«

Ja, ja, dachte Robbie, sagte es aber nicht laut.

»Draußen hatte sie einen anderen Namen«, erklärte die Stimme ihm, »genau wie du. Aber jetzt ist sie Dakota. Du *warst* Robert David Johanssen. Jetzt bist du's nicht mehr.«

Hoch mit dir, Robbie. Es wird Zeit, dass du wach wirst.

»Es ist schwer zu begreifen, das weiß ich«, sagte die Stimme sanft.

»Ich wache jetzt auf«, sagte Robbie.

»Ich hab dir ein Geschenk mitgebracht, Dakota«, wandte die Stimme sich wieder an das Mädchen. »Setz dein Headset auf, dann kannst du es sehen.«

Robbie hörte kaum zu. Er starrte nur das Mädchen an. Er sah jetzt, dass sie blaue Augen hatte, unter denen tiefe Schatten lagen, und sie war dünn. Zu dünn. Sie tastete auf der Matratze neben sich nach etwas, fand es und hob es auf. Irgendein Apparat. Ein *Headset*, hatte die Stimme gesagt.

Robbie hörte das Mädchen seufzen. Dann sah er, wie sie sich das Ding über den Kopf stülpte und es bis über Ohren und Augen herunterzog. Eine Art Glubschaugen-Brille. Hässlich. Sie bedeckte ihr hübsches Gesicht und verwandelte sie in eine Art Monster.

»Scheiße«, war das erste Wort, das Robbie sie sagen hörte. Leise, heiser.

Sie blickte nach unten, um etwas anderes zu suchen. Anscheinend konnte sie jetzt, wo sie dieses *Ding* trug, richtig sehen.

Handschuhe. Große, plumpe Handschuhe. Das Mädchen zog sie an.

»O Mann.« Ihre Stimme klang brüchig.

Sie sah Robbie direkt an.

»Steel«, sagte sie.

»Ja«, sagte die Stimme. »Ich sagte doch, ich würde dir einen neuen bringen, und hier ist er. Ist er nicht perfekt?«

Jetzt wusste Robbie, warum sein Kopf sich so schwer anfühlte, warum seine Stimme gedämpft klang und seine Hände so sperrig waren. Er legte sie aneinander und spürte die seltsame, ledrige Dicke. Dann hob er die rechte Hand ans Gesicht, tastete nach der Brille und fand sie.

»Lass das«, befahl die Stimme ihm scharf. »Es wird dir nicht gefallen, wenn du sie abnimmst.«

»Es gefällt mir jetzt auch nicht.«

Robbie kämpfte gegen seine Panik an. Er hasste es, in Panik zu geraten, die Kontrolle zu verlieren, und versuchte, sich zu beruhigen, indem er sich sagte, der Traummacher habe schließlich doch noch verdammt gute Arbeit geleistet. Der *Albtraummacher.*

Mehr als alles andere wollte Robbie aufwachen.

»Gewöhn dich daran, Steel«, sagte die Stimme.

DRITTER TEIL

23.

Kim entdeckte ihn, nicht ich.

Den Artikel der *New York Times* über einen sechzehnjährigen Jungen – der Sohn eines verstorbenen, tief betrauerten Konzertpianisten –, der verschwunden war, nachdem er kurz zuvor ein mysteriöses Geschenk erhalten hatte.

Ich mistete gerade meine Unterwäscheschublade aus, warf alte Unterhosen weg und versuchte, diverse einzelne Socken zu vermählen. Doch in Wahrheit versuchte ich, Zeit totzuschlagen, denn ich hatte Sommerferien. Ich hatte den Mädchen Frühstück gemacht, und Kim hatte Ella in die Schule gebracht (Rianna ging zurzeit alleine hin). Ich hatte die Post geholt und geöffnet, aussortiert, welche Rechnungen rasch bezahlt werden mussten und welche Werbung in den Müll konnte. Und dann war Kim zurückgekommen, worauf ich mich ins Schlafzimmer geschlichen und meine Unterwäscheschublade in Angriff genommen hatte.

Mit anderen Worten, ich tat *alles*, nur nicht das, was ich eigentlich tun sollte: meinen Roman schreiben – bei dem es sich, nebenbei bemerkt, um eine Geistergeschichte handelte, die auf dem Campus der Yale-Universität spielte. Ich hatte natürlich keinen Auftrag für einen Roman und rechnete auch nicht ernsthaft damit, einen Verleger zu finden, falls ich die Story jemals schreiben würde. Die Idee stammte aus der Zeit lange vor Simones Tod, und als das Verlangen, den Roman zu schreiben, Anfang 2000 endlich zurückgekehrt war – wie ein alter, tief sitzender Juckreiz –, hatte ich ihn als Zeichen der Genesung und Rückkehr zu geistiger Klarheit und Frische willkommen geheißen. Mein Plan war, die Sommerferien zu nutzen –

zumindest die ruhigen Tage, bevor auch die Ferien der Mädchen anfingen –, um den ganzen Tag zu schreiben und in der Universitätsbibliothek, die den Sommer über geöffnet blieb, oder in Yale selbst zu recherchieren.

Kim klopfte an die Tür. »Jake, kann ich hereinkommen?«

»Natürlich.«

Sie warf einen kurzen Blick auf den Stapel Unterwäsche auf meinem Bett. »Immer noch eine Schreibblockade?«

Ich gab keine Antwort.

»Man sagt«, wagte Kim sich weiter vor, »das Schreiben sei der einzige Ausweg aus einer solchen Blockade, selbst wenn man es nicht besonders gut kann.«

»Man sagt viel«, sagte ich. »Und das meiste ist Schwachsinn.«

Kim hielt die *Times* hoch. »Hier steht etwas, das du lesen solltest.«

Ich nahm ihr die Zeitung ab und schaute auf den Artikel, den sie fein säuberlich mit einem kleinen X markiert hatte. Ich sah das Foto eines vermissten Jungen namens Robert Johanssen, las die ersten paar Zeilen, warf Kim einen Blick zu, nahm die Zeitung mit zum Telefon auf meinem Nachttisch und setzte mich.

»Verdammt«, sagte ich.

»Glaubst du, da besteht ein Zusammenhang?«, fragte Kim.

»Auf jeden Fall glaube ich, dass wir es herausfinden sollten.«

Ich rief im Bostoner Büro von Lomax & Baum an und war froh, dass am anderen Ende Norman Baums sanfte Stimme ertönte. Wir hatten in den vergangenen zweieinhalb Wochen, seit die Coopers ihn beauftragt hatten, mehrmals miteinander gesprochen – oft genug, um zu wissen, dass Baum sich alle Mühe gab, etwas über Michael herauszufinden, bisher jedoch erfolglos.

»Sie haben den *Times*-Artikel gesehen«, sagte Baum prompt.

»Gerade eben.«

»Und Sie sind der Meinung, wir sollten uns mit der Mutter in Verbindung setzen.«

»Wir sollten herausfinden, von was für einem mysteriösen Geschenk da die Rede ist«, sagte ich.

»Da bin ich ganz Ihrer Meinung«, sagte Baum. »Ich wollte mich ohnehin bei Ihnen melden. Ich würde die Lady ja selbst anrufen, aber ich dachte, sie will vielleicht nicht mit einem Privatdetektiv sprechen.«

»Sie meinen, ich sollte sie anrufen?« Offenbar lag mir an Baums Zustimmung.

»Sie oder einer der Coopers«, sagte er. »Obwohl ich ihnen gern jede unnötige Aufregung ersparen würde, falls sie den Artikel noch nicht selber gelesen haben.«

Genauso sah ich es auch.

Ich fand Lydia Johanssens Nummer im Telefonbuch. Dann aber fragte ich mich, ob ich meinen Anruf nicht lieber gründlicher planen und mir ein kleines Drehbuch für die Kontaktaufnahme zurechtlegen sollte – schließlich fiel ich in einer verzweifelten und sehr heiklen Situation mit der Tür ins Haus. Andererseits sprach das vielleicht erst recht für Direktheit. Vielleicht würde ich die Lady ja nicht einmal selbst an den Apparat bekommen oder sie weigerte sich, mit mir zu sprechen.

Während Kim noch einmal fortging, um ein paar Lebensmittel einzukaufen, rief ich sie an. Es klingelte zwei Mal, dann meldete sich eine weibliche Stimme, tief und zaghaft.

»Spreche ich mit Mrs Johanssen?«

»Am Apparat.«

»Mein Name ist Jake Woods. Ich rufe aus Connecticut an, aus New Haven.«

»Ja?«

Ihr war keine Regung anzumerken, und das verstand ich sehr gut. Ich hatte mich für den direkten Weg entschieden, der schmerzlich, aber unter diesen Umständen am besten war. Ich erklärte ihr, dass ich den Artikel über ihren Sohn in der *Times* gelesen hatte, dass Freunde von mir in einer ähnlichen Lage waren und dass ich das Gefühl hatte, das mysteriöse Geschenk, von dem in der Zeitung die Rede war, deute möglicherweise auf einen Zusammenhang zwischen den beiden Fällen hin.

»Wie alt ist der Sohn Ihrer Freunde?«, fragte Mrs Johanssen, immer noch leise, aber jetzt lag eine gewisse Dringlichkeit in ihrer Stimme.

»Michael ist fünfzehn.«

»Wie lange wird er schon vermisst?«

Ich zögerte, da mir klar war, dass meine Antwort sie nur noch mehr erschüttern würde. Andererseits würde sich ja vielleicht herausstellen, dass es sich bei dem Geschenk um irgendeine Belanglosigkeit gehandelt habe und dass gar keine Verbindung zwischen den beiden Jungen bestand. Gab es jedoch einen Zusammenhang, war es umso besser für ihren Sohn, je eher die arme Frau davon erfuhr.

»Fast zwei Monate«, antwortete ich. Wir hatten mittlerweile den 7. Juni.

Sie schwieg eine ganze Weile.

»Mrs Johanssen, mir ist klar, dass es wahrscheinlich überhaupt keinen Zusammenhang gibt.«

Sie riss sich zusammen. »Was für ein Geschenk wurde Michael geschickt?«

»Ein Computerspiel«, antwortete ich nervös und hoffte inständig, dass ich falsch lag.

»Oh.«

Nur dieses eine Wort, mehr brachte sie in diesem Augenblick nicht heraus. Ich fühlte mich elend, um ihretwillen und wegen dem, was diese Neuigkeit möglicherweise für Fran und Stu bedeutete.

»Es war ein Spiel namens *Limbo*«, fuhr ich fort.

»Ja«, sagte sie. »Es lag auch ein Brief dabei, sagten Sie?«

»Ja. Unsigniert.«

»Genau wie bei Robbie«, sagte sie.

Himmel.

»Mr Woods …«, begann sie, verstummte dann aber.

»Ja?«, versuchte ich ihr weiterzuhelfen.

»Können wir uns treffen?«

»Natürlich«, sagte ich erstaunt. »Wenn Sie meinen, das könnte uns helfen.«

»Vielleicht kann ich ja auch Ihre Freunde treffen …«, sagte Lydia Johanssen.

Ich zögerte, weil ich daran dachte, welche Wirkung ein solches Treffen auf die Coopers haben würde. Würde es Fran helfen, eine andere Mutter kennen zu lernen, die sich in der gleichen Situation befand und mit der sie sprechen konnte? Oder würde es jede noch verbliebene Hoffnung zerstören, dass Mikey bloß ausgerissen war, mit Amnesie in irgendeinem Krankenhaus lag und bald zu den Eltern zurückkam?

»Lassen Sie mich zu Ihnen kommen«, sagte ich. »Falls es Ihnen nichts ausmacht.«

»Natürlich nicht.« Sie klang überrascht. »Aber ich dachte, Sie wohnen in New Haven?«

»Es ist nur eine Zugfahrt«, sagte ich, »und Sie wollen sicher lieber in der Nähe Ihrer Wohnung bleiben. Wir beide können zuerst reden, und dann möchten Sie vielleicht, dass ich mit der New Yorker Polizei über den Sohn meiner Freunde spreche.«

»Das wäre nett.« Sie hielt inne. »Müssen Sie denn nicht arbeiten?«

Mir gefiel ihre direkte Art. »Ich habe Urlaub«, erklärte ich. »Ich unterrichte an der University of New Haven. Professor Jacob Woods. Vielleicht möchten Sie das überprüfen und sichergehen, dass ich der bin, für den ich mich ausgebe.« Ich hielt inne.

»Wann können Sie kommen?«

Ich dachte an die Mädchen. Kim war heute nach der Schule zu Hause, das wusste ich. »Ich muss noch auf jemanden warten und fragen, ob es in Ordnung ist, wenn ich wegfahre, und dann …«

»Ich kann nicht von Ihnen erwarten, dass Sie alles stehen und liegen lassen«, sagte Lydia Johanssen.

»Es gibt nichts zum Liegenlassen. Wenn nichts dazwischenkommt, nehme ich den nächsten Zug, und wir sehen uns nachher.«

Wenn der Amtrak seine Sache gut macht, genieße ich die Zugfahrt nach Manhattan und verspüre jedes Mal einen Kitzel, wenn ich einen ersten Blick auf die Stadt werfe, selbst nach all diesen Jahren noch. Solange nicht gerade Rushhour oder Freitagnachmittag ist, finde ich nicht einmal Penn Station schlimm. Der heutige 12.20-Zug war pünktlich und brachte mich um 14 Uhr in die Stadt. Auch die Schlange am Taxistand war nicht allzu lang, und der Verkehr in Richtung Uptown hielt sich in Grenzen – aber trotz all dieser kleinen Segen war ich angespannt wie eine Geigensaite, als ich schließlich den Taxifahrer bezahlte und auf der Columbus Avenue ausstieg, nahe der Ecke West 73.

Ich habe diesen Teil der Stadt immer gemocht. Hier gibt es gute Restaurants, der Park ist in der Nähe, und das Lincoln Center liegt nur einen kurzen Fußweg entfernt. Ich konnte mir vorstellen, dass dies eine gute Wohngegend für die Witwe eines Pianisten und ihren Sohn war: gediegen, schmuck und sauber und von einem interessanten Querschnitt durch die Bevölkerung bewohnt.

Und *sicher*.

Lydia Johanssen erwartete mich an der Tür der Wohnung Nummer 15c, als ich aus dem Fahrstuhl stieg. Sie war jünger, als ich erwartet hatte, und sehr attraktiv, obwohl ich so etwas vielleicht in dieser Situation nicht hätte bemerken sollen (und um ehrlich zu sein, hatte ich solche Dinge seit Simone noch nicht allzu oft bemerkt).

»Professor Woods«, sagte sie und reichte mir die Hand.

»Jake, bitte.«

»Ich bin Lydia Johanssen.«

Ich schüttelte ihre feste, kühle Hand und blickte in angespannte, große, bernsteinfarbene Augen. Ihr blasses, ovales Gesicht wurde von glatten, dunklen, langen Haaren gerahmt. Ihr Blick ruhte fest auf meinem Gesicht, als suchte sie etwas; wahrscheinlich prüfte sie mich, um sicher sein zu können, dass ich wirklich hier war, um zu helfen, und dass meine Motive ehrlich waren. Sie hatte intelligente Augen.

»Bitte kommen Sie herein«, sagte sie schließlich.

Ich betrat den Flur der Johanssens, und mein Blick fiel auf eins meiner Lieblingsgemälde von Pat Singer sowie auf eine zarte Airbrush-Landschaft. Es war ein schmucker, einladender Flur.

»Ich kann Ihnen gar nicht genug danken, dass Sie den weiten Weg hierher gekommen sind.« Lydia Johanssen ging voraus ins Wohnzimmer. Sie trug weite, beigefarbene Hosen und ein langärmliges, cremefarbenes Baumwolloberteil, das für dieses Wetter viel zu warm aussah. Aber ich wusste, dass Trauer oder große Angst dem Körper ebenso viel antun können wie dem Geist, und ich erinnerte mich plötzlich, dass mir nach Simones Tod wochenlang kalt gewesen war ...

»Ich würde ja gern sagen, dass es mir unangenehm ist, Sie hierher geschleift zu haben«, sagte sie, »aber das wäre nicht ganz die Wahrheit. Ich bin viel zu dankbar, um ein schlechtes Gewissen zu haben.«

»Das ist auch nicht nötig«, sagte ich und meinte es auch so, zumal ich sicher war, dass mein Besuch ihr nichts weiter einbrachte als noch mehr Angst.

»Ich erwarte keine Wunder von Ihnen«, sagte sie. »Teilen Sie einfach nur Ihr Wissen mit mir. Alles. Lassen Sie nichts aus.«

Sie musste den Kopf ein wenig in den Nacken legen, um mit mir zu sprechen. Zwar war Lydia Johanssen in ihren flachen Schuhen keinesfalls klein, aber ich bin mit meinen einsfünfundachtzig recht groß, habe ziemlich breite Schultern und – wenn ich Rianna glauben darf, die sich gern um meine Gesundheit sorgt – einen beginnenden Bauchansatz.

Sie sagte, ich solle es mir bequem machen. Nachdem sie mich gebeten hatte, sie Lydia zu nennen und in einem großen alten Sessel mit weichem, elfenbeinfarbenem Bezug Platz zu nehmen, ging sie in die Küche, um Kaffee zu kochen. Ich nutzte die Gelegenheit, um mich im Zimmer umzusehen. Die gleiche heimelige Atmosphäre. Viele Fotos, ein paar von Lydia Johanssen selbst und einige von einem Mann, der wahrscheinlich ihr verstorbener Gatte Aaron war. Er sah nett aus, wenn auch ganz anders, als ich mir einen Konzertpianisten vorgestellt hätte, wie immer meine Vorstellung sein mochte. Es gab auch eine Menge Fotos von dem Jungen, dessen Bild ich in der *Times* gesehen hatte: Robert Johanssen, gut aussehend, dunkelhaarig wie seine Mutter, mit funkelnden blauen Augen und einem Grübchen im Kinn wie sein Vater.

Ich merkte, wie ich wütend wurde, genau wie an jenem Sonntag bei den Coopers.

Zwei großartige Jungen – junge Männer aus solider, sicherer Umgebung, die man aus ihrem Leben und aus ihren Familien herausgerissen hatte. Entführt. *Gestohlen.* Ich wünschte mir sehr, mich in dieser Hinsicht zu irren, aber dieses Computerspiel, das in beiden Fällen eine Rolle spielte, ließ diese Möglichkeit unwahrscheinlich erscheinen und sorgte dafür, dass ich mich fragte, warum wir hier Zeit verschwendeten, wenn wir doch eigentlich mit der Polizei und dem FBI sprechen sollten, auch wenn die Behörden wahrscheinlich schon von der Verbindung wussten.

Lydia hatte mir am Telefon gesagt, sie wolle aus erster Hand von dem anderen Fall hören. Vielleicht, dachte ich, während ich an Stu und Fran dachte, wollte sie das Gefühl haben, zumindest ein winziges Maß an Kontrolle zu besitzen. Vielleicht wollte sie die Fakten hören, bevor die große Maschinerie diese Informationen verschlang und zermalmte und zu allen möglichen Schritten verarbeitete, von denen sie nie erfahren würde. Mir war jetzt schon klar, dass die Szene hier sich drastisch von der unterscheiden würde, die ich bei den Coopers erlebt hatte, die verstört gewesen waren, weil sie das Gefühl hatten, dass niemand Michaels Verschwinden ernst nahm. Denn wenn Polizei und FBI von *Limbo* und den dazugehörigen Nachrichten in beiden Fällen erfuhren, würden sie die Sache *sehr* ernst nehmen.

Ich halte mich nicht für einen Anhänger der Vogel-Strauß-Taktik, aber in diesem Augenblick wünschte ich, Kim hätte diesen verdammten *Times*-Artikel niemals gesehen. Dann könnte ich jetzt vor meiner ungeordneten Sockenschublade und der Schreibblockade zu Hause sitzen, weit entfernt vom Schmerz dieser Mutter.

Wir tranken unseren Kaffee und sprachen eine Weile über Robert – Lydia nannte ihn Robbie. Dann erzählte ich ihr ein paar Dinge über mich selbst, über meine Vergangenheit, warum die Coopers sich an mich gewandt hatten, über Norman Baums Versuche, den Jungen zu finden, und über die Coopers selbst. Es gab noch weitere Gemeinsamkeiten zwischen den beiden Jungen, einmal abgesehen von ihrem Interesse für Computerspiele und den scheinbar festen familiären Verhältnissen. Sie sahen sich ein bisschen ähnlich: Beide waren dunkelhaarig, groß, athletisch und gut aussehend. Sie waren beliebt und hatten gute Freunde. Beide waren nicht besonders ehrgeizig in der Schule, und beide waren liebenswürdige und sportbegeisterte Jungs, obwohl ich den Eindruck hatte, dass Michael sein Lauftraining deutlich ernster nahm als Robbie irgendeinen Sport. Beide waren ganz normale Teenager – zufriedene, beliebte Jungs.

Auch dieser Gedanke ließ mich schaudern.

»Komisch war«, erzählte Lydia, »dass Robbie in dem Schreiben als *Limbo*-Master bezeichnet wird, was der Junge jedoch abstreitet. Er sagte, dass er das Spiel ganz gut beherrscht, aber nicht die Geduld gehabt habe, es lange genug zu spielen, um es zu einem ›Meister‹ zu bringen.« Sie verzog ein wenig den Mund. »Um das zu erreichen, muss man offenbar besessen sein.«

Ich versuchte mich zu erinnern, ob die Coopers Mikey als begeisterten *Limbo*-Spieler bezeichnet hatten, erinnerte mich aber hauptsächlich an Frans Widerwillen gegen dieses Spiel.

»Haben Sie schon mal *Limbo* gespielt?«, fragte ich Lydia.

Sie schüttelte den Kopf. »Das entspricht nicht meiner Vorstellung von Freizeitvergnügen.« Sie blickte mich an und fragte ängstlich und angespannt: »Konnte die Polizei in Brookline aus Michaels Nachricht irgendwelche Hinweise ableiten?«

»Die Coopers konnten die Nachricht nicht finden, nachdem Michael verschwunden war – sie nehmen an, dass er sie bei sich hatte. Was ist mit Robbies Nachricht?«

»Ich habe sie zusammen mit dem Spiel der Polizei gegeben. Sie waren meiner Meinung, dass vielleicht ein Zusammenhang mit Robbies Verschwinden besteht, aber beweismäßig scheint dieses Schreiben nicht viel wert gewesen zu sein.« Ihr Gesicht war starr vor Zorn, zumindest interpretierte ich es so, als sie aufzählte, was die Polizei alles nicht gefunden hatte: »Keine Fingerabdrücke, das Papier zählt zu den am häufigsten benutzten Sorten hierzulande, und die Schrift ist Standard auf den meisten PCs.«

Sie schwieg und senkte den Blick. Ich sah, wie sie die Lippen zusammenpresste und ihr Kinn verbissen nach vorn schob, und erkannte, dass sie um Fassung rang.

»Okay«, sagte ich nach einer hoffentlich angemessen langen Pause. »Also, was tun wir jetzt? Telefonieren wir ein bisschen und fragen nach, ob die Vermisstenabteilung über die Coopers Bescheid weiß?« Ich hielt inne. »Oder gibt es jemand anderen, den Sie gern zuerst anrufen würden?«

Ihr Kinn ruckte hoch, und sie blickte mich wieder an, aus ihrer Versunkenheit gerissen.

»Nein«, sagte sie, und in ihren warmen, aber verzweifelten Augen lag der Anflug eines Lächelns. »Lassen Sie uns den Anruf machen.«

Detective Mary Calhoun erwies sich als dünn und drahtig, mit kurzem blondem Haar und lebhaften grauen Augen. Sein Kollege, Detective Marcus Hobbs, war ein großer Afroamerikaner mit sanftem Gesicht. Ich hielt mich im Hintergrund, während Lydia die Männer informierte, worum es ging. Dann erzählte ich ihnen alles, was ich über den Fall Michael Cooper wusste. Ob die Polizei in Brookline von Robbie Johanssen wusste oder nicht, auf jeden Fall war die Information bisher noch nicht zu diesen beiden Detectives durchgedrungen. Sie hörten aufmerksam zu und machten sich Notizen, verschwendeten keine Zeit, dankten uns beiden, versicherten Lydia, dass sie unverzüglich mit den neuen Hinweisen arbeiten würden, und gingen wieder.

Es war kurz vor fünf. Das Treffen hatte nicht einmal vierzig Minuten gedauert.

Für mich gab es keinen Grund, noch länger zu bleiben.

»Ich schätze, ich sollte jetzt gehen«, sagte ich, als Lydia wieder ins Wohnzimmer kam, nachdem sie die beiden Detectives zur Tür begleitet hatte.

»Ja«, sagte sie. »Natürlich.«

Sie warf einen Blick auf die Armbanduhr und schien erstaunt, wie spät es schon war. Sie sah blass und erschöpft aus, was kaum überraschte.

»Ich könnte noch ein wenig bleiben«, sagte ich zu ihr. »Falls ich irgendetwas tun kann ...?«

Lydia schüttelte den Kopf. »Nein. Sie haben schon mehr als genug getan.« Dann kam ihr plötzlich ein Gedanke. »Ich könnte Ihnen etwas zu essen machen. Sie müssen Hunger haben.«

»Nein«, sagte ich. »Ich kaufe mir im Zug eine Kleinigkeit, und zum Abendessen bin ich wieder zu Hause.«

»Bei Ihren Kindern«, sagte sie leise. »Natürlich.«

Ich stand auf. Plötzlich fühlte ich mich seltsam, irgendwie fehl am Platz. Es war eine unnatürliche erste Begegnung gewesen, auf kuriose Weise unkompliziert, weil die Umstände die Konventionen aufgehoben hatten. Aber ich hatte erledigt, weswegen ich gekommen war – das Wenige, das ich tun konnte, war getan.

Zeit, mich auf den Weg zu machen. Ich ging zur Wohnungstür.

»Sie waren sehr nett.« Lydias Stimme wirkte plötzlich so erschöpft wie ihr Gesicht. »Ich weiß gar nicht, wie ich Ihnen danken soll.«

»Es gibt nichts zu danken«, sagte ich ihr noch einmal. »Ich hoffe nur, dass ich ein bisschen helfen konnte.«

»Das konnten Sie.«

»Ich nehme an, Sie werden so schnell nichts hören«, sagte ich.

Sie schüttelte den Kopf.

»Die Detectives werden sich mit Brookline in Verbindung setzen, vielleicht auch mit dem FBI sprechen.«

»Ja.« Sie stand wieder nahe am Abgrund.

Du musst jetzt gehen, Jake. Die Frau braucht Ruhe.

Zur Hölle mit der Ruhe. Was Lydia brauchte, war ein dunkelhaariger, blauäugiger Sechzehnjähriger in ihrer Wohnung, in ihren Armen.

»Wenn ich noch etwas tun kann«, sagte ich, »rufen Sie mich bitte an.«

»Mach ich«, sagte sie.

Im Zug, auf dem Weg zurück zu meinen Töchtern – Gott sei Dank –, musste ich immerzu an Lydia Johanssen denken und daran, wie sie sich gefühlt hatte. Ich hoffte, dass sie gleich ins Bett gegangen und eingeschlafen war, bezweifelte es aber. Wahrscheinlich hatte sie kaum Schlaf bekommen, seit Robbie fort war.

Ich war plötzlich wütend und unsicher, ob ich die Sache richtig angegangen war. Vielleicht hätte ich die Informationen einfach nur an die Cops weiterreichen sollen, entweder in Brookline oder in New York, und es ihnen überlassen sollen, die Teile des Puzzles zusammenzusetzen. Dann hätte Lydia noch nicht – vielleicht *gar nicht* – von der möglichen Verbindung zu den Coopers erfahren müssen.

Denn was hatte es ihr schon gebracht? Nur das schreckliche Wissen, dass der Sohn anderer Leute ebenfalls verschwunden war, unter beängstigend ähnlichen Umständen wie Robbie, und vor beinahe *zwei Monaten*. Und dass man seither nichts von ihm gehört hatte ...

Lydia Johanssen war in meiner Gegenwart höflich und unglaublich tapfer gewesen, aber mit Sicherheit hatte ich letztlich nichts anderes erreicht, als ihr Leiden um ein Tausendfaches zu verschlimmern.

Gut gemacht, Jake.

24.

Robbie gewöhnte sich *nicht* daran, wie die Stimme es ihm befohlen hatte.

Er begriff nur, was geschah, wenn er sich das Headset abriss, Brille und Kopfhörer abnahm und die Handschuhe auszog, ohne die entsprechenden Anweisungen bekommen zu haben. Dann stürzte er plötzlich in tiefste Finsternis und völlige Stille – ein Gedanke, der ihn mit grauenvollem Entsetzen erfüllte, als hätte man ihn lebendig begraben.

Dies war bisher die einzige Form der Bestrafung für Ungehorsam, die er erfahren hatte: dass man ihn vom Leben, sogar von diesem winzigen Zipfel der Welt abtrennte, während seine Sinne nach wie vor lebendig waren und wie verrückt in der Dunkelheit umherjagten.

Folglich musste er das Headset jedes Mal, wenn er es abnahm – weil er das Gefühl hatte, es tun zu *müssen* –, ein paar Minuten später wieder aufsetzen.

Um wieder angeschlossen zu sein.

Das große Problem war, *woran* er angeschlossen war.

25.

Zwei Tage nach meinem Besuch in New York rief Lydia mich an. Es war früher Nachmittag. Ich war alleine zu Hause und saß an meinem Computer im Arbeitszimmer. Ich hatte an diesem Morgen zwei Seiten geschrieben und seit dem Mittagessen zwei Zeilen. Durchs Fenster lockte mich das Grün auf dem Wooster Square, hinauszugehen und einen Spaziergang zu machen – anders ausgedrückt: Ich konnte nicht behaupten, dass beim Schreiben meines Romans die Worte nur so strömten.

»Es gibt Neuigkeiten.« Lydias Stimme klang verzweifelt und angespannt. »Ich weiß nicht, ob Sie von Ihren Freunden schon davon erfahren haben, aber ich dachte, Sie wollten es vielleicht wissen.«

»Ich weiß von nichts«, antwortete ich nervös. Nach meiner Rückkehr aus New York hatte ich mit Norman Baum gesprochen, und wir waren uns einig gewesen, dass es keinen Sinn hatte, Fran und Stu etwas zu erzählen, bevor sie es wissen *mussten*. Wir würden nur Salz in ihre Wunden streuen, so wie ich es bei Lydia Johanssen getan hatte.

»Detective Calhoun war heute Morgen bei mir«, berichtete Lydia, »und sagte mir, dass die Datenbank der Vermisstenabteilung drei ähnliche Fälle gefunden hat.«

»Wo?«

»Ein fünfzehnjähriger Junge aus Harrisburg, Pennsylvania, und zwei Mädchen – eine Sechzehnjährige aus Providence, Rhode Island, und ein Mädchen aus Atlantic City, erst vierzehn Jahre alt.« Lydia räusperte sich. »Sie alle sind in den letzten vier Monaten verschwunden, Jake, und ihnen allen wurde dieses Spiel geschickt.«

Ich wusste nicht, was ich sagen sollte. Ich war wie betäubt.

»Ich weiß, was Sie jetzt empfinden«, sagte Lydia. »Es ist zu schrecklich, um es zu begreifen.«

Mühsam riss ich mich zusammen. »Hat Calhoun sonst noch etwas gesagt?«, wollte ich wissen.

»Ja. Das FBI stellte eine Sonderkommission zusammen. Eine *beachtliche* Sonderkommission, sagte er.«

»Das ist gut.«

»Wahrscheinlich«, sagte sie.

Ja, sicher, das ist großartig. Jetzt wusste sie, dass ihr Sohn nur eins von fünf entführten Kindern war. *Entführt.* Zumindest das stand nun nicht mehr in Frage.

»Wie kommen Sie zurecht, Lydia?«

»Ich weiß es nicht«, antwortete sie ehrlich. »Ich bin hier. Ich stehe morgens auf, halte den Tag irgendwie durch, gehe abends ins Bett, und dann geht alles wieder von vorne los.«

»Können Sie schlafen?«

»Nicht viel.«

Dumme Fragen.

»Haben Sie Menschen um sich?« Endlich etwas halbwegs Intelligentes. »Die sich um Sie kümmern?«

»Ich habe ein paar gute Freunde«, sagte Lydia.

»Danken Sie Gott für gute Freunde«, sagte ich.

»Ja.« Sie hielt inne. »Ich wollte Sie nur wissen lassen, was passiert ist, Jake. Dank Ihnen arbeiten jetzt viel mehr Leute daran, Robbie und die anderen zu finden.«

»Die Polizei wäre ohnehin auf den Zusammenhang gestoßen«, sagte ich.

»Aber Sie haben uns allen Zeit gespart, und dafür bin ich Ihnen sehr dankbar.«

»Kann ich noch etwas für Sie tun?« Ich hielt inne. »Egal was.«

»Nein, ich glaube nicht.«

Warum sollte sie einen Fremden brauchen, wenn sie gute Freunde hat?

»Vielen Dank, dass Sie mich informiert haben, Lydia«, sagte ich.

»Das ist das Mindeste, was ich tun konnte, Jake.«

Ich wünschte ihr Glück, und wir verabschiedeten uns.

Ich legte auf und starrte wieder nach draußen auf den Platz. Ich ärgerte mich über mich selbst, weil ich so verdammt höflich und unnatürlich gewesen war. Diese Frau besaß viel Würde und großen Mut, und ich bewunderte sie unendlich dafür, dass sie eine solche Stärke an den Tag legte, wo es sie doch innerlich zerreißen musste. Und ich hatte nichts anderes getan, als ihr für die Information zu danken – als hätte sie aus einem Geschäft angerufen, um mir mitzuteilen, dass meine Bestellung eingetroffen sei.

Scheiße, Jake.

Ich machte mir selbst grundlos das Leben schwer. Es gab einfach nichts, was ich für Lydia Johanssen tun konnte. Es gab nur einen Trost für sie: Robbie wieder zu Hause zu haben. Und das FBI konnte das mit Sicherheit am ehesten schaffen – nicht etwa Jake Woods, Strafrechts-Dozent und vor einer halben Ewigkeit selbst mal Ermittler. Lydia hatte mich nur aus Höflichkeit angerufen, aus keinem anderen Grund. Am besten, ich kümmerte mich um meinen eigenen Kram, setzte meine Sommerpläne in die Tat um, schrieb eine Rohfassung des verdammten Romans und fuhr mit den Mädchen irgendwohin, wenn die Ferien anfingen. Ans Meer oder aufs Land, um ein bisschen altmodischen Spaß mit ihnen zu haben, bevor wir alle noch vergaßen, wie das ging.

Leichter gesagt als getan.

Am Tag nachdem ich von den anderen Fällen gehört hatte, fuhr ich Fran und Stu besuchen. Es ging ihnen noch viel dreckiger als beim letzten Mal, was ja auch kein Wunder war. Schließlich war ein weiterer Monat verstrichen, ohne dass sie ein Wort von Mikey gehört hatten. In einer Hinsicht jedoch schien Stu, im Unterschied zu Fran, ein bisschen positiver gestimmt zu sein.

»Zumindest wissen wir jetzt, dass *wirklich* alles getan wird«, sagte er zu mir, als Fran gerade in der Küche war. »Ich meine, die anderen Eltern tun mir entsetzlich Leid, aber immerhin weiß die Polizei jetzt, dass wir die Wahrheit gesagt haben.«

»Das wussten sie ohnehin schon, Stu«, sagte ich. »Sie brauchten einfach nur mehr Fakten.«

Er verzog das Gesicht. »Wir haben ihnen unsere Fakten mitgeteilt, Jake.« Er warf einen kurzen Blick in Richtung Küche, war jedoch kaum in der Lage, seine Stimme zu senken. »Die Polizei hielt uns für schlechte Eltern – sie dachten, Mikey wäre uns davongerannt. Sie hörten nicht einmal zu, als wir ihnen von dem Brief erzählten.«

Ich erzählte Stu, dass die vorläufige Untersuchung der Nachricht an Robbie Johanssen durch die New Yorker Polizei meines Wissens keinerlei Ergebnisse erbracht hatte.

»Zumindest haben sie ihr *geglaubt*.« Er schien sehr verbittert.

Ich versuchte ihm noch einmal deutlich zu machen, dass er mit seiner Einschätzung der örtlichen Polizei meiner Meinung nach falsch lag, doch Fran kam wieder ins Zimmer, und Stu wechselte das Thema. Dann aber sagte Fran, sie wisse sehr genau, worüber er gerade gesprochen habe, und dass sie befürchte, er entwickle in dieser Hinsicht eine Art von Besessenheit – und die würde bestimmt nicht helfen, ihren Sohn wieder nach Hause zu bringen.

Und wieder konnte ich nicht das Geringste tun, um zu helfen – außer vielleicht, Fran und Stu aus den Augen zu gehen. Und das tat ich dann auch, und ich fühlte mich schlechter denn je.

Ich gab mir alle Mühe, die ganze Geschichte aus meinem Kopf zu verbannen, doch ich kam einfach nicht zur Ruhe. Egal ob ich schrieb, las, einkaufte, kochte, mit meinen Kindern spielte, mich mit Kim und Tom unterhielt oder in der Universitätsbibliothek arbeitete – meine Gedanken schweiften immer wieder zu den Coopers und zu Lydia Johanssen.

Besonders zu Lydia.

Spät an einem Samstagabend, als sie nicht schlafen konnte, kam Rianna zu mir ins Arbeitszimmer und schaute über meine Schulter auf den Computerbildschirm.

»Du arbeitest immer noch an derselben Seite wie heute Morgen.«

»Danke, mein Kind.« Ich drehte mich mit dem Stuhl um und sah zu meiner wunderhübschen älteren Tochter auf. »Bist du schon wieder gewachsen?« Es schien erst gestern gewesen zu sein, dass sie klein genug war, um sich auf meinen Schoß kuscheln zu können, und jetzt stand sie da in dem weiten *High Fliers*-T-Shirt – ein schönes, grauäugiges Mädchen mit wundervoll geschwungenen Augenbrauen und langen Beinen.

»Was ist, Daddy?« Rianna war nicht abzulenken.

»Nichts. Wie kommt es, dass du nicht schlafen kannst?«

Sie zuckte mit den Achseln. »Ich hab geschlafen, aber dann bin ich aufgewacht.«

»Schlecht geträumt?«

»Nein. Ich bin einfach nicht müde.« Sie sah demonstrativ an mir vorbei auf den Computer. »Ist es sehr schwer?«

»Ja.«

»Du Armer.« Sie sah mich mitfühlend an. Dann ging sie zu dem Tisch, auf dem mein großer alter Globus stand, der sie schon immer fasziniert hatte. Sie drehte ihn, stoppte ihn mit der Hand und fuhr mit dem Finger über Südamerika. »Es ist nicht nur das Buch, das dir Sorgen macht, nicht wahr?«

»Ist es nicht?«

»Du bist irgendwo ganz anders, seit du nach New York gefahren bist, um dich mit Robbie Johanssens Mutter zu treffen.«

»Bin ich das?« Ich hatte den Mädchen nur eben so viel erzählt, dass ich damit durchkam, da sie ja bereits von Michaels Verschwinden wussten. Der Gedanke, dass meine

Reaktion auf schlimme Ereignisse mich so sehr traf, dass Rianna – vielleicht auch Ella – es mir anmerkte, bestürzte mich. »Es tut mir Leid, mein Schatz. Ich wollte nicht so sein.«

Rianna drehte sich um, blickte mich wieder an. »Ist schon okay, Daddy. Ich weiß, dass du wegen Mikey und den anderen beunruhigt bist.«

»Den anderen?« Die Verbindung, die die Datenbank zu den anderen vermissten Kindern hergestellt hatte, war bisher noch nicht zu Zeitungen und Nachrichtensendungen vorgedrungen, und ich hatte die Neuigkeit mit Sicherheit weder Rianna noch Ella erzählt. Meinen eigenen Kindern Albträume zu bereiten war das Letzte, was ich wollte.

Rianna sah mich ein wenig verlegen an. »Ich habe gehört, wie du mit Kim und Tom darüber gesprochen hast.«

Das war vor zwei Tagen gewesen, abends, als ich dachte, Rianna sei in ihrem Zimmer.

»Ich hab nicht gelauscht«, sagte sie schnell.

»Wirklich nicht?«

»Ich hab euch bloß gehört.« Sie zuckte mit den Achseln. »Ich konnte es ja schließlich nicht wieder vergessen, nur weil ich's nicht hätte hören sollen.«

Ich lächelte. »Wahrscheinlich nicht.«

»Ich habe es Ella nicht erzählt«, versicherte sie mir.

»Da bin ich froh«, sagte ich.

Wir sahen einander einige Sekunden lang in die Augen, und ich wusste, dass sie nach irgendetwas suchte. Und wohin – oder eher zu *wem* – schweiften meine Gedanken auf direktem Weg? Zu Lydia Johanssen.

Und das nicht nur wegen der schrecklichen Lage, in der sie sich befand.

Verdammt.

26.

Ich rief sie am Montagmorgen an, nachdem die Mädchen in die Schule gegangen waren.

Lydia hob gleich ab. Sie klang abwesend und besorgt. Sie behauptete, dass sie sich freue, von mir zu hören, sagte, es gäbe nichts Neues und dankte mir für meinen Anruf. Höflich, aber distanziert. Offensichtlich hatte ich mit meiner Vermutung, dass Lydia Johanssen meine Unterstützung nicht brauchte, den Nagel auf den Kopf getroffen. Ich wünschte ihr von Herzen alles Gutes und verabschiedete mich.

Besser so, sagte ich mir. Für mich zumindest. Jetzt konnte ich sie mir wenigstens aus dem Kopf schlagen und mich auf mein eigenes Leben konzentrieren.

Ich hatte tatsächlich fünf Seiten geschrieben, als sie zurückrief.

»Es tut mir schrecklich Leid, Jake.«

»Was denn?«

»Es waren Leute bei mir, als Sie heute Morgen anriefen, und ich konnte nicht richtig sprechen und bin Ihnen wahrscheinlich unhöflich erschienen. Dabei habe ich mich sehr gefreut, von Ihnen zu hören.«

»Nun ja«, sagte ich, »ich fand, dass Sie besorgt klangen.«

Lydia lachte bitter. »Ich habe vergessen, wie es ist, *nicht* besorgt zu sein.«

»Ich war nicht sicher, ob ich Sie anrufen sollte«, gestand ich.

»Warum nicht?«

»Ich will mich Ihnen nicht aufdrängen. Es ist eine sehr schwierige Zeit für Sie.«

»Sie drängen sich nicht auf, Jake, glauben Sie mir.«

Ich glaubte ihr. Ich bat sie, kurz am Apparat zu bleiben, während ich meine schriftstellerischen Ergüsse auf Diskette speicherte, damit ich das schnurlose Telefon nehmen und vom Schreibtisch aufstehen konnte.

»Hier bin ich wieder«, meldete ich mich zurück.

»Ich habe Sie bei der Arbeit gestört«, sagte sie.

Jetzt musste ich lachen. »Das ist das Netteste, was man dieser Tage für mich tun kann.«

»Sagten Sie nicht, Sie unterrichten sehr gern?«

Ich erzählte ihr ein wenig über meinen so genannten Gruselroman, und sie erklärte, sie sei beeindruckt. Ich sagte, dazu bestehe überhaupt kein Grund, worauf sie erwiderte, der Roman sei wahrscheinlich wesentlich besser, als ich behauptete; sie hielte mich ohnehin für zu bescheiden. Ich mochte sie von Sekunde zu Sekunde mehr.

»Darf ich Ihnen etwas erklären, Jake?«

»Natürlich.«

»Als Sie bei mir waren ... obwohl wir Fremde waren, hatte ich das Gefühl, dass Sie verstanden haben. Dass Sie *wirklich* verstanden haben, in was für ein schwarzes Loch ich gefallen bin.«

Ich schwieg. Ich hatte nicht das Bedürfnis, sie zu unterbrechen.

»Sie sagten nicht viel, Sie bemühten sich nicht zu sehr. Ich hatte das Gefühl, es lag daran, dass Sie mich verstanden hatten.«

»Ich kann nicht einmal ahnen, was Sie durchmachen, Lydia.«

»Ich sag ja auch nicht, dass Sie es *wussten*, nur, dass Sie es zu verstehen schienen.« Sie schwieg kurz, dann fuhr sie hastig fort: »Meine Freunde sind großartig. Ich habe großes Glück, dass ich sie kenne, und ich bin wahrscheinlich undankbar, aber die Wahrheit ist ... wenn sie zurzeit bei mir sind, fühle ich mich schrecklich eingeengt.«

Sie verstummte. Die Pause schien beabsichtigt zu sein, als wolle sie mir die Chance geben, sie zu unterbrechen, aber das wollte ich nicht. Lydia wollte mit mir reden, und ich glaube, darauf hatte ich die ganze Zeit gewartet.

»Ich habe immer das Gefühl, ich müsse mich gut benehmen, wenn Menschen um mich sind«, fuhr sie fort, »was jedoch ganz und gar nicht deren Schuld ist. Meiner Freundin Anna Franklin, zum Beispiel, würde es nicht das Geringste ausmachen, wenn ich mir alle Kleider vom Leib reißen und zu schreien anfangen würde ... na ja, ich nehme an, sie würde einen Arzt anrufen, aber das ist nicht der Punkt.« Sie hielt wieder inne, diesmal, um Atem zu holen. »Es geht darum, dass ich mich jetzt nicht benehmen will. Ich will eigentlich *gar nichts* tun müssen, *gar nichts* sein müssen. Ich fühle mich wie in einem Niemandsland, in einer Art Limbo, wie der Titel dieses entsetzlichen Spiels. Aber meine Freunde versuchen immer wieder, mich aus diesem Loch herauszuholen. Sie bringen mir zu essen, versuchen, dafür zu sorgen, dass es mir besser geht – als *könnte* es mir besser gehen, als könnte ich *essen*, als würde mich *irgendetwas* interessieren, während Robbie Gott weiß wo ist. Während er vielleicht gerade die Hölle durchlebt ... vielleicht auch gar nichts mehr ...« Sie hielt abrupt inne.

Einen Schritt zu weit gedacht, erkannte ich.

»Verdammt«, sagte sie.

»Es ist in Ordnung.«

»Sehen Sie?«, sagte Lydia. »Genau aus diesem Grund wollte ich Sie noch einmal anrufen. Es ist so einfach, mit Ihnen zu sprechen, vor Ihren Augen hysterisch zu werden. Sie haben keine Erwartungen, wie ich mich benehmen sollte, wahrscheinlich vor allem deshalb, weil Sie mich nicht kennen.«

»Vielleicht weiß ich auch nur, wann ich meinen verdammten Mund zu halten habe«, sagte ich.

Sie lachte, und der Klang gefiel mir.

»Da ist noch etwas anderes«, fuhr sie mit abruptem Stimmungswechsel fort. »Es geht um die FBI-Ermittlungen.«

»Gibt es ein Problem?«

»Ich glaub schon«, antwortete sie. »Aus meiner Sicht zumindest.« Wieder schwieg sie einen Augenblick. »Würden Sie mir noch ein wenig Zeit opfern, Jake? Ich weiß, ich bin aufdringlich.«

»He«, sagte ich. »Ich dachte, das Thema Aufdringlichkeit hätten wir abgehakt.« Ich verspürte Freude und war zugleich aufgeregt – ein intensives und ziemlich komplexes Gefühl. »Wie wäre es morgen zum Mittagessen?«

»Gern«, sagte Lydia.

»Ich würde Sie ja nach New Haven einladen, aber ich weiß, dass Sie lieber vor Ort bleiben möchten. Wenn Kim ... sie hilft mir, mich um meine Töchter zu kümmern ... wenn Kim Zeit hat, könnte ich den Frühzug nehmen.« Ich hielt inne. »Wenn Sie wollen.«

»Ich würde mich freuen«, sagte Lydia.

Wir hatten vereinbart, dass ich von der Penn Station ein Taxi direkt zum *Ocean Grill*-Restaurant in der Columbus Avenue nehmen sollte. Es war nur ein paar Blocks vom Haus der Johanssens entfernt. Lydia saß an einem Tisch auf der Terrasse im Schatten eines Sonnenschirms, vor ihr stand ein Glas kalter Wein. Wir schüttelten uns die Hände, und ich setzte mich ihr gegenüber.

»Es ist sehr schön hier«, sagte ich und war wieder schier überwältigt von ihrem guten Aussehen. Sie trug ein schlichtes, aber schön geschnittenes beigefarbenes Kleid, das ihre nackten, wohlgeformten Arme sehen ließ. Ich fragte mich, ob sie Sport trieb, und dachte wieder an meine Taille, die zwar nicht so füllig war, wie Rianna behauptete, aber definitiv nicht mehr so schlank war wie einst. Vielleicht sollte ich auch wieder mit Sport anfangen.

Lydia lächelte mich an. »Sie sehen gut aus«, sagte sie. »Entspannter.«

»Das bin ich auch.« Ich sah mich um. »Dieses Wetter hilft.« Es war ein wundervoller Tag in New York. Blauer

Himmel, warme, frische Luft und gut gelaunte Passanten.

»Wissen Sie«, sagte Lydia, »während ich hier saß und wartete und dabei am Wein nippte, hatte ich kurz das Gefühl, in die wirkliche Welt zurückgekehrt zu sein.« Sie schüttelte den Kopf. »Was natürlich eine Illusion ist.«

»Würden Sie das Mittagessen lieber ausfallen lassen und nach Hause gehen, um zu reden?«

»Nein«, antwortete sie entschieden. »Ganz und gar nicht.«

Ich versuchte, ihren Gesichtsausdruck abzuschätzen, doch sie trug eine dunkle Sonnenbrille, sodass er schwer zu beurteilen war. »Wenn Sie höflich sein wollen, weil ich wieder hergekommen bin, und glauben, dass ich dafür ein Mittagessen erwarte ... um mich brauchen Sie sich keine Gedanken zu machen.«

»Das tue ich auch nicht«, sagte Lydia. »Obwohl Sie einen weiten Weg zurückgelegt haben. Aber ich habe schon zu viel Zeit in meinem privaten Kerker verbracht, deshalb werde ich die nächsten zwei Stunden genießen. Sally, meine Haushaltshilfe, nimmt alle Anrufe entgegen und verständigt mich per Handy, wenn etwas Wichtiges sein sollte.« Sie beugte sich zur Seite, holte ein kleines Handy aus ihrer Tasche und legte es auf den Tisch. »Also, bestellen wir uns etwas zu essen. Ich habe mir vorgenommen, dass ich wenigstens *versuche*, mich zu entspannen.«

»Gut.« Ich bestellte mir ein Glas Chardonnay.

Es gelang uns, während des Essens – es gab Krabbenpasteten mit gerösteten Maiskolben – das Grauen weitgehend fern zu halten. Jedoch nicht ohne Mühe; wir wussten beide, dass wir schauspielerten – sie natürlich weit mehr als ich –, aber es war trotzdem schön. Lydia erzählte mir ein wenig über ihre Gesangskarriere und ihre Arbeit als Lehrerin und gab sogar ein paar Anekdoten über ihren verstorbenen Ehemann zum Besten. Ich sprach ein wenig über Simone, den Autounfall, unseren Umzug nach New Haven und über Rianna und Ella – allerdings nicht zu viel, weil es mir verdammt unfair erschien, über meine Kinder zu sprechen, die gesund und munter in der Schule saßen.

Schließlich hielt ich die Zeit für gekommen, das eigentliche Thema anzuschneiden.

»Sie sagten, Sie hätten ein Problem mit dem FBI.«

Lydia legte ihre Gabel hin und nahm die Brille ab. »Eher eine Sorge als ein Problem.« Ihre Augen schienen sich zu verdunkeln. »Vor zwei Tagen sprach ich mit Roger Kline. Er ist der Special Agent, der die Sonderkommission leitet, wissen Sie.«

»Ja.« Baum hatte es mir erzählt. Offenbar hatte Kline eine ziemlich gute Aufklärungsquote.

»Ich habe ihn gefragt, ob Polizei oder FBI mit den Erfindern des Spiels zusammenarbeiten, denn ich bin der Meinung, das könnte helfen, den Entführer besser zu verstehen.«

»Gute Idee.« Wahrscheinlich schlug das FBI diesen Weg automatisch ein.

»Kline hat mich abgewimmelt«, sagte Lydia. »Er habe mit den Direktoren des Software-Unternehmens gesprochen, das *Limbo* herstellte, die Eryx Software. Dort sei man schockiert, dass jemand das Spiel auf diese Art benutze, sagte Kline, aber ein weitergehendes Interesse an diesem Softwareunternehmen schien er nicht zu haben.«

Ich blickte in ihr zweifelndes Gesicht. »Was macht Ihnen denn Sorgen? Glauben Sie, jemand aus dieser Firma könnte darin verwickelt sein?«

»Nein, natürlich nicht«, sagte Lydia. »Obwohl nichts unmöglich ist.« Sie hielt inne. »Jedenfalls habe ich den Eindruck, das Spiel ist für den Schweinehund, der Robbie und die anderen Jugendlichen entführt hat, aus irgendeinem Grund wichtig, und es erscheint mir nur logisch, dass die Leute von Eryx mehr über das Spiel wissen als jeder andere.«

»Allerdings«, sagte ich.

Sie beugte sich näher zu mir, gerade als der Ober kam,

um nachzusehen, ob wir fertig gegessen hatten. Als ich den drängenden Ausdruck auf Lydias Gesicht sah, verabschiedete ich mich vom Rest meiner Krabbenpastete, und unsere Teller wurden abgeräumt.

»Ich habe beschlossen, Eryx selbst aufzusuchen und mit den Leuten dort zu sprechen«, sagte Lydia leise. »Mit den Direktoren des Unternehmens. Das wollte ich Ihnen sagen, Jake.«

»Sie wollen zu Eryx fahren?«

»Warum nicht?« Sie hob trotzig das Kinn.

»Haben Sie Special Agent Kline von der Idee erzählt?«

»Noch nicht.«

»Ich finde, das sollten Sie tun. Ich gehe nämlich davon aus, dass Klines Leute Eryx genauer unter die Lupe nehmen, als Sie denken. Andererseits«, fuhr ich bedächtig fort, »wenn Sie Fragen haben, hat wohl niemand ein größeres Recht als Sie, diese Fragen zu stellen.«

»Danke.« Der Trotz verschwand aus ihrer Miene.

»Aber ich würde Ihnen davon abraten, irgendwas zu unternehmen, ohne zuvor mit Kline darüber zu sprechen.«

Lydia setzte sich wieder aufrecht hin, griff nach ihrer dunklen Brille und setzte sie auf. Ich konnte ihr nicht länger in die Augen sehen, glaubte aber, sie inzwischen gut genug zu kennen, um zu wissen, dass es nicht leicht war, sie von einem Vorhaben abzubringen.

»Unterschätzen Sie das FBI nicht.« Ich bin vermutlich auch nicht ganz einfach vom Weg abzubringen, wenn ich etwas zu sagen habe. »Ich weiß genug darüber, wie sie arbeiten, wenn es um Verbrechen an jungen Leuten geht. Dann zieht das FBI sämtliche Register.«

»Glauben Sie wirklich?« Immer noch zweifelnd.

»Ja. Man kann Sie natürlich nicht über jeden Schritt informieren, Lydia«, sagte ich, »aber ich kann Ihnen versprechen, dass es Männer und Frauen gibt, die sich den Hintern aufreißen, die rund um die Uhr arbeiten, die kaum Schlaf kriegen und ihre eigenen Familien nicht mehr zu Gesicht bekommen.« Ich beugte mich vor und blickte sie eindringlich an. »Nehmen Sie zum Beispiel dieses Schreiben. Es mag auf den ersten Blick nicht allzu viel verraten, aber dem FBI stehen unglaubliche Mittel zur Verfügung, und diese Mittel wird man einsetzen, darauf können Sie wetten. Und das gilt nicht nur für die Nachricht, sondern für jeden *Krümel* an Information.«

Der Ober kam wieder und reichte uns die Dessertkarten. Wir bestellten beide Kaffee, und ich sprach einfach weiter in der Hoffnung, dass Lydia sich dadurch ein bisschen besser fühlte.

»Kline wird die Ermittlungen wahrscheinlich von Washington aus leiten, aber seine Agenten sind im ganzen Land verteilt, überall, wo sie gebraucht werden. An den Orten, an denen die anderen Kinder sich befanden, als man sie entführte, wurden mobile Kommandozentralen eingerichtet. Kline spricht vielleicht jetzt gerade mit Eryx. Vielleicht ist er uns aber auch schon weit voraus. Vielleicht hat er schon einen konkreten Verdacht ... zum Beispiel jemanden, dessen Vorgeschichte mit Videospielen zu tun hat.«

»Glauben Sie?«

Ich wollte kein *zu* rosiges Bild malen und erwiderte: »Ich sage nicht, dass es so ist, Lydia, nur dass es so sein *könnte*. Es mag Ihnen nicht gefallen, dass Kline sich nicht in die Karten schauen lässt, aber der Grund ist wahrscheinlich, dass die Ermittlungen seiner Ansicht nach besser laufen, wenn er nur gerade so viel Information weitergibt, wie die einzelnen Beteiligten haben *müssen*.«

»Aber *ich* muss doch Bescheid wissen«, sagte Lydia so leidenschaftlich, dass die Gäste am nächsten Tisch zu uns herübersahen.

»Nicht über den gesamten Einsatz.« Ich lehnte mich näher zu ihr, sodass sie mich hören konnte, obwohl ich die Stimme senkte. »Kline kennt Sie nicht, Lydia. Er weiß nicht, was Sie mit den Informationen tun würden, die er Ihnen gibt. Sie könnten ja auf den Gedanken kommen, in irgendeine Fernsehshow zu gehen.« Ich blickte ihr ins Gesicht. »*Ich* weiß, dass Sie so etwas nicht tun würden.«

»Wirklich?«

»Ja, ich denke schon. Sie besitzen zu viel gesunden Menschenverstand, so etwas zu tun, und ich bin sicher, dass Kline Sie ebenfalls respektiert. Aber bei einem so großen Fall, in den fünf verschiedene Familien involviert sind, muss er so vorsichtig sein, wie er kann.« Ich hielt inne und grinste über mich selbst. »Wahrscheinlich höre ich mich an wie eine Anzeigenkampagne fürs FBI.«

»So ähnlich«, sagte Lydia.

»Ich wollte Sie ein bisschen beruhigen.«

»Fein«, sagte sie. »Vielen Dank. Ich bin beruhigt.«

»Aber Sie wollen immer noch mit den Leuten von Eryx sprechen.«

»Will ich«, sagte sie.

27.

Das *Etwas*, an das Robbie über das Headset und die Handschuhe angeschlossen war, hatte nur ein Gutes: Es machte es ihm schwer, über die beängstigende Tatsache nachzudenken, dass er in einem kleinen, zellenartigen Raum gefangen gehalten wurde, den er nie länger als etwa eine Stunde am Stück sehen durfte.

Ein Raum mit einer schwachen, von einem Gitter umschlossenen Glühbirne als einziger Beleuchtung, mit einer Matratze auf dem Betonboden, einer Tür ohne Klinke, einem merkwürdigen elektronischen Apparat, von dem er sich bisher fern gehalten hatte, und, hinter einem Wandschirm, einer Toilette und einem Waschbecken, Papier und Seife und einem einzigen, fast stumpfen Bic-Rasierer aus Plastik. Doch schlimmer noch als dieses hermetisch verschlossene Zimmer war die Dunkelheit.

Der andere halbwegs erträgliche Aspekt des *Etwas* war seine eigentümliche Vertrautheit. Es hatte eine Weile gedauert, bis dieser Umstand in sein Bewusstsein gedrungen war. Doch als er aufgehört hatte, wie ein Baby zu weinen, hatte Robbie den Kopf nach rechts gedreht und ein Schild gesehen, auf dem stand »34. Street Station« – genau wie das Schild einer U-Bahn-Station, nur dass es an einer völlig willkürlichen Stelle hing, dass es hier weder Menschen noch eine vernünftige Beleuchtung gab und dass der Bahnsteig zerborsten und an verschiedenen Stellen übereinander geschoben war wie eine zerklüftete Felsformation.

Dann hatte er etwas gehört. Es war keine U-Bahn gewesen, die durch den Tunnel herangedonnert kam, sondern ein Geräusch, das auf erschreckende Weise an das Knurren wilder Hunde erinnerte ...

In diesem Augenblick wusste Robbie, dass es Wirklichkeit war, was er anfangs für einen Traum gehalten hatte. Dass er auf unerklärliche Weise im Zentrum dessen, was wie eine lebensgroße Version von *Limbo* aussah, eine Bruchlandung gemacht hatte.

Er sah an sich herunter und bemerkte zum ersten Mal, dass er nicht mehr die Jeans und das neue Hemd trug, das seine Mutter ihm am Tag von Candices Geburtstagsessen gekauft hatte, sondern ein ledernes Outfit. Seine Füße waren nackt, und an der Taille trug er eine Art riesiges Jagdmesser.

Genau wie das Messer, das Steel benutzte. Das mit der hässlichen gezackten Klinge.

Das Messer, mit dem er tötete.

Robbie war beinahe in Ohnmacht gefallen.

In diesem Moment hatte die Stimme – der *Mann* – ihn wieder angesprochen.

»Von nun an«, hatte er Robbie erklärt, »*bist* du Steel. Und solange du dein Headset und deine Handschuhe anlässt, bleibst du in *Limbo*, wie du inzwischen offensichtlich begriffen hast. So unbequem es dir im Augenblick erscheinen mag, deine einzige Alternative ist völlige Dunkelheit und Stille, und ich empfehle dir dringend, beides nur zum Schlafen zu nutzen.«

Robbie lachte – ein hohes, brüchiges, hysterisches Lachen. Es war *doch* ein Traum, sagte er sich. Ein endlos langer Albtraum.

Er musste es laut ausgesprochen haben – oder vielleicht war der Traummacher auch Gedankenleser, was Robbie nicht sehr überrascht hätte –, denn die Stimme sagte ihm, dass er sich irrte.

»Das hier ist kein schlechter Traum, Steel. Das sagte ich bereits.«

»Es muss aber ein Traum sein«, argumentierte Robbie dann.

»Nein. Das hier ist wirklich, Steel. Und mehr als das – es ist eine Ehre.«

Das sagte er wirklich, dieser durchgeknallte Bastard von einem Traummacher.

»Eine *Ehre*.«

28.

Lydia rief mich am Morgen nach unserem gemeinsamen Mittagessen an.

»Ich habe übermorgen einen Termin bei der Softwarefirma«, sagte sie ohne Umschweife, »und ich habe mich gefragt, ob du mich gern begleiten würdest.«

Beim Mittagessen waren wir zum vertrauten Du übergegangen.

Ich saß auf der Couch und überwies die monatlichen Rechnungen, während im Kabelfernsehen ein alter Lassie-Film lief.

Lydias Vorschlag verblüffte mich.

»Ich habe dir gestern sehr wohl zugehört«, fuhr sie beinahe schroff fort, »und ich weiß, dass es mit ziemlicher Sicherheit vergebliche Liebesmüh ist, aber ich halte es einfach nicht mehr aus, nur herumzusitzen und nichts zu tun.«

Ich hatte die Fernbedienung gefunden und den Fernseher ausgeschaltet. »Das ist auch für Fran und Stu das Schlimmste«, sagte ich.

»Vielleicht möchten die beiden ja mitkommen«, schlug Lydia mit wenig Überzeugung vor.

Ich hielt das für keine besonders gute Idee. »Wenn wir diese Leute auf unserer Seite haben wollen«, sagte ich und merkte erst, dass ich *wir* gesagt hatte, als ich es schon ausgesprochen hatte, »um vielleicht etwas über die Psychologie des Spiels zu erfahren, dann würde ich sagen, je weniger Leute, desto besser.« Ich hielt inne. »Hast du schon geplant, wie du vorgehen willst?«

»Eigentlich nicht«, gab sie zu. »Ich habe aber mit Agent Kline gesprochen.«

»Und er hat sein Okay gegeben?« Ich war überrascht.

»So kann man das nicht sagen. Genau genommen war er alles andere als begeistert von der Idee, aber er hat mir nicht verboten, hinzufahren.« Lydia redete schnell weiter, bevor ich etwas sagen konnte. »Dann rief ich bei Eryx an und bat darum, mit dem Generaldirektor der Firma verbunden zu werden, dessen Name übrigens Scott Korda lautet.«

»Und?«

»Er war in einem Meeting. *Aber*«, es lag ein Hauch von Triumph in diesem Wort, »er rief mich fast umgehend zurück. Er wusste, wer ich war, und sagte, er sei zutiefst besorgt um Robbie. Aber vor allem sagte er, er wolle mir helfen, wo er nur könne.«

»Das ist gut.« Das war es wahrscheinlich wirklich, trotz all meiner Vorbehalte.

»Also, Jake, würdest du gern mitkommen?« Die Frage hörte sich wie eine Herausforderung an. »Die Sitz der Firma ist nämlich zufälligerweise Connecticut.«

»Ich weiß«, antwortete ich. »Ich habe mir gestern Abend ihre Website angesehen.«

»Wirklich?« Lydia klang erfreut. »Heißt das, du kommst mit? Ich wäre dir dankbar für die moralische Unterstützung ... *und* natürlich für dein Fachwissen.« Sie schwieg kurz. »Außerdem würde ich mich schlicht und einfach über deine Gesellschaft freuen.«

29.

Robbie hatte sich einiges zusammengereimt.

Erstens, das Headset und die anderen Gegenstände gehörten zu einer Art Simulator virtueller Realität. Robbie hatte im Laufe der Zeit einiges über diese Technik gelesen und ein paar der einschlägigen Filme gesehen, allen voran *Matrix*. Er wusste auch, dass das Militär sehr ausgefeilte Versionen benutzte, um Soldaten und Piloten auszubilden.

Zweitens, der Irre, der ihn gefangen hielt, benutzte diese VR-Technik, um ihn glauben zu machen, dass er eine Mega-Hightech-Fassung von *Limbo* spielte.

Eine *Ehre* hatte er es genannt.

Und *ihn* hatte er »Steel« genannt.

Bisher hatte er das Spiel noch nicht richtig gespielt – *noch* nicht. Der Typ hatte es bisher nur vor ihm ablaufen lassen, wie etwas, das nahe genug schien, um es anfassen zu können, aber doch nicht ganz. *Gott sei Dank*. Robbie wusste nur zu gut um all die schrecklichen Dinge, die Steel in dem Computerspiel zustießen, und er hatte nie auch nur den geringsten Wunsch verspürt, wie eine Romanfigur von Stephen King in seine Playstation eingesaugt zu werden und diesen Gefahren in *Wirklichkeit* gegenüberzustehen.

Es gab eine Art Routine hier unten. Immer, wenn Robbies unsichtbarer Gefängniswärter die Geräte abstellte und ihm die Erlaubnis erteilte, das verdammte Headset abzunehmen, wurde das *echte* Licht eine Zeit lang eingeschaltet, sodass Robbie essen, die Toilette benutzen, Gesicht und Hände waschen, den Mund ausspülen und sich sogar rasieren konnte – wenngleich mehr schlecht als recht mit dem fast völlig stumpfen Einwegrasierer. Ein Glück, dass er keinen allzu starken Bartwuchs hatte. Wie das Essen zu ihm hereinkam, war ihm noch nicht ganz klar. Es waren meistens Sandwiches, und Robbie nahm an, dass der Typ sie hereinbrachte, wenn er schlief oder in seiner virtuellen Welt gefangen war und weder sah noch hörte, was um ihn herum geschah.

Der Gedanke, dass dieser Drecksack hier herein- und herausschlich, machte Robbie schier wahnsinnig – wie fast alles hier. Wahrscheinlich, sagte er sich, war es ein gutes Zeichen, dass er gefüttert wurde, denn das bedeutete, dass man ihn am Leben hielt – und das wiederum bedeutete Hoffnung. Die Sandwiches waren gar nicht mal so übel. Anfangs war Robbie zu verstört und viel zu misstrauisch gewesen, um etwas zu essen, aber dann hatte der Hunger die Oberhand gewonnen, und mittlerweile waren das Essen und Trinken zum Höhepunkt des Tages geworden. *Des Tages oder der Nacht?* Unmöglich zu sagen.

Immer wenn das Licht ausging, flüchtete Robbie sich in den Schlaf. Dann erwachte er wieder in diesen andauernden Albtraum, verfiel wieder in Panik, glaubte, es nicht mehr auszuhalten ... bis er es irgendwann doch wieder schaffte, sich halbwegs in den Griff zu bekommen. Er zwang sich, die Dunkelheit zum Nachdenken zu nutzen. Er musste immer weiter versuchen, diesen Irrsinn zu begreifen, das war wichtig. Er musste dagegen ankämpfen, völlig passiv zu werden – zumindest geistig –, sodass er bereit war, wenn seine Chance kam, aus diesem verdammten Loch zu verschwinden.

Mom wird mich vorher schon hier rausholen.

An diese Hoffnung klammerte er sich mehr als an alles andere.

Seine Mutter hatte bestimmt dafür gesorgt, dass die Polizei nach ihm suchte, und vielleicht war der Kidnapper ja nicht *nur* ein Irrer, vielleicht hatte er Lösegeld gefordert oder sonst etwas – möglicherweise etwas Verrücktes oder Unmögliches, wie die Freilassung aller Insassen von Riker's Island. Wenn es nur Geld war, wäre alles in Ordnung. Sie waren nicht reich, aber seine Mutter würde schon einen Weg finden, die Summe aufzutreiben, die sein Entführer forderte, ganz gleich wie viel es war und selbst dann, wenn die Polizei nicht wollte, dass sie so etwas tat. Seine Mutter würde niemals zulassen, dass ihm etwas Schlimmes passierte, solange sie Einfluss darauf hatte, was geschah. Er konnte sich hier unten in der Dunkelheit nur weniger Dinge gewiss sein, aber *das* wusste er genau.

Er dachte auch viel an das Mädchen, das die Stimme »Dakota« genannt hatte, das aber einfach nur ein *Mädchen* war – hübsch, aber völlig mit den Nerven runter und verängstigt wie ein in die Enge getriebenes Tier. Robbie vermutete, dass sie schon viel länger hier unten war als er, obwohl er gar nicht wissen wollte, *wie* lange. Er hatte sie seit diesem ersten Mal nicht mehr wiedergesehen. Er hatte mehrmals nach ihr gefragt, doch seine Fragen blieben fast immer unbeantwortet.

Vielleicht, dachte Robbie, ist der Mann die meiste Zeit gar nicht hier unten. Vielleicht kam er nur hin und wieder, um nach ihm und dem Mädchen zu sehen, um ihnen Essen zu bringen, sicherzugehen, dass sie noch am Leben waren, und sie ein bisschen in Panik zu versetzen.

Und was, wenn er nicht mehr kommt?

Robbie überlief es eiskalt. Das war einer der Gedanken, die er nicht ertrug. Er griff nach dem Headset und den Handschuhen, um eine weitere nicht-interaktive Runde in der *Limbo*-Unterwelt zu spielen – Hauptsache, er konnte seinen Kopf von diesem Grauen befreien.

Es gab nur einen einzigen Gedanken, dem er immer wieder nachhing, den er sich immer wieder vorsagte, wie ein Gebet, ein Mantra.

Bitte, Mom, finde mich schnell.

30.

Natürlich begleitete ich Lydia. Erstens wollte ich helfen, wo ich konnte, und zwar nicht nur ihr und Robbie, sondern auch Mikey, den Coopers und den anderen Familien. Zweitens freute ich mich so sehr darüber, dass Lydia mich dabeihaben wollte, dass ich selbst überrascht war.

Seit Simone hatte keine Frau mehr solche Gefühle in mir ausgelöst.

Ich musste mich immer wieder daran erinnern, dass es für alles einen richtigen Ort und eine richtige Zeit gab, und dies hier war weder das eine noch das andere. Dann wurde ich wütend auf mich selbst, weil ich es womöglich ausnutzte, dass Lydia im Augenblick unglaublich verletzlich war. Andererseits – so ein Mann war ich nicht.

Und ich hatte noch einen weiteren Grund, mitzukommen. Ich war mir immer noch nicht sicher, ob der Besuch bei Eryx eine gute Idee war, und obwohl ich Lydia für eine sehr kluge Frau hielt, waren ihre Emotionen so hochgekocht, dass ich fürchtete, ihr diplomatisches Geschick könnte dabei verloren gehen. Ich war sicher, dass Kline und sein Team richtig handelten, die Eltern außen vor zu lassen – um ihrer eigenen Kinder willen.

Aber trotzdem, Lydia Johanssen *war* eine kluge Frau.

Auf ihrer Website bezeichneten die Eryx-Gründer sich als »Väter von *Limbo*« und als Unternehmer, die sich dem Anspruch verschrieben hatten, für den heutigen, von Spielen übersättigten Markt Produkte von außergewöhnlich hoher Qualität herzustellen. Scott Korda und Hal Hawthorne hatten die Firma ein Jahrzehnt zuvor gegründet. Damals hatten sie ihren Lebensunterhalt noch damit verdient, Rätselspiele zu entwerfen, strebten aber nach Höherem. Am Anfang hatten Korda und Hawthorne – beide Grafiker, beide computerbesessen – das Schreiben und das Spiele-Design noch fast vollständig selbst erledigt. Dann war William Fitzgerald zu ihnen gestoßen, ebenfalls Grafiker und nach Aussage seiner Partner ein Programmiergenie. Sie alle waren fanatische Spieler, aber – so wurde Korda auf der Website zitiert – Fitzgerald war derjenige, der die höheren Ziele, von denen sie geträumt hatten, in greifbare Nähe gerückt hatte. Sie hatten ein halbes Dutzend Abenteuerspiele produziert, bevor *Limbo* sie an die Spitze der Bestsellerlisten katapultierte. Heute beschäftigte die Firma ein so großes Team von Designern, Programmierern und Künstlern, dass Korda, Hawthorne und Fitzgerald sich gemütlich zurücklehnen und so viele Spiele spielen könnten, wie ihr Herz begehrte, doch alle drei hatten sich dafür entschieden, im kreativen Herzen von Eryx weiter kräftig mitzumischen.

Ich hatte diese ganze Selbstbeweihräucherung ausgedruckt und gab sie Lydia, als ich sie am Bahnhof von New Haven abholte, sodass sie lesen konnte, während ich am Steuer meines alten Cherokee saß.

»Eryx Software«, erzählte ich ihr, während wir auf die Autobahn in Richtung Old Saybrook fuhren, »ist nur ein Zweig eines größeren Unternehmens. Die Spiele, einschließlich *Limbo*, werden von Zeus Interactive herausgebracht, einem Unternehmen mit Sitz in Hartford, in dessen Vorstand die gleichen Männer sitzen wie bei Eryx.«

Ich warf ihr einen kurzen Seitenblick zu. Sie sah gut aus, wieder ein bisschen anders als bei unserer letzten Begegnung, diesmal geschäftsmäßig, mit einem marineblauen Anzug, strahlend weißer Bluse und hochgestecktem Haar.

»Je mehr ich darüber nachdenke«, fuhr ich fort, »desto mehr bin ich beeindruckt, dass Korda sich nicht nur die Zeit genommen hat, dich anzurufen, sondern auch noch bereit ist, sich mit dir zu treffen.«

»Ich weiß nicht«, sagte Lydia. »Wenn man bedenkt, was passiert ist, musste er das wohl.«

»*Irgendjemand* von der Firma musste dich zurückrufen und sich mit dir treffen, aber Korda hätte das auch leicht seinem PR-Chef, vielleicht sogar seinem Anwalt übergeben können.«

»Du bist ja noch zynischer als ich«, sagte Lydia.

»Ja«, räumte ich ein. »Manchmal.«

Sie konzentrierte sich auf den Text, bis sie irgendwann ein leises, spöttisches Schnauben von sich gab.

»Was ist?«, fragte ich.

»Dieser Unsinn, dass kein zukünftiger Mitarbeiter über die Eryx-Schwelle treten darf, wenn er nicht genauso spielverrückt ist wie die Firmenchefs«, sagte Lydia. »Das hört sich an, als wären sie unschuldige Kinder und keine Multimillionäre.«

Ich lächelte. »Die Kids, die sie einstellen, sind wahrscheinlich wirklich ziemlich unschuldig.«

»Wahrscheinlich halten sie sie in irgendeinem dunklen Loch, wie kreative Pilze«, sagte Lydia.

Eine so zynisch wie der andere, hatte ich den Eindruck.

Soweit wir sehen konnten, gab es in der Eryx Zentrale keine dunklen Löcher. Die Geschäftsräume waren sogar ausgesprochen schmuck. Das Gebäude selbst war ein hübsch restauriertes weißes Schindelhaus aus dem 19. Jahrhundert, umgeben von einem großen Garten und einem Waldstück.

Der Chef persönlich erwartete uns in der Eingangshalle.

»Mrs Johanssen, ich bin Scott Korda.« Abgehackter Massachusetts-Dialekt, stämmige Figur, glatte Haut, das Haar so golden wie die Brillenfassung, rehbrauner Leinenanzug mit einem coolen weißen Hemd ohne Kragen. Er war elegant und für den Anlass gerade förmlich genug gekleidet. Er nickte mir zu, dann widmete er Lydia seine volle Aufmerksamkeit. »Ich kann gar nicht sagen, wie Leid mir das mit Ihrem Sohn tut.«

Ich zuckte innerlich zusammen – der Bursche redete, als wäre Robbie tot.

»Aber wir werden tun, was wir können, um dafür zu sorgen, dass er gesund und munter nach Hause zurückkommt«, rettete Korda die Situation mit einem optimistischen Dreh.

»Vielen Dank, dass Sie sich Zeit für uns nehmen.« Lydia drehte sich zu mir um. »Das ist ein Freund, Professor Woods.«

»Jake.« Ich schüttelte Korda die Hand. »Ich hoffe, es stört Sie nicht, dass ich mitgekommen bin.«

»Ganz im Gegenteil.« Korda lächelte mich an. »Ich bin froh, dass Mrs Johanssen die Reise nicht alleine machen musste.«

»Das gilt auch für uns.«

Wir drehten uns um. Durch eine eierschalenfarbene Tür mit Bleiglasfenstern kamen zwei Männer: einer davon groß und dünn wie ein Windhund, mit weißer Haut, rotem Haar und messerscharfer Nase; der andere war ungefähr einsachtzig groß, mit einem freundlichen, offenen Gesicht, kurzem braunem Haar und beginnender Stirnglatze über einem faltenlosen Gesicht. Beide trugen Anzüge. Der des rothaarigen Mannes war leicht verknittert, der des anderen war besser gebügelt und mit einer schönen Krawatte mit Kornblumenmuster kombiniert.

»Meine Partner«, sagte Korda und stellte uns vor. Der Windhund war Fitzgerald, der mit dem zurückweichenden Haaransatz Hawthorne. Sie mochten äußerlich zwar unterschiedlich sein, stellte ich fest, aber alle drei Männer – ich schätzte sie auf ungefähr mein Alter, vielleicht ein wenig jünger – sahen kerngesund aus und hatten auffallende hellblaue Augen. Wenn Lydia und ich müde Computersklaven mit hängenden Schultern erwartet hatten, lagen wir falsch. Korda und seine Partner sprühten förmlich vor Energie; sie versinnbildlichten klar und deutlich die Antithese der Warnung des Gesundheitsministers: *Limbo ist gut für Ihre Gesundheit.*

Wir schüttelten einander die Hände. Hawthorne und Fitzgerald wiederholten Kordas Beileidsbekundungen, dann gingen wir alle gemeinsam ins Büro des Firmenchefs. Es war ein Traum von einem Büro, mit weiteren Bleiglasfenstern, die den Blick auf einen idyllischen Garten gewährten. Ich verstehe nicht viel von Blumen und Grünpflanzen, aber ich wusste genug, um die liebevolle Mischung aus wilden und gezüchteten Pflanzen zu würdigen. Und als i-Tüpfelchen auf all der Perfektion lag da auch noch ein pechschwarzer Labrador vor der offenen Tür, kaute auf einem falschen Knochen und wedelte freundlich mit dem Schwanz.

»Schöner Hund«, sagte ich.

»Das ist Donald«, sagte Korda. »Mein Sohn ist ein altmodischer Junge, er liebt Donald Duck.« Er grinste. »Er liebt Disney überhaupt. Computeranimationen interessieren ihn nicht, auch keine Spiele.«

»Was *uns* in unsere Schranken verweist«, sagte Hawthorne.

Als er seinen Sohn erwähnte, wirkte das Lächeln in Kordas Augen aufrichtig. Hawthornes Humor war von der trockeneren Sorte, schien auf den ersten Blick aber ebenfalls ehrlich zu sein.

Lydia, die kaum ein paar Worte gesagt hatte, seit wir das Büro betreten hatten, war sichtlich unruhig, nachdem sie in einem Sessel Platz genommen hatte. Auf dem Sofa neben ihr saß Korda. Lydia sah nervös aus, und mir ging es ähnlich.

»Jake«, wandte Korda sich an mich, »ich weiß vom FBI, dass Sie es waren, der die Verbindung zwischen Robbie und Michael Cooper herstellte.«

Bis zu diesem Augenblick hatte noch keiner von ihnen durchblicken lassen, dass ihnen mein Name etwas sagte.

»Ehrlich gesagt war es meine Haushälterin, die darauf gestoßen ist«, erzählte ich. »Aber da es ja in der *New York Times* stand, war es ohnehin nur eine Frage der Zeit.« Ich machte mir nicht die Mühe, hinzuzufügen, dass Norman

Baum den Artikel ebenfalls gesehen hatte; ich ging davon aus, dass die Erwähnung eines Privatdetektivs die allgemeine Anspannung wahrscheinlich nur erhöhen würde.

»Nun, diese Entdeckung hat unsere Welt ziemlich auf den Kopf gestellt«, sagte Fitzgerald mit leicht düsterem Unterton. »Wir haben *Limbo* geschaffen – genau wie unsere anderen Spiele –, um anderen Menschen Spaß zu bereiten. Es soll Kindern und Jugendlichen Vergnügen machen und zugleich auch ihre Geschicklichkeit fördern.«

»Zumindest möchten wir das gern so sehen«, sagte Hawthorne auf seine freundliche, trockene Art.

»Wir alle schulden Jake großen Dank«, schaltete Korda sich ein, »dass er uns den Fall so kurz und knapp erläutert hat, dass wir zusammenarbeiten können, um demjenigen das Handwerk zu legen, der hinter diesem schrecklichen Verbrechen steckt.«

»Also«, sagte Fitzgerald, »wie können wir Ihnen helfen, Mrs Johanssen?«

Endlich. Ich sah Lydia an. Sie holte Atem, war jetzt wieder völlig gefasst.

»Zunächst einmal«, erwiderte sie auf Fitzgeralds Frage, »würden wir gern mehr über *Limbo* erfahren. Offensichtlich ist das Spiel für die Person, die meinen Sohn und die anderen Jugendlichen entführt hat, auf irgendeine Weise wichtig. Deshalb möchte ich herausfinden, welcher Typ Mensch Ihr Spiel gern mag.«

»Das ist nachvollziehbar«, sagte Korda.

»Sie glauben, dass ein Spieler die Kinder hat?«, fragte Hawthorne.

»Ich habe keinen blassen Schimmer«, erwiderte Lydia.

»Aber unser Spiel hat die zweifelhafte Ehre, das gemeinsame Element in den Entführungen zu sein«, sagte Korda, jetzt einen Hauch energischer. Er hatte sich Lydias Art angepasst. »Fangen wir also an, Ihnen zu geben, was Sie brauchen, Mrs Johanssen.« Er sah Fitzgerald an. »Bill, wo sollten wir anfangen?«

»Ihr das Team vorstellen?« Fitzgerald sah Lydia an. »Die Leute, die das Spiel geschaffen haben.«

»Ich dachte, Sie drei hätten *Limbo* erfunden«, sagte ich.

»Das Original«, bestätigte Korda. »Den Prototyp, wenn Sie so wollen.«

»Aber es gibt eine größere Gruppe, die Sie kennen lernen sollten«, sagte Hawthorne, »ohne deren Beitrag das Spiel niemals möglich geworden wäre.«

Es hörte sich an, als spräche er auf einer Preisverleihung.

»Gut«, sagte Lydia und stand auf.

Ich erhob mich ebenfalls, und die anderen taten es uns nach.

Draußen im Garten sah der glänzende schwarze Donald auf und wedelte mit dem Schwanz, um seine Aufmerksamkeit gleich darauf wieder dem Knochen zu widmen.

Der Rest des Teams, eine ziemlich kompakte Gruppe, wirkte fast so zufrieden wie der Labrador. Ungeachtet des riesigen Erfolgs, den Eryx auf dem Markt hatte, erzählte uns Korda, seien er und seine Partner nach wie vor fest entschlossen, der kreativen Arbeit eine ebenso große Bedeutung beizumessen wie dem wirtschaftlichen Aspekt und die Kreativität ebenso hingebungsvoll zu fördern wie den Verkaufserfolg – so wie sie es zu Anfang getan hatten.

Es überraschte mich nicht, dass die jungen Leute in dieser Arbeitsgruppe glücklich waren. Ihr Arbeitsplatz war schlichtweg fantastisch: keine Raumtrenner, keine Cola-Automaten, keine Leuchtstoffröhren und weit und breit nichts so Hässliches und Funktionelles wie Teppichfliesen. Die Angestellten liefen über Parkettböden, konnten am Kaminfeuer arbeiten und saßen auf Stühlen, die wahrscheinlich ergonomisch geformt waren, zugleich aber auf altertümliche Weise bequem aussahen; es gab Kaffeetassen und Becher aus Porzellan und eine

Küche, die sogar Simone gefallen hätte. Und überall waren diese wunderschönen Bleiglasfenster zu bewundern.

Hätte ich nicht gewusst, dass die Arbeit dieser Leute darin bestand, Computerspiele zu kreieren, wäre ich wohl neidisch gewesen. Das Arbeitsumfeld eines Professors an einer Uni, die nicht zu den Elitehochschulen gehört, sieht nicht annähernd so wohlgefällig aus.

»Das ist die Bande«, sagte Korda. Wir lernten die Programmiererin Ellen Zito kennen, eine blasse junge Frau aus Brooklyn. Sie war Ende zwanzig, hatte so kurzes blondes Haar, dass es beinahe ein Stoppelschnitt war, und trug übergroße ausgebeulte Hosen, ein Eryx-T-Shirt und Stiefel. Sie aß gerade die letzten Happen ihres Mittagessens von einem japanischen Lieferservice, las in einer Zeitschrift und sah ziemlich übernächtigt aus. Bill Fitzgerald erklärte, dass Zito wahrscheinlich die besessenste Mitarbeiterin des Teams war, aber auch begabter als die drei Firmengründer zusammen.

Die einzige andere Frau war Meg Binder, eine Texanerin mit frischer Gesichtsfarbe und gepiercter Nase – ein Anblick, der mir einen Schauer über den Rücken jagte, weil er mir auf erschreckende Weise ins Bewusstsein rief, dass meine beiden Mädchen im Laufe der Zeit möglicherweise Ähnliches oder Schlimmeres tun würden. Meg wurde uns als »Level Designerin« vorgestellt.

»Ist das vergleichbar mit einer Bühnenbildnerin?«, fragte ich und dachte an Theater oder Film.

»In gewisser Weise, ja«, antwortete Meg, »obwohl Levels auch die verschiedenen Stufen sind, die die Spieler durchlaufen müssen, um das endgültige Ziel zu erreichen.«

In *Limbo*, zum Beispiel, erklärte uns Lars Hendrick, ein Mann mit roten Apfelwangen und Pferdeschwanz, war Level eins ein U-Bahnhof im post-apokalyptischen Manhattan, wo Dakota und Steel, die beiden überlebenden Teenager, nach der Katastrophe erwachen und Ghoulo zum ersten Mal begegnen. Erst nach dieser Erklärung bemerkte ich, dass sich auf Lars' Krawatte zahllose winzige, haarige Monster tummelten, ebenso auf dem Stoffgürtel, den Meg um den Bund ihrer Kampfhose trug. Es sah niedlich aus, sofern man die Art Mensch ist, die mutierte, menschenfressende Werwölfe niedlich findet.

Es war ein ausgesprochen netter Haufen, zu dem außerdem ein ernster junger Mann namens Anton Gluckman zählte, der für die Soundeffekte verantwortlich war, und ein weiterer Level-Designer namens Dave Kaminski, ein so magerer Bursche, dass er fast verhungert wirkte. Seine Aufgabe bei Eryx schien nicht klar definiert zu sein, doch es war offensichtlich, da waren Lydia und ich uns hinterher einig, dass er verrückt nach Meg war.

Ich vermutete, dass es irgendwo in den Geschäftsräumen – oder vielleicht in den Büros in Hartford – auch Buchhalter, Rechtsberater und PR-Manager gab, die ja vonnöten waren, um das kühlere finanzielle Herz des Unternehmens kräftig schlagen zu lassen, auch hier im ländlichen Connecticut. Doch Lydia und ich begegneten keinem von ihnen. Stattdessen – so war uns beiden wohl bewusst – sollten wir von diesem Trupp junger eifriger Mitarbeiter umgarnt werden, verführt vom entspannten Treiben an diesem Ort und von der Gelassenheit der Atmosphäre. Und ich muss sagen, ich hatte den Eindruck, dass diese Gelassenheit echt war.

Wir hörten ihnen zu und versuchten zu lernen, während Ellen Zito uns erklärte, wie viele Mitarbeiter man heutzutage benötigt, um ein auch nur halbwegs anspruchsvolles Computerspiel herzustellen – dazu zählen nicht nur der Pulk von Künstlern und Programmierern, sondern auch Musiker, Animations-Spezialisten, Schauspieler zum Vertonen der gesprochenen Szenen und zum Teil auch für die Action-Sequenzen. Wir versuchten, konzentriert zuzusehen, während Meg und Lars uns eine Demonstration des Spiels gaben. Bei gelegentlichen Seitenblicken auf Lydia stellte ich fest, dass auch sie, trotz ihrer Abscheu, beeindruckt war von der überschäumenden Intensität, mit der die beiden Helden sich Hindernissen und Schrecken stellten und beides überwanden.

Nach mehr als drei Stunden verließen wir das Firmengebäude und machten uns völlig ausgelaugt und in einvernehmlichem Schweigen auf den Heimweg. Wir durchquerten den landschaftlich weniger schönen Teil des Staats östlich des Flusses – er war mehr industriell als landwirtschaftlich geprägt. Doch heute, nach der künstlichen Schönheit von Eryx Software, empfand ich diese Trostlosigkeit beinahe als tröstlich.

»Alles in Ordnung?«, fragte ich Lydia nach einer Weile.

»Ja.«

»Wie war Ihr Eindruck?«, warf ich ihr den Ball zu. Schließlich war es ihr Spiel.

»Die Leute hätten nicht hilfsbereiter sein können.«

»Stimmt«, sagte ich und wartete ab.

»Sie waren so hilfsbereit, dass ich am liebsten schreiend davongerannt wäre.« Sie atmete scharf ein. »O Gott, und dieses *Haus*!«

»Hat es Ihnen nicht gefallen?«

»Gefallen? Es war so perfekt, dass mir beinahe übel wurde.« Sie schwieg einen kurzen Moment. »Wissen Sie, an was es mich erinnert hat? An dieses Buch von Ira Levin, über die Männer, die ihre Frauen in Roboter verwandeln.«

»*Die Frauen von Stepford.*« Ich lächelte beim Fahren.

»Damit meine ich nicht die jungen Leute«, sagte Lydia. »Die fand ich großartig. Sie nicht?«

»Doch.«

»Ich kann nicht mal sagen, dass es Korda war oder seine Partner.« Sie suchte nach Worten. »Ich weiß nicht, *was* genau es war.«

»Vielleicht bloß ein paar positive Schwingungen zu viel?«

»Dieser ganze Optimismus«, pflichtete sie mir bei.

»Ja, sie waren allerdings ein sehr fideler Haufen«, sagte ich. »Und jung.« Ich grinste. »Aber so alt sind wir ja auch noch nicht.«

»Verglichen mit *ihnen*?«

»Okay.« Ich zuckte mit den Achseln. »Verglichen mit ihnen sollten wir uns wohl so langsam Rollstühle besorgen.«

Wir überquerten den Fluss Connecticut in East Haddam, nahe des Goodspeed Opera House, was unsere Unterhaltung für eine Weile auf Gesang im Allgemeinen und auf Lydias Schüler im Besonderen lenkte. Ich fragte sie, ob es ihr nicht ebenso helfen könnte wie ihren Schülern, zumindest wieder ein paar Unterrichtsstunden pro Woche zu geben, aber sie sagte, daran sei derzeit überhaupt nicht zu denken. Also insistierte ich nicht weiter; es stand mir nicht zu. Außerdem wusste ich, dass Lydia derzeit jedes Fünkchen Energie brauchte, um dafür zu kämpfen, ihren Sohn zurückzubekommen – selbst wenn sie im Grunde nichts anderes tun konnte, als das FBI dazu zu bringen, Himmel und Hölle in Bewegung zu setzen.

»Hast du Hunger?«, fragte ich, als wir wieder auf der Route 9 waren. Man hatte uns bei Eryx Mittagessen und Snacks angeboten, aber wir hatten beide nur Kaffee gewollt, und plötzlich war es beinahe Abend, und ich war völlig ausgehungert.

Lydia nickte. »Jetzt könnte ich was essen.«

»Du hörst dich überrascht an.«

»Ich habe zum ersten Mal seit langer Zeit wieder richtigen Hunger. Wahrscheinlich, weil ich aktiv war, weil ich versucht habe, etwas zu tun oder zumindest etwas in Erfahrung zu bringen.«

Wir hatten die Abfahrt Chester bereits verpasst, also fuhren wir weiter Richtung Old Saybrook und hielten beim Dock and Dine am Saybrook Point – ich dachte, ein schöner Blick auf den Fluss sei vielleicht genau das, was wir jetzt brauchten. Lydia bestellte Hühnchen, ich Steak, und dann saßen wir eine Zeit lang still vor unseren Weingläsern und hingen unseren Gedanken nach.

»Ich war unfair«, brach Lydia das Schweigen zuerst. »Eryx gegenüber, meine ich.«

»Du hast nur deine Gefühle ausgesprochen.«

»Wenn ich ehrlich bin«, sagte Lydia gedankenverloren, »konnte ich beinahe verstehen, warum alle das Spiel so toll finden – von ihrem Standpunkt aus betrachtet.«

Wieder schwiegen wir eine Weile.

»Das Spiel ist ziemlich brutal«, sagte ich.

»Ja. Und so was nennen sie Unterhaltung.« Lydia schüttelte sich und legte die Gabel hin.

»Tut mir Leid, dass ich davon angefangen habe. Lass uns nicht mehr darüber reden, bis wir gegessen haben.«

»Von mir aus können wir gleich reden«, sagte Lydia. »Ich glaube, mehr bekomme ich jetzt sowieso nicht herunter.«

Eine Woge des Mitgefühls durchflutete mich. Lydia war die meiste Zeit so unglaublich tapfer, dass ich beinahe vergaß, wie sehr sie litt.

»Ich wünschte, Meg und Lars hätten ihre Sache bei der Vorführung vom *Limbo* nicht so gut gemacht.« Sie schüttelte den Kopf. »Brutal ist eigentlich nicht das richtige Wort für dieses Spiel, nicht wahr? All diese Gräuel ...«

Ich dachte an die entsetzlichen zerstörten U-Bahnhöfe, an die dunklen Tunnel, die Abwasserkanäle und Ratten und an das menschenfressende Monster, und legte Messer und Gabel auf den Tisch. »Genug, um jedem normalen Menschen Albträume zu verursachen.«

Lydia nickte. Plötzlich fiel mir auf, dass sie mit etwas rang.

»Was hast du? Ist es das Spiel, oder ist es Eryx im Allgemeinen?«

»Eigentlich keins von beiden«, sagte sie.

Ich wartete ab.

»Ich glaube, ich bin im Großen und Ganzen eine ziemlich bodenständige Person«, sagte sie. »Ich verlasse mich zwar oft auf meine Intuition, wenn es um andere Menschen geht, aber ich habe niemals auch nur eine Sekunde lang geglaubt, auf irgendeine Weise parapsychologisch oder hellseherisch begabt zu sein.«

»Aber?« Ich war gespannt.

»Es war, als wir mit Hawthorne und Fitzgerald in Scott Kordas Büro saßen«, sagte sie. »In diesem perfekten, wunderschönen Raum mit Blick auf diesen herrlichen Garten, in dem Donald saß, der Hund.« Sie zögerte. »Da habe ich etwas *gefühlt.*«

Ich erinnerte mich, wie Lydia nervös dagesessen hatte. Ich hatte es als Ungeduld gedeutet, das Gespräch voranzutreiben. »Kannst du dich genauer ausdrücken?«

»Ich sagte mir, dass es nur Einbildung sei. Und als die Dinge dann ins Rollen kamen, dachte ich nicht mehr daran, aber jetzt ...«

»Was ist jetzt?« Ich versuchte, behutsam zu sein, aber ich war sehr neugierig.

Lydia schüttelte ihren Kopf. Ein paar Strähnen hatten sich aus ihrer akkuraten Hochfrisur gelöst, und jetzt, wo die frühe Abendsonne ihr im Rücken stand, bildete ihr Haar einen sanft leuchtenden Kranz um ihr müdes Gesicht. »Ich weiß nicht, Jake«, sagte sie. »Es ist verrückt.«

»Versuch's trotzdem.«

»Du weißt ja selbst, was dieser Ort ausstrahlte«, fuhr sie fort. »Das Haus kam mir vor wie ein Bienenstock, in dem sich all diese jungen, hart arbeitenden Menschen gegenseitig bestäuben und vor Kreativität nur so sprühen. Es war alles so *warm*, findest du nicht?«

»Ja, stimmt.«

»Doch in Kordas Büro gab es einen Moment, in dem mir so unglaublich kalt wurde, dass ich es gar nicht beschreiben kann.« Sie schüttelte wieder den Kopf ob der Anstrengung, ihre Empfindung zu erklären. »Aber es war weder die Klimaanlage noch ein kalter Luftzug aus dem Garten. Und ich könnte schwören, dass es auch nichts mit meiner Angst zu tun hatte – mir ist zwar oft kalt, aber das ist ein ganz anderes Gefühl.«

»Und was für ein Gefühl war es in Kordas Büro?« Ich war fasziniert. »Falls du es erklären kannst.«

»Ich glaube, da war noch etwas anderes, nicht nur die Kälte«, sagte sie. »Oder vielleicht etwas *in* der Kälte ... ein Teil von ihr, falls das irgendeinen Sinn ergibt.«

»Du bist eine kluge, rational denkende Frau, Lydia«, erwiderte ich. »Das heißt aber nicht, dass du nicht von Zeit zu Zeit auch irrationale Gefühle haben darfst. Ich hab sie auch, falls dir das hilft.«

Sie lächelte mich an. »Okay«, sagte sie. »Dann sag ich es jetzt.«

»Okay.«

»Bosheit.«

Sie sah mich eindringlich an, als sie das Wort aussprach, und ich merkte, dass sie mich als eine Art Testpublikum betrachtete: Sie wartete darauf, wie ich reagieren würde.

»Rufst du jetzt die Männer in den weißen Kitteln, oder rückst du mir nur den Kopf zurecht?« Sie brachte noch ein Lächeln zustande.

»Ging dieses Gefühl von einem der drei Partner aus? Oder war es allgemein?«

»Ich habe keine Ahnung«, antwortete sie aufrichtig.

»Und ist es nur dieses eine Mal passiert, nur in diesem Raum?«

»Ja«, sagte sie.

Unsere Teller wurden abgeräumt. Wir bestellten beide keinen Nachtisch, nur Kaffee, und sobald unsere Kellnerin sich vom Tisch entfernte, kam ich aufs Thema zurück.

»Glaubst du«, fragte ich so unverblümt wie möglich, »dass du vielleicht etwas spüren *wolltest*?«

»Eine Art Wunschdenken, meinst du?« Lydia nickte. »So könnte es natürlich gewesen sein. Andererseits habe ich so etwas noch nie erlebt.« Sie hielt inne. »Allerdings wurde mein Sohn auch noch nie entführt.«

Ich sah, wie ihr heiße Tränen in die Augen stiegen, und musste den Impuls unterdrücken, aufzustehen und sie in die Arme zu nehmen.

»Es tut mir Leid.« Sie riss sich zusammen.

»Du brauchst dich nicht zu entschuldigen«, sagte ich.

Der Kaffee kam und rettete uns beide. Lydia trank ihren schwarz, wie ich auch, aber während sie keinen Zucker nahm, schüttete ich ein ganzes Tütchen hinein, viel mehr, als ich normalerweise benutzte – vielleicht hatte ich das Gefühl, einen Energieschub zu brauchen.

»Weißt du«, begann ich nachdenklich, »ich habe Eryx wohl auch mit einem gewissen Gefühl verlassen – wenn auch nicht so intensiv wie deins. Ich habe das Gefühl, um den drei Männern gegenüber fair zu sein, müsste ich von der Sorge und dem Mitgefühl, das sie uns gegenüber an den Tag legten, beeindruckt sein.«

»Aber das bist du nicht?« Lydia blickte mich interessiert an.

»Nein.«

»Glaubst du, das liegt nur am Produkt? Daran, dass wir beide *Limbo* so abstoßend finden, während sie es offensichtlich über alles lieben?«

»Vielleicht«, sagte ich. »Aber ich glaube, das ist es nicht allein.« Ich zuckte mit den Achseln. »Vielleicht wollten sie einfach zu sehr, dass die Entführungen nicht ihre Schuld sind.«

»Das kann man ihnen kaum verdenken«, sagte Lydia.

»Nein«, sagte ich.

Aber weder sie noch ich schien wirklich überzeugt.

31.

Es bereitete ihm nicht das geringste Vergnügen, Steel leiden zu sehen – um Himmels willen, er war ja kein Barbar, er tat das hier ja nicht, um den jungen Mann zu foltern. Im Gegenteil erwies er ihm eine große Ehre, wie er ihm klarzumachen versucht hatte.

Dakota und Steel waren zu zwei der größten Cyber-Stars der letzten Jahre avanciert. Sie standen in einer Reihe mit Lara Croft, Leisure Suit Larry und all den anderen ganz Großen. Steel und Dakota, die Stars aus *Limbo*. Alle Kids wollten sie verkörpern; wahrscheinlich standen die großen Teeny-Schauspieler bereits Schlange, um die Hauptrollen in der Verfilmung zu ergattern, wenn es so weit war. Und er bot richtigen Kids, *normalen* Kids, die größte Chance ihres Lebens – im einzig wahren Spiel. Was ihn, nebenbei bemerkt, Summen gekostet hatte, die ihren kleinen Verstand rotieren lassen würden.

Trotzdem war es hart für den Jungen, das sah er – er musste sich erst noch an die virtuelle Umgebung gewöhnen und natürlich an die Gefangenschaft. Es war besser für Steel, wenn er jetzt begann, das Spiel zu spielen, und natürlich wäre es auch gut für ihn, Dakota wiederzusehen – zum richtigen Zeitpunkt. Er hatte schon ein paar Mal darum gebeten, sie sehen zu dürfen – was eine ganz normale Reaktion war, die für das *wahre* Spiel Gutes hoffen ließ.

Sein Spiel.

Es war nicht mehr das Spiel, das er ursprünglich einmal im Sinn gehabt hatte. Manchmal konnte er sich nicht einmal mehr daran erinnern, wie das ausgesehen hatte, obwohl sein Interesse daran erst vor kurzer Zeit geschwunden war. Es hatte sich verändert, war zu etwas weit Interessanterem, Bezwingenderem mutiert – ein bisschen wie Ghoule, obwohl der scheußliche und ziemlich *billige* Ghoulo nie seinem persönlichen Geschmack entsprochen hätte.

Er hatte sich zu etwas verändert, das niemand sonst je sehen würde.

Was schade war, fand er.

Aber sie würden es nicht verstehen, das wusste er, das war ihm völlig klar.

Auch ansonsten sah er viele Dinge glasklar.

Zum Beispiel machte er sich wieder verstärkt Sorgen um Dakota, die keinerlei Neugier mehr auf Steel zeigte und allmählich ihre Energie verlor, zusammen mit ihrem Gewicht. Diese jungen Leute schienen einfach nicht zu begreifen, dass sie essen mussten, um stark und gesund zu bleiben. Das waren doch ganz grundlegende, logische Dinge. Brachten ihre Eltern ihnen denn *gar nichts* bei?

Eltern. Er wusste Bescheid über Eltern.

Wenn Dakota nicht bald wieder in die Gänge kam ...

Denk nicht darüber nach.

Zumindest aß Steel, und seine Fragen nach Dakota munterten ihn auf und erhärteten seine Theorie, dass anfängliche Einsamkeit das Bedürfnis nach Gesellschaft verstärkte. Es war unerlässlich, dass Steel sich immer mehr nach Dakota sehnte – und ebenso unerlässlich, dass *er* lernte, mit seiner lebensgroßen *Limbo*-Welt zurechtzukommen. Die Kids mussten sich eingewöhnen. Wenn sie das nicht taten, würden sie nie in der Lage sein, ihre Rollen angemessen auszufüllen. Sie würden Steel und Dakota nicht gerecht werden – *ihm* und all seinen Bemühungen nicht.

Nach allem, was er getan hatte, nach allem, was er aufgab, hatte er das Recht auf Qualität.

Ihm war klar, dass er letzten Endes alles würde aufgeben müssen.

Sogar sein Leben.

Und das gab ihm ja wohl das Recht auf das beste Spiel, das es je gegeben hatte.

Oder nicht?

Oder etwa nicht?

32.

Rianna war in der Turnhalle des High Fliers Clubs. Sie trainierte am Stufenbarren, sprang von der unteren zur oberen Stange, löste die Hände, griff nach, ging in den Handstand, machte einen großen, runden Schwung und sprang über die obere Stange ab.

Okay.

Sie war außer Atem, die Wangen rot vor Hitze, die Stirn dampfend vor Schweiß. Sie wusste, was Trainerin Carlin ihr sagen würde: dass sie eine gute Bewegungsabfolge mit einer lausigen Landung mit unsicherem Stand verdorben hatte. Aber wenn Rianna ehrlich war, bekümmerte sie das nicht sonderlich – es hatte sich so toll *angefühlt*, dieser letzte Aufschwung und das Loslassen der Stange, beinahe so, als wäre sie geflogen, und sie hatte in diesem Moment gar nicht landen wollen. Sie wäre am liebsten weiter durch die Luft gesegelt, immer weiter …

Marsha Carlin lächelte, als sie durch die Turnhalle auf ihren Schützling zukam. Unterwegs sammelte sie Riannas Handtuch und die Trainingsjacke ein und warf ihr das Handtuch zu, als sie nahe genug war.

»Wie hat es sich angefühlt?«

»Fantastisch.« Rianna wischte sich Gesicht und Arme ab und nahm die Jacke von der Trainerin entgegen. »Ich weiß, der Absprung war furchtbar und die Landung …«

»Furchtbar ist vielleicht etwas übertrieben.« Trainerin Carlin lächelte. »Aber alles andere war sehr gut. Du hast dich stark verbessert, Rianna. Ich bin sehr zufrieden.«

Als die dunkelblonde Frau mittleren Alters weiterging, lächelte sie immer noch über das erkennbare Vergnügen der Fünfzehnjährigen am Turnen. Mit einer anderen Schülerin hätte Carlin die Kritikpunkte erörtert, aber sie hatte schon vor langer Zeit begriffen, dass Riannas Talent ihre Ambitionen bei weitem überstieg. Anfangs war sie enttäuscht darüber gewesen, doch sie hatte es zu akzeptieren gelernt. Mittlerweile war sie sogar froh darüber, ein junges Mädchen zu trainieren, das hierher kam, weil es den Sport liebte, ihn um seiner selbst willen brauchte und nicht für das, was es selbst – oder seine Familie – daraus gewinnen konnte. Für Jake Woods, das wusste Carlin inzwischen, zählte ausschließlich die Sicherheit und das Glück seiner Tochter. Der Professor hatte mit der Trainerin ein paarmal über die potenziellen Gefahren in einer Sporthalle gesprochen, und Carlin hoffte, dass sie die meisten seiner Ängste hatte beseitigen können – obwohl ihr bewusst war, dass Woods zu jenen Vätern zählte, die niemals aufhören, sich um ihre Kinder zu sorgen, ganz gleich, wie alt sie waren.

»Ich bin überrascht, dass Sie Rianna immer noch hierher kommen lassen«, hatte Carlin einmal zu ihm gesagt.

»Soweit ich sehe, habe ich keine Wahl«, antwortete Woods. »Ich weiß, wie viel ihr der Sport bedeutet.« Er lächelte Carlin an. »Und mir selber macht es auch unglaublich viel Spaß, Rianna in Aktion zu sehen.«

»Manchmal ist es bestimmt nicht leicht, Kinder zu haben«, hatte Carlin gesagt.

»Das stimmt«, hatte er erwidert. »Aber es ist jedes bisschen Schmerz wert.«

Marsha Carlin fand, dass Rianna und ihre Schwester großes Glück hatten.

Rianna machte ein paar Dehnübungen, um Sehnen und Gelenke zu entspannen. In Gedanken war sie bereits weit weg von der Turnhalle. Das war einer der großen Unterschiede zwischen ihr und den ernsthaften Sportlerinnen bei High Fliers: ihre Unfähigkeit, endlos über eine Übung nachzudenken und jede Bewegung vor ihrem inneren Auge immer wieder ablaufen zu lassen, um die Fehler zu analysieren.

Stattdessen nahm Rianna ihre Sporttasche, ging zur Tür und dachte darüber nach, was zurzeit mit ihrem Vater geschah. Er war geistesabwesend, und mit seinem Buch – was so ziemlich das Einzige war, worüber er in den Wochen vor dem Ende des Frühjahrssemesters gesprochen hatte – kam er überhaupt nicht voran. Zu ihr und Ella war er so fürsorglich und liebevoll wie immer, vielleicht sogar noch ein bisschen mehr, doch Rianna hatte im Lauf der Jahre gelernt, ihren Vater ziemlich gut einzuschätzen: Ihm lag etwas auf der Seele, mochte er sich noch so sehr bemühen, es zu verbergen.

Rianna wusste natürlich, dass es zum Teil wegen Michael Cooper war. Sie wollte nicht einmal darüber nachdenken, was Michael und Robbie Johanssen zugestoßen sein könnte. Sie hatte ihren Dad gefragt, was er vermutete, doch er wollte nicht darüber reden, obwohl er in den meisten Dingen sehr offen zu ihr war.

Er versucht mich zu beschützen, sagte Rianna sich, während sie unter der heißen Dusche stand und ihr Haar wusch. Deshalb hatte sie ihn auch nicht weiter damit genervt. Sie wollte nicht, dass er merkte, wie sehr die Sache sie beschäftigte. *Der Apfel fällt nicht weit vom Stamm.*

Das änderte jedoch nichts an ihren schlechten Träumen.

Aber in ihrem Vater ging auch noch etwas anderes vor, überlegte sie, während sie das Wasser abdrehte, sich ein Handtuch schnappte und aus der Duschkabine trat. Irgendetwas hatte sich verändert. Etwas, das vielleicht mit Mrs Johanssen zu tun hatte. Sie hatte ihre Überlegungen ihrer besten Freundin Shannon Gates gegenüber erwähnt, und Shannon hatte vermutet, dass ihr Vater eine Affäre mit Lydia Johanssen hatte.

»Das glaube ich nicht«, hatte Rianna mit Entschiedenheit widersprochen.

»Warum nicht?«, hatte Shannon entgegnet. »Ich habe dir doch erzählt, dass ich meine Mutter sagen hörte, dein Vater sei ein sexy Typ. Wenn *sie* das findet, warum sollte Lydia Dingsbums es nicht so sehen?«

»Mag ja sein«, hatte Rianna geantwortet. »Aber ich bin mir ziemlich sicher, dass Dad es mir erzählen würde.«

Der Meinung war sie nach wie vor. Schließlich hatte er sogar mit ihr darüber gesprochen, als er – fünf Jahre, nachdem ihre Mutter gestorben war – zu seiner ersten Verabredung gegangen war. Warum also sollte er diesmal nicht mit ihr darüber reden? Es sei denn, er hatte ein schlechtes Gewissen wegen der schrecklichen Umstände ...

Wenn da wirklich etwas sein sollte, sagte sich Rianna, als sie ihre Jeans anzog, würde sie es ihm nicht so schwer machen wie manche Kinder bei ihren geschiedenen Eltern. Schließlich konnte sie nicht von ihm erwarten, dass er wie ein Mönch lebte.

Aber sexy? Das konnte Rianna immer noch nicht ganz nachvollziehen. Er war der Beste, der absolut Beste, und jede Frau konnte froh sein, ihn zu bekommen. Aber *sexy*? So ein Unsinn – er war doch nur ihr Vater.

33.

Robbie wusste, dass er jetzt das Spiel spielen würde.

Der Mann hatte es ihm vor kurzem mitgeteilt, und dies hatte Robbies panische Angst bis ins Unerträgliche gesteigert. Bisher war ihm noch nichts *wirklich* Schlimmes passiert – sofern man eine verdammte Entführung, die Gefangenschaft in diesem schwarzen Loch und die Zwangsfütterung mit unheimlichen Ausflügen in die virtuelle Welt eines unsichtbaren Irren nicht als schlimm bezeichnen wollte. Wer wusste schon, was es bedeutete, hier unten *Limbo* zu spielen?

Nun, richtig spielen würde er wohl nicht. Der Mann hatte von einer Übung gesprochen. Etwas von einer *Initiation* hatte er gesagt, doch als Robbie ihn gefragt hatte, was das bedeutete, hatte er keine Antwort bekommen. Daraufhin war Robbie auf den zermürbenden Gedanken gekommen, dass der Irre vielleicht gar nicht *wirklich* da war. Vielleicht kam seine Stimme von einem Band, das per Zeitschaltuhr gesteuert wurde ... Diese Vorstellung erschreckte ihn mehr als alles andere, der Gedanke, allein gelassen worden zu sein, sodass niemand ihn jemals finden konnte ...

»Okay, Steel, mach dich fertig.«

Robbie zuckte vor Schreck zusammen.

»Setz dein Headset auf.«

Das blaue Licht ging an.

»Steh auf.«

Robbie gehorchte. Seine Beine waren weich wie Gummi.

»Jetzt geh nach rechts«, befahl die Stimme. »Drei Schritte zur Seite.«

Jetzt wusste Robbie, dass er das große Ding benutzen würde, das er im Licht der Glühbirne gesehen hatte. Es war also wirklich ein Teil des Simulators.

»Jetzt wird es sich unter deinen Füßen anders anfühlen, Steel.«

So war es tatsächlich. Viel weicher als Beton, beinahe *matschig*, sodass Robbie zusammenzuckte und verkrampft abwartete, ob es ihn in die Tiefe saugte. *Fünfzigtausend Möglichkeiten, verrückt zu werden, ohne sich darum zu bemühen.* Doch nichts Schlimmes geschah, obwohl Robbies Herz so laut klopfte, dass er sicher war, der Mann müsse es hören.

»In Ordnung, Steel, streck die Arme hoch und halte die Stange fest. Du hast die Stange gesehen, erinnerst du dich? Halt sie fest und warte ab.«

Robbie umfasste die Stange mit den Handschuhen.

Und es ging los.

Zuerst war da nur Dunkelheit, aber keine völlige Finsternis, nur die Dunkelheit des Tunnels.

Er hörte sie kommen, bevor er sie sah – ein schabendes, kratzendes Geräusch aus weiter Ferne. Dann ein Hecheln, und dann sah er sie auch schon, sah das rote Leuchten ihrer Augen, als sie durch den Tunnel auf ihn zukamen. Es hörte sich wie ein tiefes Grollen an, weil es so viele waren, und sie kamen, sie kamen, genau wie das tollwütige Rudel Hunde in *Limbo* bei Level 1 auf Steel zuläuft ...

Es ist nur ein Spiel! Sie sind nicht echt!

Aber es wurde immer lauter und ... o Gott, da waren sie und kamen direkt auf ihn zu; er konnte schon ihre Reißzähne sehen, die weiß schimmerten in einem kleinen Lichtstrahl, der von irgendwo hereinfiel ...

Robbies rechte Hand löste sich von der Stange. Jetzt übernahm sein Instinkt die Kontrolle, und er griff nach dem Messer an seiner Taille – *Steels Messer*. Seine Bewegung war unbeholfen und warf ihn beinahe um, aber dann hielt er die Waffe in der Hand. Sie fühlte sich zu leicht an für ein echtes Messer. Verdammt, warum sollte ein Kidnapper seinem Gefangenen auch ein *Messer* geben? Doch wie auch immer, die Hunde kamen näher, und es waren zu viele, um gegen sie zu kämpfen, also nützte das verdammte Messer ihm sowieso nichts. In der allerletzten Sekunde drehte Robbie sich zur Seite und warf sich gegen die Wand des Tunnels, oder zumindest versuchte er es, doch wenngleich er die Wand sehen konnte, fühlte er sie nicht, und er stürzte und prallte hart auf den Boden. *Das* fühlte er sehr wohl: ein dumpfer Schmerz über die ganze Seite seines Körpers und in den Beinen. Und das Rudel Hunde hetzte vorbei, knurrend und grollend ...

Und weg war es.

Virtuelle Realität.

Natürlich.

Deshalb konntest du die Wand nicht spüren, Robbie, weil das alles nur simuliert ist und weil die Sensoren in deinen Handschuhen stecken und nicht an deinem Körper.

Dazugelernt. Seine erste »Übung«.

Dieser Bastard.

Das Klopfen seines Herzens und die Übelkeit jedoch waren alles andere als irreal.

»Wie hat es dir gefallen, Steel?«, fragte die Stimme.

Leck mich, dachte er, wagte es aber nicht auszusprechen.

»Hat Spaß gemacht, nicht wahr?«

»Wenn man solche Dinge mag«, sagte Robbie, den der Zorn mutig machte.

»Es hat dir nicht gefallen?«

»Nicht besonders.«

»Keine Sorge«, sagte die Stimme. »Es wird besser.« Er hielt inne. »Du kannst das Headset und die Handschuhe jetzt abnehmen. Es wird jetzt für eine Weile hell.«

Und damit endete die Unterhaltung.

Robbie überlegte fieberhaft. Wenn dies das Training für eine Art *Limbo*-Spiel war und wenn er Steel spielen sollte, hatte er seine Sache vorhin nicht allzu gut gemacht. Robbie wusste noch, dass Steel im normalen *Limbo*-Spiel mit den tollwütigen Hunden fertig wurde, indem er viele von ihnen tötete – er schlitzte sie auf, dass das Blut nur so spritzte. Am Anfang hatte er wohl ganz gut reagiert, indem er nach dem Messer gegriffen hatte, aber das war Instinkt gewesen, ein Verteidigungsmechanismus. Danach war er einfach nur Robbie Johanssen gewesen, nicht Steel: viel zu verängstigt, um mehr zu tun, als sich an die Tunnelwand zu werfen, bis die Hunde vorbeigerast waren.

Aber es hatte funktioniert, oder?

Es ging doch nur darum, hier unten zu überleben. Bis sie kamen, um ihn hier herauszuholen. Überleben. Sich nicht um den Verstand bringen lassen. Essen, trinken, versuchen zu schlafen. Das Spiel, in welcher Form auch immer, würde ihn beschäftigen, ihn davor bewahren, verrückt zu werden. Computerspiele waren gut für die Reflexe, behaupteten manche Menschen da oben in der wirklichen Welt – gut für die Reflexe und ein gutes Training fürs Hirn – kein Ersatz für Sport, aber *gut*.

Diese Leute wussten allerdings nichts von *dieser* Version, oder?

34.

Scott Korda, Hal Hawthorne und Bill Fitzgerald waren zu ihrem allmorgendlichen Meeting in Kordas Büro bei Eryx Software zusammengekommen. Es war eine eher informelle Angelegenheit; die Männer saßen gemütlich auf Sofa und Sesseln statt am Tisch mit der Granitplatte am anderen Ende des Raums. Hawthorne und Korda trugen Jeans und T-Shirts, nur Fitzgerald war ein wenig förmlicher, beinahe yuppiemäßig mit marineblauem Blazer und beigefarbener Hose bekleidet.

Die Stimmung war eher verdrießlich.

»Ich habe gestern mit Kline gesprochen«, sagte Korda, »und ihn gefragt, was wir tun können, um zu helfen. Er sagte lediglich, dass er mit uns in Verbindung bleiben wird.«

»Was soll *das* denn heißen?« Fitzgerald war jetzt schon gereizt, dabei hatte die Woche gerade erst angefangen. »Stecken wir da drin oder nicht?«

»Natürlich stecken wir mit drin«, sagte Hawthorne. »Unser meistverkauftes Produkt steht in Zusammenhang mit einem schweren Verbrechen gegen junge Leute. Nach allem, was wir wissen, könnten wir sogar Verdächtige sein.«

»Genau wie jeder andere, der jemals mit *Limbo* zu tun hatte.« Korda schüttelte den Kopf. »Was für eine hässliche Sache. Diese arme Frau kommt hierher und versucht, das Spiel zu verstehen, als könne ihr das helfen, ihren Sohn zu finden.«

»Ich fand es in Ordnung, dass sie hier war«, sagte Fitzgerald, »aber bei Woods bin ich mir nicht so sicher. Er ist kein Verwandter, und er scheint auch nicht ihr Freund zu sein, obwohl ich mir da nicht ganz sicher bin.« Er runzelte die Stirn. »Der Gedanke, dass ein Professor für Strafrecht unser Unternehmen im nächsten Semester als Anschauungsmaterial für seine Studenten benutzt, ist nicht besonders erhebend.«

»Ich hatte den Eindruck«, sagte Hawthorne, »dass er einfach nur als Freund mitgekommen war.«

»Und vergiss nicht«, fügte Korda hinzu, »dass er auch mit der Cooper-Familie befreundet ist. Ich finde es ganz normal, dass er mit hier war.«

»Wie dem auch sei«, beharrte Fitzgerald, »es kann nichts schaden, wenn jemand ihn ein bisschen im Auge behält, nur für den Fall, dass er zu den Typen gehört, die eine große Lippe riskieren. Falls die Presse sich wirklich auf *Limbo* stürzt, bekommen die Eltern wahrscheinlich Angst, und weiß Gott, was das den Verkaufszahlen antun könnte.«

»Es könnte sie ebenso gut in die Höhe treiben«, bemerkte Korda trocken.

»Nicht, wenn die Konkurrenz beschließt, es gegen uns zu verwenden«, sagte Fitzgerald. Dann zuckte er mit den Achseln. »Vielleicht sollte Kline unsere lieben Konkurrenten als Verdächtige in Betracht ziehen. Vielleicht wurde die ganze Sache nur aufgezogen, um *Limbo* in Verruf zu bringen.«

»Hört sich an wie das Drehbuch einer alten *Columbo*-Folge«, sagte Hawthorne.

»Ich glaube, Bill scherzt«, sagte Korda.

»Nicht nur.« Fitzgerald zuckte wieder mit den Achseln. »Vielleicht solltest du es Tillman gegenüber erwähnen.« Alan Tillman war der Eryx-Anwalt.

»Soll ich Nick bitten, Jake Woods ein wenig unter die Lupe zu nehmen?«, fragte Korda. Nick Ford war ihr Sicherheitsberater.

»Mir kommt das reichlich übertrieben vor«, sagte Hawthorne.

»Kann aber nicht schaden«, sagte Fitzgerald.

35.

Lydia hatte es schon immer gehasst, gönnerhaft behandelt zu werden. Doch genau dieses Gefühl hatte sie, als an diesem Morgen endlich das Treffen mit Special Agent Roger Kline stattfand, auf das sie seit ihrem Besuch bei Eryx gedrängt hatte.

Kline war um halb neun bei ihr zu Hause eingetroffen, begleitet von einer FBI-Agentin namens Angela Moran. Kline war durchschnittlich groß und durchtrainiert, obwohl Lydia bemerkte, dass sein Gürtel um die Taille herum straff saß. Doch Eitelkeit war nicht unbedingt eine schlechte Eigenschaft für den Chef der Sonderkommission, solange sie auch den Erfolg der Ermittlungen einschloss. Klines Kollegin war eine leicht rundliche Frau mit gütigem Gesicht, was Lydia unpassend erschien, denn irgendwie hatte sie das FBI nie mit Güte in Verbindung gebracht.

In Klines Gesicht dagegen lag deutliche Härte. Er hatte eine kleine Hakennase, einen geraden, harten Mund, kantige Wangenknochen und kleine Augen, die so dunkel waren, dass Lydia sich fragte, ob er gefärbte Kontaktlinsen trug. *Auch aus Eitelkeit?*

Lydia hieß die beiden willkommen, brühte den Kaffee auf, den Melanie Steinman ihr am Sonntagmorgen von Sensous Bean mitgebracht hatte, und bot ihnen die Plunderstücke an, die Sally am selben Nachmittag vorbeigebracht hatte (und die Moran dankend annahm, Kline jedoch ablehnte). Dann dankte sie den beiden Agenten für ihr Kommen.

»Sie sagen, Sie haben Bedenken in Bezug auf Eryx Software?« Nach Austausch der Höflichkeiten kam Kline gleich auf den Punkt.

»*Möglicherweise* Bedenken.«

»Okay.« Kline fixierte sie mit seinen scharfen Augen und wartete ab.

Lydia war entschlossen, nicht auszuweichen. »Es ist bloß eine Ahnung.« Sie lächelte nervös. »Wahrscheinlich stehen Ihnen bei diesem Wort die Haare zu Berge.«

»Ganz und gar nicht«, sagte Agent Moran und wischte sich die vom Plunder klebrigen Finger an der Papierserviette ab. »Ahnungen und Eindrücke sind oft so zutreffend, dass man sie nicht leichtfertig abtun sollte.«

Ihr Vorgesetzter schwieg.

»Es war eher ein Gefühl als ein Eindruck«, sagte Lydia.

»Warum erzählen Sie es uns nicht einfach, Mrs Johanssen?«, sagte Kline.

Im Rückblick dachte Lydia später, dass es ihr ziemlich gut gelungen war, ihre Empfindung auszudrücken, diese Unruhe, die sie in Kordas Büro überfallen hatte, und sie hatte auch nicht vergessen, dies durch Jakes zwiespältigen Eindruck zu stützen.

»Sie wissen vermutlich, dass Professor Woods früher Ermittler für die Staatsanwaltschaft in Albany war.«

»Ja. Allerdings nicht sehr lange«, sagte Kline.

Lydia sprach schnell weiter und erklärte, dass sowohl Jake als auch sie hofften, das FBI würde Eryx und seine Direktoren gründlich unter die Lupe nehmen.

»Das geschieht bereits«, ließ Kline sie wissen.

Glatt, höflich, schnell. Er fegte ihre Sorgen rasch auf einem Kehrblech zusammen und schüttete sie in einen Mülleimer mit der Aufschrift *Neurotische Intuitionen ängstlicher Mütter.*

Ansonsten aber waren die Agenten sehr hilfreich. Moran nahm sich die Zeit, Lydia ausführlich zu erklären, welche Ermittlungsinstrumente sie regelmäßig von ihrem eigenen Computer aus einsehen konnte: die Internetseiten des FBI über vermisste Personen, die aktuellen Fotos und Angaben über Robbie, Michael und die anderen drei Jugendlichen, die Homepage des Nationalen Zentrums für vermisste und missbrauchte Kinder, die mit der des FBI verlinkt war ...

Kurz darauf gingen sie.

Lydia dachte, sie sollte den beiden eigentlich dankbar sein, dass sie gekommen waren, aber dem war nicht so. Stattdessen war sie leicht verärgert, vielleicht wegen der ein wenig gönnerhaften Behandlung. Sie hatte das Bedürfnis, mit jemandem über ihre Gefühle zu sprechen, aber sie wusste nicht genau mit wem.

Das heißt – eigentlich wusste sie es schon. Sie war sich nur nicht sicher, ob es richtig war.

Denn der Besuch der FBI-Agenten war nicht der einzige Grund, aus dem sie mit Jake Woods sprechen wollte.

Er war ein netter, anständiger Mann.

Außerdem hatte er ehrliche, sanfte, braune Augen. Einen schön geformten Mund. Ein starkes Kinn. Weiches, gewelltes Haar. Breite, trostspendende Schultern.

Was tat sie da bloß, dass sie in einer Zeit wie dieser an einen Mann dachte? Seit Aarons Tod hatte sie kaum jemanden auch nur annähernd attraktiv gefunden. Weshalb also jetzt, zumal Robbie verschwunden war?

Warum hatte sie letzte Nacht von Jake Woods geträumt?

36.

Die Wahrheit besuchte ihn manchmal in der Nacht.

Mit dunklen Fängen zerrte sie seine Decke fort und biss sich durch die weiche, sanfte Höhle seiner Fantasiewelt. Die Wahrheit über ihn selber. Über das, was aus ihm geworden war. In den frühen Morgenstunden stellte er sich ihr, pfählte sich selbst auf ihren spitzen Reißzähnen, wand sich vor ihr auf dem Boden.

Kidnapper. Perverser. Sadist. Mörder.

Das erste Licht der Dämmerung kam ihm zu Hilfe, hob ihn von den Stacheln herunter, leckte seine Wunden. Diese Worte beschrieben nicht ihn, konnten nicht die Wahrheit beschreiben, konnten *ihn* nicht beschreiben und das, was er tief in seinem Innern war.

Es hatte eigentlich ein Spiel werden sollen. Das beste und verwegenste Spiel, das es je gegeben hatte, aber eben nur ein *Spiel*.

Das helle Tageslicht verbannte die hässlichen Worte fast vollständig, verwandelte Wahrheiten in Lügen. Die Höhle, die ihn umschloss wie ein Mutterleib, heilte, wuchs wieder zusammen, verbarg alle Worte und Taten und ermöglichte es ihm, weiterzumachen. Zumindest für den Augenblick.

Eines Tages – eines Nachts – würde die Höhle sich unwiderruflich öffnen, das wusste er. Und dann würde alles daraus hervorquellen, würde alles andere in seinem Leben mit ihrem Gestank verpesten ...

Wenigstens wäre es dann vorbei.

Immer häufiger sehnte er sich danach.

37.

Ich hatte Albträume von den entführten Kindern gehabt. Am Samstag nach unserem Ausflug aufs Land hatte ich Lydia angerufen, aber nur den Anrufbeantworter erreicht und keine Nachricht hinterlassen. Vielleicht, hatte ich mir gesagt, war es an der Zeit, mich zurückzuziehen, Lydias Privatsphäre zu respektieren und mich wieder meinem eigenen Leben zu widmen, mich auf die Familie zu konzentrieren.

Als das Wochenende vorüber und die Mädchen wieder in der Schule waren, hatte ich ernsthaft versucht, an meinem Roman weiterzuarbeiten, aber es ging immer noch nicht, aus den gleichen Gründen wie zuvor. Meine Gedanken kreisten immer wieder um Michael Cooper und Robbie Johanssen. Und um Lydia.

Hauptsächlich um Lydia.

Und um das Eryx-Dreigestirn.

Am Mittwochmorgen rief ich Norman Baum an.

»Sagen Sie es mir, wenn ich Unsinn rede«, sagte ich. »Diese Burschen haben tadellose Manieren, sind gebildet und stammen wahrscheinlich aus wohlhabenden Familien – drei achtbare Männer, die beteuerten, wie gern sie helfen wollen, und die auf alles eine angemessene Reaktion zeigten.« Ich hielt inne. »Vielleicht sind sie einfach nur das, was sie zu sein scheinen.«

»Aber Sie glauben nicht daran.«

»Ich *weiß* es nicht. Das ist es ja eben.«

»Wollen Sie damit sagen, dass möglicherweise einer von ihnen in die Entführungen verwickelt ist?«

»Nein, das will ich absolut nicht sagen.« Ich suchte immer noch nach den richtigen Worten. »Es ist nur dieses

Gefühl, dass alles ein bisschen *zu* perfekt war. Vielleicht traue ich dieser Perfektion nicht.«

»Worauf wollen Sie dann hinaus, Jake?« Baum hatte Geduld mit mir.

»Meine Sorge ist, dass das FBI denken könnte, die Eryx-Leute hätten eine blütenweiße Weste, sodass man sie gar nicht erst genauer in Augenschein nimmt.« Ich wollte ehrlich sein. »Vielleicht stört es mich auch nur, dass weder Lydia noch ich davon erfahren werden, falls Eryx auf der Liste des FBI steht.« Ich schwieg wieder einen Moment lang. »Das Problem ist, wenn ich selbst versuche, diese Männer unter die Lupe zu nehmen, wird Kline gar nicht davon begeistert sein, und im Sinne aller Beteiligten will ich ihn auf keinen Fall verärgern. Abgesehen davon sind meine Fähigkeiten so eingerostet, dass sie mich wahrscheinlich aus 20 Kilometer Entfernung kommen hören.«

»Mit anderen Worten«, sagte Baum, »Sie wollen, dass ich das für Sie übernehme?«

»Genau das.«

Der Mann wurde mir immer sympathischer.

38.

Lydias Bedürfnis, Jake anzurufen, war immer noch gegenwärtig – nun schon seit mehr als einer Woche.

Das liegt nur am Alleinsein, sagte sie sich immer wieder. Ohne Robbie hier in der Wohnung sein, ständig das Verlangen unterdrücken müssen, an ihn zu denken, sich zu fragen, wo er ist, was mit ihm geschieht, wie er sich fühlt, wie viel Angst er haben muss. Sich ständig fragen, ob er die Hoffnung, dass man ihn findet, schon aufgegeben hat.

Und in den seltenen Augenblicken, wenn Lydia es wirklich einmal schaffte, nicht an ihren Sohn zu denken, wurde sie von schrecklichen Schuldgefühlen aufgefressen. Letzte Nacht hatte sie sogar geträumt, dass Aaron gekommen war – er war einfach in die Wohnung gerauscht, direkt von der Bühne in Carnegie Hall, in seinem Frack und mit einer Nelke im Knopfloch. Nur dass er diesmal nicht gekommen war, um Lydia zu sehen, wie in zahllosen Träumen zuvor. Diesmal kam Aaron, um ihr einen Rüffel zu erteilen, weil sie sich die Zeit genommen hatte, eine Einkaufsliste zu schreiben, statt jede wache Sekunde damit zu verbringen, ihrem Sohn in seiner Gefangenschaft ihre Gedanken zu schicken.

In dem Traum saß sie am Küchentisch und schrieb *Tropicana-Saft* und *Bio-Honig* auf einen Zettel, als Aaron mit großen Schritten in die Küche kam.

»Wenn du das schon tun musst«, sagte er, »dann schreib wenigstens auch Erdnussbutter auf. Robbie wird sicher eine Riesenportion wollen, wenn er nach Hause kommt.«

»Robbie mag Erdnussbutter nicht mehr«, versuchte Lydia ihm zu erklären, doch Aaron war schon wieder hinausgestürmt, genauso rasant, wie er hereingekommen war, und sie hatte keine Gelegenheit, noch etwas zu sagen. Sie ließ den Kuli fallen, legte ihren müden Kopf auf den Tisch und fing an zu weinen. Dann spürte sie, wie sich Arme um sie legten, starke, tröstende Arme. Sie hob den Kopf und stellte fest, dass die Arme nicht Aaron gehörten, sondern Jake Woods, und sie merkte, dass es sie nicht im Geringsten störte. Dann brach sie wieder in Tränen aus.

Und dann war sie aufgewacht.

Und heute Morgen – Mittwoch, der 5. Juli, der Tag nach dem schlimmsten Unabhängigkeitstag, den sie je erlebt hatte, viel schlimmer noch als der erste 4. Juli nach Aarons Tod – rief sie ihn endlich an, wobei sie im Stillen hoffte, er wäre nicht zu Hause, damit sie entweder eine Nachricht hinterlassen oder schnell wieder auflegen konnte.

»Hallo, Jake, hier Lydia.«

Ihre schöne, tiefe Stimme klang ein bisschen zaghaft.

»He«, sagte ich, »ich wollte dich gerade anrufen.«

»Wirklich?«, fragte sie ruhig.

Ich fing an, indem ich ihr von meinem Gespräch mit Baum am vergangenen Mittwoch erzählte, und fragte sie ein wenig verspätet, ob es ihr etwas ausmachte.

»Soll das ein Witz sein?« Es lag so viel Wärme und Erleichterung in ihrer Stimme, dass die Frage ausreichend beantwortet war. »Genau das hätte ich auch getan, wenn mein Gehirn nicht ein einziger Brei wäre.« Lydia hielt inne. »Also, warum wolltest du mich jetzt anrufen, Jake?«

»Weil ich gerade Baums Bericht bekommen habe.«

»Und?«

Es lag so viel Hoffnung in ihrer Frage, dass es mir einen Stich ins Herz versetzte. »Eigentlich nichts von Bedeutung«, sagte ich schnell. »Nur allgemeine Profile von Korda, Fitzgerald und Hawthorne.« Ich hielt inne. »Soll ich sie dir am Telefon vorlesen oder hast du ein Fax?«

»Warte mal ...« Sie hielt inne. »Du bist wahrscheinlich beschäftigt, nicht wahr?«

»Nicht allzu sehr«, sagte ich. »Die Mädchen haben jetzt Ferien, aber sie sind heute unterwegs. Ich werde also nicht gebraucht.«

»Ich dachte nämlich gerade«, Lydia klang unsicher, »falls es dir nichts ausmacht, könnte ich dich besuchen kommen. Ich könnte mit dem Zug fahren, dann komme ich mal für eine Weile hier raus und kann bei der Gelegenheit den Bericht lesen. Das heißt, wenn es dir nicht ungelegen kommt ...«

»Überhaupt nicht«, versicherte ich ihr. »Nicht im Geringsten.«

»Bist du sicher? Du weißt, Jake, du kannst es mir ruhig sagen, wenn ich mich zum Teufel scheren soll.«

Ich lachte. »Du sagst mir, mit welchem Zug du kommst, und ich hol dich ab.«

Als wir uns am Bahnhof trafen, war ich wie immer überwältigt von ihrem Zauber. Ihr langes Haar fiel ihr heute offen auf die Schultern, und sie trug China-Hosen und eine hübsch geschnittene weiße Bluse. Über dem Arm hielt sie eine Regenjacke. Um diese Jahreszeit bekamen die meisten Gesichter allmählich ein wenig Bräune, doch Lydia schien von Mal zu Mal blasser zu werden – dadurch aber keineswegs weniger attraktiv.

Wir sind Freunde, wies ich mich selbst zurecht. Nichts weiter.

Sie hatte mir einen Strauß Blumen mitgebracht, hübsche blaue und violette Blüten, zögerte aber kurz, bevor sie mir den Strauß gab. Sie habe vor längerer Zeit zu ihrem Erstaunen festgestellt, sagte sie, dass nicht alle Männer gern Blumen geschenkt bekämen, wenn sie auch nicht ganz verstehen könne, aus welchem Grund. Ich versicherte ihr, dass ich zu den Männern zählte, die sehr gern Blumen bekämen, und dass ich mich jetzt – da ich mich kaum noch daran erinnern könne, wann man mir das letzte Mal Blumen geschenkt habe – umso mehr über diesen Strauß freuen würde.

»Wenn du einverstanden bist«, sagte ich, als wir in meinen Wagen stiegen, »können wir bei mir zu Hause Tee trinken. Es sei denn, du möchtest lieber irgendwo hingehen – es gibt eine Menge guter Cafés in New Haven.«

Lydia lächelte mich an. »Ich würde gern sehen, wo du wohnst und wie du lebst. Sind die Mädchen da?«

Ich schüttelte den Kopf. »Sie sind noch bei Freunden, danach geht Rianna zum Turnen, und Kim und Tom haben Ella zum Grillen zu sich eingeladen.« Ich schaute auf die Uhr. »Ich muss sie erst in vier oder fünf Stunden abholen.«

Es war mir ein wenig unangenehm, über meine Töchter zu sprechen. Sich über die Kinder anderer zu unterhalten, musste Salz in Lydias Wunden sein, und plötzlich fragte ich mich, ob es richtig war, sie mit in meine Wohnung zu nehmen, in der die Mädchen überall präsent waren.

Das war allerdings erst die zweite Sorge gewesen, die mir durch den Kopf gegangen war, seit ich Lydia ein paar Stunden zuvor zu mir nach Hause eingeladen hatte. Um ehrlich zu sein, war ich erleichtert, dass Rianna und Ella nicht da sein würden; zum Teil um Lydias willen, zum Teil weil meine jüngere Tochter manchmal eine Art Zeitbombe war.

Vor allem aber wegen Riannas Fähigkeit, durch mich hindurchzusehen, als wäre ich aus Glas.

Aber in meinem Innern gab es nichts zu sehen außer Freundschaft – einer neuen Freundschaft.

Ach ja?

Die Zeit zwischen unserem Telefonat und meiner Fahrt zum Bahnhof hatte ich genutzt, um einen Kuchen zu backen: ein Biskuitboden mit Apfelscheiben, belegt mit einem Teiggitter und mit Puderzucker bestäubt.

»Der ist ja köstlich«, sagte Lydia, nachdem wir uns im Wohnzimmer hingesetzt hatten. »Schmeckt wie selbst gebacken.«

»Eins von Simones Rezepten.«

»Ich bin beeindruckt.«

Mir fiel auf, dass Lydia offenbar nicht mehr als einen kleinen Bissen herunterbrachte, und ich bemerkte mit gewisser Sorge, dass sie nicht nur blasser, sondern auch dünner geworden war.

Ich hatte das Tablett mit unserem Tee auf den flachen Tisch vor uns gestellt, neben Lydias Blumen – es ist ein geschnitzter Holztisch aus mexikanischer Kiefer, während die Bücherregale, die zwei Wände bedecken, aus heller Eiche sind. Unsere Möbel sind überhaupt eine ziemlich zusammengewürfelte Angelegenheit. Einige stammen noch aus unserem alten Haus, andere waren bereits hier, als die Mädchen und ich einzogen, und manche haben wir in hiesigen Geschäften und auf Trödelmärkten gekauft. Wir sind wahrscheinlich der Albtraum jedes Innenarchitekten, aber aus unserer Sicht scheint alles wunderbar zu harmonieren. Unsere Wohnung ist eher ein Ort zum Leben als ein Stilbekenntnis – sie ist ein Zuhause geworden.

Lydia sagte, die Wohnung gefalle ihr, sie spiegele in jedem Winkel meine Persönlichkeit wider. Ein chaotischer Mischmasch, sagte ich lächelnd. Gemütlich und zwanglos, sagte Lydia. Von manchen Leuten hätte ich das als zweifelhaftes Kompliment aufgefasst, aber bei Lydia hatte ich das Gefühl, dass sie es nett meinte, und das gefiel mir. Wir unterhielten uns eine Weile über alles Mögliche: was ich an Manhattan vermisste und was nicht, die Vorteile des Lebens in New Haven, das Wetter – natürlich –, Hilary Clintons Wahl zur Senatorin, mein sehr begrenztes Wissen über die Oper und Lydias Liebe zum Jazz.

Ich wusste, dass wir lange genug um das eigentliche Thema des Nachmittags herumgeschlichen waren, als Lydia mir von Klines Besuch erzählte und davon, wie sie darauf reagiert hatte. Ich verstand ihre Gefühle, und ich ging davon aus, dass sie mit ihrer Annahme richtig lag.

Dann las ich ihr Baums Bericht vor.

Er hatte nicht einmal eine Woche gebraucht, um ordentliche, wenn auch nicht allzu detaillierte Profile der drei Eryx-Direktoren zu erstellen. Soweit ich sehen konnte, entsprachen ihre Lebensläufe dem äußeren Anschein: Korda und Hawthorne waren Harvard-Absolventen, Fitzgerald hatte in Yale studiert – sie hatten mehr gemeinsam als ihre hellblauen Augen, das Design-Studium und die Computerleidenschaft.

Alle drei waren vermögende Männer. Korda besaß ein Gestüt in den Berkshires, in der Nähe von Salisbury sowie eine große Villa näher bei der Firma, in einer Waldgegend bei South Glastonbury – eine ziemlich einsame Gegend, schrieb Baum. Fitzgerald gehörte ein kleines, ebenfalls recht abgeschiedenes Landgut östlich von Moodus nahe des Devils-Hopyard-Nationalparks, und Hawthorne lebte in der Nähe von Chester, Baum zufolge in der schönsten Gegend und der »Zivilisation« am nächsten.

Keiner der Männer war verheiratet, auch wenn die Umstände ihres Single-Daseins unterschiedlich waren. Korda, 39 Jahre alt, der sanfte, goldblonde, jungenhafte Firmenboss, war geschieden und hatte zwei kleine Kinder, die bei ihrer Mutter Pamela in einem Stadthaus nahe des UN-Gebäudes in Manhattan lebten. Der 37-jährige Fitzgerald, das Programmiergenie, hatte drei Jahre zuvor bei einem Unfall seine schwangere Frau verloren. Hawthorne war ein Jahr jünger als er und Junggeselle; Baum hatte auch keinen Hinweis auf eine längere Beziehung in der jüngeren Vergangenheit entdeckt. Korda besaß die Aktienmehrheit bei Eryx und Zeus Interactive; die anderen beiden waren Mitinhaber des Unternehmens. Alle drei Männer schienen schon vor der Firmengründung finanziell recht gut dagestanden zu haben – offenbar weil sie alle aus wohlhabenden Familien stammten.

Möglicherweise, hatte Baum in einem informellen Nachtrag handschriftlich hinzugefügt, *ist dies die Basis für die ›Perfektion‹, der Sie so misstraut haben, Jake: Geld und alles, was damit zusammenhängt. Aber wenn Sie oder Mrs Johanssen möchten, dass ich noch ein bisschen tiefer grabe, werde ich das gern tun.*

Lydia schwieg, nachdem ich zu Ende gelesen hatte. Ich ließ ihr ein paar Minuten Zeit.

»Da ist nicht viel«, sagte ich schließlich.

Sie schüttelte den Kopf. Es schien ihr schwer zu fallen, etwas zu sagen. »Ich weiß nicht, was ich mir erhofft hatte«, versuchte sie sich in Selbstironie. »Einen roten Pfeil vielleicht, der auf einen ihrer Köpfe deutet.«

»Einer von ihnen könnte einen näheren Blick wert sein«, meinte ich.

»Hawthorne?« Lydia zuckte mit den Achseln. »Weil er nie geheiratet hat?«

»Keine langfristigen Beziehungen.«

»Keine langfristigen Beziehungen, von denen Baum erfahren hat, und obendrein in der jüngeren Vergangenheit. Das ist kaum ein Grund, einen Mann zu beschuldigen, fünf Teenager entführt zu haben.«

Jetzt war ich an der Reihe, mir etwas Zeit zu nehmen, bevor ich wieder sprach.

»Ist da irgendetwas, das zu der Kälte passt, die du in Kordas Büro gespürt hast?« *Bosheit* war das Wort, das sie damals benutzt hatte, aber ich wollte es ihr nicht unbedingt wieder ins Gedächtnis rufen – Gott weiß, dass sie bereits genug Sorgen hatte.

»Nichts.« Lydia sah mir direkt in die Augen. »Vielleicht war es wirklich nur eine Überreaktion meiner überspannte Fantasie.«

Ich schwieg.

»Woran denkst du, Jake?«

»Nichts Besonderes.« Ich schüttelte den Kopf. »Aber ich finde, man sollte seine Instinkte nicht zu leichtfertig verwerfen – und dass Baum meiner Meinung nach ein paar Möglichkeiten aufgezeigt hat, die wir weiterverfolgen sollten, selbst wenn es darauf hinausläuft, dass wir dem FBI hinterhertrotten.«

»Welche Möglichkeiten meinst du?«

»Wir haben drei Männer, die fast vierzig sind und offenbar alleine leben, aus unterschiedlichen Gründen, zwei davon in ziemlich abgelegenen Gegenden.« Ich merkte, wie sich das anhörte. »Ich will damit nichts unterstellen. Aber Baums Bericht zeigt mir, dass wir noch mehr herausfinden sollten, bevor wir uns von der Sache abwenden.« Ich sah sie an. »Was denkst du?«

Sie hob die Hände und sagte mit einer resignierten Geste: »Warum nicht? Wir haben ja nichts zu verlieren.« Dann kam ihr plötzlich ein Gedanke. »Hat Mr Baum dir schon seine Rechnung geschickt? Falls ja, gib sie mir bitte, damit ich sie bezahlen kann.«

»Aber *du* hast ihn doch nicht engagiert«, bemerkte ich.

»Nein, die Coopers, aber er arbeitet ja auch in meinem Interesse.« Lydia klang jetzt entschlossener. »Jake, das Thema steht nicht zur Diskussion. Robbie ist mein Sohn. Ich bezahle Baum. Alles klar?«

»Alles klar. Aber Baum hat mir seine Rechnung noch nicht geschickt. Er ist ein seltener Vogel.«

»Verlangen Privatdetektive normalerweise nicht einen Vorschuss?«

»Eigentlich immer, aber wie ich schon sagte, Norman Baum ist kein gewöhnlicher Privatdetektiv. Als ich ihn nach seinem Honorar fragte, sagte er, er stecke ein wenig in der Zwickmühle, weil er arbeite, ohne mit den Coopers zu sprechen, seinen eigentlichen Auftraggebern. Er sagte auch, er hasse es, Geld für nichts zu kassieren, wir sollten also erst einmal abwarten. Das waren seine Worte, nicht meine.«

»Er muss bezahlt werden«, sagte Lydia energisch. »Er hat für mich gearbeitet.«

»Ich sag es ihm.« Ich hielt kurz inne. »Möchtest du, dass er seinen nächsten Bericht direkt bei dir abliefert?«

Sie zögerte kurz und sah mich aufmerksam und forschend an. Ich hatte das Gefühl, als würde sie in mich hineingreifen, irgendetwas ausloten. Was, weiß ich nicht genau. Es war ein aufwühlendes Gefühl – andererseits wühlte mich fast alles an Lydia Johanssen auf.

»Wenn es dir nichts ausmacht, weiter beteiligt zu

sein«, sagte sie leise, »würde ich es gern so belassen, wie es ist.«

»Es macht mir absolut nichts aus«, sagte ich.

39.

Am Mittwochabend machte sich Scott Korda in der Küche seines Hauses bei South Glastonbury gerade ein Omelette, als Nick Ford anrief.

»Was ist?« Korda klemmte sich das Telefon unters Kinn und wendete mit einem Schwung das Omelette in der Kupferpfanne.

»Ich dachte, du solltest wissen, dass ein Privatdetektiv aus Boston, der übrigens ein zweites Büro in New Haven hat ...«

»Wo der Professor wohnt«, unterbrach Korda.

»Erraten«, sagte Ford. »Jedenfalls hat dieser Detektiv, ein Mann namens Norman Baum, Fragen über dich und deine Partner gestellt.«

»Was für Fragen?« Korda streute ein wenig Thymian über das Omelette.

»Allgemeine Erkundigungen, Hintergrundinfos: wo du wohnst, wo du zur Schule gegangen bist, verheiratet, geschieden – solche Dinge.«

»Und du glaubst, Woods oder einer seiner Freunde haben ihn engagiert?«

»Zweifellos.« Fords Stimme klang wie Sandpapier. »Und Mrs Johanssen war heute Nachmittag in New Haven, um den Professor in seiner Wohnung zu besuchen.«

»Ich bin nicht allzu überrascht, dass sie versuchen, mehr über uns zu erfahren. Die arme Frau ist nicht der Typ, der zu Hause sitzt und die Hände ringt.«

»Dann beunruhigt dieser Detektiv dich also nicht?«

»Warum sollte er?« Das Omelette war fertig. »Schließlich gibt es nichts Schlimmes, was ein Privatdetektiv –

oder das FBI, was das betrifft – über einen von uns herausfinden könnte, oder?«

»Ich bin mir nicht sicher, ob Bill das genauso sieht.«

Korda ließ sein Abendessen auf einen vorgewärmten Rosenthal-Teller gleiten, stellte die Kupferpfanne in die Spüle, damit Roman, sein Haushälter, sie später abwusch und wegräumte, und machte den Salat an, den er vorher zubereitet hatte. »Muss Bill denn davon wissen?«

»War es nicht seine Idee, Woods im Auge zu behalten?«, fragte Ford.

»Das stimmt.« Korda wollte jetzt essen. »Ich erzähle ihm morgen davon. Ich sag ihm, dass du es für keine große Sache hältst. Gute Nacht, Nick.«

»Willst du, dass ich sie weiter im Auge behalte?«

»Ja«, sagte Korda.

»Guten Appetit«, sagte Ford.

40.

Noch eine Übung: Training für das »echte Spiel«.

Doch heute, hatte die Stimme Robbie gerade erklärt, war Dakota an der Reihe.

»Du musst dich nur entspannen und zusehen«, sagte er.

»Ich will nicht zusehen«, erklärte Robbie. »Diese verdammte Brille drückt mir auf die Nase, als wäre sie tonnenschwer, und das ganze Ding presst mir so den Kopf zusammen, dass mir schwindelig wird. Ich will das Headset jetzt nicht aufsetzen.«

»Gut«, sagte die Stimme, »wenn du es so willst.«

»Ja«, sagte Robbie.

»Aber die Alternative ist Dunkelheit und Stille für den Rest des Tages, vielleicht auch länger.« Er schwieg kurz. »Du kannst dir nicht aussuchen, wie es läuft, Steel. Das hier ist kein Sonntagsspaziergang im Park, falls dir das bisher entgangen sein sollte.«

Robbie ergab sich in sein Schicksal und zog Headset und Handschuhe an.

»Braver Junge«, sagte die Stimme. »Du wirst sehen, es lohnt sich.«

Leck mich, sagte Robbie in Gedanken.

Und dann war sie plötzlich wieder da. Die menschliche Dakota. Sie war aber nicht wirklich da, sodass er kurz überlegte, ob sie realer war als der Rest – als die virtuellen Tunnel und die Hunde und die U-Bahn-Station. Schließlich war sie zwar da, vor seinen Augen, aber er konnte sie nicht anfassen. Doch als er das Mädchen mit dieser hässlichen Froschaugenbrille anschaute – so ausgemergelt; es schien noch weniger von ihr übrig zu sein als beim letzten

Mal –, wusste er, dass sie wirklich war, so wirklich wie er selbst.

Und er sah auch, dass sie ihn sehen konnte, wie beim letzten Mal.

»Hallo«, sprach er sie an, mit sanfter, behutsamer Stimme. Er wollte sie nicht erschrecken.

Nichts.

»Dakota.«

Sie hörte ihn nicht, also war es ihnen vielleicht nicht erlaubt, zu kommunizieren. Aber wenn sie ihn *sehen* konnte ...

Robbie hob seine rechte, behandschuhte Hand zu einem Gruß.

Auch darauf erfolgte keine Reaktion. Andererseits sah sie ihn auch nicht mehr an. Ihr Kopf war zur Seite gedreht, und sie schaute in Richtung ...

Brrr.

Er war so damit beschäftigt gewesen, Dakota anzustarren, dass er gar nicht bemerkt hatte, wo sie war.

Nicht in ihrer Zelle. Auch nicht in der U-Bahn-Station. In einer anderen virtuelle *Limbo*-Kulisse: im städtischen Abwasserkanal.

»O Gott«, sagte Robbie.

Ihm drehte sich der Magen um, als ihm einfiel, was Steel und Dakota auf dieser Spielebene erwartete: Stürze vom Dach, Ratten so groß wie Biber, Besuch von Ghoulo, *und noch schlimmer ...*

Er war froh, dass er heute nur zusehen musste. Heilfroh.

Dakota kauerte in ihrer Leder-Tunika auf dem Boden. Ihre Körpersprache drückte äußerste Anspannung aus. Da, plötzlich, hörte Robbie über seinen Kopfhörer schrille Schreie, eine Art Kreischen, ein entsetzliches Geräusch, das ihm einen kalten Schauder über den Rücken jagte. Er war fast genauso angespannt wie sie, und er *wusste*, was jetzt kam, er wusste, was Dakota tun würde, er hatte gesehen, wie sie es tat ... nein, falsch: Er hatte gesehen, wie die *Cyber*-Dakota einer dieser riesigen Ratten den Kopf abschnitt und mit ihrem Taekwondo-Sprung, oder was immer es war, genau auf die Biester gesprungen war ...

Bitte, lass die Ratten nicht kommen.

Doch er wusste, dass sie kommen würden, er wartete darauf, dass sie kamen, und dann würde es nur so von ihnen wimmeln, wenn sie durch den Abwasserkanal heranströmten, und er wartete darauf, dass Dakota ihnen die Hölle heiß machte, dass sie diesem Scheißkerl die Hölle heiß machte, der ihr das alles hier antat.

Aber sie tat nichts. *Nichts.* Robbie starrte auf das Gesicht des Mädchens unter dem grotesken Headset, und er sah, dass ihr Mund ganz hart war, ihre Lippen so bleich, dass sie fast weiß aussahen, und er sah, dass sie heftig zitterte ...

Der Ton verstummte.

Stille.

Dann das Bild. Erst wurde es blau. Dann schwarz.

Robbie kippte beinahe um, zu Tode erschreckt und erschüttert. »Was ist passiert, verdammt?«

Er bekam keine Antwort.

Wenn Steel dachte, diese Szene habe ihn mitgenommen, was sollte *er selbst* dann erst sagen?

Für ihn war es schlimmer.

Das Mädchen verlor die Nerven, daran gab es keinen Zweifel. Sie hatte nicht nur ihren Glanz, sondern auch ihren Mut verloren – das größte Unglück, das passieren konnte. Das hatte nichts mit ihrer *Angst* zu tun. Darum ging es schließlich bei Mut, auch wenn das nicht jeder verstand. Echter Mut konnte nicht zustande kommen, wenn die Person nicht anfangs ängstlich war. Jeder Idiot konnte tapfer sein, wenn er keine Angst hatte. Es erforderte Intelligenz und Sensibilität, Gefahren zu erkennen und sich vor ihnen zu fürchten – und anschließend erforderte es großen Mut, sich ihnen zu stellen.

Steel hatte bei seiner ersten Übung ganz gut angefangen, wenn er auch versucht hatte, vor dem Rudel Hunde zu fliehen, statt stehen zu bleiben und zu kämpfen, aber auch das war ein Fall von natürlicher Intelligenz, von Instinkt. Steel würde kämpfen, wenn er glaubte, keine Wahl zu haben – wenn man ihm keine Wahl *ließ*.

Dakota war anfangs genauso gewesen. Wenn er die Augen schloss, hörte er in seiner Erinnerung immer noch ihre Schreie ... o, wie sie ihn erregt hatten mit ihrer Verheißung der Dinge, die da kommen würden. Aber heute hatte es keine Schreie gegeben, nicht einmal echte Furcht. Sie schien schon jenseits der Angst zu sein, abgestumpft und unterwürfig.

Genau wie der letzte Doch-nicht-Steel am Ende gewesen war.

Wie sollte er das ertragen?

Nicht noch einmal.

Nicht noch eine.

41.

Rianna wusste, dass Lydia Johanssen am Tag zuvor bei ihnen zu Hause gewesen war. Erstens hatte Dad es ihr erzählt, und zweitens standen zwei Drittel des Apfelkuchens – den *er* gebacken hatte, nicht Kim – immer noch als Beweisstück auf einem Teller in der Küche.

Auf ihre Frage hatte Dad erklärt, dass Lydia gekommen war, um noch einmal über das Verschwinden ihres Sohnes zu sprechen. Wahrscheinlich, dachte Rianna, hatte sie deshalb kaum Kuchen gegessen. Im ersten Augenblick hatte sie das als Affront gegen ihre Mutter aufgefasst: Dad hatte extra für diese Frau einen Simone-Woods-Kuchen gebacken, und sie hatte ihn verschmäht. Doch als Rianna daran dachte, was diese Frau gerade durchmachte, wurde ihr klar, dass sie ungerecht war und überzogen reagiert hatte. Wenn Ella oder sie verschwunden wären, würde Dad wahrscheinlich weder Kuchen noch sonst irgendetwas herunterbekommen, bis sie wieder bei ihm zu Hause wären.

Am nächsten Tag erzählte sie Shannon am Telefon davon.

»Weißt du was, Ree?«, sagte ihre Freundin. »Er ist in sie verliebt. *Deshalb* hat er den Kuchen gebacken.«

»Glaubst du wirklich?«

»Weißt du, wie sie aussieht?«, fragte Shannon.

»Ich hab sie noch nie gesehen.«

»Ich dachte, dein Dad hätte sie dir beschrieben und dir erzählt, wie toll sie aussieht.«

»Nee.«

»Kein Wort?«

»Kein einziges.« Rianna überlegte. »Ich nehme an, sie ist zurzeit sehr verletzlich.«

»Männer mögen verletzliche Frauen«, sagte Shannon. »Ältere Männer jedenfalls.«

Nach dem Telefonat, während sie ihr Bett machte, dachte Rianna über diese Sache mit der Verletzlichkeit nach. Ihre Mutter war keine solche Frau gewesen, sie war immer stark gewesen, für alles bereit, sie tat immer irgendetwas, ob für ihre Familie oder für andere Menschen. Andererseits hatte Simone nie etwas *so Schlimmes* erlebt wie Lydia Johanssen ...

Rianna breitete die Decke aus und strich sie glatt, dann setzte sie sich aufs Bett.

Jetzt fragte sie sich wirklich, wie Lydia aussah.

Dad hatte Ella und ihr neulich ein anderes Foto von Robbie Johanssen gezeigt, und Rianna musste eingestehen, dass er einer der süßesten Jungs war, die sie je gesehen hatte. Es hatte sie sehr aufgewühlt, das Bild zu betrachten. Es war eine Sache, mit Robbies Mutter mitzufühlen, doch eine ganz andere, sich auszumalen, was wohl gerade mit *ihm* geschehen mochte.

Darüber wollte Rianna gar nicht erst nachdenken.

42.

Norman Baum brauchte eine Woche, um seinen Folgebericht auszuarbeiten. Er enthalte nichts Bedeutsames, sagte er mir am Telefon, sei aber wahrscheinlich einen Blick wert. Da er einen kranken Cousin in New York besuchen wollte und da Lydia immer noch entschieden darauf beharrte, dass ich an der Sache beteiligt bleiben sollte, vereinbarten wir, uns zum Mittagessen bei ihr zu treffen.

Baum und ich fuhren zusammen nach Manhattan. Der Privatdetektiv kitzelte ein haarsträubendes Tempo aus seinem alten VW heraus, und so standen wir um Punkt zwölf mit Pralinen und dem Bericht bei Lydia vor der Tür.

»Es freut mich wirklich sehr, Sie kennen zu lernen, Mr Baum«, begrüßte Lydia ihn an der Tür.

»Nennen Sie mich Norman«, sagte Baum, »und das Vergnügen ist ganz auf meiner Seite.«

Ich warf ihm einen Seitenblick zu und sah, dass mein etwas farbloser Freund – wir waren uns zwar nur einmal persönlich begegnet, aber ich betrachtete ihn bereits als einen Menschen, den ich gern zum Freund hätte – tatsächlich errötete, als er unsere Gastgeberin ansah.

»Ich muss abenteuerlich aussehen«, sagte Lydia, während sie uns ins Wohnzimmer führte. »Ich habe zum ersten Mal seit längerer Zeit wieder richtig gekocht, und ich glaube, ich habe mich ein wenig hinreißen lassen.« Sie bemerkte unsere Seitenblicke. »Bevor Sie mir jetzt sagen, ich hätte mir nicht solche Umstände machen sollen, möchte ich hinzufügen, dass das Kochen eine gute Therapie war.«

»Es riecht auch zu gut, um dagegen zu protestieren.«

»Und der Anblick, den Sie bieten«, fügte Baum hinzu, »ist wunderschön.«

Lydia lächelte. »Ich mag diesen Mann, Jake.«

Baum hat Recht, dachte ich, während ich Lydia hinterherschaute, als sie Eis für unsere Drinks holen ging. Sie trug das Haar zu einem Pferdeschwanz gebunden, aus dem sich ein paar Strähnen gelöst hatten, und sie wirkte beinahe entspannt. *Wunderschön*, genau wie Baum gesagt hatte. Alles wäre noch schöner gewesen, wären wir aus einem anderen Grund hier.

»Wir warten mit dem Bericht bis nach dem Essen, Norman«, sagte sie, als sie mit dem Eis zurückkam und uns Scotch einschenkte. »Wenn es Ihnen nichts ausmacht.«

»Ganz und gar nicht«, sagte Baum. »Ich nehme an, Jake hat Ihnen schon gesagt, dass ich nichts von größerer Bedeutung gefunden habe.«

»Hat er«, sagte Lydia und reichte uns unsere Gläser.

Es folgten zwei ausgesprochen angenehme Stunden. Baum fragte, ob er das Musikzimmer sehen dürfe, und als wir im Innern der schallgeschützten Wände standen, überredeten wir sie, für uns auf dem Klavier ihres Mannes zu spielen. Ich weiß nicht, was sie spielte – ich bin nicht gerade ein Experte –, aber es klang zauberhaft. Hinterher sagte sie uns mit entwaffnender Bescheidenheit, dass sie keine große Pianistin sei. Wir baten sie auch, uns etwas vorzusingen, aber sie wollte nicht, und wir drängten sie nicht.

Das Mittagessen war köstlich: kleine Portionen Engelshaar-Pasta mit delikater Muschelsauce als Vorspeise, gegrilltes Lamm als Hauptspeise und anschließend gedämpfter Schokoladenpudding mit Vanilleeis, der Baum vor Genuss beinahe das Wasser in die Augen trieb.

»Jake, du hattest Recht, dass ich mich beschäftigen muss«, sagte sie beim Essen. »Ich habe diese Woche zum ersten Mal wieder unterrichtet, wenn auch nur Sally. Seit Robbie entführt wurde, wollte ich nicht so gern, dass sie herkommt und arbeitet, aber es ist Teil unserer Abmachung, dass ich ihr kostenlos Gesangsstunden gebe, deshalb hatte ich ein schlechtes Gewissen.«

Sie bestand darauf, dass wir den Abwasch stehen ließen, und Baum trug seinen Bericht vor.

Korda, hatte er herausgefunden, war Sammler. Hauptsächlich von Immobilien: Außer seinem Gestüt und dem Haus in Connecticut besaß er ein Apartment auf der Upper East Side in Manhattan, ein Haus in Beverly Hills und eine Villa in Kap d'Antibes an der französischen Riviera. Er machte auch kein Geheimnis aus seiner Leidenschaft für Pferde, Motorräder, alte Filme und antiken Schmuck. Sein Haus in New England war trotz der abgeschiedenen Lage offenbar ebenso zugänglich wie seine Pferdefarm, aber man munkelte, dass das Innere des Hauses eine Art Hommage an die modernste Technologie war, und das dürfte, vermutete Baum, wohl auch Sicherheitsvorkehrungen auf höchstem Niveau mit einschließen.

»Korda hat zwei Schwestern. Sein Vater ist Banker im Ruhestand, und seine Mutter schreibt Bildbände über Raumdekoration«, fuhr Baum fort. »Korda und Pamela ließen sich wegen unüberwindlicher Differenzen scheiden, und er gab ihr so ziemlich alles, was sie haben wollte, einschließlich des Stadthauses in Manhattan. Er sieht seine Kinder regelmäßig. Sie übernachten auch bei ihm, wenn er in New York ist, also hat seine Frau damit offenbar kein Problem.«

Ich hatte Baum gebeten, nachzuforschen, ob die anonymen Nachrichten des Entführers sich alle auf sportliche Fähigkeiten bezogen, und er hatte über eine Kontaktperson beim FBI, die für ihn herumschnüffelte, herausgefunden, dass die Antwort Ja lautete – mit einer Ausnahme: das Mädchen aus Atlantic City war keine Sportlerin, sondern Gewinnerin eines Cheerleader-Wettbewerbs.

»Hat Korda mit Sport zu tun?«, fragte Lydia.

Baum blickte in seinen Bericht und blätterte eine Seite um. »Er war ein guter Highschool-Sportler, wurde aber von einer Verletzung ausgebremst.« Er hob den Blick. »Kann aber nichts Langfristiges gewesen sein, denn heutzutage spielt er Tennis und Squash, und er schwimmt.«

»Offenbar sponsert Eryx auch mehrere Sportveranstaltungen«, sagte ich.

»Und es ist immer Korda, der die Pokale überreicht.« Baum nickte. »In seinen Reden spricht er fast jedes Mal davon, dass Eryx diese Veranstaltungen organisiere, um den jungen Leuten, denen er persönlich seinen Erfolg zu verdanken hat, etwas zurückzugeben, und zwar in Form von sportlichen Veranstaltungen. Damit wolle man unterstreichen, dass man auch bei Eryx der Meinung sei, dass es für Jugendliche ungesund ist, ihre gesamten Freizeit an Playstations oder Dreamcasts zu verbringen.«

»Was für tolle Kerle«, sagte ich.

»Soll ich fortfahren?«, fragte Baum Lydia über den Rand seiner Lesebrille hinweg. »Oder machen wir eine Pause?«

»Machen Sie bitte weiter, wenn es Ihnen nichts ausmacht«, antwortete sie.

»Falls einer von Ihnen es sich schon gefragt hat: Hawthornes Vorname ist Hal, genau wie der seines verstorbenen Vaters«, fuhr Baum fort. »Wir wussten bereits von seinem Haus bei Chester, aber er besitzt außerdem ein Weingut im Hinterland von New York und eine Strandwohnung in Boston.«

Er erzählte, er habe sich in Chester unauffällig umgehört. Dabei war er vorsichtig gewesen, weil Chester vermutlich die Art Stadt war, in der zu viele Fragen über einen Ortsansässigen leicht Verdacht erregen konnten, und das hatte Baum in unserem Interesse vermeiden wollen. Den Stadtbewohnern zufolge führte Hawthorne ein ziemlich normales Leben, und er ließ sich häufig in der Stadt blicken. Der Reichtum der Familie ging auf seinen Urgroßvater zurück, der sein Vermögen im Verlagswesen gemacht hatte. Sein Vater, ein ordensgeschückter Kriegsveteran und bekannter Wohltäter, war jung gestorben, und Hawthornes Mutter hatte wieder einen reichen Mann geheiratet, der sich ebenfalls karitativ engagierte.

»Immer noch nichts in Sachen Beziehung, aber vielleicht ist er auch nur der Typ Mann, der sein persönliches Leben unter Verschluss hält«, erzählte Baum uns. »Was den Sport betrifft, habe ich nur herausgefunden, dass Hawthorne sich an der Highschool offenbar sehr bemüht hat, ohne viel zu erreichen. Er war damals schon mehr der Kopf-Typ, ein Ass in Mathe und Naturwissenschaften, und er interessierte sich schon für Computer, bevor er nach Harvard ging.«

Dann kam er auf William Fitzgerald zu sprechen, dem größten Workaholic der drei Firmenbosse. Es hieß, er habe sein Anwesen am Devils-Hopyard-Nationalpark zwei Jahre zuvor gekauft und sich dort ein Produktionsstudio eingerichtet, in dem er mehrmals wöchentlich bis spät in die Nacht arbeitete. Darüber hinaus hatte er einen Wohnsitz auf dem Riverside Drive in Manhattan, den er jedoch selten benutzte, wenn man dem Portier glauben durfte.

»Was produziert er denn in seinem Studio?«, fragte ich.

»Das weiß niemand. Ich wollte mit meinen Fragen auch nicht zu weit gehen. Offenbar ist er von den dreien am meisten um seine Privatsphäre besorgt; aus diesem Grund hatte ich wohl auch Probleme, etwas über seine Eltern in Erfahrung zu bringen – der Vater ist Anwalt, viel mehr habe ich nicht.«

Obwohl Fitzgerald den größten Teil seiner Zeit der Firma zu widmen schien, war er auch als Olympia-Fan bekannt: Seit er Yale verlassen hatte, war er zu sämtlichen Spielen gefahren, Sommer und Winter.

»Reist er auch nach Sydney?«, fragte ich.

»Bisher habe ich keine Buchung gefunden«, antwortete Baum, »aber das will noch nichts heißen.«

Auf dem College, berichtete Baum weiter, sei Fitzgerald ein gefeierter Läufer gewesen. Jetzt war er zwar ein ziemlicher Einzelgänger, aber das ließ sich vermutlich durch seine Trauer erklären. Schließlich, sagte Baum, habe der

Mann einen Beruf, der ihm offenkundig Spaß machte und in dem er Herausragendes leistete. Er war den ganzen Tag mit jungen, talentierten, energiegeladenen Menschen zusammen, daher schien es nicht unnatürlich, dass er abends viel zu Hause blieb.

»Ich kann verstehen, dass ein Mann nach einer solchen Tragödie für sich allein sein will«, sagte Lydia.

»Tragödien haben aber schon viele Menschen in den Wahnsinn getrieben«, bemerkte Baum.

»Wissen wir etwas über den Unfall, bei dem seine Frau ums Leben kam?«, fragte ich.

»Ein Autounfall«, sagte Baum nur. »Sie saß am Steuer.«

Ich empfand tiefstes Mitgefühl für Fitzgerald. Mir hatte Simone zumindest meine Mädchen gelassen.

»Die Olympia-Leidenschaft klingt ziemlich normal«, trieb ich das Gespräch voran.

»Aber die Nächte in einem privaten Studio durchzuarbeiten, wenn man bereits seine Schäfchen ins Trockene gebracht hat, ist zwanghaft. Allerdings«, fügte Baum hinzu, »ist eine solche Zwanghaftigkeit für diese Branche offenbar nicht untypisch. Ich habe mir auch Ellen Zito etwas näher angesehen und zwei ihrer Kollegen, Hendrick und Kaminski. Übrigens habe ich immer noch nicht genau herausgefunden, was dieser Junge eigentlich tut. Jedenfalls, Zito arbeitet ebenfalls nachts, wenn auch in der Firma. Aber natürlich besitzt sie auch kein großes Haus, nur ein kleines Apartment in Hartford.«

»Irgendwas über Meg Binder oder die anderen?«, fragte ich.

»Nichts von Interesse, aber ich habe mich auch in erster Linie auf die drei Chefs konzentriert.«

»Dann war es das?«

Baum nickte. »Ich fürchte, ja.«

»Sie haben sehr gute Arbeit geleistet«, sagte Lydia. »Ich bin Ihnen wirklich dankbar.«

»Ich hätte lieber etwas ausgegraben, das ›Kommt und holt mich‹ ruft«, sagte der Privatdetektiv.

»Ich weiß nicht.« Ich überlegte kurz. »Ich bin immer noch der Meinung, dass das FBI Hawthorne genauer im Auge behalten sollte. Dass er überhaupt keine Beziehungen hat, ist doch ungewöhnlich.«

»Aber nicht anormal«, meinte Lydia.

»Sehr viele Serienmörder sind Einzelgänger«, sagte Baum, stockte abrupt und lief rot an.

»Ist schon in Ordnung, Norman«, sagte Lydia freundlich. »Sie können nicht jedes Wort auf die Goldwaage legen.« Sie schüttelte ihren Kopf. »Aber selbst wenn diese Männer alleine leben – ich glaube, wir können keinen von ihnen wirklich als Einzelgänger bezeichnen.«

Ich trieb die Sache voran. »Was halten Sie von Korda? Er ist Sammler – insofern ist es nicht *völlig* abwegig, ihn sich auch als Sammler sportlich begabter junger Menschen vorzustellen, oder etwas in der Art.« Diese Vorstellung ließ mich innerlich schaudern, und auch ich bereute meine Worte sofort.

»Andererseits«, rettete Baum mich, »scheint das Leben dieses Mannes sogar *noch* ausgefüllter zu sein als das der anderen, und offenbar hat auch seine Scheidung keinen üblen Nachgeschmack hinterlassen, sonst würde seine Exfrau wahrscheinlich nicht wollen, dass die Kinder so viel Zeit mit ihm verbringen.«

»Und viele reiche Leute sammeln irgendetwas«, fügte Lydia hinzu.

»Ich glaube, wir sollten einigen Tatsachen ins Auge blicken«, fasste Baum zusammen. »Es ist klar, dass wir nicht in der Position sind, diese Männer einer ausreichend gründlichen Überprüfung zu unterziehen, und offen gesagt«, er sah Lydia an, »glaube ich auch nicht, dass wir etwas gefunden haben, das uns das Recht gibt, das FBI aufzufordern, drei unbescholtene Bürger mehr als nur routinemäßig zu untersuchen – nur weil sie das Unternehmen leiten, das *Limbo* herstellt.«

»Gerade deswegen nicht«, pflichtete ich bei. »Immerhin

haben sie am meisten zu verlieren, wenn die öffentliche Meinung sich gegen das Spiel wendet.«

»Andererseits«, fügte Lydia leise hinzu, »wäre einem Wahnsinnigen seine Firma bestimmt egal.« Sie hielt inne. »Dasselbe gilt, wenn der Betreffende schlicht und einfach niederträchtig ist und obendrein sehr reich.«

»Alles ist möglich, Lydia«, sagte Baum mit einem kleinen, fast unmerklichen Achselzucken.

»Nur nicht sehr wahrscheinlich«, glaubte ich hinzufügen zu müssen.

Baum verabschiedete sich kurz darauf, um seinen Cousin zu besuchen. Vorher hatten wir ausgemacht, dass ich mit dem Zug nach New Haven zurückfahren würde. Lydia und ich machten gemeinsam den Abwasch. Wir sprachen nur wenig, und ich merkte ihr an, dass der Bericht und das Gespräch sie ziemlich erschöpft hatten.

»Ich mache mich lieber auf den Weg«, sagte ich, als wir den letzten Teller weggeräumt hatten. »Dann kannst du dich ausruhen.« Es war beinahe fünf Uhr.

»Musst du wirklich gehen?« Lydia schüttelte den Kopf. »Tut mir Leid, natürlich musst du.«

Ich hatte den Eindruck, dass sich hinter ihrer Fassade etwas Flehentliches verbarg. »Eigentlich muss ich gar nicht unbedingt. Kim ist bei den Mädchen, und sie weiß, dass es spät werden kann.«

»Macht es Kims Mann denn nichts aus?«

»Tom? Nein, so etwas stört ihn nicht. Wenn er Kim vermisst, während sie bei Rianna und Ella ist, kommt er einfach rüber und setzt sich zu ihnen.«

»Du hast großes Glück.«

»Ich weiß«, sagte ich.

Wir gingen zurück ins Wohnzimmer und setzten uns hin. Das Telefon klingelte zweimal, und beide Male sah ich, wie Lydias Fingerknöchel weiß wurden, als sie den Hörer umfasste. Doch es waren beide Male Freunde, die sich erkundigten, wie es ihr ging.

»Tut mir Leid«, sagte sie nach dem zweiten Telefonat. »Manchmal schalte ich den Anrufbeantworter ein, wenn ich keine Anrufe mehr ertragen kann, aber meist gehe ich dran ... nur für den Fall.«

Wir saßen wieder einige Minuten schweigend da, aber ich sah, dass es in ihr arbeitete: Sie musste etwas loswerden.

»Sag es mir«, bat ich sie.

»Ich glaube, ich werde dreist«, sagte sie.

»Dreist ist nicht gerade ein Wort, das ich benutzen würde, um dich zu beschreiben.«

»Da wäre ich mir nicht so sicher. Ich würde dich gern um noch einen Gefallen bitten – einen Gefallen, den du wirklich ablehnen musst, wenn es dir zu viel ist.«

»In Ordnung«, sagte ich.

»Ich habe über Hawthorne nachgedacht«, sagte sie. »Ich weiß, vorhin habe ich gesagt, dass sein Single-Dasein nichts zu bedeuten hat, und es macht auch durchaus Sinn, was Baum zum Schluss gesagt hat, aber ich kann mir nicht helfen ... ich habe trotzdem das Gefühl, Kline sollte vielleicht ein wenig in diese Richtung geschubst werden, in Richtung Eryx im Allgemeinen. Du sagst selbst, das hättest du auch schon gedacht.«

»Hab ich«, gab ich zu.

»Dann rufe ich morgen Kline an und bitte ihn, sich noch einmal mit mir zu treffen.« Sie zögerte. »Und ich wäre dir sehr dankbar, wenn du mich bei diesem Gespräch unterstützen könntest.« Sie schüttelte den Kopf. »Damit meine ich nicht nur deine moralische Unterstützung. Als er mit seiner Kollegin Moran hier war und ich deinen Namen erwähnte, tat Kline dich ganz schnell ab, aber wenn du persönlich dabei wärst ...«

»Ich glaube, er würde mich wahrscheinlich ebenso schnell abtun.«

Sie biss sich auf die Unterlippe. Es war nur ein winziger Augenblick, doch die Verletzlichkeit hinter dieser kleinen Geste schmerzte mich sehr.

»Es tut mir Leid, Jake.« Sie hatte ihre Beherrschung bereits wiedergewonnen. »Ich hätte nicht fragen sollen.« Sie stand auf. »Du musst nach Hause.«

»Setz dich.« Ich stand auf. »Bitte, Lydia, setz dich. Ich rufe zu Hause an und frag nach, wie viel Zeit Kim heute Abend hat.« Ich sah ihr Gesicht. »Wenn es ein Problem für sie oder für Tom ist, fahre ich zurück.«

»Versprochen?«

»Ich hätte gar keine andere Wahl.«

Ich rief zu Hause an und vergewisserte mich, dass es keine Schwierigkeiten gab und dass Tom vielleicht vorbeikommen und das freie Bett mit Kim teilen würde.

»Die Mädchen wollen dich sprechen«, sagte Kim.

Ella kam zuerst an den Apparat. Ich sagte ihr die Wahrheit: dass die Lady, die ich besucht hatte, mich bei einem Termin brauchte und ich deshalb in New York übernachten, am nächsten Tag aber zurück sein würde.

»Okay, Daddy.« Offensichtlich war das für Ella kein Problem – andernfalls hätte sie keinerlei Hemmungen gehabt, es mich wissen zu lassen.

Bei Rianna wusste ich, dass ich ein bisschen präziser sein musste.

»Wir treffen uns mit dem FBI-Agenten, der die Sonderkommission leitet, Schatz.«

»Agent Kline, richtig?«, fragte sie.

»Richtig. Aber wenn er morgen keine Zeit für uns hat, komme ich trotzdem nach Hause, okay?«

»Prima«, sagte sie.

»Ist alles in Ordnung bei euch?«

»Prima«, sagte sie wieder, und nach einer kurzen Pause fragte sie: »Wo wirst du schlafen, Daddy?«

Mir fiel auf, dass ich darüber noch nicht einmal nachgedacht hatte. »In einem Hotel«, antwortete ich ihr.

»In welchem?«

»Ich weiß es noch nicht, aber in New York gibt es eine Milliarde Hotels.«

Eine Milliarde gab es wohl nicht, aber jedes Hotel, bei dem ich es versuchte, war ausgebucht.

Leider fand ich das erst heraus, *nachdem* ich Lydias Apartment gegen Viertel nach sechs verlassen hatte – ich hatte ihr optimistisch von ein paar netten Häusern erzählt, die ich kannte, weil meine Universitätskollegen oft Last-Minute-Ausflüge nach Manhattan machten, und in denen es immer freie Zimmer gab.

Endlich gelang es mir, ein lausiges Loch von einem Zimmer irgendwo am Broadway aufzutreiben. Wie versprochen rief ich Lydia noch einmal an, beschwindelte sie, indem ich behauptete, gut untergebracht zu sein, gab ihr die Telefonnummer und sagte, ich würde sie am nächsten Morgen anrufen. Anschließend zog ich los, um noch eine Kleinigkeit zu essen. Da ich hundemüde war und nicht mehr als ein Sandwich brauchte, ging ich in eine Bar, zwang mir ein Roggenbrot mit Schinken und Senf hinein und spülte es mit einem Bier und drei Whiskey herunter.

Ich hatte schon lange nicht mehr so viel getrunken.

Als ich wieder in meinem so genannten Hotel ankam und Lydia in der Lobby auf mich wartete, war meine Widerstandskraft entsprechend gering.

Sie hatte sich umgezogen und trug jetzt Bluejeans, einen weiten weißen Pullover und Turnschuhe. Sie sah umwerfend aus. »Ich habe noch einmal bei dir angerufen«, erklärte sie leise, »und bemerkt, in welchem ›netten‹ Hotel du dich einquartiert hast.«

»Du kennst diesen Laden?« Ich war überrascht.

»Ein Freund von mir, ein Musiker, hat dort mal übernachtet, deshalb weiß ich, was für ein Loch es ist.«

»Ist schon in Ordnung«, sagte ich.

»Nein, ist es nicht. Deshalb kommst du jetzt mit in meine Wohnung und schläfst in unserem Gästezimmer.«

Ich war nicht in der Verfassung zu widersprechen.

Und ehrlich gesagt, ich wollte es auch gar nicht.

43.

In dieser Nacht lag Rianna lange wach.

Ihr Vater hatte nicht noch einmal angerufen, was sie eigentlich erwartet hatte.

Er hatte gesagt, er würde in einem Hotel schlafen, doch Rianna hatte das winzige Zögern in seiner Stimme gehört, bevor er geantwortet hatte, sodass sie sich nun fragte ...

Was fragst du dich denn, Rianna?

Ihr Vater war fast vierzig Jahre alt. Er brauchte nicht die Erlaubnis seiner fünfzehnjährigen Tochter, um in einem Hotel zu übernachten – oder eben nicht, was immer das zu bedeuten hatte. Abgesehen davon wusste Rianna nicht einmal, ob es ihr etwas ausmachte, wenn er bei Lydia Johanssen übernachtete und in diesem Moment in ihrem Bett lag. Ihre Mutter war schon lange tot. Seitdem hatte er bestimmt schon mit anderen Frauen geschlafen. Das war doch ganz normal, oder?

Verdammt richtig, das ist normal, würde Shannon sagen, wenn sie hier wäre.

Nur dass diese Frauen – falls es sie gegeben hatte – ihrem Vater wahrscheinlich nicht viel bedeutet hatten.

Und Rianna hatte das sichere Gefühl, dass Lydia Johanssen ihm sehr wohl etwas bedeutete.

»Okay«, sagte sie laut in die Dunkelheit und stellte fest, dass sie lächelte. Es machte ihr nicht viel aus. Eigentlich störte es sie gar nicht.

Solange Lydia ihn nicht verletzte.

44.

Ein Geräusch weckte mich.

Ich war sofort nüchtern und wusste genau, wo ich war: im Doppelbett in Lydias Gästezimmer.

Ich glaubte auch zu wissen, was ich gehört hatte.

Lydia hatte einen Albtraum.

Einen *schlimmen* Albtraum.

Ich lag da und versuchte, nicht hinzuhören, doch ich konnte nicht anders. Ich wusste nicht, was ich tun sollte. Die Leuchtziffern der Uhr auf dem Nachttisch zeigten 3.53 Uhr. Ich konnte doch nicht einfach in ihr Schlafzimmer gehen – damit würde ich sie bestimmt in Verlegenheit bringen, und das war das Letzte, was ich wollte ...

Sie schrie auf. Ein schneidender Schrei, beinahe ein Heulen.

Ich stand auf, schlüpfte in den Bademantel, der an der Tür hing, band den Gürtel zu und trat aus dem Zimmer in den dunklen, fremden Flur, folgte dem Laut.

Da.

Ich öffnete die Tür. Auch hier war es dunkel, aber im Bett in der Mitte des Zimmers konnte ich ihre Silhouette erkennen. Sie lag zusammengekrümmt unter der Bettdecke und schlug wild mit den Armen um sich, und ihr Weinen war jetzt leiser, doch es war nach wie vor verzweifelt.

Ich überlegte, ob ich das Licht einschalten sollte, aber das schien mir zu plump, also schlich ich zum Bett und schaute noch einen Moment auf sie hinunter.

Ihr schönes Haar war wild durcheinander und bedeckte die Hälfte ihres Gesichts.

Ich streckte die rechte Hand aus und berührte leicht ihre Wange.

Sie rührte sich kaum, gab stattdessen einen weiteren herzzerreißenden Klagelaut von sich.

»Lydia.« Ich streichelte sanft über ihre weiche Haut. »Es ist alles in Ordnung.« Ich habe nie verstanden, warum man Menschen solche Dinge sagt, wenn ihre Welt ganz offensichtlich alles andere als in Ordnung ist. Dennoch sagte ich es noch einmal: »Es ist alles in Ordnung, Lydia. Wach auf.«

Sie erwachte und sah mich, und im gleichen Moment fuhr ihre rechte Hand hoch und legte sich über meine. Das war ihr erster Instinkt, als sie zu sich kam: Meine Hand sollte auf ihrer Wange liegen bleiben. Diese Feststellung löste Freude in mir aus – eine gefährliche Freude.

Es war sehr lange her, dass ich so etwas empfunden hatte.

»Du hattest einen Albtraum«, erklärte ich ihr. Ich sprach mit ihr, wie ich wahrscheinlich mit einem der Mädchen gesprochen hätte. »Es war bloß ein schlimmer Traum.«

Sie sagte nichts, doch meine Augen gewöhnten sich allmählich an die Dunkelheit, und ich glaubte, Tränen auf ihrem Gesicht zu sehen. Dann ließ sie meine Hand los und streckte mir beide Arme entgegen.

Versteh das nicht falsch, Jake.

Ich konnte sie die Arme nicht um mich legen lassen, ohne zu ihr ins Bett zu kommen.

»Jake«, sagte Lydia eindringlich. »Bitte, Jake.«

Ich setzte mich aufs Bett, spürte, wie ihre Arme sich fest um mich legten, und umarmte sie auch.

Ihren Duft zu riechen, sie zu fühlen, war beinahe mehr, als ich ertragen konnte. So weich, so warm, so unglaublich gut.

Der beste Trost der Welt, und doch nicht *nur* eine tröstende Umarmung, für uns beide nicht.

»Lydia, bist du sicher?« Die alte Frage, aber ich musste sie stellen; ich musste sicher sein, dass dies nicht nur eine Fortsetzung ihres Traums war, dass sie genau wusste, was sie tat. Ich konnte den Gedanken nicht ertragen, dass ich ihre Lage möglicherweise ausnutzte.

»Ganz sicher«, sagte sie.

Die Schläfrigkeit war aus ihrer Stimme verschwunden.

Sie wusste genau, was sie tat und wohin es führte.

Gott sei Dank.

Ich kann mich kaum daran erinnern, wie wir uns auszogen. Im einen Augenblick trug Lydia noch ihren seidenweichen Pyjama und ich den Bademantel, und dann waren da nur noch Haut und ein Durcheinander von Empfindungen. Wundervolle, alles umfassende Empfindungen und Gefühle, doch die süßesten, wundervollsten von allen waren für mich unsere Küsse, unsere Münder, die sich trafen, und die Vertrautheit, die Wärme, die Nähe dieser Küsse ...

Dann war ich in ihr, in dieser dunklen, schwarzen, samtweichen Höhle, und wieder stöhnte sie, aber diese Laute klangen anders, *ganz anders* als zuvor, und dann schrie auch ich auf, und ich weiß nicht, was ich sagte, und ob es überhaupt richtige Worte waren, aber es spielte keine Rolle, es war nicht wichtig.

Nur sie war wichtig. Nur Lydia. Wie sehr ich sie brauchte. Wie sehr wir einander brauchten.

Kurz darauf, viel zu kurz, schlich sich Riannas Frage, wo ich schlafen würde, wieder in meinen Kopf, und dann fragte ich mich plötzlich – und beinahe schuldbewusst –, ob ich das hier schon vorher im Sinn gehabt hatte. Ich glaubte nicht, ich hoffte nicht ...

»Du musst dich nicht schuldig fühlen.«

Lydias Stimme schreckte mich auf. Ich drehte den Kopf und blickte in ihre schönen Augen, in denen ein Lachen lag.

»Nicht meinetwegen jedenfalls«, sagte sie.

»Schuldig fühle ich mich nicht gerade«, tastete ich mich behutsam vor, und ich wollte ehrlich zu ihr sein. »Vielleicht fürchte ich nur ein bisschen, dass ich die Situation ausgenutzt habe.«

Lydias Blick hielt meinen fest. »Glaubst du allen Ernstes, das hätte ich zugelassen, Jake?«

»Nein.« Das war die Wahrheit.

»Dann ist es gut«, sagte sie.

Und wieder kam sie in meine Arme, diesmal um zu schlafen.

Ich erwachte mit mörderischen Kopfschmerzen in einem leeren Bett, zog mir hastig den Bademantel über, schlurfte ins Bad, um mir kaltes Wasser ins Gesicht zu spritzen und Kopfschmerztabletten aus dem Schränkchen zu stibitzen, und ging in die Küche.

Lydia war schon angezogen, sie trug wieder Jeans und ein schlichtes weißes T-Shirt und war dabei, Frühstück zu machen.

»Guten Morgen.«

Ich blieb kurz in der Tür stehen, um sie anzusehen – ich liebte, was ich sah –, und ging dann auf sie zu. Ich freute mich schon darauf, sie wieder in den Armen zu halten.

»Ich nehme an, dass du nicht viel mehr willst als Toast und Kaffee.« Sie drehte sich von mir weg zum Herd. »Zuerst Kaffee.«

Ihr Tonfall klang warm, aber nicht ganz echt, und ihr Manöver war beabsichtigt gewesen.

Eine Abfuhr. Völlig unerwartet.

Kälte und Trauer umklammerten mein Herz.

»Lydia?«

»Setz dich, Jake.« Sie stellte die Kaffeekanne und das Sahnekännchen auf den Tisch.

»Danke.« *Großartige Rede, Jake. Sehr wortgewandt.*

Ich fragte mich allmählich, ob ich die gestrige Nacht nur geträumt hatte.

Wir setzten uns beide.

»Lass mich zuerst«, sagte Lydia, deren Wangen leicht

gerötet waren. »Ich habe das Gefühl, ich muss etwas sagen, bevor es zu unbehaglich wird.«

»Ist etwas passiert?« Vielleicht hatte sie einen Anruf bekommen, vielleicht hatte ich das Telefon nicht klingeln gehört.

»Nein. Aber ich habe das Gefühl, dass du dir wünschst, die letzte Nacht wäre niemals geschehen.«

»Aber nein«, antwortete ich rasch und eindringlich. »Das ist nicht wahr!«

»Dann denkst du vielleicht, dass es nicht hätte passieren *sollen.*«

Das kam der Wahrheit etwas näher, zumindest nahe genug, um mich verstummen zu lassen.

»Ich verstehe, wie du dich fühlen musst«, fuhr sie rasch fort. »Zuerst bitte ich dich, über Nacht in Manhattan zu bleiben, dann zerre ich dich aus deinem Hotel und dann, mitten in der Nacht, kriegst du mich als Emotionsbündel zu sehen. Und natürlich kümmerst du dich um mich, weil du nun einmal der Mann bist, der du bist. Wenn hier jemand die Situation ausgenutzt hat, dann *ich.*«

»Soll das ein Witz sein?« Ich starrte sie an.

»Nein, Jake.« Lydia stand auf, um den Toast zu holen. »Diese Nacht war wunderschön«, sagte sie mit dem Rücken zu mir, »das Schönste, das ich seit sehr langer Zeit erlebt habe.« Sie drehte sich wieder zu mir. Ihre Miene war entschlossen, ihre Stimme ruhig. »Aber mach dir keine Sorgen, dass wir etwas angefangen hätten, für das du nicht bereit bist. Es ist ja wohl klar, dass *ich* auf jeden Fall anderes im Kopf habe.«

Robbie. Der arme, verschwundene Robbie.

Noch nie hatte eine Frau mich so aus der Fassung gebracht, nicht einmal Simone, die sich sehr gut darauf verstanden hatte, mir Breitseiten zu verpassen.

»Lydia ...«, begann ich und verstummte, denn ich wusste nicht recht, was ich sagen sollte. In meinem Kopf herrschte ein viel zu großes Durcheinander.

»Der Toast ist fertig«, sagte sie.

Es geht bergab, Mann.

Ich stand auf. »Lydia, wir müssen reden.«

Sie lächelte und hielt den Toastständer hoch. Ihr Lächeln war nicht echt, es war eine Art Selbstschutz.

»Lass uns frühstücken«, sagte sie. »Dann rufen wir Kline an, wenn du immer noch einverstanden bist.«

Bin ich.

Um es kurz zu machen, Kline war nicht ans Telefon zu bekommen, ebenso wenig Agentin Moran. Man bot Lydia eine personelle Alternative an, doch sie wollte nur Kline und Moran sprechen. Ich hörte den Klang ihrer Stimme während dieses kurzen Gesprächs – eine kämpfende Mutter, keine Spur von Hysterie, nur stählerne Entschlossenheit.

»Was jetzt?«, fragte ich hinterher.

»Glaubst du, er hat sich verleugnen lassen?«

»Das bezweifle ich. Ich glaube, du solltest Kline ein bisschen mehr vertrauen.«

»Ich bin nicht sicher, ob ich überhaupt noch jemandem vertraue«, sagte Lydia und errötete leicht. »Nein, das ist nicht wahr.« Sie schüttelte den Kopf. »Ich weiß, du hast so viel Gutes über diese Leute erzählt, und ich weiß, wie ernst sie ihre Arbeit nehmen, aber es fällt mir schwer zu glauben, dass mein Sohn einem solchen Mann wichtig genug sein kann.«

»Nicht so wichtig wie dir natürlich«, sagte ich. »Aber ich bin sicher, dass Kline das Schicksal von Robbie, Michael und den anderen sehr wohl am Herzen liegt.«

»Ich hoffe, du hast Recht«, sagte sie.

In diesem Augenblick begriff ich, dass ich wie ein egoistisches Kind darauf gewartet hatte, dass sie *mich* in das Thema Vertrauen mit einbezog, dass sie sagte, mir würde sie vertrauen, was auch immer sie von Kline hielt. Natürlich hatte sie das nicht gesagt, weil sie es nicht sagen musste, weil es selbstverständlich war oder zumindest sein sollte.

Und weil sie gerade jetzt, wie sie mir am Frühstückstisch so prägnant angekündigt hatte, Wichtigeres im Kopf hatte.

Es war Zeit, nach Hause zu fahren.

Wieder einmal.

45.

Er wusste, dass er sich dieses Mal beeilen und einen Ersatz finden musste, sobald das Mädchen weg war. Er hatte Steel heute Morgen eine weitere Solo-Übung machen lassen, und der Junge hatte sich sehr aufgeregt, weil er Dakota nicht gesehen hatte – er schien aufrichtig besorgt um sie zu sein.

Der liebe Steel.

Es war beruhigend, diese liebevolle Seite an ihm zu sehen. Ein edler Wilder. Zwei Eigenschaften, von denen er zu gegebener Zeit noch mehr zu sehen hoffte.

Steel war richtig zornig geworden, hatte beinahe einen Wutanfall bekommen und gesagt, dass er nicht spielen würde, und später dann auch, dass er nicht essen würde. Er selbst war ruhig geblieben, hatte wie üblich mit Dunkelheit und Stille gedroht, und das hatte wie üblich funktioniert. Ein unglaublich wirksames und überzeugendes Mittel, da es auf primitive Urängste abzielte.

Doch gleichzeitig erinnerte ihn diese Situation wieder einmal daran, dass er nicht den gleichen Fehler machen durfte wie vorher. Er durfte diesem Steel nicht gestatten, dass er verkam. Und er musste eine neue Dakota finden – und dieses Mal die richtige. Eine, die ihm ebenbürtig war, die seiner wert war.

Und er musste sie schnell finden.

46.

Kline rief mich am Samstagmorgen an. Er drückte sich knapp und präzise aus und ließ keinen Zweifel offen, dass er keinen Höflichkeitsanruf tätigte.

»Ich habe gerade mit Mrs Johanssen gesprochen, und ich sage Ihnen jetzt das Gleiche, was ich ihr gesagt habe. In Ordnung, Professor?«

»Sicher.« Auch ich gab mich kurz angebunden.

»Zuerst möchte ich Sie an etwas erinnern, das Sie mit Sicherheit bereits wissen, und zwar, dass ich in keiner Weise verpflichtet bin, Sie über die FBI-Ermittlungen zu informieren.«

»Natürlich nicht.«

»Fakt ist, dass wir nach wie vor dabei sind, die Eryx-Mitarbeiter zu durchleuchten, und zwar von der obersten Chefetage bis zur kleinsten Aushilfe. Offen gesagt, glaube ich nicht, dass wir den Entführer dort finden werden, aber wir nehmen alle dort sehr genau unter die Lupe. Und das heißt, dass Sie, Mrs Johanssen und Mr Baum von jetzt an gebührenden Abstand von dem Unternehmen halten müssen. Verstehen Sie, Sir?«

»Selbstverständlich«, sagte ich. »Und ich weiß es zu schätzen, dass Sie mich angerufen haben.« Das meinte ich ernst. Es war sogar weit mehr, als ich erwartet hatte.

»Ich bin nicht sicher, ob Mrs Johanssen das genauso sieht«, sagte Kline. »Vielleicht könnten Sie dafür sorgen, dass sie die Notwendigkeit begreift ...?«

»Ich werde mein Bestes tun.«

Er dankte mir, und dabei beließen wir es. Ich hätte versuchen können, ihn auszuhorchen – mir wirbelten genügend Fragen im Kopf herum. Aber mir war klar, dass Kline diese Fragen nicht beantworten würde, sie vielleicht gar nicht beantworten *konnte*, also ließ ich ihn in Ruhe.

Schließlich war die Zeit, die er für Robbie, Mikey und die anderen aufbrachte, unendlich kostbar.

Ihr Leben lag in seinen Händen.

Und darum beneidete ich ihn nicht.

Später an diesem Tag sorgte Hal Hawthorne dafür, dass er mehr oder weniger von der Liste der Verdächtigen gestrichen wurde; genauer gesagt, er brachte diesen Prozess etwa eine Stunde, nachdem Kline bei mir angerufen hatte, ins Rollen. Norman Baum erzählte mir am Sonntagabend davon, als alles vorbei war.

Hawthorne hatte offenbar bemerkt – hatte wahrscheinlich bemerken *sollen* –, dass er beschattet wurde. Die FBI-Agenten Fred Friedrich und Martha King saßen in ihrem Zivilwagen, der auf einem Parkplatz in Chester stand, unweit des Friseursalons, in dem Hawthorne sich an diesem Samstagnachmittag die Haare schneiden ließ. Baum und ich überlegten uns später, dass die Agenten wahrscheinlich überprüfen wollten, welche Wirkung ihre Anwesenheit auf Hawthorne hätte – aber das war nur unsere Interpretation, um zu erklären, warum die Agenten überhaupt dort waren. Interessant wurde die Geschichte, als Hawthorne aus dem Salon kam. Während er sich noch die letzten Haare von den Schultern strich, ging er auf den Wagen der Agenten zu und erklärte ihnen, sie oder ein Spezialteam dürften gern sein Haus durchsuchen, statt hier ihre wertvolle Zeit zu verschwenden.

»Woher wissen Sie davon?«, fragte ich Baum, nachdem er mir die Geschichte am Telefon erzählt hatte.

»Ich kenne jemanden, der jemanden kennt, der Agent Friedrich kennt«, antwortete Baum. »Und bevor Sie fragen: Agent Friedrich wurde erst am Samstag auf den Fall angesetzt, weil jemand anders krank wurde. Wir werden also nicht regelmäßig Zugang zu den Informationen der LIMBO-Kommission haben.«

Baums Kontaktperson hatte ihm außerdem berichtet, Hawthorne habe den Agenten gesagt, er würde sich wohler fühlen, wenn das FBI ihn von der Liste streiche – die Vorstellung, in einem solchen Verbrechen mehr oder weniger zu den Verdächtigen zu gehören, sei ihm unerträglich.

»Nachdem die Anwälte beider Seiten die Sache geklärt hatten«, sagte Baum, »durchsuchte Klines Team sein Haus.«

»Sehr wahrscheinlich die einzige Chance, die sie bekommen würden«, sagte ich.

»Genau.«

Das Durchsuchungsteam hatte Order, nicht nur ausgesprochen penibel, sondern auch besonders umsichtig vorzugehen. Nichts durfte übersehen, nichts beschädigt werden, und vor dem Öffnen jedes Schranks und jeder Schublade, vor jedem Blick in einen Keller, Dachboden oder sonstigen Stauraum war die entsprechende Erlaubnis einzuholen.

»Und?«, fragte ich, obwohl die Antwort eigentlich schon klar war.

»Nichts.«

»Und das war's? Hat man nur dieses Haus durchsucht?«

»Es heißt, Hawthorne habe dasselbe Angebot für sein Weingut und seine Wohnung in Boston gemacht, aber mein Mann weiß nicht, ob diese Durchsuchungen stattgefunden haben, weil Agent Friedrich inzwischen wieder von dem Fall abgezogen wurde.«

Wir kamen überein, dass ich es Lydia erzählte. Ich freute mich nicht darauf. Wir hatten seit New York zweimal miteinander gesprochen – zwei höchst unbehagliche Gespräche, in denen Lydia, ohne es auszusprechen, deutlich gemacht hatte, dass sie es für das Beste hielt, wenn wir einander fernblieben.

Dieses Mal zumindest hatte ich ihr etwas zu sagen – wenn auch nichts, was ihr neue Hoffnung auf einen Durchbruch bringen würde.

»Dann ist das alles?«, fragte sie, nachdem ich geendet hatte. »Sie durchsuchen das Haus dieses Mannes, nachdem er sie dazu aufgefordert hat, und das war's dann?« Sie hörte sich an, als wäre sie kurz vorm Durchdrehen – es musste einer dieser Tage sein, an denen sie völlig mit den Nerven runter war.

»Wahrscheinlich nicht«, sagte ich. »Kline ist nicht naiv. Er weiß, dass Verdächtige, die unter Beobachtung stehen, verschiedene Wege einschlagen: Manche werden feindselig, andere versuchen, die Situation zu ignorieren, und wieder andere treten die Flucht nach vorn an und setzen der Sache ein Ende.«

»Unschuldige Menschen«, sagte Lydia trocken.

»Kline weiß sicherlich, dass Hawthorne möglicherweise nur die Chance ergriffen hat, ihnen seine Unschuld unter die Nase zu reiben – und er weiß sicher auch, dass das nicht zwangsläufig bedeutet, dass Hawthorne auch unschuldig *ist*.« Ich hielt inne. »Aber meiner Meinung nach ist der springende Punkt, dass er auf Klines Team zugegangen ist. Außerdem sagte Baums Bekannter, dass das FBI in Chester eine Menge Fragen gestellt hat, viel mehr, als Baum hätte stellen können.«

»Weiß man, was die Agenten erfahren haben?«

»Nichts Neues. Dass Hawthorne ein ziemlich geselliger Typ ist und dass er sich häufig in der Stadt sehen lässt. Beispielsweise trinkt er regelmäßig mit dem Besitzer eines Buchladens Kaffee, und gelegentlich gibt er sogar Dinnerpartys für die Leute aus der Nachbarschaft.«

»Hat er das schon immer getan oder hat er erst kürzlich damit angefangen?«

»Als eine Art Tarn-Taktik, meinst du? Nicht, soweit sie feststellen konnten.«

Sie seufzte. »Was ist mit Korda und Fitzgerald?«

»Da gibt es nichts so Ergiebiges. Baum vermutet, dass niemand sich Korda zum Gegner machen will. Offenbar hat er ziemlichen Einfluss. Er hat sehr nützliche familiäre Verbindungen ... jede Menge Juristen, darunter sogar ein oder zwei Richter. Das reicht, um das FBI sehr vorsichtig zu machen, besonders, wenn irgendetwas auch nur entfernt nach Schikane riecht.«

»Und Fitzgerald?«

»Der ist offenbar prozesssüchtig. Wenn sie ihn weiter unter die Lupe nehmen, gehen sie mit Sicherheit sehr vorsichtig an die Sache heran.«

»Glaubst du, man wird ihn weiterhin beobachten?«

»Wahrscheinlich«, sagte ich. »Aber ich denke, dass die Eryx-Ermittlungen eine Art Ausschlussverfahren sind, während man parallel daran arbeitet, unter den Käufern und Benutzern des Spiels mögliche Verdächtige auszugraben – oder wo immer sonst sie suchen.« Ich wollte Lydia mit etwas halbwegs Positivem füttern. »Zum Beispiel könnte ich mir vorstellen, dass sie alle echten *Limbo*-Master überprüfen.«

Sie schwieg. Ich konnte beinahe spüren, wie ihre letzten Hoffnungen auf eine rasche Lösung zu Staub zerfielen. Ihre Verzweiflung angesichts dieses riesigen Meeres, in dem das FBI seine Netze ausgeworfen hatte, konnte ich mir nicht einmal ansatzweise vorstellen.

»Die Ermittler wissen schon, was sie tun.« Ich hatte leicht reden; meine Kinder saßen sicher in ihren Zimmern. »Das musst du mir glauben, Lydia.«

»Offensichtlich habe ich keine andere Wahl«, sagte sie.

Und kein einziges Wort – dessen war ich mir nur allzu bewusst, nachdem wir einander Gute Nacht gesagt hatten –, um mir zu sagen, dass sie unsere gemeinsame Nacht nicht unter dem Stichwort *beschämend* oder, noch schlimmer, *keinesfalls zu wiederholen* in einem emotionalen Aktenschrank abgelegt hatte. Ich wusste, dass es unrealistisch, sogar falsch war, zu diesem Zeitpunkt in Lydias Leben an eine tiefere intime Beziehung zu denken. Aber in den Momenten, in denen ich mir selbst gestattete, ehrlich darüber nachzudenken, wurde mir klar, dass ich mich in dieser Nacht wie ein Mann gefühlt hatte, der nach sieben langen Jahren aus der Wüste herausgekommen ist und dem man sein erstes Glas kaltes, klares Wasser gereicht hatte. Oder eher noch Wein, der einem den ganzen Körper wärmt, bis zu den Zehen. So sehr ich es versuchte, ich konnte mir die Hoffnung einfach nicht aus dem Kopf schlagen, dass vielleicht, wenn das hier vorbei war ... vielleicht, wenn Gott wollte, dass Robbie wohlbehalten nach Hause kam ...

Und da war noch etwas. Ich war Robbie Johanssen zwar noch nie begegnet, sehnte seine Heimkehr aber so inbrünstig herbei, dass ich es nicht ertragen konnte, mir irgendeinen anderen Ausgang auch nur vorzustellen. Um Lydias und um seiner selbst willen.

Vielleicht auch um meiner selbst willen.

47.

Es war vollbracht.

Dem Himmel sei Dank.

Oder der Hölle.

Es war vorbei. Es war genau wie vorher gelaufen, nur reibungsloser und ohne Panikattacke in letzter Sekunde. Nur das Mädchen, das im Dunkeln schlief. Sie wachte nicht auf, als er hereinkam, und er fragte sich, ob sie vielleicht nicht aufwachen *wollte*, vielleicht wollte sie gar nicht weitermachen, und vielleicht tat er ihr einen riesigen Gefallen, indem er sie von ihrem Leiden erlöste.

Ein Schuss, perfekt gezielt, trotz seiner zitternden Hände ... sie zitterten jetzt immer noch, denn die ganze entsetzliche Sache war ihm noch immer ein Gräuel ... war ihm jedes einzelne Mal ein Gräuel gewesen ...

Er glaubte, wieder geschrien zu haben, konnte sich aber nicht genau erinnern.

Zu viel war seither geschehen. Zuerst die grauenvolle Arbeit, Zudecken, Saubermachen, Einwickeln, sie in die Kältekammer schleppen. Die Übelkeit.

Und dann die Offenbarung.

Er hatte sich über die FBI-Ermittlungen auf dem Laufenden gehalten, so gut er konnte. Das war angesichts seines chronischen Zeitmangels gar nicht so einfach. Er war immer streng zu sich selbst, kümmerte sich um alles, was er tun musste, erfüllte alle seine Verpflichtungen. Er *war* ein verantwortungsvoller Mann. Aber jetzt nutzte er seine Ressourcen optimal, setzte alle seine Fähigkeiten und all seinen Mut ein.

Heute hatte er etwas Bemerkenswertes herausgefunden, etwas Unglaubliches, fast zu wundervoll, um daran zu glauben zu wagen.

Der Professor. Der, mit dem Steels Mutter scheinbar angebändelt hatte, der, der seine Nase in Dinge gesteckt hatte, die ihn nichts angingen. Wahrscheinlich weil er die Coopers kannte. Aber *ihn* hatte er keine Sekunde hinters Licht geführt. Er hatte gleich gewusst, dass dieser Bursche nur darauf aus war, Steels Mutter an die Wäsche zu gehen – war das nicht abartig?

Aber das war nicht der Punkt, nicht mehr. Das war nicht das Großartige, das er heute erfahren hatte. Der unglaubliche Zufall, der unbestreitbare Wink des Schicksals war, dass Professor Jacob Woods eine Tochter hatte.

Nicht einfach nur eine Tochter.

Er hatte Fotos gesehen.

Rianna Woods war fünfzehn. Und wunderhübsch.

Und eine gute Turnerin.

Es hatte ihm beinahe den Atem verschlagen, als er ihre Bilder gesehen hatte.

Er wusste, dass Kameras manchmal logen. Er wusste, dass er sich das Mädchen erst einmal selbst ansehen musste, sie aus der Nähe betrachten, in Fleisch und Blut. Aber er war sich jetzt schon zu 99 Prozent sicher, alle seine Instinkte sagten es ihm, sein Puls raste, sein Magen schlug Purzelbäume, sein ganzer Körper und sein Geist brannten von dieser fast sicheren Gewissheit.

Die im Kühlraum war jetzt schon kaum mehr als eine Erinnerung. Sie war jetzt ein *Ding* – traurig, aber erledigt. Verschwunden. Bedeutungslos.

Er musste sich jetzt auf etwas anderes konzentrieren.

Auf die echte Gefährtin für Steel. Eine ebenbürtige Spielkameradin.

Die wahre Dakota. *Endlich.*

VIERTER TEIL

48.

Sie gab ihm neuen Aufwind.

Wie eine Transfusion.

Es war Donnerstag, der 20. Juli, und er hatte Dakota gefunden.

Er beobachtete sie, während sie mit ihrer kleinen Schwester und dieser Ryan auf dem Wooster Square Frisbee spielte. Rianna warf die Scheibe behutsam zu Ella, und die fing sie auf, wofür sie Beifall von Ryan bekam. Dann versuchte sie, die Scheibe zurück zu Rianna zu werfen, schaffte es aber nicht und verfehlte nur knapp General Woosters steinernes Schienbein.

Er beobachtete sie von seinem Wagen aus, zur Tarnung hielt er sich einen Stadtplan von New Haven vors Gesicht. Der Professor war nicht zu sehen, doch die Fünfzehnjährige war unter so sicherer Aufsicht wie sonst, wenn er sie in den letzten zwei Tagen gesehen hatte. Entweder war sie zu Hause oder in Begleitung von Vater, Haushälterin oder Freunden, und sobald sie den High Fliers Club betrat, war da die wachsame Trainerin Carlin.

Mit ihr gestaltete sich die Sache schwieriger als mit den meisten anderen. Aber er würde nicht aufgeben.

Das hier war vorherbestimmt.

Ganz zu schweigen von der ausgleichenden Gerechtigkeit, diesem Excop und Professor, der vergessen zu haben schien, dass er vor mehr als einem Jahrzehnt aus dem Polizeidienst ausgeschieden war, seine Tochter wegzunehmen …

Er hätte sich ohnehin nicht mehr von Rianna Woods abwenden können.

Sie war eine hinreißende junge Frau. Eine Kindfrau in

vieler Hinsicht, weit weniger raffiniert als viele Fünfzehnjährige heutzutage, aber dennoch wirkte ihr Auftreten reif. Sie war groß für ihr Alter, schlank, aber nicht zu dünn, mit kleinen, noch nicht voll entwickelten Brüsten. Sie war immer noch Daddys kleines Mädchen. Sehr schönes Gesicht, mit dunklen, geschwungenen Brauen über ernsten, grauen Augen; ein großer, sinnlicher Mund mit einer vollen Unterlippe – hübsch, wenn sie ernst war, und hübsch, wenn sie lachte.

Er hatte sie gestern beobachtet, als Woods zuerst das jüngere Mädchen abholte, bei einer Freundin in Milford, und dann Rianna, die aus dem Turnverein kam. Ihre Umarmungen waren so natürlich und liebevoll gewesen, dass sie ihm brennende Tränen in die Augen getrieben hatten.

In *seiner* Kindheit, von *seinem* Vater, hatte es keine Umarmungen gegeben.

Natürlich war das allein seine Schuld, aber es tat trotzdem weh.

Er hatte jetzt keine Zeit, darüber nachzudenken.

Für Rianna musste er sich etwas Besonderes ausdenken, etwas anderes. Und er musste äußerst vorsichtig sein, wenn er ihr das Spiel schickte, sonst würde Daddy sie keine Sekunde mehr aus den Augen lassen.

Wenn das Päckchen für Professor Woods ankäme, wäre seine Kindfrau bereits fort. Dann würde es ihm sicher Leid tun, sich in Dinge eingemischt zu haben, die ihn nichts angingen.

Keine Rianna mehr.

Dakota.

49.

Sie konnte sich noch so viel Mühe geben, konnte sich noch so oft sagen, dass es völlig irrational war, aber es gelang Lydia einfach nicht, Eryx Software aus ihren Gedanken zu verbannen. Seit Sonntag hatte sie ein paarmal mit Jake gesprochen; er hatte das Gespräch bewusst von Korda, Fitzgerald und Hawthorne weggelenkt, und sie wusste, dass er damit wahrscheinlich Recht hatte – genau wie sie wusste, dass das FBI wahrscheinlich Recht hatte, den Schwerpunkt der Ermittlungen nicht auf das Unternehmen zu legen.

Aber »wahrscheinlich« war ein Wort, das Lydia im Augenblick nicht sonderlich beeindruckte. Es war so, als würde sie sagen, dass man Robbie »wahrscheinlich« bald finden würde, und dass er »wahrscheinlich« noch am Leben war. *Toi, toi, toi.*

Das war nicht gut genug. Nicht annähernd gut genug.

Sie konnte das Gefühl, das sie in Kordas Büro überfallen hatte, einfach nicht vergessen. Sie hatte mit aller Macht versucht, es aus ihren Gedanken zu verbannen oder es zumindest mit irgendeinem Sinn zu füllen – mit jemandem oder etwas Bestimmtem zu verbinden –, aber es war ihr nicht gelungen. So einfach war das nicht.

Einfach. Warum sollte es auch einfach für sie sein? Es war bestimmt auch nicht einfach für Robbie, der allein war und verängstigt ...

Hör auf. Du musst nüchtern denken.

Es wurde Zeit, dass sie etwas unternahm.

Selbst wenn keiner der Bosse oder Angestellten von Eryx direkt an Robbies Entführung beteiligt war, konnten sie trotzdem eine Verbindung zum Täter darstellen. Sie hatte Jake gegenüber einmal vorgeschlagen, noch einmal alleine zu dem Unternehmen zu fahren, weil sie dann vielleicht weniger auf der Hut wären, doch Jake hatte kategorisch abgelehnt, vor allem nach Klines Ermahnung, sich von Eryx fern zu halten.

Aber Tatsache war, dass ihre Verzweiflung von Tag zu Tag wuchs, mehr als der einfühlsame, teilnahmsvolle Jake bemerkte.

Sie war hin und her gerissen zwischen dem Versuch, nicht an ihre gemeinsame Nacht zu denken, und der Versuchung, die Erinnerung wachzurufen, um sich daran zu wärmen. Doch am Ende siegten immer die Schuldgefühle.

Es gab wichtigere Dinge als Sex, oder sogar als Trost, auf die sie sich konzentrieren musste.

Eigentlich gab es nur eins.

Robbie nach Hause zu holen.

50.

Sein Plan stand. Er war komplizierter als jeder vorherige und viel anfälliger für unerwartete Schwierigkeiten. Gewagter und kühner. Riskanter.

Gewagt ist gut.

Dieses Mädchen war wesentlich behüteter als viele andere Teenager heutzutage.

Gute Väter schützten ihre Kinder, solange sie konnten.

Aber selbst die besten Väter konnten sich nicht in jeder Sekunde eines jeden Tages um sie kümmern.

Besonders, wenn sie mit den Gedanken woanders waren.

Seine Gedanken waren jetzt ganz und gar konzentriert.

Auf Rianna Woods. Auf Dakota.

Er beobachtete.

Wartete.

51.

Am Samstagmorgen schritt Lydia zur Tat.

Sie saß in einem Mietwagen (da sie in Manhattan lebte, brauchte sie kein eigenes Auto, aber sie besaß einen gültigen Führerschein) und war unterwegs zu William Fitzgeralds Landgut östlich von Moodus. Sie hatte die Route genau geplant: Zuerst war sie auf den Connecticut Turnpike gefahren, dann auf die Route 9 westlich des Flusses, vorbei an Chester (und dem wahrscheinlich, vielleicht, *möglicherweise* unschuldigen Hawthorne). Sie überquerte den Fluss auf der Stahl-Zugbrücke beim Goodspeed Opera House, wie mit Jake vor ... es schien schon Monate her zu sein ... und dann nahm sie die 156 ...

Und dann?

Im Grunde wusste sie genau, warum sie in diesen Teil von Connecticut gefahren war: weil sie hoffnungslos verzweifelt war. Weil sie nicht sicher sein konnte, dass jemand anders hinfahren würde. Weil Fitzgerald prozesssüchtig und Korda zu wichtig war. Weil Kline das Gefühl hatte – möglicherweise, vielleicht, *wahrscheinlich* –, dass es Zeit- und Geldverschwendung war, diese Leute auszuspionieren. Deshalb war sie ganz allein hierher gekommen: weil sie das Gefühl hatte, sie müsse einen Weg finden, wie sie selbst, für sich selbst, einen Strich unter die Namen der drei Eryx-Bosse ziehen konnte, sie abhaken konnte, um sich anderem zuwenden zu können.

Da war die Ausfahrt ...

Ihr größtes Problem war, dass sie keinen richtigen Plan hatte. Was würde sie tun, wenn sie Fitzgeralds Landgut fand und auch nur halbwegs in die Nähe seines Hauses kam, ohne von einem Wachmann aufgehalten zu werden? Es aus der Ferne anschauen? An der Tür klingeln? Und was dann? Sagen, dass sie auf eine Tasse Kaffee vorbeigekommen war, und darauf warten, dass sie noch eine Erscheinung bekäme, wie irgendeine billige Hellseherin? Fitzgerald wäre begeistert.

Verdammt, Lydia.

Je näher sie kam, desto unsicherer wurde sie. Was, wenn er *wirklich* mit der Entführung zu tun hatte? Was sollte es Robbie nützen, wenn sie hier herumstümperte? Was, wenn sie tatsächlich etwas fand und Fitzgerald damit warnte?

Da.

»Landgut« war maßlos übertrieben, das sah sie sofort. Es handelte sich lediglich um ein paar Morgen Land, ein großer Teil davon Wiesen, die wahrscheinlich nur darauf warteten, von jemandem oder etwas genutzt zu werden – von Vieh vielleicht, oder von Kindern. Aber natürlich waren hier keine Kinder, weil Fitzgeralds arme schwangere Frau bei einem Unfall ums Leben gekommen war, und deshalb verbrachte er jetzt seine gesamte Zeit bei Eryx oder vergrub sich in seinem Studio zu Hause ...

Schuldgefühle versetzten ihr einen schmerzhaften Stich. Und wieder überkam sie das Gefühl der Sinnlosigkeit.

Dennoch fuhr sie weiter, durch das breite, offene Tor und die Privatstraße hinunter, die zu beiden Seiten von Bäumen gesäumt wurde, und geradewegs auf das Haus am Ende zu, und kein Wachmann hielt sie auf.

Es war ein elegantes, freundliches, britisch wirkendes Haus mit Säulen im Tudor-Stil.

Keine Spur von Fitzgerald. Keine Spur von irgendwem.

Aber Rauch. Aus einem gemauerten Schornstein auf dem roten Ziegeldach stieg er zum Himmel. Das bedeutete vermutlich, dass das Haus nicht verschlossen war, sondern dass jemand sich darin befand. Oder irgendwo in der Nähe.

Vielleicht beobachtete er sie.

Lydia stoppte den Wagen, stellte den Motor ab, öffnete die Tür und stieg aus.

Wenn sie schon mal hier war, konnte sie sich auch ein wenig umsehen.

Obwohl sie keine Ahnung hatte, nach *was* sie eigentlich Ausschau hielt – höchstens danach, ob das Haus Platz für fünf Teenager bot.

Das ist Aufgabe des FBI.

Nur dass Kline sich das Haus nicht ansehen würde, weil er Angst hatte, dass Fitzgerald klagen würde. Nun, sollte er *sie* doch verklagen, wegen Hausfriedensbruchs oder Belästigung, das störte sie nicht – nicht, wenn es ihr half, Robbie zu finden.

Der Weg, auf dem sie stand, hatte einen Asphaltbelag, und ihre weichen Gummisohlen machten kein Geräusch, als sie zum Haus ging. Sie war dankbar, dass kein knirschender Kies sie verriet. Obwohl ... was, wenn sie bereits beobachtet wurde? Wenn Fitzgerald selbst sie beobachtete? Und wenn er derjenige *war*, der die Kinder hatte? Und wenn er sich jetzt sagte, dass ihr Erscheinen sein Versteck unsicher gemacht hatte und er sie woanders hinbrachte ...?

Um Himmels willen, Lydia.

Sie unterdrückte den plötzlichen Impuls, zu fliehen, und beschleunigte ihre Schritte. Am Haus angekommen, nahm sie all ihren Mut zusammen, drückte auf die Türklingel und wartete.

Niemand öffnete. Sie klingelte noch einmal, dann klopfte sie, falls die Klingel nicht funktionierte. Als sie ein paar Schritte zurücktrat, sah sie immer noch den Rauch zum Himmel steigen.

Das musste nicht unbedingt heißen, dass jetzt jemand im Haus war. Also konnte sie hier draußen ruhig ein wenig herumschnüffeln, ohne gesehen oder aufgehalten zu werden. Sie konnte nachsehen, ob es ein tiefes Fenster gab oder eine Tür, die aussah, als führe sie in einen Keller.

Lydia ging links am Haus entlang. Ihr fiel auf, dass das

Mauerwerk verfugt werden musste und dass der Garten rund ums Gebäude nicht so schön war, wie er hätte sein können, obwohl die riesigen Eichenbäume weiter hinten prachtvoll aussahen.

Hat er anderes zu tun?

Sie ging weiter ums Haus herum. Alle Türen und Fenster waren verschlossen. Kein Keller, soweit sie sehen konnte, keine düsteren Nebengebäude, unbenutzten Garagen oder ...

Nichts.

Sie ging wieder zur Vorderseite des Hauses und auf ihr Auto zu.

Plötzlich blieb sie stehen und drehte sich noch einmal um.

Sie hatte das Gefühl, etwas tun zu müssen.

Seinen Namen rufen.

»Robbie!«

Zu leise, zu zögerlich.

Sie atmete tief ein und legte alles in den Schrei.

»Robbie!«

Nichts. Sie drehte sich um.

Ein Auto fuhr durch das Tor auf die Privatstraße.

Es hatte die Aufschrift *State Police Connecticut*.

52.

»Dad, es ist für dich.«

Ella hielt mir das schnurlose Telefon hin. Ich nahm es, klemmte es zwischen Schulter und Hals und spülte dabei unser Geschirr vom Mittagessen weiter.

»Jake Woods«, sagte ich.

»Jake, ich bin es, Lydia.«

Ich drückte den Spülschwamm aus und ließ ihn ins Becken fallen. »Wie geht es dir?«

Ella lauerte in der Nähe des Kühlschranks. Ihre schieferblauen Augen fixierten mich mit offenkundigem Interesse, während sie mit den Fingern einer Hand an ihrer neuen Kurzhaarfrisur herumspielte.

»Ob du es glaubst oder nicht«, Lydias Stimme klang fremd, »ich bin in Moodus auf dem Polizeirevier. Ich wurde verhaftet, Jake. Ich brauche deine Hilfe.«

Scott Korda saß in seinem Auto, als Nick Ford anrief.

»Ich wollte dir Bescheid sagen, dass die Kameras an Bills Haus vor ein paar Stunden Lydia Johanssen aufgenommen haben …«

»War sie allein?«

»Bis die Polizei sie aufgelesen hat.«

»Gut zu wissen, dass die Sicherheitssysteme funktionieren.«

»Natürlich funktionieren sie.« Ford war für die Installation verantwortlich gewesen. »Auf dem Band ist zu sehen, dass sie sich rund ums Haus ziemlich gründlich umgesehen hat, bevor die Cops kamen.«

»Ist das alles?«, fragte Korda.

»Bill ist nicht zu Hause, und offenbar ist kein Schaden

entstanden, aber ich dachte, du willst Bescheid wissen – vielleicht auch mit Kline sprechen.«

»Woods war nicht dabei?«

»Heute nicht«, antwortete Ford. »Noch nicht, jedenfalls.«

»Hast du Hal erzählt, was passiert ist?«

»Ich rufe ihn als Nächsten an. Ich glaube, er ist übers Wochenende aufs Weingut gefahren.«

»Lass ihn«, sagte Korda. »Der Mann braucht ein bisschen Ruhe und Erholung. Und genau das will ich auch. Lass die Cops sich um Lydia Johanssen kümmern – sie sprechen wahrscheinlich sowieso mit dem FBI, sobald die Frau ihnen erzählt, warum sie dort war.«

»Vielleicht schafft diese Verhaftung uns die Lady eine Weile vom Hals.«

»Ich hätte gern, dass sie *Kline* vom Hals bleibt«, sagte Korda. »Dann kann sich das FBI vielleicht darauf konzentrieren, den verdammten Entführer zu finden.«

»Und die Kinder.«

»Amen«, sagte Korda.

Lydia hatte beschämt geklungen, und im ersten Augenblick nach ihrem Anruf war ich von den unterschiedlichsten Empfindungen erfüllt. Ich war wütend über ihren Leichtsinn, aber auch beeindruckt von ihrem Mut. Ich wusste nicht genau, was sie getan hatte, doch es war offensichtlich, dass sie unklug gehandelt hatte, ja *verrückt*. Aber sie ist die Mutter eines entführten Kindes, verdammt noch mal, und das schien alle normalen Grundsätze über den Haufen zu werfen.

Ich hatte sie gefragt, ob sie einen Anwalt brauche, aber sie sagte, sie bräuchte nur jemanden, der käme, um sich für sie zu verbürgen und zu garantieren, dass sie sich von Fitzgeralds Landgut fern halte. Und der sie mit nach Hause nahm, denn den Mietwagen hatte man ihr weggenommen. Ich organisierte rasch alles Notwendige. Rianna ging in den High Fliers Club, Ella jedoch hatte keine Pläne, und die Ryans waren nicht in der Stadt – sie besuchten Toms Familie.

Also nahm ich Ella mit. Wie sich herausstellte, konnte sie sich nichts Spannenderes vorstellen, als mit ihrem Dad zu einem Polizeirevier zu fahren, um eine Frau abzuholen, die *verhaftet* worden war – obwohl ich das Gefühl hatte, es wäre ihr lieber gewesen, Lydia wäre richtig in Fitzgeralds Haus eingebrochen, statt einfach nur auf seinem Grundstück herumzulaufen. Ella sagte, sie könne nicht ganz verstehen, warum die Polizei jemanden verhaftete, nur weil er irgendwo herumlief, also gab ich ihr eine kleine Lektion über Privatbesitz und den Schutz der Privatsphäre.

»Bedeutet das, dass Mrs Johanssen ein schlechter Mensch ist?«, fragte Ella.

»Nein, das bedeutet es ganz und gar nicht.«

»Aber du hast doch gesagt …«

»Du hast gefragt, warum die Polizei sie verhaftet hat, und ich hab dir das Gesetz erklärt.«

»Das bedeutet, sie hat das Gesetz gebrochen.«

»Ja, das bedeutet es wohl.« Ich versuchte, mich gleichzeitig auf die Straße und meine Erklärungen zu konzentrieren. »Aber Mrs Johanssen hat das nur getan, um ihren Sohn zu suchen.«

»Robbie«, sagte Ella. »Der entführte Junge.«

»Genau.« Es gefiel mir nicht, mit Ella über die Entführungen zu sprechen.

Ella drehte sich zu mir, streckte die Hand aus und berührte meinen rechten Unterarm in einer liebevollen, tröstenden Geste. »Daddy, ich weiß alles über den Fall – alle Kinder wissen das.« Sie hielt inne. »Glaubst du, Robbie und Mikey sind tot?«

Ich zuckte zusammen. »Nein, Liebling, das glaube ich nicht.« Ich warf einen Seitenblick auf sie, ob sie nicht zu aufgewühlt war, aber das schien nicht der Fall zu sein. »Und bitte sag so etwas nicht vor Mrs Johanssen.«

»So dumm bin ich nicht«, sagte Ella voller Würde.

Sogar mein Baby wird erwachsen.

53.

Vielen Dank, Mrs Johanssen.

Danke, dass Sie so eine Nervensäge waren, dass Sie eine ausreichend hingebungsvolle, leidenschaftliche und verzweifelte Mutter waren, um zu ignorieren, was das FBI Ihnen mit Sicherheit gesagt hat. Danke, dass Sie auf eigene Faust losgezogen sind, um dem nachzujagen, was nicht mehr als der Schatten eines Verdachts sein konnte, und das auch noch auf der Grundlage verschwommener, unbegründeter Instinkte. Danke, dass Sie sich verhaften ließen und den Professor anriefen.

Der *genau* das tat, was nötig war: sein jüngstes Mädchen in sein Auto packen und losfahren, um die attraktive Witwe und Mutter aus den Klauen der Staatspolizei zu retten.

Wobei er seine ältere Tochter fast unbehütet zurückließ.

So unbehütet, wie sie vielleicht nie wieder sein würde.

54.

Rianna legte gerade eine kurze Pause ein, nachdem sie eine Sprungserie absolviert hatte, als sie sah, dass Alex Vecchio – der hinkende junge Mann, der das Telefon bediente und sich an den Wochenenden um die Wartung kümmerte – die Turnhalle betrat und mit Trainerin Carlin sprach.

Beide schauten in ihre Richtung.

Rianna sah das Gesicht ihrer Trainerin und hatte plötzlich ein sehr ungutes Gefühl.

Die Trainerin kam zu ihr.

Das ungute Gefühl wuchs zur Panik aus.

»Rianna, es gab einen Autounfall ...«

Sie hörte Marsha Carlins sanft gesprochene Worte und versuchte, sie zu begreifen, jedoch auf einer seltsam unbeteiligten Ebene ihres Verstandes, als schwebten ihr die Worte in einer Comic-Sprechblase entgegen, irreal, ohne eine wirkliche Verbindung zur Welt und zu ihr ...

»Es ist nicht schlimm, du musst keine Angst haben. Aber dein Vater und deine Schwester wurden in ein Krankenhaus außerhalb der Stadt eingeliefert, irgendwo auf dem Weg zu dem Ort, zu dem sie unterwegs waren.«

»Richtung Norden«, sagte Rianna wie betäubt. »Sie wollten in den Norden von Connecticut.«

Trainerin Carlin hob ihre Jacke auf und legte sie Rianna um die Schultern, während Vecchio ihre Tasche nahm. Dann gingen sie zur Tür. Rianna bemerkte, dass die anderen sie beobachteten.

»Der Mann, der anrief, sagte, dein Vater hätte ein Taxi bestellt, um dich dorthin zu bringen. Es ist bereits hier, du kannst also gleich losfahren.«

Rianna blieb stehen. »Meinem Dad geht es gut?«

»So gut, dass er dir das Taxi bestellt hat.« Carlin lächelte.

»Und was ist mit Ella?« Das ungute Gefühl wollte nicht weichen.

»Soviel ich weiß, wurde keiner von beiden schlimm verletzt.«

»Aber sie müssen doch verletzt sein, wenn sie im Krankenhaus sind ... wenn sie wollen, dass ich dorthin komme.«

»Dein Vater will wahrscheinlich nur, dass du kommst, weil er weiß, dass du dir mehr Sorgen machen würdest, wenn du sie nicht sehen könntest«, argumentierte Carlin.

Das klingt logisch, überlegte Rianna und ging weiter.

»Ich würde ja gern mitkommen«, sagte die Trainerin, »aber ich kann den Club nicht verlassen.«

»Ist schon in Ordnung«, sagte Rianna mechanisch. »Ich komme schon zurecht.«

Sie erreichten die Tür und traten hinaus in den Flur. Vecchio gab Carlin ihre Tasche und murmelte, dass er hoffe, alles sei in Ordnung. Rianna dankte ihm, selbst überrascht, wie normal sie klang.

»Du ziehst dich um«, sagte die Trainerin zu ihr. »Ich warte hier auf dich.«

»Nein«, sagte Rianna. »Ich will mich nicht umziehen. Ich will keine Zeit verlieren.«

»Ich will nicht, dass du dich erkältest.«

»Es ist fast August«, sagte Rianna.

Carlin streckte die Hand aus und hielt sanft ihre Arme fest. »Rianna, der Mann, der anrief, hat ausdrücklich erklärt, dass weder dein Dad noch Ella schwer verletzt sind.«

Warum ist Dad dann nicht am Telefon und sagt mir das selbst?

Erinnerungen an den Abend, an dem ihre Mutter starb, flackerten nur allzu lebendig in ihrem Kopf.

Die Trainerin sah ihren Gesichtsausdruck.

»Komm, setzen wir dich ins Taxi.«

Sie begleitete Rianna nach draußen, sprach mit dem Fahrer, um sicherzugehen, dass er wusste, wohin er fahren sollte, und vergewisserte sich, dass seine Lizenz noch gültig war. Dann öffnete sie die Hintertür, legte Riannas Sporttasche auf den Sitz und küsste das Mädchen auf die Wange, wohl wissend, dass sie die Berührung kaum spürte. Rianna setzte sich neben ihre Tasche auf die Rückbank des Wagens und starrte ins Leere.

Carlin blickte dem Taxi hinterher.

55.

Lydia aus dem Polizeirevier zu holen, war nicht schwierig, aber zeitaufwändig.

Sie schien sich immer noch zu schämen, gleichzeitig sah sie wütend aus. Ich spürte, dass diese Wut sich in erster Linie gegen sie selbst richtete. Ihre Wangen glühten, auf ihrer Bluse war ein Fleck, wahrscheinlich Kaffee, und ihre Wimperntusche war verschmiert. Ich hätte sie gern geküsst oder zumindest in die Arme genommen, aber sie war steif und gehemmt, und Ella war dabei, also begnügte ich mich damit, ihr die rechte Hand auf die Schulter zu legen, als wir den Schauplatz ihrer Erniedrigung verließen.

»Haben sie dich in eine Zelle gesteckt?«, fragte Ella vom Rücksitz, als wir ein paar Minuten später im Cherokee davonfuhren. Auf dem Beifahrersitz neben mir saß Lydia.

»Ella«, sagte ich warnend.

»Schon gut«, sagte Lydia und antwortete: »Nein, Ella, haben sie nicht.«

»Hast du richtige Verbrecher gesehen?«

Ich warf meiner Tochter im Innenspiegel einen kurzen Blick zu. Ihre Augen funkelten vor Neugier. Ich musste wohl dankbar sein, dass sie *richtige* Verbrecher so deutlich betont hatte.

»Ich glaube nicht«, antwortete Lydia.

»Was haben die Polizisten mit dir gemacht? Wie war das für dich?«

»*Ella*«, sagte ich mit mehr Nachdruck.

»Entschuldigung.« Ella lehnte sich im Sitz zurück.

»Sie haben gar nichts mit mir gemacht«, sagte Lydia. »Und ich kam mir sehr dumm vor.«

»Weil du es getan hast?« Ella beugte sich wieder vor. »Oder weil sie dich erwischt haben?«

Wahrscheinlich entspricht das ziemlich genau dem, was ich zu ihr sage, wenn sie Ärger in der Schule hat, also wies ich sie jetzt nicht zurecht – vielleicht war ich auch selbst neugierig auf Lydias Antwort.

»Weil sie mich erwischt haben.« Lydia warf mir einen kurzen, schuldbewussten Seitenblick zu. »Aber daran ist meine besondere Lage schuld, Ella. Ich will damit nicht sagen, dass es in Ordnung ist, auf fremde Grundstücke zu gehen.«

»Ich weiß«, sagte Ella. »Den Vortrag hat Daddy mir schon gehalten.«

Ich konnte mir ein Grinsen nicht verkneifen, und ich sah, dass Lydia ebenfalls lächelte. Plötzlich war ich sehr froh, dass ich Ella hatte mitnehmen müssen.

Lydia drehte sich im Sitz um. »Toller Haarschnitt.«

»Danke«, sagte Ella erfreut.

Wir fuhren weiter, und ich sagte zu Lydia, dass ich Rianna abholen müsse und daher so schnell wie möglich nach New Haven zurückwollte, falls sie nicht hungrig sei oder eine Pause brauche. Sie sagte, sie bräuchte nichts, und schaute wieder schuldbewusst drein.

»Darf ich dich etwas fragen?« Ich konnte nicht länger warten.

»Natürlich.«

»Was hast du dort zu finden gehofft?«

»Sie wollte Robbie finden, ist doch klar«, ertönte Ellas Stimme von hinten.

Ich warf ihr im Spiegel einen vernichtenden Blick zu.

»Ella hat Recht«, sagte Lydia. »Ich weiß, das war dumm, aber Tatsache ist, dass ich überall hingehen und alles tun würde, wenn ich das Gefühl hätte, es könnte helfen, Robbie zu finden. Und wenn ich dabei irgendjemand verärgere oder Kline auf die Füße trete – Pech gehabt.« Sie hielt inne. »Es tut mir Leid, euch hierher gehetzt zu haben. Aber das ist auch das Einzige, das mir Leid tut.«

»Dad würde das Gleiche tun«, sagte Ella, »wenn ich weg sein würde.«

»Weg wäre«, verbesserte ich.

»Gott bewahre«, sagte Lydia.

Ich schaute wieder in den Innenspiegel und sah, dass Ella zustimmend lächelte.

Ich war froh, dass sie Lydia mochte.

56.

Das Taxi war kaum außerhalb der Stadt, als der Fahrer von der Straße abbog und den Wagen in den Verladehof einer Fabrik namens SPARKELITE steuerte. Abgesehen von drei parkenden Lkws und einem weißen Lieferwagen war es hier leer – eine typische Samstagnachmittag-Leere.

»Was ist?« Rianna hatte eine Sekunde gebraucht, um zu bemerken, was geschah – ihre Gedanken waren schon weit voraus, voll und ganz mit ihren Krankenhaus-Albträumen beschäftigt.

»Mit dem Auto stimmt was nicht«, sagte der Fahrer. »Ich muss einen Blick unter die Motorhaube werfen.«

»Aber ich muss ins Krankenhaus!« Rianna lehnte sich unruhig nach vorn.

Der Fahrer öffnete die Tür. »Wenn es das ist, was ich glaube, brauche ich nur ein paar Minuten.«

Die Motorhaube hob sich, und Rianna saß da und wartete. Sie wünschte, sie hätte ein Mobiltelefon wie Shannon und die Hälfte der Kinder in der Schule, aber ihr Vater war der Meinung, es sei vielleicht etwas dran an diesen Gesundheitswarnungen. Doch wenn sie jetzt ein Handy hätte, könnte sie im Krankenhaus anrufen oder sie könnte versuchen, Kim und Tom zu erreichen ... aber die waren ja gar nicht in der Stadt. Rianna wusste zwar, dass Tom für seine Arbeit ein Handy benutzte, aber sie wusste seine Nummer nicht, und überhaupt, sie hatte nun mal kein verdammtes Telefon, und was würde es schon bringen, Kim anzurufen – außer Trost?

Trost wäre schön.

»He!«, rief der Fahrer von unter der Motorhaube. »Ich

könnte hier mal kurz deine Hilfe gebrauchen, wenn es dir nichts ausmacht.«

Rianna zögerte.

»Es wird wesentlich schneller gehen mit zwei Paar Händen«, rief er.

Sie öffnete die Autotür, stieg aus und ging zu ihm.

Er stand über den Motor gebeugt und deutete mit der linken Hand auf irgendetwas im Motorraum. »Das ist das Problem, siehst du es?«

»Ich weiß nicht …«

»Da. Siehst du?«

Rianna verstand nicht das Geringste von Motoren, aber wenn es sie schneller zum Krankenhaus brachte …

Sie lehnte sich weiter nach vorne, um zu erkennen, was der Fahrer ihr zeigte.

In diesem Moment schlug er zu.

57.

Als wir New Haven erreichten, fuhr ich direkt, noch mit beiden Passagieren an Bord, zum High Fliers Club. Ich hatte darüber nachgedacht, ob ich Lydia einladen sollte, zum Abendessen und vielleicht auch über Nacht mit zu uns zu kommen, oder ob ich ihr ein Zimmer suchen sollte – hier war in dieser Nacht nicht mit Schwierigkeiten bei der Zimmersuche zu rechnen, dachte ich mir, es gab also keinen Grund, sich auch noch deswegen zu schämen ...

Ich bat die beiden, im Wagen zu warten, und ging hinein.

Keine Spur von Rianna im Flur oder beim Getränkeautomaten. Also ging ich in die Turnhalle und schaute hinein. Ein paar Jugendliche trainierten noch, aber um diese Uhrzeit waren hauptsächlich Erwachsene da.

Auch hier keine Spur von Rianna.

Marsha Carlin stand auf der gegenüberliegenden Seite der Halle und leistete einem Mann Hilfestellung, der Bodenübungen auf einer großen Matte machte. Sie entdeckte mich und sah einen Augenblick sehr erfreut aus. Dann veränderte sich ihr Gesichtsausdruck, und sie eilte auf mich zu, während sie sich die Hände an den Hüften abwischte.

»Hallo«, sagte ich, als sie vor mir stand. »Ist Rianna im Umkleideraum? Ich habe sie im Flur nicht gesehen.«

Die Trainerin musterte mich von oben bis unten. »Wie geht es Ihnen?«

»Alles bestens«, sagte ich.

»Und Ella?«

»Sitzt draußen im Wagen bei einer Freundin.«

»Ella geht es auch gut?«

Ich sah ihr ins Gesicht – sie war blass geworden. »Was ist los?«

Sie stand wie erstarrt da, als hoffte sie, die Zeit würde stillstehen und sie retten, wenn sie nur ganz still stehen blieb.

Und dann sagte sie es mir.

Wir schalteten alle auf Autopilot. Ich glaube, ich war jenseits der Panik. Ich hatte viel zu viel Angst, mich etwas so Sinnlosem hinzugeben. Carlin rief die Polizei an, während ich nach draußen lief, um Ella und Lydia zu holen.

»Es herrscht ein bisschen Durcheinander«, sagte ich ihnen, so ruhig ich konnte.

»Wo ist Rianna?«, fragte Ella.

»Ich weiß es nicht ganz genau, Süße«, antwortete ich. »Deshalb müssen wir hineingehen und eine Weile warten, bis wir es herausfinden.«

Ich spürte Lydias Blick und wusste, dass sie meine Angst erkannte und dass sie ihr auf furchtbare Weise vertraut war. Und ich wusste, dass sie wegen Ella nichts sagte.

Ich nahm meine Tochter bei der Hand, und obwohl sie es normalerweise hasste, zog sie die Hand nicht weg, sondern umklammerte fest meine Finger, bis wir die Eingangstür durchquert hatten und im Flur standen.

»Was ist mit Rianna passiert?« Ihre Frage war direkt und verlangte eine ehrliche Antwort.

Ihre Hand fühlte sich kalt an. Ich beugte mich zu Ella hinunter. Sie ist noch ein gutes Stück kleiner als ihre Schwester, aber es wird nicht mehr lange dauern, bis sie Rianna eingeholt hat. Sie betrachtete mich fragend, nun aber auch voller Angst.

»Wir wissen nicht, was passiert ist«, erklärte ich ihr, und jedes einzelne Wort zerriss mich innerlich. »Es ist möglich, dass jemand Rianna mitgenommen hat.«

»O Gott«, sagte Lydia leise.

»Du meinst ... jemand Böses?« Ellas Blick war immer noch fest.

»Ich hoffe nicht.«

Einen kurzen Moment schien Ella den Tränen nahe zu sein, aber dann gewann sie den Kampf. »Dann suchen wir Rianna.«

»Wir sind …« Mir blieben plötzlich die Worte im Hals stecken, doch ich schluckte und sprach weiter – wenn meine neunjährige Tochter das konnte, konnte ich es auch. »Wir machen ein paar Anrufe und überprüfen einige Dinge.«

»Ich bleibe bei Ella«, sagte Lydia mit kalkweißem Gesicht.

Ich nickte. »Danke.«

»Mach schon, Daddy«, sagte Ella.

Ich drehte mich um und rannte zu Carlins Büro.

Zu Agent Klines Ehren muss gesagt werden, dass er mich zurückrief, noch bevor die Polizei von New Haven im High Fliers Club eintraf.

»Hat Rianna ein Geschenk bekommen?«

»Natürlich nicht, sonst hätte ich Sie angerufen.« Für eine Sekunde keimte bei diesem Gedanken Hoffnung in mir auf, dann zerbrach sie sofort wieder. Selbst wenn es ein Zufall sein sollte, wenn es irgendein *anderes* Ungeheuer sein sollte, hieß das nicht, dass es nicht ebenso schlimm enden konnte.

Oder noch schlimmer.

Die Polizei kam, dann zwei FBI-Agenten. Die Sportler, die noch hier waren, wurden befragt und nach Hause geschickt, die Türen verschlossen. Man fand Alex Vecchio in einer Pizzeria in North Haven und holte ihn zurück, damit er seine Version der Ereignisse erzählen konnte; dann durfte er wieder gehen. Vecchio hatte den Taxifahrer nicht gesehen, aber Marsha Carlin schon.

Sie war völlig mit den Nerven runter. »Ich hätte sie niemals mit ihm gehen lassen dürfen! Wie konnte ich nur so dumm sein!« Sie weinte, ihre Augen waren rot, die Lider geschwollen.

»Jammern hilft uns nicht weiter«, wies Sergeant Jim Connolly, ein großer, stämmiger Polizeibeamter, sie grob zurecht. »Was wir von Ihnen brauchen, ist eine Beschreibung.«

Ich war ebenfalls in Carlins Büro und lief während des ganzen Gesprächs rastlos auf und ab. In einem so kleinen Raum wie diesem musste mein nervöses Hin und Her die anderen wahnsinnig machen, aber niemand sagte etwas. Ich hätte wahrscheinlich auch schreien oder ein Feuerwerk abbrennen können, ohne dass jemand ein Wort dagegen gesagt hätte. Seit Carlin mir gestanden hatte, dass sie Rianna mit einem Fremden im Taxi hatte wegfahren lassen, hatte sie mich kaum mehr anzuschauen können. Ich verspürte Mitgefühl, war aber zu wütend und verzweifelt, als dass ich ihr etwas Tröstliches hätte sagen können.

»Ich sagte Ihnen doch, dass ich den Mann kaum angesehen habe.«

»Aber Sie waren doch draußen und haben mit ihm gesprochen«, sagte Connolly.

»Um sicherzugehen, dass er wusste, wohin er fahren muss, und um nachzusehen, ob sein Taxischein noch gültig war.«

Das hatte ich sie mindestens schon dreimal sagen hören, aber ich schwieg.

»Deshalb habe ich ihn nicht richtig angesehen.«

»Aber Sie *haben* ihn gesehen«, sagte Connolly geduldig.

»Ja, aber ...« Carlin senkte den Kopf. »Ich frage mich die ganze Zeit, ob ich etwas gesehen habe, das uns weiterhilft ... irgendetwas Ungewöhnliches an dem Mann ... aber so war es nicht. Er war bloß ein Mann mit einer Baseballkappe, wie ich schon sagte, eine Ravens-Kappe, da bin ich ganz sicher, mit dem neuen Logo.«

»Seine Augen haben Sie nicht gesehen?«, fragte Connolly.

Carlin schüttelte den Kopf. »Er trug eine Sonnenbrille, das sagte ich doch schon.«

»Was für eine?« Ich blieb eine Sekunde lang stehen. Ich

wusste, dass ich das Fragen eigentlich dem Polizisten überlassen sollte und dass ich hier nur geduldet wurde, weil ich selbst mal Polizist gewesen war, aber ich konnte einfach nicht ruhig bleiben. »Was für eine Sonnenbrille, Marsha? Eine Designerbrille? Welche Farbe hatten die Gläser?«

»Dunkel«, sagte sie hilflos. »Eine ganz normale Sonnenbrille, soweit ich sehen konnte.« Sie blickte mich an, und ich habe selten jemanden so todunglücklich gesehen. »Jake, ich habe seine Sonnenbrille nicht angesehen, und ich habe *ihn* nicht angesehen ... nicht so, wie ich es getan hätte, wenn ich gewusst hätte, dass ich ihn beschreiben muss.«

»Was ist mit seinem Hemd?« Ich konnte nicht anders. »Seine Uhr? Trug er eine Uhr? Wie sahen seine Hände aus? Waren sie groß? Klein? Braun? Blass? Trug er einen Ring? Trug er Handschuhe? Was für eine Stimme hatte er? Sie haben mit ihm gesprochen. Sie müssen doch seine Stimme gehört haben!«

»Professor«, sagte Connolly leise, »ich glaube, es läuft hier besser, wenn Sie draußen warten. Sehen Sie nach Riannas Schwester.«

»Wie soll es hier denn besser laufen, verdammt?«

»Vielleicht erinnert Mrs Carlin sich an ein paar Details, wenn wir uns ein bisschen entspannen.«

»Warum lassen wir sie nicht darüber schlafen?« Ich wusste, ich benahm mich wie ein Blödmann, aber ich konnte nicht anders. »Connolly, mit jeder Minute, die verstreicht, ist meine Tochter vielleicht schon weiter weg.«

»O Gott.« Carlin begrub das Gesicht in beiden Händen.

»Professor ...« Connollys Blick sagte mir, dass ich ihn seine Arbeit machen lassen sollte.

»Okay.« Mein Herz raste. »Entschuldigung.«

»Eine Phantombildzeichnerin ist auf dem Weg hierher«, sagte Connolly. »Die Beste ihres Fachs. Sie weiß genau, wie sie den Leuten die kleinsten Details entlocken kann.«

»Gut«, sagte ich, öffnete die Tür und verließ das Zimmer.

Die zeichnerische Umsetzung einer Ravens-Kappe mit

dem neuen Logo und einer unauffälligen Sonnenbrille. Was für eine große Hilfe.

Lydia und Ella saßen auf einer Bank in der Nähe des Getränkeautomaten. Lydia hielt einen Becher Kaffee mit beiden Händen. Sie hatte kaum etwas getrunken. Zwischen Ellas Füßen stand eine Dose Coke auf dem Boden.

Lydia stand auf, als sie mich sah. »Und?«, fragte sie leise.

»Nichts.« Ich setzte mich auf Ellas andere Seite. »Wie geht es dir?«

»Wissen sie jetzt, wer Rianna mitgenommen hat?«, fragte Ella.

»Wir wissen bis jetzt noch gar nicht, *ob* jemand sie mitgenommen hat, Süße. Es ist vielleicht nur ein Missverständnis.«

»Glaubst du?« Sie sah mich erwartungsvoll an, senkte den Blick dann aber wieder.

»Möchtest du, dass ich Ella nach Hause bringe?«, erbot sich Lydia. »Und dort mit ihr warte?«

Ich war unschlüssig. Auf der einen Seite wollte ich mein kleines Mädchen von hier weghaben; auf der anderen Seite wollte ich sie ganz in meiner Nähe wissen, wo ich sie sehen konnte.

»Ich will hier bleiben, Daddy«, sagte Ella.

»Okay, Baby.« Ich sah Lydia an. »Aber du solltest gehen. Für dich ist das hier nichts.«

»Ich bleibe«, erklärte Lydia.

»Ich kann ein Taxi anrufen, das dich zum Bahnhof bringt.«

»Jake, ich will nicht gehen«, sagte sie. »Es sei denn, du willst es.«

»Es ist deine Entscheidung«, sagte ich.

Keine dreißig Minuten später erreichte uns die Information, dass einige Stunden zuvor ein Taxi vom Parkplatz einer Imbissstube gestohlen worden war. Der Fahrer hatte im voll besetzten Restaurant gesessen, und auch der

Parkplatz war voll gewesen. Es gab keine Zeugen – nur die ständig wachsende Wahrscheinlichkeit, dass Rianna in sehr, sehr ernsten Schwierigkeiten steckte.

Connolly riet mir, Ella nach Hause zu bringen und dort zu warten. Ich sagte ihm, dass ich nirgendwo hingehen würde, wenn er mir nicht beim Leben seiner drei Kinder schwor, mich weiterhin über alles zu informieren, über jeden noch so winzigen Fortschritt, und mich nicht in einem Vakuum sitzen zu lassen. Er gab mir sein Wort, und ich glaubte ihm.

Wir stiegen gerade in den Cherokee, als ich sah, dass Marsha Carlin Probleme hatte, ihren Renault anzulassen. Mein erster Impuls war, sie schmoren zu lassen, doch dann bat ich Lydia und Ella zu warten und ging nachsehen, ob ich helfen konnte.

»Ich habe keine Ahnung, was los ist«, sagte sie unglücklich.

»Kommt das öfter vor?«

»Ist das erste Mal.«

»Soll ich mal nachsehen?«

»Ist schon in Ordnung, ich komme zurecht.«

»Machen Sie die Motorhaube auf, Marsha.« Ich hatte langsam das Gefühl, dass ich zu hart zu ihr gewesen war. Schließlich wusste ich, wie sehr sie an Rianna und den anderen jungen Turnerinnen hing.

Carlin griff nach dem Hebel und öffnete die Motorhaube.

Man musste kein Fachmann sein, um zu erkennen, dass eine beträchtliche Anzahl von Motorteilen – Riemen, Rohre, Drähte, Schrauben – sich nicht an dem Platz befanden, wo sie hätten sein sollen. Was wahrscheinlich bedeutete, dass Riannas Entführer damit gerechnet hatte, dass Carlin Rianna ins Krankenhaus fahren wollte, statt sie ins Taxi zu setzen.

Wir gingen noch einmal hinein, und wenige Minuten später hatte ich wieder Roger Kline am Apparat. »Das ist kein Zufall«, sagte ich zu ihm.

»Das ist in der Tat sehr unwahrscheinlich.« Kline hielt

inne. »Ist jemand bei Ihnen zu Hause, der uns sagen kann, ob ein Päckchen angekommen ist, seit Sie heute das Haus verlassen haben?«

»Nein, niemand.« Mein Magen fühlte sich an wie ein U-Boot auf Tauchgang.

»Ich glaube, Sie sollten nach Hause fahren, Professor.«

»Bin schon unterwegs«, sagte ich.

Kein Päckchen. Kein Brief. Keine Nachricht.

Connolly rief knapp eine Stunde nach unserer Rückkehr an.

»Das Taxi wurde nördlich von Hamden gefunden, im Verladebereich einer Fabrik, die übers Wochenende geschlossen war. Seit Freitagnachmittag war dort keiner mehr. Der Wagen wird gerade auseinander genommen und nach Hinweisen untersucht.«

»Wie lange wird das dauern?«

»Unsere Leute sind schon bei der Arbeit«, sagte Connolly. »Und das Taxi hat oberste Priorität. Ich weiß nicht, wie lange es dauert, aber wenn da etwas ist, werden sie es finden.«

»Wenn es dir nichts ausmacht, Jake«, sagte Lydia einige Zeit später, »würde ich gern hier bleiben.«

»Wie du willst«, sagte ich, ohne sie richtig anzusehen. Wir waren uns wohl beide bewusst, dass ich ihr seit jenem ersten Augenblick vor der Turnhalle nicht richtig in die Augen gesehen hatte.

Eine schreckliche Stille lastete auf der Wohnung, wie ein unsichtbarer Nebel, der uns niederdrückte. Ella war viel zu brav – ganz und gar nicht sie selbst. Oft hatte ich mir eine artigere Ella gewünscht hatte, doch jetzt sehnte ich mich geradezu nach einem ihrer Wutanfälle – irgendetwas, das mir helfen würde, so zu tun, als wäre alles normal.

Normal. Du lieber Himmel.

Lydia erbot sich, Sandwiches zu machen, und ich war einverstanden, da ich wusste, dass sie sich irgendwie beschäftigen musste. Ich aß nichts, und sie auch nicht. Ella nahm einen oder zwei Bissen, bevor sie es aufgab. Sie sah sehr blass aus.

»Vielleicht solltest du ins Bett gehen, mein Schatz.«

»Okay«, sagte sie leise.

»Ich komme gleich und deck dich zu.«

»Ist schon in Ordnung«, sagte sie.

Es dauerte keine zehn Minuten, bis sie in ihrem Nachthemd mit Teddybären-Aufdruck wieder in der Küche stand, wo Lydia und ich immer noch saßen und schwiegen. Ella sah plötzlich jünger aus als ihre neun Jahre und unglaublich zerbrechlich. Als ich sie sah, drehte ich mich im Stuhl um und streckte die Arme nach ihr aus. Sie warf sich hinein, und ich drückte sie an mich, nicht zu fest, nur nahe genug, um ihre Wärme zu spüren und ihr Haar zu riechen.

Rianna, wo bist du?

Wir blieben die ganze Nacht auf. Irgendwann zogen wir ins Wohnzimmer um. Ella und ich kuschelten uns auf die Couch, bis die Kleine schläfrig genug war, dass ich aufstehen und umherlaufen konnte, ohne sie zu stören. Ich merkte, dass Lydia sich isoliert fühlte; sie saß nur ein paar Schritte von uns entfernt, war aber trotzdem allein in einem rasch anwachsenden Meer aus Selbstvorwürfen. Ich hatte das Thema nicht angesprochen und sie ebenso wenig, aber es hing in der Luft, in diesem Nebel zwischen uns.

Hätte ich wegen Lydia nicht die Stadt verlassen müssen, wäre das hier vielleicht nicht passiert.

Das war natürlich nicht ganz richtig. Rianna wäre an diesem Nachmittag trotzdem in den High Fliers Club gegangen. Der Entführer hätte also nur eine andere Möglichkeit finden müssen, um sie herauszulocken – falls der Fahrer tatsächlich der Entführer war und nicht nur jemand, den der wahre Täter beauftragt hatte. Vielleicht gab es auch mehr als nur einen Entführer. Vielleicht hatten wir es nicht nur mit einem einzigen niederträchtigen Dreckskerl zu tun, sondern mit einer ganzen Bande ...

In der Zwischenzeit gab Lydia sich die Schuld, und wenn ich ehrlich bin – ich glaube, das tat ich auch.

Das Telefon klingelte um 7.02 Uhr.

Wieder Connolly.

»Sie haben ein Haar gefunden. Nichts weiter. Nur ein Haar.«

Mir wurde mit einem Schlag so schwindelig, dass ich beinahe den Hörer fallen ließ.

»Riannas Haar ist lang und dunkel, nicht wahr, Professor?«

»Ja.«

»Ich schick jemanden bei Ihnen vorbei, um eine Probe zu holen. Vielleicht aus der Haarbürste, okay?«

»Okay«, sagte ich und schluckte schwer. »Sonst war da gar nichts?«

»Das Auto wurde gesäubert«, erklärte Connolly. »Der Mann wusste, was er tat.«

»Also hat er das Haar vielleicht mit Absicht dort zurückgelassen?«

»Vielleicht.«

Die Türklingel summte, während ich für Ella Cornflakes in eine Schüssel gab. Lydia hatte sich erboten, Frühstück zu machen, aber das wollte ich selbst tun – und Gott weiß, dass Lydia mein Bedürfnis, mich zu beschäftigen, besser verstand als jeder andere.

Ich drückte den Türöffner für den Polizisten und ging wieder in die Küche, um Riannas Haarbürste vom Tisch zu nehmen – sie lag in einem versiegelten Gefrierbeutel bereit –, bevor ich wieder hinausging, um dem Mann die Wohnungstür zu öffnen. Er war in Zivil. Der Ausweis in seiner rechten Hand identifizierte ihn als Detective Mark Olivier. In der Linken trug er eine Aktentasche.

Er blickte nach unten.

Auf einen braunen Polsterumschlag, der auf unserem Fußabtreter lag.

Wir sahen uns an. Olivier war ein junger Schwarzer. Er trug eine Brille und einen leichten Regenmantel, der feucht zu sein schien. Ich hatte gar nicht bemerkt, dass es regnete; ich war nicht einmal sicher, ob ich bemerkt hätte, wenn ein Hurrikan übers Haus hinweggefegt wäre.

»Das ist an Sie adressiert, Sir«, sagte Olivier.

Seinem Tonfall und seinem Blick auf das Päckchen war deutlich anzumerken, dass er über die Hintergründe von Riannas Verschwinden Bescheid wusste.

Wir bückten uns beide. Es gab weder Stempel noch Briefmarke, und der weiße Adressaufkleber war getippt:

PROFESSOR JAKOB WOODS

An mich gerichtet, nicht an Rianna.

»Soll ich es aufheben, Sir?«, fragte Detective Olivier.

Ich nickte.

Er fasste es vorsichtig an einer Ecke an, als könnte es sich um eine Bombe handeln, dann richtete er sich auf und trug es in die Küche. Er nickte Lydia und Ella zu, die beide schwiegen, und legte den Umschlag in sicherer Entfernung von Kaffeetassen und Milchkännchen auf den Tisch.

»Sieht es aus wie Robbies?«, fragte ich Lydia leise.

Ihr Gesicht war aschgrau. »Das weiß ich erst, wenn ihr es öffnet. Vergiss nicht, dass ich den Umschlag schon weggeworfen hatte, als ich erfuhr, was darin war. Ich habe ihn nie richtig angesehen.«

»Was ist das, Daddy?« Ella sah aus, als würde sie jeden Moment in Tränen ausbrechen.

»Vielleicht ist es gar nichts«, sagte ich.

»Wollen wir nicht lieber ins Wohnzimmer gehen, Ella?«, fragte Lydia leise.

Ella folgte ihr brav wie ein Lamm. Vielleicht war sie zu müde, um zu protestieren; vielleicht wollte sie einfach nicht wissen, was in dem Umschlag war.

Olivier öffnete seinen Koffer und holte ein Paar dünne Gummihandschuhe heraus.

Die Haarbürste fiel mir wieder ein.

»Soll ich das in ihren Aktenkoffer legen, bevor wir es vergessen?«

»Danke, Sir«, sagte er.

Ich legte die Bürste vorsichtig in den Koffer, neben eine kleine Mappe mit Reißverschluss.

Olivier nahm den Umschlag und betrachtete ihn, um zu sehen, wie er am besten zu öffnen war: Er war am oberen Ende einfach zusammengefaltet und mit Tesaband zugeklebt, das sich leicht abziehen ließ.

»Nicht ...«, begann ich. Dann sah ich, dass er das Klebeband bereits in eine kleine Tüte steckte und in seinen Koffer legte. »Okay«, sagte ich. »Danke.«

»Gern geschehen, Sir«, sagte Olivier.

Es *war* dasselbe Päckchen. In dem Umschlag steckte das Spiel, die gleiche Deluxe-Version von *Limbo*, die auch Robbie, Michael und die anderen bekommen hatten.

Das Schreiben jedoch lautete völlig anders.

Ihrem ganz besonderen Mädchen wurde eine ganz besondere Chance gewährt.

Halten Sie sich aus der Sache raus, und Sie werden die Kleine vielleicht wiedersehen. Versuchen Sie, sich nicht allzu viele Sorgen zu machen, sie ist in guten Händen, ja, sie wird sogar verehrt. Weil sie die Richtige, die Wahre ist. Endlich.

Ich danke Ihnen für dieses große Geschenk, Professor, und überreiche Ihnen im Gegenzug dies hier.

Damit Sie zumindest versuchen können, ein wenig besser zu verstehen.

58.

Rianna erwachte an einem fremden Ort und mit unerträglichen Kopfschmerzen, den schlimmsten, die sie je gehabt hatte.

Irgendetwas war in ihrem Gesicht, bedeckte ihre Augen, etwas Schweres, das nach Leder roch. Ihr wurde übel davon.

Sie hob die Hände, um es herunterzuziehen, aber auch auf ihren Händen war irgendetwas. Etwas Dickes, wie die Skihandschuhe, die sie getragen hatte, als sie alle nach Vermont gefahren waren, vor Jahren, als ihre Mutter noch lebte – nur dass diese Dinger hier viel schwerer waren als die Handschuhe, dicker, plumper.

»Daddy?«, sagte sie leise.

Das Ding auf ihren Augen ließ das Licht in dem Raum blau aussehen, ein merkwürdiges, unnatürliches Blau. Das Bett – der Boden? –, auf dem sie lag, war hart und kalt.

Wo bin ich?

Sie erinnerte sich an den Taxifahrer.

Sie erinnerte sich, wie sie im Club erfahren hatte, dass ihr Vater und Ella einen Autounfall gehabt hatten.

Sie dachte an Mrs Johanssens Sohn.

Und mit sofortiger, eiskalter, unerträglicher Gewissheit, ohne auch nur den Hauch eines Zweifels, wusste Rianna, dass das, was mit Robbie und Mikey passiert war, nun auch mit ihr geschah.

Sie schrie und schrie.

59.

Die halbe LIMBO-Sonderkommission schien in unsere Wohnung einzufallen. Ich hätte nie gedacht, dass es mich einmal so glücklich machen würde, eine Horde resoluter, grimmig dreinschauender Fremder bei mir zu Hause zu begrüßen.

»Wer sind die Leute, Daddy?« Ella blickte ein wenig ängstlich drein.

»Sie arbeiten daran, dass Rianna wieder zu uns kommt, Liebling.«

»Was tun sie dann hier? Warum sind sie nicht unterwegs und suchen nach ihr?«

»Das tun andere«, erklärte ich ihr und hoffte, damit Recht zu haben. »Diese Leute sind hier, um so viel über Rianna herauszubekommen, wie sie können – alles, was helfen könnte, sie zu finden. Deshalb müssen wir die Leute unterstützen, okay?«

»Soll ich sie fragen, ob sie etwas trinken wollen?«

»Das ist eine tolle Idee, Süße.«

Der Umschlag, das Schreiben und das Spiel waren bereits weggebracht worden, entweder ins Hauptquartier des FBI in Washington oder ins nächstgelegene Labor, das in der Lage war, eine schnelle und umfassende Analyse zu erstellen. Mir war jedoch klar, dass es für jemanden, der imstande war, ein Auto perfekt zu säubern und nur ein einziges Haar zurückzulassen – mit ziemlicher Sicherheit, um falsche Hoffnungen zu wecken, uns zu verspotten oder zu verwirren –, dass es für so jemanden kein Problem darstellte, ein Päckchen zu verschicken, ohne aufschlussreiche Hinweise zu hinterlassen; vielleicht hatte er sogar eine falsche Fährte gelegt.

Kline selbst war nicht da, aber ich hatte mit einem Agenten namens Phil Rubik gesprochen, einem Mann mittleren Alters mit Bürstenschnitt, gedrungenem Hals und offensichtlicher Entschlossenheit.

Ich hatte vorher schon geglaubt, Lydias Gefühle verstehen zu können, aber jetzt begriff ich, dass ich nicht einmal nahe dran gewesen war. Ich wusste, dass ich eigentlich zu ihr gehen, mich kurz neben sie setzen und ihr das sagen sollte, aber ich tat es nicht. Gott weiß, wie sehr ich mich seit dieser Nacht in New York danach gesehnt hatte, mit ihr zusammen zu sein – und jetzt war sie hier bei mir, in der schlimmsten aller Zeiten, und ich tat ziemlich genau das Gleiche, was sie mit mir getan hatte: Ich hielt sie auf Distanz.

»Eins ist jetzt klar«, sagte ich später zu Rubik.

»Was denn, Professor?«

Früher hatte es mir gefallen, wenn ich so genannt wurde. Nicht, weil ich das Prestige wollte oder brauchte – ich fand, es klang einfach nett, und abgesehen davon fand ich wohl auch, dass ich es verdient hätte. Aber seit einigen Wochen – besonders in den Gesprächen mit Kline – hatte ich das Gefühl, dass man meinen Titel herablassend benutzte. Bei Kline, ebenso bei Rubik, klang »Professor« wie der Ego-Trip eines gescheiterten Ermittlers, der sich zwangsweise damit begnügte, zu unterrichten.

Nicht dass es mich groß kümmerte, was sie dachten, solange sie Rianna fanden.

Und sie gesund nach Hause brachten.

»Was ist jetzt klar, Professor?«, fragte Rubik noch einmal.

»Riannas Entführung zeigt, dass der ganze Fall in irgendeiner Form mit Eryx zusammenhängt.« Ich beobachtete sein Gesicht, das bewusst ausdruckslos blieb. »Er hat geschrieben: *Halten Sie sich aus der Sache raus*. Das würde er doch nicht schreiben, wenn er nicht sauer wäre, weil ich das bereits getan habe, oder?«

»Ich glaube nicht, dass das die Schlussfolgerung ist«, antwortete Rubik in gemessenem Tonfall, wie eine Krankenschwester, die mit einem potenziell hysterischen Patienten spricht. »Niemand sagt, dass die Entführung Ihrer Tochter ein Zufall ist, Professor ...«

»Würden Sie mir einen Gefallen tun?«, unterbrach ich ihn.

»Wenn ich kann.«

»Mein Name ist Jake. Sie brauchen mich nicht mit meinem Titel anzusprechen.«

»Wenn Ihnen das lieber ist«, sagte Rubik.

»Ja«, sagte ich und kam wieder aufs Thema zurück. »Es wäre selbst für ein fünfjähriges Kind offensichtlich, dass diese Sache kein Zufall sein kann, Agent Rubik. Ich spreche von dem Schreiben dieses Perversen an mich.«

»Das Schreiben deutet klar darauf hin, dass der Entführer Ihrer Tochter von Ihrer Freundschaft sowohl zu den Coopers als auch zu Mrs Johanssen weiß.«

Der Mann sprach, als hätte er seinen Kopf im Arsch.

»Die Coopers und Mrs Johanssen«, es kostete mich alle Mühe, ihn nicht anzubrüllen, »sind mit vielen Leuten befreundet, aber *deren* Kinder wurden nicht gekidnappt – zum Glück für sie –, denn *sie* haben nicht zu viele Fragen über Eryx gestellt.«

Rubik mochte mich nicht. Ich sah es daran, wie er seine ohnehin schmalen Augen noch mehr zusammenkniff und wie sein fetter Hals rot anlief. Aus seiner Sicht hatte ich ihm vermutlich auch nicht viel Grund gegeben, mich zu mögen.

Aber es war mir völlig egal, ob er mich mochte.

»Offensichtlich ist die Verbindung durch das Spiel nach wie vor aktuell«, sagte Rubik.

»Offensichtlich«, wiederholte ich.

»Und aus diesem Grund gehen wir dem auch weiter nach, Jake.«

Jetzt hasste ich es auch, wenn er mich so nannte.

Rubik streckte seine pummelige rechte Hand aus und

berührte meinen Unterarm – das sollte wohl eine tröstende Geste sein. »Vertrauen Sie mir, Jake«, sagte er. »Und vertrauen Sie darauf, dass wir wissen, was wir tun.«

Ich weiß nicht wie, aber ich schaffte es, ihn nicht zu schlagen.

Bis zu einem gewissen Punkt vertraute ich ihnen wirklich. Soweit die kleinen Einblicke, die mir gestattet waren, eine Beurteilung zuließen, schienen die Beamten schnelle und gut organisierte Ermittlungen vorzunehmen. Ständig würden mögliche Zeugen befragt, teilte mir – leise und wahrscheinlich inoffiziell – Sergeant Connolly mit, der nun immer mehr von der Bildfläche verschwand, da das FBI die Zügel in die Hand nahm.

Alle anderen Bewohner unseres Hauses waren gefragt worden, ob sie die Person gesehen hatten, die hereingekommen war und das Päckchen auf unsere Türschwelle gelegt hatte. Doch niemand wusste etwas, niemand hatte etwas gesehen. Leider galt das auch für alle Nachbarn rund um den Wooster Square.

Auch alle, die in der Nachbarschaft des High Fliers Club lebten oder arbeiteten, waren vernommen worden. Nichts. Niemand.

Der Mann aus West Haven, dem man das Taxi gestohlen hatte, wurde immer noch verhört, obwohl niemand davon ausging, dass er in irgendeiner Form beteiligt war. Auch er hatte nichts und niemanden gesehen – was für eine Riesenüberraschung. Die Mitarbeiter des Burgerladens konnten ebenfalls keine nützliche Aussage machen, und es hatte sich als ziemlich schwierig erwiesen, alle Kunden ausfindig zu machen, die zu dem Zeitpunkt, als das Taxi gestohlen worden war, dort gegessen hatten. Die Reinigung links neben dem Restaurant war geschlossen gewesen, das Geschäft rechts davon stand seit zwei Monaten leer. Falls die Leute, die über diesen Läden wohnten, irgendetwas gesehen hatten, erzählten sie es nicht.

»Sie verschwenden Ihre Zeit.« Nachdem ich den Negativ-Nachrichten des wohlmeinenden Connolly zwanzig Minuten lang zugehört hatte, verlor ich die Geduld.

»Niemand verschwendet seine Zeit, Professor«, sagte er leise.

»Warum reden die Leute immer noch mit dem Taxifahrer? Glauben sie, jemand hat ihn bezahlt, damit er sich das Auto klauen lässt?«

Connolly schüttelte den Kopf. »Wir gehen davon aus, dass der Mann koscher ist. Er ist stinksauer, dass er nicht fahren darf, und will wissen, ob das FBI seinen Verdienstausfall zahlt.«

»Warum machen Sie dann nicht woanders weiter?«

Wir standen in unserem kleinen Flur, denn die Ermittler hatten Wohnzimmer und Küche in Beschlag genommen, und ohne einen guten Grund ließ ich niemanden in die Schlafzimmer.

»Vielleicht denken sie, er könnte unbewusst etwas wahrgenommen haben«, erklang Lydias Stimme.

Ich drehte mich um, ich hatte sie nicht in den Flur kommen hören.

»Aus dem gleichen Grund versuchte die New Yorker Polizei, Leute zu finden, die am Abend, an dem Robbie verschwand, im Restaurant waren. Sie sagten, ein potenzieller Zeuge sei besser als gar kein Zeuge, und dass eins zum anderen führen könne.«

»Du weißt wohl ganz genau Bescheid, was?« Mir war bewusst, wie aggressiv ich klang. »Nun, *das hier ist* passiert, weil ich die Stadt verlassen musste, nachdem du dich in Schwierigkeiten gebracht hattest. Dabei hätte ich hier sein und mich um meine Tochter kümmern müssen.«

Lydias Gesicht war wieder aschfahl geworden. »Wahrscheinlich hast du Recht.«

Ich schwieg. Aus dem linken Augenwinkel sah ich Connolly in Richtung Küche davongehen; er wollte uns allein lassen.

»Ich weiß, dass es dir oder Rianna kein bisschen hilft, wenn ich sage, wie schlecht ich mich deswegen fühle«, sagte Lydia. »Darf ich dein Telefon benutzen? Dann bestell ich mir ein Taxi zum Bahnhof, und du bist mich los.«

»Ich hab's nicht so gemeint«, sagte ich.

»Natürlich hast du es so gemeint, Jake. Warum auch nicht?« Sie sprach leise, aber entschlossen, als habe sie in den letzten paar Stunden über nichts anderes nachgedacht. »Aber wenn wir ganz ehrlich sind, liegt meine Schuld etwas weiter zurück als gestern. Wir wissen doch beide, dass es nur so weit gekommen ist, weil du mir wegen Robbie geholfen hast.«

»Ich habe dich angerufen«, erinnerte ich sie und dachte gleichzeitig, dass es nichts schaden könne, mir das ins Bewusstsein zu rufen, bevor ich das nächste Mal auf die falsche Person losging. »Ich *wollte* dir helfen.«

»Weil du ein netter Mensch bist.« Lydia war immer noch sehr blass. »Ich sollte sowieso nach Hause fahren.« Sie berührte meine rechte Hand, zaghaft, als fürchte sie, ich könne sie wegschlagen. »Ich hörte einen der Männer sagen, dass sie bald gehen, und ich glaube, du brauchst ein bisschen Zeit, die du mit Ella allein verbringst.« Sie schwieg kurz, während sie mein Gesicht musterte. »Wann immer du reden willst, Jake, ob Tag oder Nacht – ruf mich an.«

»Danke.« Ich hätte sie beinahe gebeten zu bleiben, aber ich war nicht sicher ... ich war mir über gar nichts sicher, ich wollte mich nur noch auf den Boden legen und alles über mich hinwegrollen lassen wie eine tosende Woge.

»Ich komme auch jederzeit wieder her, wenn du möchtest«, sagte Lydia.

Ich nickte. Zu mehr war ich in diesem Moment nicht fähig.

Rubik kam aus dem Wohnzimmer. »Wir werden jeden Augenblick verschwinden, Jake. Also, wenn Sie noch Fragen haben ...?«

Lydia ließ meine Hand los. Als ich ihre Berührung verloren hatte, fühlte ich mich noch kälter, noch verlorener als zuvor.

»Ich ruf das Taxi«, sagte sie und ging in die Küche.

»Nette Frau«, sagte Rubik. »Was für eine Schande mit ihrem Sohn.«

Wieder verspürte ich das irrationale Verlangen, dem Mann eine runterzuhauen; stattdessen wandte ich mich ihm zu und brachte sogar eine Art Lächeln zustande.

Und ließ die Wogen weiter über mich hinwegtosen.

60.

»Hör auf zu schreien.«

Eine Männerstimme, laut und durchdringend.

»Hör auf zu schreien, Dakota.«

Riannas behandschuhte Hände fuhren an ihre Ohren, doch sie konnte sie nicht berühren, weil sie von diesem Ding bedeckt waren.

Aber sie hörte auf zu schreien.

»So ist es besser«, sagte die Stimme. »Es ist alles in Ordnung. Dir passiert nichts. Es gibt keinen Grund, in Panik zu verfallen und so ein Theater zu machen.«

Theater. O Gott, was geschah hier?

»Würdest du gern sehen, wo du bist?«

Ich weiß nicht.

»Ja.«

»Braves Mädchen.«

Im ersten Moment glaubte sie, die Stimme zu erkennen, aber sie war zu stark verfremdet. Der Taxifahrer? Nein. *Oder doch?* Sie wusste es nicht.

Dakota? Hatte er sie so genannt?

Das Licht ging aus. Jetzt saß sie in völliger Finsternis.

Panik überfiel sie. Sie konnte nicht mehr schreien, nicht mehr weinen, brachte nur noch ein verängstigtes Wimmern zustande.

O Gott.

Da war etwas ... Die Dunkelheit war doch nicht völlig undurchdringlich, oder vielleicht gewöhnten ihre Augen sich allmählich daran. Umrisse ...

»Sieh genauer hin«, befahl die Stimme.

Rianna hörte jetzt nicht nur die Stimme, sondern noch etwas anderes.

Tropfen?

Noch etwas anderes ...

Eine andere Stimme.

»Verdammt«, sagte die zweite Stimme leise.

Dann sah sie ihn.

Er saß auf einer Bank in einem kleinen Raum mit niedriger Decke, beleuchtet von einer schwachen, vergitterten Glühbirne, die hoch an einer Wand hing; auf dem Boden stand irgendein merkwürdiger Apparat.

Er war jung. Vielleicht in ihrem Alter. Ein hübscher Kerl, wenn er nicht so verängstigt, abgezehrt und müde ausgesehen hätte.

Rianna wusste, wer er war.

»Erkennst du ihn?«, fragte die Stimme.

»Robbie«, sagte sie.

»Falsch«, sagte die Stimme.

»Das ist Robbie Johanssen.« Rianna kannte ihn von den Fotos. Und fast in dem Moment, als sie aufgewacht war, hatte sie gewusst, dass sie sich wahrscheinlich am gleichen Ort befand wie Lydias Sohn. Also brauchte ihr dieser verfluchte Kidnapper nicht zu sagen, dass sie sich irrte.

»Robbie!«, rief sie ihm zu.

»Er kann dich jetzt nicht hören. Und du liegst falsch, was seinen Namen betrifft.«

Sie lag *nicht* falsch.

»Weißt du denn nicht, wer er ist?«, fragte er sie. »Weißt du es wirklich nicht, Dakota?«

Dakota. Schon wieder.

Dann dämmerte es ihr.

Und mit dem Verstehen kam die schlimmste, quälendste, schrecklichste Angst, die Rianna je verspürt hatte.

Die Stimme sprach es für sie aus.

»Das ist Steel«, sagte er. »Dein Steel.«

Robbie war es leid, in der Dunkelheit zu kauern, also setzte er das Headset wieder auf und zog die Handschuhe an.

Er wusste nicht, warum *er* darauf bestand, dass er die verdammten Handschuhe anzog, bevor er die ganze Apparatur einschaltete, denn wenn er nicht gerade eine Übung machte, waren die Handschuhe völlig unnötig. Aber das war nun mal eine der blödsinnigen Regeln hier unten, und manchmal war das besser, als untätig in der Dunkelheit zu sitzen. Robbie hoffte, seine Initiative würde nicht dazu führen, dass er eine Übung machen musste, denn dazu fühlte er sich nicht imstande – er wollte einfach nur irgendwo anders sitzen, an einem nicht so finsteren Ort, selbst wenn es ein verdammtes *Limbo*-Level war.

Er hatte sich angewöhnt, in den Kategorien verschiedener *Limbo*-Spielebenen zu denken. Das half ein bisschen. Es erinnerte ihn daran, wie es gewesen war, als er zum ersten Mal hier unten aufwachte und geglaubt hatte, er träume.

Er sah sie sofort. Sah ihr langes, dunkles Haar und freute sich. *Dakota ist wieder da.*

»Sieh genauer hin«, sagte *er.*

Das tat er. Sie sah besser aus, anders, obwohl es schwer zu beurteilen war, weil diese schrecklichen Dinger ihre Augen bedeckten. Abgesehen vom Headset sah sie fantastisch aus.

Umwerfend.

Und verängstigt.

Es war nicht sie.

»Das ist sie nicht«, sagte Robbie.

»Die hier ist besser«, sagte *er.*

Ein anderes Mädchen? Das bedeutete ... Er wollte nicht darüber nachdenken, was es bedeutete.

»Schon in Ordnung, Steel.« Die Stimme klang frohlockend. »Kein Grund, so ängstlich zu gucken. Das hier ist die richtige, einzig wahre *Dakota.*«

Robbie sah, dass das neue Mädchen jünger war als das letzte, und sie sah noch verletzlicher aus, und er hasste *ihn* mehr, als er je einen Menschen gehasst hatte.

»Schweinehund«, sagte er, und sein Hass war in diesem Moment stärker als seine Angst. »Du dreckiges Schwein.«

»Na, na, na«, tadelte die Stimme leicht erheitert. »Das ist doch keine Art, die junge Dame willkommen zu heißen. Ich habe sie für *dich* geholt, Steel. Nur für dich.« Er hielt inne. »Sag Guten Tag zu deiner Dakota.«

Robbie sagte nichts.

»Sag Hallo zu deiner Gefährtin, Steel.«

61.

Bei Eryx Software, in Kordas Büro, hielten die Firmenbesitzer eine späte Krisensitzung mit ihren Anwälten Alan Tillman und Nick Ford ab.

»Wir sollten etwas tun«, sagte Korda, zu dessen Füßen der Labrador lag.

»Und was?«, fragte Hawthorne.

»Ich weiß es nicht«, sagte Korda. »Es macht mir nur höllische Sorgen, dass es ausgerechnet *dieses* Mädchen war, das entführt wurde.« Mit finsterem Blick fügte er hinzu: »Ich schäme mich, so eigennützig zu denken, und es tut mir Leid für Woods, aber es ist nun einmal Fakt, dass das FBI sein Interesse in andere Richtungen gelenkt hätte, wäre das neue Opfer völlig fremd gewesen. Aber wie die Dinge jetzt liegen ...«

»Die Verkaufszahlen sind bereits gesunken«, sagte Fitzgerald. »Wenn sie weiterhin ihre Suchscheinwerfer auf uns richten, stehen wir bald vor einer ausgewachsenen Katastrophe.«

»Ich sehe nur nicht, wie wir das vermeiden können«, sagte Korda.

»Vielleicht«, schlug Hawthorne vor, »solltet ihr beide tun, was ich getan habe – sie in eure Häuser lassen und sie obendrein dazu ermutigen, die Firmenräume und Zeus-Gebäude zu durchsuchen.«

»Keine schlechte Idee«, sagte Ford. »Je eher sie nachsehen, desto eher verschwinden sie wieder.«

»Nicht unbedingt«, sagte Tillman. »Es könnte rechtliche Komplikationen geben.«

»Welche denn?«, sagte Hawthorne. »Wir spielen einfach mit, statt untätig am Rand des Spielfelds zu warten.

Das gefällt mir zwar nicht, aber ich sehe auch keine Komplikationen – nicht, wenn wir uns freiwillig dazu bereit erklären.« Er hielt inne. »Könnte sogar gute Werbung sein.«

»Nur über meine Leiche«, sagte Fitzgerald. »Niemand setzt einen Fuß über meine Schwelle. Nicht bei mir zu Hause.«

»Aber denk doch mal, wie erleichtert du sein wirst, wenn alles vorbei ist, Bill«, sagte Hawthorne.

»Wir sprechen hier nicht über eine Wurzelbehandlung«, fauchte Fitzgerald.

»Ich weiß, du legst großen Wert auf deine Privatsphäre«, beschwichtigte Korda. »Das tun wir alle. Vielleicht könntest *du* mal darüber nachdenken, Alan«, bat er den Anwalt. »Feststellen, ob der Schuss für uns nach hinten losgehen könnte ...«

»Mach ich«, sagte Tillman.

»Ich habe das mit der Werbung ernst gemeint«, sagte Hawthorne. »Wir könnten eine Pressekonferenz geben, die Eltern der vermissten Kinder und das FBI einladen und der Welt zeigen, dass wir nichts zu verbergen haben.«

»Ich weiß nicht«, meinte Tillman.

»Das wäre eine Möglichkeit«, sagte Korda.

»Nein«, sagte Fitzgerald rundweg. »Wenn du diese furchtbare Sache in eine Medienparty verwandelst, kannst du auf mich nicht zählen.«

»Hast du etwas zu verbergen, Bill?«, fragte Ford im Scherz.

»Das ist nicht witzig«, sagte Hawthorne.

»Sei kein Idiot«, sagte Korda.

Donald stand auf, reckte sich und schlurfte ans andere Ende des Zimmers.

»Es kümmert mich einen Dreck, was Nick oder sonst jemand denkt«, sagte Fitzgerald. »Es war schon schlimm genug, dass diese Johanssen bei meinem Haus herumgeschnüffelt hat – ohne Durchsuchungsbefehl lasse ich niemanden rein.«

Tillman sah Korda an, der sah Hawthorne an, und der zuckte mit den Achseln.

Donald gähnte.

62.

Die zweite Nacht ohne Rianna.

Ich hatte Ella überredet, ins Bett zu gehen – endlich.

Für mich gab es keinen Schlaf.

Ich hatte mit einigen Leuten telefoniert, auf einer zweiten Leitung, die das FBI für den normalen Gebrauch installiert hatte – nur für den Fall, dass der Entführer anrief. Ich wusste, dass sie nicht ernsthaft damit rechneten, aber sie wollten auf alles vorbereitet sein, und dafür war ich ihnen dankbar.

Ich rief die Coopers an, weil ich es für das Beste hielt, dass sie es von mir selbst erfuhren, und ich hörte den frisch aufgerissenen Schmerz in ihren Stimmen – Mitgefühl für Rianna und mich und Ella, aber am meisten für Mikey, der ihnen immer weiter entglitt. Ich hörte auch Schuldgefühle aus Frans halb geflüsterten Worten heraus, weil sie mich da hineingezogen hatten. So überzeugend ich konnte, erklärte ich ihr, dass eher mein Umgang mit den Johanssens dazu geführt hatte, dass es aber in Wirklichkeit niemandes Schuld war, außer der des Entführers. Ich wusste natürlich, dass Fran mir nicht glaubte – und auf irgendeine Weise hatte sie Recht damit.

Kim und Tom, von ihrem Ausflug zurückgekehrt, waren den ganzen Nachmittag und Abend bei uns gewesen – sie standen so sehr unter Schock, dass sie kaum sprechen konnten. Wie benommen erledigten sie verschiedene Dinge für Ella und mich. Beide wollten diese Nacht bei uns bleiben. Und Norman Baum, der es von einem seiner FBI-Bekannten wusste, hatte angerufen und angeboten, vorbeizukommen und mit mir Nachtwache zu halten.

Aber ich hatte zu allen Nein gesagt.

Ich wollte niemanden bei mir haben. Nur meine Töchter. Meine *beiden* Töchter.

Der Schmerz war buchstäblich unerträglich. Ich glaubte nicht, dass ich ihn überleben würde. Er war überall, in meinem Kopf, in meinem Herzen, in meinem Bauch; er verbrannte mich, durchbohrte mich, wucherte wie ein wütendes Krebsgeschwür, bis ich beinahe losbrüllte. Dann ließ er kurz ein wenig nach, um bald darauf wieder zuzuschlagen ...

Zum ersten Mal seit Simones Tod war ich froh, dass sie nicht hier war.

Irgendwann in dieser endlosen Nacht entwich ein Teil von mir für kurze Zeit aus unserer Wohnung, fort vom Wooster Square, hinaus aus New Haven und Connecticut – nach New York, nach Manhattan und in das beigefarbene Steingebäude auf der 73. West, hinauf in die Wohnung im 15. Stock und in das dunkle Schlafzimmer, wo Lydia und ich ...

Ich schob diese Gedanken fort. Weit weg, wohin sie gehörten.

Ich wollte allein sein mit den Gedanken an Rianna, mein verlorenes Kind, allein mit den Gedanken, die ich haben *musste*. Rianna, wo immer sie nun war, was immer sie gerade durchmachte, brauchte jetzt alle Kraft, die ich ihr geben konnte ... aber darüber wollte und konnte ich nicht nachdenken, sonst würde ich durchdrehen, das wusste ich, und das durfte nicht geschehen, das konnte ich weder ihr noch Ella antun.

Rianna ist stark, sagte ich mir, und das zumindest entsprach der Wahrheit.

Bitte, lass sie auch stark bleiben, betete ich. Und dann betete ich für alles Mögliche und gab die üblichen Versprechen, die Gott, falls Er zuhört, jeden Tag Millionen Mal hört, in jeder Sprache der Menschheit.

Lydia machte das schon viel länger durch. Genau wie Fran und Stu und die anderen Eltern, denen ich noch nie begegnet war, mit denen ich mich jetzt aber verbunden fühlte.

Meine Gedanken schweiften wieder nach New York City, schwebten ein paar wärmende, schuldbeladene Momente wieder zwischen die Laken, wo ich mich in Lydias Arme kuschelte.

Und wieder schob ich sie fort.

Rianna, wo bist du?

Lydia lag im Bett, die Augen in der Dunkelheit weit geöffnet. Sie starrte ins Nichts und stellte sich ihr Herz vor, das fünf Jahre zuvor, bei Aarons Tod, zerbrochen war. Dann war es geheilt, langsam und schmerzvoll, aber immerhin geheilt, dank Robbie. Zurückgeblieben war nur die Narbe, tief in ihrem Innern, wo niemand sie sehen konnte. Doch jetzt war diese Narbe wieder aufgerissen worden, blutig, klaffend. Andere gute, freundliche Menschen versuchten, die Wunde abzutupfen und die Blutung zu stoppen, doch es war vergeblich.

Jake hatte es eine Zeit lang geschafft.

Natürlich nur Flickwerk.

Und jetzt, dank ihr *(und dem Monster, Lydia, vergiss das Monster nicht)*, dank ihr und ihrer verdammten Draufgängerei, ihrer schieren Idiotie, war auch Jakes Narbe, die beim Verlust seiner Frau entstanden war, wieder aufgerissen.

Er hat ja noch Ella.

Der Gedanke war so unwürdig, so beschämend, dass Lydia sich im Bett aufsetzte und keuchend nach Atem rang.

Schließlich legte sie sich wieder hin. Sie war unendlich müde und ausgelaugt, konnte aber nicht schlafen.

Sie dachte an Rianna, das hübsche junge Mädchen auf den Fotos in Jakes Wohnung. Sie fragte sich, ob Rianna in diesem Moment vielleicht gerade bei Robbie war, ob Jakes Tochter ihrem Sohn durch diese furchtbare Entwicklung der Dinge vielleicht ein wenig Trost spenden konnte, vielleicht sogar ein wenig Hoffnung – ob sie ihn wissen ließ, dass seine Mutter und ihr Vater und das FBI sie auf jeden Fall finden und nach Hause holen würden. Dass es nur eine Frage der Zeit war.

Was ist mit all den anderen?

Über die anderen konnte Lydia nicht nachdenken. Sie konnte sich ihre Gesichter vorstellen, das schon, schließlich hatte sie ihre Fotos auf der Website des FBI gesehen. Aber irgendwie konnte sie sich nicht alle *zusammen* vorstellen. Vielleicht wäre es ein tröstendes Bild gewesen, all diese Jugendlichen, wie sie einander halfen und sich um die anderen kümmerten. Aber aus irgendeinem Grund konnte Lydia das Bild nicht vor sich sehen, und das ängstigte sie noch mehr, denn wenn die anderen nicht bei Robbie und Rianna waren, bedeutete das vielleicht …

Führ den Gedanken nicht weiter!

Sie kehrte wieder zu dem Bild von Jakes zerberstendem Herzen zurück.

Sie hätte ihn so gern angerufen, aber sie wusste, dass er nicht mit ihr sprechen wollte.

Vielleicht, wenn die Kinder wieder zu Hause waren …

Diese Überlegung, die *Hilflosigkeit* dieser Überlegung, war so überwältigend, dass Lydias Hände das Laken unter ihr umklammerten; ihre Finger gruben sich wie Klauen hinein, bis sie mit einem Fingernagel die Baumwolle durchstach und ein kleines Loch entstand. Sie stand auf, heftig keuchend, mit rasend klopfendem Herzen, schwitzend. Sie fand das Loch, bohrte den Mittelfinger hinein und riss es weiter auf. Das fühlte sich gut an, also stieß sie die ganze Hand in das Loch und riss daran, zerrte und riss immer weiter und schrie dabei laut, ein wortloses Kreischen aus Wut und Trauer und Scham, und sie zerrte das Laken vollständig vom Bett herunter und riss es in so viele Fetzen, wie ihre Kraft es zuließ …

Und meinte *ihn*.

63.

Seine Nächte waren immer schlimmer geworden, bevor er die neue Dakota gefunden hatte. Wahrheiten prasselten auf ihn nieder wie glühende Kohlen, die aus einem unsichtbaren Ofen geschaufelt wurden, glühend heiße Kohlen, die ihn versengten, die zischend in das Blut in seinem Hirn fielen.

Die Zeit für seinen Traum, für ihn, lief ab. Er hatte immer gewusst, dass es *richtig* klappen musste, bevor es zu spät war und sie ihn stoppten. Das FBI, die Eltern, all diese Menschen, die ihn jagten.

Aber jetzt hatte er sie. Hatte sie *beide*.

Also ließ er heute Nacht das Licht an.

Denn diese Nacht war eine ganz besondere Nacht, zu bedeutend, um sie mit Wach-Albträumen und Vorpremieren des Abgrunds zu zerstören.

Er wusste sehr genau, was er getan hatte. Er wusste, dass er ein weit größeres Risiko eingegangen war als je zuvor, indem er gerade *diese* Dakota genommen hatte, indem er in Eile – zum Teil auch aus Groll – gegen den Professor gehandelt hatte.

Na und?

Das würde die Sache schneller zu Ende bringen. Ein kürzerer Weg in die Hölle.

Na und?

Solange er nur genügend Zeit hatte. Das war alles, was er brauchte – genügend Zeit.

Das stand ihm doch wohl zu?

Und abgesehen von den Risiken hatte er alles Erdenkliche getan, um seine Jäger abzulenken.

Zumindest für eine gewisse Zeit.

64.

Eric Stephen Barnes stand unter schwerem Schock.

Es war mit der Post gekommen.

Ein großes Paket. Barnes bekam nie Pakete, nicht mehr. Schon seit Jahren nicht. Früher einmal hatten Pakete ihm eine Mischung aus Vergnügen und Schmerz bereitet. Aber meistens hatten sie ihm Ärger gebracht, riesigen Ärger.

Er war dem Postboten hinterhergerannt, nachdem er das Paket geöffnet und den Inhalt gesehen hatte, und hatte ihn gerade noch vor der Haustür erwischt. Er hatte ihm gesagt, es handele sich um ein Missverständnis, und ihn gebeten, es wieder mitzunehmen. Aber der Postbote erwiderte, es stehe sein Name und seine Adresse darauf; falls es sich also um einen Fehler handle, sei es nicht seiner. Abgesehen davon könne er das Paket nicht wieder mitnehmen, denn es sei seine Pflicht, es auszuliefern – alles andere sei Barnes' Problem.

Er hatte in der Zeitung von dem Spiel gelesen, erst vor ein paar Tagen. Hin und wieder gestattete er sich, eine Zeitung zu lesen – die anständigen, *sicheren* Zeitungen. Daher wusste er von den Kindern und dem Spiel.

Er wusste noch mehr.

Sie würden kommen. So sicher wie sein Name Eric Stephen Barnes war.

Er konnte nichts dagegen tun, konnte nur abwarten. Ganz alleine in seiner Einzimmerwohnung in der »Stadt der brüderlichen Liebe«, Philadelphia, in seinem fast leeren Heim: Regale ohne Bücher, kein Fernseher, keine Zeitschriften, nur ein Foto von seiner Mutter und ihm selbst im Alter von drei Jahren. Bessere Tage – damals war er fast glücklich gewesen. Fast normal.

Dabei war er so vorsichtig gewesen. Voller Angst, aber sehr, sehr vorsichtig. Angst davor, dass seine Gedanken wieder die Oberhand gewannen. Angst davor, dass die Polizei wiederkommen würde. Er hatte alles getan, um die Gedanken fern zu halten. Er hatte den Fernseher weggegeben und hatte fast ganz damit aufgehört, zu lesen, denn falls er auch nur eine Zeile las oder nur ein Bild sah, das sie wieder auslösen würde, dann ...

Er hielt sich auch peinlich sauber und verbrauchte jeden Monat mehr Seife als die meisten Leute in einem ganzen Jahr. Das hatte auch das Mädchen an der Drogeriekasse zu ihm gesagt und gelacht, deshalb hatte er nicht mehr dorthin gehen können. Sie verkauften da ohnehin zu viele Produkte mit Bildern von Kindern und Babys, und zu viele Mütter mit Kindern gingen dort einkaufen. Der A&P war zwar auch nicht besser, aber zumindest war er größer und anonymer, sodass er hineingehen, rasch durch die Gänge eilen und wieder nach draußen flitzen konnte, ohne dass jemand ihn bemerkte oder wieder erkannte.

Trotzdem spürte er den Schmutz immer noch, weil er in ihm drin war. Man hatte ihm vor langer Zeit gesagt, dass er schmutzig sei, und er hatte gewusst – wusste immer noch –, dass es stimmte. Einmal hatte er versucht, Seife zu schlucken, aber das hatte nichts weiter bewirkt, als dass er sich übergeben musste. Er hatte sogar Bleiche gekauft, aber er war nicht dumm; er wusste, was dieses Zeug ihm antun würde, welche Schmerzen er erleiden würde – und so sehr er auch wusste, dass er diese Qualen wahrscheinlich verdiente, konnte er dem nicht ins Auge sehen.

Sie würden kommen, und sie würden kein einziges Wort von dem glauben, was er ihnen sagte. Er könnte beim Leben seiner Mutter und auf jede heilige Bibel aus jeder Kirche in ganz Philadelphia schwören, sie würden ihm *trotzdem* nicht glauben.

Er hielt das Paket bereit, saß auf dem Fußboden in einer Ecke seines Zimmers und erwartete sie. Der Umschlag war fast noch unversehrt. Er öffnete seine Post immer sehr vorsichtig; er mochte keine Unordnung, und er wusste, dass ein Fetzen zerrissenes Papier am falschen Ort ein wahrer Magnet für Mäuse war – die bauten ihre Nester gern aus Papierstückchen. Vielleicht hätte es ihn ja nicht gestört, eine Maus bei sich zu haben, zur Gesellschaft, aber Mäuse waren schmutzig, und er musste tun, was er konnte, um sich von Schmutz fern zu halten, sonst ging alles wieder von vorn los.

Der Umschlag sah also fast genauso aus wie zu dem Zeitpunkt, als der Postbote ihn gebracht hatte, und vielleicht würden sie Fingerabdrücke darauf finden.

Nur dass *seine* Fingerabdrücke über denjenigen der anderen Person sein würden. Und wenn sie ihn erst einmal hatten, würden sie sich für niemand anderen mehr interessieren. Selbst wenn das Paket an ihn geschickt worden war – sie würden sagen, er hätte es sich selbst geschickt.

»Warum sollte ich so etwas tun?«, probte er seine Antwort. »Warum, um alles in der Welt?«

Sie würden ihm nicht zuhören.

Warum sollten sie auch? All diese vermissten Kinder. Sie brauchten jemanden, dem sie die Schuld zuschieben konnten. Es konnte ebenso gut er sein. Eric Stephen Barnes. Er konnte fast schon hören, wie der Richter jede Silbe dieses Namens so angewidert aussprach, als würde ihm ein übler Gestank in die Nase steigen.

Inzwischen wartete er darauf, dass sie kamen.

65.

Kim und ich versuchten gerade, *Limbo* zu spielen, als der Anruf kam.

Das FBI hatte die »Deluxe«-Version mitgenommen, daher hatte ich Kim gebeten, ein Spiel zu kaufen, das wir auf Riannas Playstation ausprobieren konnten. Ich hatte bereits das meiste von dem vergessen, was Binder und Hendrick uns bei Eryx beizubringen versucht hatten; darüber hinaus war ihre Ausstattung weit luxuriöser gewesen als Riannas. Kim schien zwar zu wissen, wie wir anfangen mussten, aber wir kamen trotzdem nicht sonderlich weit, und wenn irgendetwas an diesem scheußlichen Stück »Unterhaltung« mir »helfen sollte zu verstehen«, warum Rianna entführt worden war, dann hatte mich dieser Versuch noch keinen Schritt weitergebracht.

Wahrscheinlich, überlegte ich, hatte dieser Dreckskerl auch ein Spiel mit mir gespielt, als er seine Mitteilung geschrieben hatte. Er wollte mich verspotten, mich noch mehr quälen, mich vielleicht weiter auf eine falsche Spur locken.

Doch verbannte ein Anruf jede Art von Spiel aus meinem Kopf.

Es war eine Mitarbeiterin von Kline, die aus Washington anrief. Eine freundliche Dame, die mir mit leicht näselnder Stimme erklärte, ihr Chef habe sie gebeten, mir mitzuteilen, dass zurzeit ein Verdächtiger verhört werde.

Das Blut stieg mir so heftig in den Kopf, dass mir schwindelig wurde.

»Wo?«, fragte ich. »Wer ist es?«

»Diese Information kann ich Ihnen leider nicht geben.« Immer noch freundlich.

»Ich frage Sie ja nicht nach Einzelheiten. Sagen Sie mir nur, was ...«

»Tut mir Leid, Professor. Ich kann Ihnen nicht mehr sagen.«

Mit einem Schlag bekam ich stampfende Kopfschmerzen.

»Kline hat Ihnen verboten, es mir zu sagen, falls ich auf den Gedanken komme, dorthin zu gehen, nicht wahr? Das würde ich nicht tun – ich will es nur wissen.«

Es half alles nichts. Kline hatte gewünscht, dass ich die Neuigkeit so schnell wie möglich erfuhr, aber nicht mehr als das. Keine Extrawurst für den *Professor.*

Ich dankte der Frau, verdarb dann aber alles: Ich bat sie, Kline auszurichten, er solle ja nicht glauben, von jetzt an Stillschweigen bewahren zu können – dann nämlich würde ich ins Hauptquartier kommen und mich so lange vor sein Büro setzen, bis ich hieb- und stichfeste Informationen bekäme.

»Agent Kline ist heute nicht im Hauptquartier, Professor«, erklärte die Frau.

»Sagen Sie es ihm, ja?«

»Ich werde es ihm ausrichten, Professor.«

66.

Lydia saß in der Badewanne, als das Telefon klingelte.

»Verdammt«, fluchte sie, weil sie vergessen hatte, den Anrufbeantworter einzuschalten. Dann erkannte sie, dass es vielleicht um Robbie ging, und sprang so wild aus der Wanne, dass das Wasser auf den Fußboden schwappte.

Sie schnappte sich ein Handtuch und erreichte das Telefon im Schlafzimmer beim vierten Klingeln. »Ja?«

»Ich bin es, Jake.«

Sie war so glücklich, seine Stimme zu hören, dass es ein paar Sekunden dauerte, bis seine nächsten Worte zu ihr durchdrangen. *Verdächtiger*, hörte sie. *Glaubte* sie zu hören.

»Was hast du gesagt?«

»Sie vernehmen einen Verdächtigen, aber mehr sagen sie mir nicht.«

»Hat Kline dich angerufen?«

»Eine seiner Mitarbeiterinnen.«

Einen hässlichen Augenblick lang fühlte Lydia Wut in sich aufwallen, weil niemand vom FBI *sie* angerufen hatte, was wahrscheinlich daran lag, dass Robbie auf der Liste der Entführten weiter unten stand, weil er nicht mehr frisch entführt war wie Rianna ... Dann schlug sie sich diesen Gedanken aus dem Kopf, wickelte sich fester in ihr Handtuch und setzte sich auf den Bettrand, um zu hören, was Jake ihr erzählte.

67.

Ford überbrachte Korda die Neuigkeit, versehen mit seinem Rat, dass sie sich ruhig verhalten und auf keinen Fall eine Pressekonferenz einberufen sollten.

»Vielleicht ist es ja gar nichts«, sagte er. »Es könnte ein armer Trottel sein, den sie sich zur Vernehmung geholt haben. Andererseits könnte es auch der Durchbruch sein, den wir brauchen, um endgültig aus dem Schneider zu sein.«

»Auf die Gefahr hin, scheinheilig zu klingen«, sagte Korda, »es könnte auch der Durchbruch sein, auf den diese armen Kinder warten – ganz zu schweigen von ihren Eltern.«

»Das brauchst du mir nicht zu sagen«, gab Ford die Rüge zurück.

Korda hob den Hörer eines der Telefone auf seinem Schreibtisch ab.

»Ich erzähle es den anderen«, sagte er.

68.

Heute Abend würde er sie zum ersten Mal *richtig* spielen lassen.

Eigentlich war es für Dakota noch zu früh. Sie hatte noch keine Zeit gehabt, sich einzuleben und sich an die Umgebung und die Bedienung der Computersimulation zu gewöhnen. Sie war noch nicht bereit, weder physisch noch psychisch, und das würde es ihr schwerer machen. Andererseits hatten die anderen *zu viel* Zeit gehabt, sich einzugewöhnen, und was war mit ihnen passiert? Also hatte er beschlossen, Dakota gleich ins kalte Wasser zu werfen, solange Steel noch in so guter Verfassung war.

Außerdem wollte er nicht länger auf das echte Erlebnis warten.

Er musste sie *zusammen spielen* sehen.

Heute Abend. In wenigen Stunden.

Endlich.

Rianna konnte sich nicht entscheiden, was schlimmer war. Dunkelheit. Stille. Isolation.

Oder nicht zu wissen, was passieren würde.

Dieser *Limbo*-Kram, den der Entführer ihr gezeigt hatte, war nur fauler Zauber. Das hatte sie sich immer wieder gesagt, seit sie begriffen hatte, dass die Froschaugen und alles andere zu einer Art Simulator gehörten, der künstliche Welten schuf und die Illusion herbeiführen sollte, sie, Rianna, befände sich *in* dem Spiel. Nur fauler Zauber. Das alles hier. Die Tunnel, die keine Tunnel waren, der Abwasserkanal, die ganze Manhattaner Unterwelt.

Nicht echt.

Nur ...

Nur, dass *sie selbst* echt war, oder nicht? Sie war immer noch Rianna Woods, in der verrückten Aufmachung Dakotas. Sie spielte eine Rolle, so wie Robbie Johanssen die Rolle des Steel spielte.

Die große Frage lautete: *Warum?* Es half, ein bisschen darüber nachzudenken, mit den Gedanken zu jonglieren, ihr Gehirn zu beschäftigen. Das Problem war jedoch die Antwort, bei der sie immer wieder anlangte und die lautete, dass der Mann, der sie und Robbie und Michael und die anderen entführt hatte, ein total kranker Psycho war. Und dieser Irre war *Limbo*-Fan. Und noch etwas war besorgniserregend: Warum hatte sie bisher nur Robbie gesehen, aber keinen der anderen Entführten?

Rianna wünschte sich leidenschaftlich, sie hätte nie Horrorfilme gesehen, in denen Verrückte die Hauptrolle spielten. Sie hätte auf ihren Vater hören sollen, der ihr gesagt hatte, sie solle es lassen, weil sie davon Albträume bekommen würde.

»Ich krieg schon keine Albträume«, hatte sie ihm widersprochen.

Jetzt hatte sie den schlimmsten Albtraum, den man sich vorstellen konnte.

Der einzige kleine Trost war, dass sie – und Robbie wahrscheinlich auch – gefüttert wurde. Sie bekam Essen und Trinken in Schachteln und Bechern mit Deckeln, wie Fast Food, und das Essen kam immer, wenn sie im Dunkeln lag und zu schlafen versuchte. Sie hörte, wie es hereingebracht wurde – echte Geräusche, keine virtuellen Soundeffekte.

Beim ersten Mal, als Rianna die Geräusche gehört hatte, war sie sicher gewesen, dass der Irre kam, um sie zu holen, und war so reglos liegen geblieben, wie sie nur konnte, hatte versucht, sich schlafend zu stellen. Aber er hatte sie nicht angerührt, er hatte einfach nur das Essen und Trinken abgestellt und war wieder gegangen.

Rianna hatte eine ganze Weile gebraucht, den Mut aufzubringen, dieses erste Essen zu probieren – vielleicht hatte dieser Irre es vergiftet. Doch sie hatte schrecklichen Hunger gehabt. Außerdem *musste* sie essen, sonst würde sie auf jeden Fall sterben. Und es hatte gar nicht schlecht geschmeckt – ein Hühnchen-Sandwich. Rianna hatte es gegessen, und sie war nicht krank davon geworden, und das war ein kleiner Trost. Der Verrückte wollte, dass sie aß – und das bedeutete, er wollte *nicht*, dass sie starb.

Noch nicht, jedenfalls.

69.

Eine weitere Nacht des Wartens. Immer noch zerrissen von derselben panischen Angst, aber zumindest ein kleines bisschen von der Hoffnung getröstet, dass die Verhaftung des Unbekannten uns vielleicht zu Rianna, Robbie und Michael führte.

Baum hatte mir einen kleinen Happen Information beschafft: Der Verdächtige wurde in Philadelphia verhört.

Philadelphia, Pennsylvania.

War Rianna *dort?*

Es kostete mich alle Kraft, nicht in das erste Flugzeug nach Philadelphia zu steigen, doch mein gesunder Menschenverstand sagte mir, dass es ohnehin keinen Sinn hatte. Sie würden mich weder in die Nähe dieses Mistkerls lassen, noch würden sie mir die kleinste Information geben, wenn sie nicht wollten.

Und wenn sie mir etwas sagen wollten, würden sie mich anrufen.

Also blieb ich zu Hause, damit sie wussten, wo sie mich finden konnten.

Am späten Abend, nachdem Ella ins Bett gegangen war, rief Lydia an.

»Ich frage dich gar nicht erst, wie es dir geht«, sagte sie.

»Ich dich auch nicht«, antwortete ich.

»Wenn du reden willst, ich bin da«, versprach Lydia.

»Ich weiß. Danke«, sagte ich.

Unser Verhältnis hatte sich wieder ein wenig gebessert, seit ich Lydia wegen des Verdächtigen angerufen hatte. Wir fühlten uns einander wieder näher, trotz der räumlichen Distanz. Wie ein Liebespaar, das sich gestritten hat und sich ganz zaghaft wieder versöhnt. Obwohl wir natürlich kein wirkliches Liebespaar waren, trotz der gemeinsamen Nacht. Wir waren verwandte Seelen, die auf dem gleichen beängstigenden Ozean trieben und sich um des nackten Überlebens willen aneinander klammerten.

In Lydias Stimme klang jedoch immer noch Furcht mit. Ich glaube, sie hatte das Gefühl, dass ich sie hassen und ihr die Schuld geben würde, falls Rianna etwas Schlimmes zustoßen sollte.

Vielleicht hatte sie Recht. Ich wusste es nicht. Ich *wollte* es nicht wissen.

Ich versuchte wieder, *Limbo* zu spielen, diesmal alleine. Kim und Tom hatte ich schon vor Stunden nach Hause geschickt, und das Spiel trieb mich beinahe in den Wahnsinn, vor allem deshalb, weil ich den Bogen einfach nicht herausbekam.

Immerhin konnte ich mir eine ungefähre Vorstellung verschaffen, worum es ging.

Um schutzlose junge Leute, die dem Bösen ausgeliefert waren.

Falls das Spiel eine Botschaft enthielt, die mir helfen sollte, so fand ich sie nicht.

Aber die Teenager in dem Spiel überlebten. Oder, genauer gesagt, wenn sie getötet wurden, waren sie beim nächsten Spiel wieder am Leben. *Überleben.* Das war die Message, an die ich nur allzu gern glauben wollte.

Aber in dem Spiel kamen Dakota und Steel nie wieder nach Hause.

Weil in dem Spiel New York dem Erdboden gleichgemacht worden war.

Sie hatten also gar kein Zuhause mehr.

Ein kleiner Trost.

Ella fand mich um zwei Uhr morgens im Wohnzimmer, zusammengesunken in einem Sessel, die Füße auf dem Sofa.

»Liebes, du solltest schlafen.«

»Ich kann nicht.«

Ich sah sie an. Sie trug ein weites T-Shirt, und ihre Wangen waren leicht erhitzt. Es war eine warme Nacht. Sie hatte keine roten Augen, also ging ich davon aus, dass sie nicht geweint hatte. Aber sie sah traurig aus. Ich hatte Ella seit sehr langer Zeit nicht so traurig gesehen.

»Bist du schon zu groß, um auf meinem Schoß zu sitzen, Schätzchen?«

Sie sagte nichts, kam einfach nur zu mir. Ich nahm die Füße vom Sofa und machte auf meinem Sessel ein bisschen Platz für sie. Sie setzte sich hin und lehnte sich an mich. Ich nahm sie sanft in die Arme. Gott weiß, dass ich sie gern fester gedrückt hätte, aber ich hatte Angst, ihr mit meiner eigenen Hilflosigkeit Angst zu machen.

Sie brauchte mich als starken Vater, da war ich mir sicher.

»Daddy?« Ihre Stimme war sehr leise, gedämpft von der Nähe zu mir.

»Ja, Süße?«

»Ist Rianna tot?«

Wenn irgendjemand anders diese Frage gestellt hätte, hätte ich ihn womöglich geschlagen. Aber es war Ella, die diese Frage gestellt hatte. *Die* Frage. Riannas kleine Schwester, Simones und mein zweites Kind. Und wenn es diese Frage war, die sie am meisten quälte, musste sie eine Antwort bekommen. Die Antwort, an die ich selbst glaubte, tief in meinem Herzen und in meiner Seele.

»Nein«, antwortete ich und entfernte mich ein kleines Stück von ihr, damit sie mein Gesicht sehen und die Wahrheit in meinen Augen lesen konnte. »Rianna ist nicht tot, Liebes. Sie ist am Leben, und sie kommt zu uns zurück.«

»Wann?«, fragte Ella.

»Das weiß ich nicht, Baby«, sagte ich. »Ich wollte, ich könnte es dir sagen.«

70.

Rianna wachte auf. Sie fühlte sich schlecht. Schlechter als vorher.

Irgendwas stimmte nicht mit ihrem Fußknöchel. Sie versuchte, ihn zu bewegen, und stieß auf kalten Widerstand. Als sie den Kopf bewegte, um nach unten zu sehen, bemerkte sie, dass sie das Headset trug.

Aber sie war ohne Headset eingeschlafen, da war sie ganz sicher, obwohl sie sich benommen fühlte.

Plötzlich fiel ihr ein, dass sie sich schon kurz nach ihrem letzten Sandwich so gefühlt hatte. Thunfischsalat auf Roggenbrot. Und dann war sie eingeschlafen.

Er war hier. Er hat das getan.

Sie wimmerte vor Angst, dann zwang sie sich, sich umzuschauen. Sie war »in« dem Abwasserkanal. Sie hasste den Abwasserkanal.

Rianna reckte mühsam den Hals, um ihren Fußknöchel zu sehen.

Und sah die Falle.

Eine Tierfalle, wie eine große Stahlmanschette, die sie an ein Stück altes, zerbrochenes Gleis fesselte.

Netter Trick. Eine virtuelle Falle.

Aber das stimmte nicht. Wenn sie ihr Bein bewegte, grub sich der Stahlrand in ihren Knöchel.

Die Falle war echt.

Er hatte Robbie geweckt und ihm gesagt, er solle das Headset aufsetzen und alles anziehen.

Eine weitere verdammte Übung, hatte Robbie gedacht und geflucht. Aber er hatte die Sachen trotzdem angezogen. Er war zu müde, benebelt vom Schlaf, um zu murren.

Ein U-Bahn-Tunnel, völlig zerstört, mit eingestürztem Dach. Das Übliche.

Nein. Nicht ganz.

Da war etwas auf dem Boden, ein gutes Stück entfernt ... irgendetwas auf dem Gleis ...

Robbie spähte in den Tunnel.

Dakota.

Diese Übung war anders. Bisher hatte entweder er alleine den Steel gespielt, oder Dakota – die alte oder neue – musste irgendeinen virtuellen Traum durchleben.

Diesmal fühlte es sich eindeutig anders an.

Rianna hörte etwas. Ein Dröhnen, tief und unaufhörlich. Es wurde lauter.

Sie fühlte es auch. Ein Vibrieren. Es wurde stärker.

Sie wusste, was es war. Sie wusste auch, dass es nicht sein konnte.

Das ist unmöglich!

Sie zerrte noch stärker am Fußgelenk, doch die Falle hielt sie fest.

Das Dröhnen wurde lauter. Sie zerrte weiter, ignorierte den Schmerz, *echten* Schmerz. Sie versuchte sich aufzusetzen, beugte sich nach vorn, doch sie war unbeholfen, in ihrer Bewegungsfreiheit eingeschränkt. Wegen der dicken Handschuhe konnte sie nicht einmal nach der Stahlfalle greifen.

Das Dröhnen verwandelte sich in ein dumpfes Donnern.

Rianna hob den Kopf und blickte in die Richtung, aus der das Geräusch kam.

Und sah das Licht in der Ferne, das sich rasch näherte.

Robbie sah es auch. Er wusste, was es bedeutete, sagte sich aber, dass es nur wieder so ein virtueller Mist war, der blöde alte Geisterzug aus *Limbo*. Zugleich aber sah er das Gesicht des Mädchens – den Teil, der nicht bedeckt war. Er hatte immer noch nicht ihre Augen gesehen und wünschte, er könnte sie sehen ...

Das Donnern wurde lauter, das Licht heller, und es kam immer näher.

Der Zug mochte zwar nicht echt sein, aber die Panik des Mädchens war *sehr* echt.

Robbie lief auf sie zu – und erkannte mit eisigem Schrecken, dass er *wirklich* lief, dass er nicht auf dem Laufband stand oder die Simulator-Lenkstange festhielt. Er war benebelt gewesen, als er aufgewacht war, und das Spiel hatte sofort begonnen, als er das Headset aufgesetzt hatte. Plötzlich war er nicht einmal mehr sicher, ob er in dem gleichen Raum aufgewacht war, in dem er schlafen gegangen war ...

Lauter.

O Gott.

Rianna sah Steel zu ihrer Rettung herbeieilen, genau wie in *Limbo*.

Robbie, nicht Steel.

Er rief ihr etwas zu.

»Er ist nicht echt!«

Aber der Zug kam näher, sie konnte ihn sehen, konnte ihn hören, wie Tausende von Büffeln, die alles niedertrampelten ...

»Hol mich vom Gleis!«, schrie sie gegen das Donnern an. »Robbie, hilf mir!«

Und da war er, aus Fleisch und Blut, und wäre nicht mit jeder Sekunde der Zug näher gekommen, wäre sie unglaublich froh darüber gewesen ...

»Mach die Falle auf!«

»Ich versuch's!« Robbie riss mit aller Kraft an der Manschette, doch sie rührte sich nicht. »Ich kann sie nicht bewegen!«

»Versuch es mit dem Messer!«, schrie Rianna und deutete mit der Hand auf seinen Gürtel. Es sah ziemlich echt aus, aber sie war nicht sicher ...

»Das wird nicht funktionieren«, rief Robbie zurück, zog das Messer aber trotzdem hervor, doch es fiel herunter und verkantete sich hinter einer der Gleisschwellen. Wie konnte das sein, wenn das alles hier nur virtuelle Realität war?

Keine Zeit, darüber nachzudenken. Heb es auf! Schnell!

Robbie griff hastig nach dem Messer und versuchte, den Verschluss der Falle damit zu öffnen, aber das Messer taugte nichts, das hatte er ja schon vorher festgestellt. Es war zwar aus Metall, aber vollkommen stumpf ... *natürlich* war es stumpf.

Komm schon, Robbie! Komm schon, Steel!

Jetzt konnten sie den Zug bereits sehen.

Und sie sahen noch etwas. Etwas *Unmögliches:* Das eingestürzte Tunneldach schien sich von selbst zu reparieren. Es stülpte sich wieder nach außen, zurück in seine ursprüngliche Form, als würde ein Film zurückgespult ... und die Lichter des Zuges wurden immer heller, als er näher kam, grell und blendend ... die Hupe dröhnte eine Warnung ...

Rianna verstand zuerst, begriff trotz der panischen Angst plötzlich kristallklar.

»Die Headsets!«, rief sie Robbie zu. »Wir müssen sie abnehmen!«

Sie zerrte an ihrem Headset, bekam es aber nicht herunter, während Robbie nur dastand, völlig verwirrt. Dann, plötzlich, begriff auch er. Er fuhr herum, ließ das Messer fallen und versuchte, Rianna das Headset abzunehmen, doch seine behandschuhten Hände waren zu plump ...

»Okay!« Jetzt hatte er es, und er sah ihr Gesicht, das ganze Gesicht. Riannas Augen waren weit aufgerissen, und ihm wurde klar, dass er sie in völlige Finsternis gestoßen hatte, doch ihre Hände streckten sich ihm blind entgegen, auf der Suche nach seinem Headset, und er ergriff sie, um ihr zu helfen, doch sie hatten keine Zeit mehr, der Zug war fast schon bei ihnen, und er wappnete sich gegen den Aufprall ...

Sie zog ihm die Froschaugen herunter, dann die Kopfhörer.

Schwärze. Ohrenbetäubende Stille.

Der Zug war fort.

Augenblicke verstrichen. Halb lagen, halb saßen sie, benommen, erschöpft, in völliger Lautlosigkeit. Dann wurde ihnen nach und nach bewusst, dass die Stille doch nicht vollkommen war.

Sie war erfüllt von ihrer beider Atem. Vom Geräusch des Überlebens.

Sie zogen die Handschuhe aus, streckten instinktiv ihre Arme in die Dunkelheit und fanden die Hände des anderen. Haut, Wärme, Kraft. Rianna schrie auf – ein wortloser Schrei der Erleichterung –, und Robbie genoss es, ihn zu hören.

Sie umarmten einander.

Rianna sprach zuerst.

»Du bist Robbie, nicht wahr?«

Sie spürte seine Überraschung.

»Woher weißt du meinen Namen?«, fragte er.

»Das ist eine lange Geschichte.«

»Wir haben Zeit«, sagte Robbie.

Sie klammerten sich noch immer aneinander, zu ängstlich, um loszulassen.

»Robbie?«

»Ja.«

»Der Zug war nicht echt, oder?«

»Nein.«

»Und der Tunnel auch nicht.«

»Nein.«

Ein Schauder durchfuhr Rianna, wie ein verspäteter Schrecken.

»Wie kommt es dann, dass die Falle immer noch an meinem Knöchel ist?«

Er beobachtete die beiden noch ein wenig länger.

Er war zu aufgewühlt, um sich zu bewegen. Oder zu sprechen.

Zu erschüttert. Ausgelaugt.

Das war besser, als er gehofft hatte. Besser als alles, was er je gesehen oder getan hatte.

Er hatte gedacht, es sei gut genug, das Spiel in der Dunkelheit und Zurückgezogenheit seines Zuhauses auf dem Bildschirm zu beobachten. Steel und Dakota zu *seinen* Geschöpfen zu machen, sie tun zu lassen, was *er* wollte, sie zu beobachten, wenn sie immer wieder der Gefahr gegenübertraten, ihre hübschen Cyber-Gesichter verzerrt vor Angst, die virtuellen Beinmuskeln angespannt und voller Kraft.

Er erinnerte sich noch genau an das erste Mal, an seine zufällige Entdeckung, erinnerte sich an die Überraschung – halb Peinlichkeit, halb Scham. Am meisten jedoch an die Überraschung.

Und natürlich die reine Schönheit des Grauens, den körperlichen und emotionalen Zusammenprall, den er seit so vielen Jahren auf so viele Weise gesucht hatte.

So einfach. Und so absurd.

Er hatte sofort gewusst, dass er nie jemandem davon erzählen konnte, auch nicht seinem Seelenklempner, nicht einmal seinem Priester.

Es war privat. Harmlos. Es hatte ihn sehr viel Zeit gekostet, herauszufinden, wie er es verbessern konnte.

Perfektionieren.

Schließlich hatte er es herausgefunden.

Und er hatte Recht gehabt.

Es *war* perfekt.

Und es würde sogar noch besser werden.

Robbie und Rianna warteten auf seinen nächsten Streich.

Sie hielten einander in der Dunkelheit immer noch fest umschlungen und warteten darauf, dass etwas passierte, dass *er* sie wieder auseinander riss oder Schlimmeres. Robbie war zu dem Schluss gekommen, dass *er* ihn ebenfalls unter Drogen gesetzt und aus seinem kleinen Raum geholt haben musste – in ein Zimmer, das etwas größer und ein wenig anders zu sein schien.

Allein schon, weil *sie* darin war.

Die Zeit tickte.

»Erzähl«, flüsterte Robbie. »Erzähl von dir, und woher du von mir weißt.«

Rianna nannte ihm ihren Namen. »So ziemlich jeder weiß von dir. Du bist bekannt. Und deine Mom ...«

»Was ist mit ihr?«, sprang er sofort darauf an. »Geht es ihr gut?«

»Ja«, flüsterte Rianna. »Sie hat das FBI auf dich angesetzt. Jetzt kümmert deine Mutter sich um meinen Dad, der früher mal Polizist war, und mein Dad kümmert sich um sie. Ich weiß, dass sie uns finden und uns hier rausholen werden.« Sie hielt inne. »Was ist mit den anderen?«

»Andere?«

»Vor dir hat er noch vier andere Jugendliche entführt – das weiß man, weil sie alle das Spiel und diese Nachricht bekommen haben.« Rianna stockte. »Außer mir.«

»Vier *andere?*«

Rianna hörte das Erschrecken in seiner Stimme. »Hast du hier unten denn niemand anders gesehen?«

»Doch«, sagte Robbie. »Aber nur eine.«

»Ein Mädchen?« Rianna dachte an Mikey.

»Ja«, sagte Robbie.

Rianna schwieg.

»Amüsiert ihr euch?«

Seine Stimme.

Sie antworteten nicht, hielten sich nur weiter fest umschlungen.

In der Dunkelheit war ein scharfes Klicken zu hören.

»Die Falle«, flüsterte Rianna, als sie fühlte, wie sie sich löste. »Er hat sie geöffnet.« Sie wand ihr Bein heraus und ließ Robbie für eine Sekunde los, um nach unten zu fassen und ihren Knöchel zu massieren; dann hielt sie Robbie wieder fest.

»Besser?«, fragte *er.*

Rianna antwortete nicht.

»Ihr habt Angst, dass ich euch wieder trenne, nicht wahr?«

Sie konnten kaum atmen.

»Ihr könnt euch entspannen«, sagte er. »Schließlich gehören Steel und Dakota zusammen.« Er hielt inne. »Tut ihr doch, oder nicht?«

71.

Am nächsten Morgen rief ich noch einmal in Klines Büro an, wohl wissend, ihn nicht anzutreffen – ich ging davon aus, dass er in Philadelphia war. Es war Dienstag, der 25. Juli, und Rianna war seit zweieinhalb Tagen verschwunden.

Er rief zwei Stunden später zurück, als ich ihm gerade eine weitere Nachricht hinterlassen wollte.

»Okay«, sagte er, »ich kann Ihnen ein paar grundlegende Informationen geben, aber mehr nicht.«

»Dafür wäre ich Ihnen schon sehr dankbar.«

»Der Mann, den wir vernehmen, ist ein vorbestrafter Pädophiler und Sexualstraftäter, dessen Name im Register der *Limbo*-Master auftaucht. Aber wir stellen ihm bloß ein paar Fragen.«

»Hat er einen Namen?«

»Sie wissen es doch besser …«, sagte Kline.

Da hatte er Recht. Er durfte es mir nicht sagen.

»Bisher wird ihm nichts zur Last gelegt, und das bleibt vielleicht auch so. Wir suchen noch immer nach anderen Verdächtigen, auch in anderen Richtungen, also machen Sie sich keine zu großen Hoffnungen.«

Hoffnungen.

Ich dankte ihm, da ich wusste, dass ich keine weiteren Informationen von ihm bekommen würde. Ich wusste aber auch, dass er mir einen Gefallen getan hatte.

Zwei seiner Worte hallten in meinem Kopf wider.

Pädophiler. Sexualstraftäter.

Ich saß in meinem Arbeitszimmer, und Rianna blickte mich von einem Foto an.

Lächelte ihr süßes Lächeln.

Sah mir genau in die Augen.

Ich schaffte es gerade noch rechtzeitig ins Badezimmer.

Baum rief mich am gleichen Nachmittag an. Kim hatte Ella überreden können, mit zu ihr nach Hause zu kommen, auch wenn es Ella schwer fiel, irgendwo hinzugehen, wo ich sie telefonisch nicht erreichen konnte, falls es Neuigkeiten gab.

»Ich habe noch ein paar Informationen für Sie«, sagte Baum.

Guter alter Norman Baum. Ich erzählte ihm das Wenige, das Kline mich hatte wissen lassen.

»Der Name des Ex-Sträflings ist Eric Barnes«, sagte Baum. »Er behauptet, er habe niemals *Limbo* oder sonst ein Computerspiel gespielt, aber in seiner Wohnung wurden eine Playstation und ein Spiel gefunden. Barnes schwört, die Sachen seien eine Woche zuvor per Post gekommen, ohne dass er sie bestellt habe.«

»Glauben wir ihm?« Gott steh mir bei, es hörte sich an, als könnte es die Wahrheit sein, und wem sollte das helfen?

Baum klang müde. »Barnes sagt, als das Paket ankam, habe er sofort gewusst, was das für ihn bedeuten könnte, weil er von dem Fall gelesen hatte.«

»Hat er die Polizei angerufen, als die Sachen kamen?«

»Zu viel Angst«, sagte Baum.

»Hat er Alibis?«

»Nein, aber er behauptet, das liegt daran, dass er außer zu seinen Therapiestunden nie irgendwo hingeht. Damit er nicht in Versuchung kommt oder fälschlicherweise verdächtigt wird.«

Mir war hundeelend. »Ist er wirklich zu seinen Therapiestunden gegangen?«

»Immer mal wieder.« Baum schwieg kurz. »Er könnte sich das Paket auch selbst geschickt haben.«

»Ja.« Ich versuchte mich zu konzentrieren. »Hat er einen Job?«

»Nein«, antwortete Baum. »Auch kein Geld. Er lebt in einer Einzimmerwohnung, und die ist sauber wie die Witze einer Nonne. Wahrscheinlich eine Zwangsneurose.«

»Könnte er irgendein verkorkstes Genie sein?«

»Nicht soweit mein Bekannter gehört hat.«

»Die verschwenden ihre Zeit, nicht wahr?«, sagte ich finster.

»Vielleicht«, sagte Baum. »Aber vielleicht ist da auch noch etwas, von dem wir nichts wissen.«

72.

Die Ekstase war verflogen.

An ihre Stelle war Scham getreten. Furchtbare Scham.

Das hatte er schon in sehr jungen Jahren gelernt.

Dass Sex ein Übel war.

Das man ihn abschrubben musste.

Vater hatte ihn gezwungen, sich zu schrubben, bis er blutete. Er hatte es als gutes »Mittel gegen die Lust« bezeichnet. Und das war es auch. O Himmel, das war es wirklich. Er hatte versucht, darüber hinwegzukommen, aber es war ihm nicht gelungen.

Weil er tief im Innern gewusst hatte, dass es falsch war.

Genau wie Vater gesagt hatte.

Dieses Wissen hatte alles ruiniert.

Bis zu jener Nacht, lange nachdem Vater von ihm gegangen war, als er alleine in einem halbdunklen Büro gearbeitet hatte – alleine bis auf Dakota und Steel. Da hatte er plötzlich gemerkt, dass er einen Ständer hatte. Das war ihm vor sehr langer Zeit zum letzten Mal passiert, aber er konnte sich noch genau an das Entsetzen, die *Demütigung* dieses Augenblicks erinnern – und dann die fantastischen, sensationellen Momente, die darauf gefolgt waren, die unglaubliche Erleichterung.

In dieser Nacht war er nach Hause gegangen und hatte sich wieder abgeschrubbt, bis das Blut kam. Er hatte um Vergebung gebetet und geschworen, dass es das letzte Mal war. Aber danach war das Bedürfnis nie wieder verschwunden, war stattdessen immer stärker geworden und hatte völlig von ihm Besitz ergriffen.

Mittlerweile war ihm klar, dass er sich selbst belogen hatte. Er hatte sich etwas vorgemacht, als er sich eingeredet hatte, dass es nur ein Spiel sei. Es war von Anfang an etwas Schmutziges, Schlechtes, Verderbtes gewesen, das wusste er jetzt. Aber er hatte sich etwas vorgemacht, weil das einfacher gewesen war, als sich die Wahrheit einzugestehen.

Es war noch nicht einmal Nacht, doch die Wahrheiten stachen schon wieder zu. Je mehr Zeit verstrich, desto erbarmungsloser und gnadenloser wurden sie und gönnten ihm immer weniger Ruhe.

Was für ein *Ding* konnte in Ekstase geraten, wenn es tötete – und dann genau das Gleiche wieder tun? Und anschließend wieder an die Arbeit gehen und so tun, als wäre es ein Mensch.

Es dauert nicht mehr lange.

Das alles nicht.

So viel war klar.

Selbst einem Ungeheuer.

73.

»Was für ein Gefühl hat Baum diesem Mann gegenüber?«, fragte Lydia, als ich sie anrief.

»Dass es zu früh ist, Schlussfolgerungen zu ziehen«, antwortete ich.

»Und was hast du für ein Gefühl?«

Ich hatte nicht vor, ihr etwas anderes als die Wahrheit zu sagen. »Ich glaube, dass möglicherweise jemand versucht, diesem armen Schwein die Schuld in die Schuhe zu schieben.«

Lydia zögerte. »Der Kidnapper, meinst du?«

»Das wäre eine Theorie.«

»Denkt Kline das auch?«

»Wer weiß?«, sagte ich. »Andererseits haben sie vielleicht etwas gegen Barnes in der Hand, von dem wir nichts wissen.«

Lydia dachte darüber nach. »Willst du damit sagen, dass derjenige, der unsere Kinder hat, sich vielleicht ... ja, was genau eigentlich? ... ins Register der *Limbo*-Master gehackt hat?«

»Wie ich schon sagte, es ist nur eine Theorie.«

»Also könnte er einfach einen Namen aus dem Pädophilen-Register in Pennsylvania genommen und ihn auf die Eryx-Liste gesetzt haben?«

»Nicht *einfach*«, sagte ich. »Andererseits verfüge ich nicht über das notwendige Computerwissen, um dir sagen zu können, wie einfach oder schwierig das wäre.«

»Glaubst du, der Entführer könnte ein Hacker sein?« Lydia klang erregt, sie sprang auf die Idee an wie ein Hund auf einen Knochen. »Hast du Kline gesagt, was du denkst?«

»Ich habe versucht, ihn anzurufen, bevor ich dich anrief. Aber ich schätze, meine Quote ist für heute erfüllt.« Ich schüttelte den Kopf, um wieder klarer denken zu können. »Aber wenn ich auf diesen Gedanken komme, ist das FBI mit Sicherheit auch schon dran.«

»Hast du wirklich immer noch so viel Vertrauen?«, fragte Lydia leise.

»Ich weiß es nicht«, sagte ich. »Ich glaube, ich weiß inzwischen gar nichts mehr.«

Ich hatte Kline nicht um Erlaubnis gebeten, die Information an Lydia oder die Coopers weiterzugeben, aber er hatte nichts von Geheimhaltung gesagt, und ich ging davon aus, dass er nicht der Typ war, der so etwas vergaß. Ich glaube, ich hätte Lydia so oder so davon erzählt, und ich hatte auch kein schlechtes Gewissen, Fran und Stu anzurufen.

Sie wussten es bereits, von einem Agenten im Bostoner FBI-Büro, der sie seit einiger Zeit betreute.

»Glaubst du, sie haben ihn?«, fragte Fran. »Glaubst du, das kann es gewesen sein?«

Ich hörte den Hauch von Hoffnung in ihrer zittrigen Stimme, und ich wollte nicht derjenige sein, der ihr dieses bisschen Hoffnung nahm. Außerdem stand es mir nicht zu, Fran zu sagen, dass der Bursche nach meiner Meinung nur irgendein armer Hund war.

»Ich weiß es nicht, Fran«, sagte ich.

»Wir können wohl einfach nur abwarten, nicht wahr?«

Gott weiß, dass die beiden von dem Moment an, als ich von Mikeys Verschwinden erfuhr, mein ganzes Mitgefühl hatten. Aber jetzt erst erkannte ich, dass ich es nicht ertragen konnte, auch nur darüber nachzudenken, was Eltern fühlen mussten, deren Kind schon so lange verschwunden war wie ihres.

Ich rief Lydia an und sagte ihr, dass ich sie etwas fragen müsse.

»Alles, was du willst«, sagte sie.

»Du darfst nicht zögern, Nein zu sagen, okay?«

»Was willst du mich fragen, Jake?«

»Würdest du wieder nach New Haven kommen?« Ich hielt inne. »Du könntest hier in unserem Gästezimmer wohnen, oder in einem Hotel, als mein Gast … wie es dir lieber ist …«

»Ich glaube, ich würde mich in eurem Gästezimmer am wohlsten fühlen.« Der Anflug eines Lächelns lag in ihrer Stimme. »Wenn es Ella und dir nichts ausmacht.«

»Es macht uns absolut nichts aus.«

»Ich nehme den nächsten Zug«, sagte Lydia. »Heute Abend bin ich da.«

74.

Robbie und Rianna waren noch immer zusammen. *Er* hatte gesagt, er würde sie nicht wieder trennen, aber sie wussten, dass ihm nicht zu trauen war.

Vor einiger Zeit hatte er das Licht eingeschaltet, und sie hatten einander zum ersten Mal richtig gesehen ... die Augen, das ganze Gesicht.

»Du bist wunderschön«, sagte Robbie, und seine Stimme klang erstaunt.

Rianna mochte ihm nicht glauben. Sie war sicher, dass sie *grottig* aussah, aber sie fühlte sich besser, weil Robbie ihr dieses Kompliment gemacht hatte. Er war dünner als auf den Fotos, die Rianna gesehen hatte, und er hatte schwarze Ringe unter den Augen und dunkle Bartstoppeln, aber alles in allem sah er immer noch ziemlich gut aus.

»Ich dachte schon, ich würde nie wieder jemanden sehen«, sagte Robbie. »Und was du getan hast, als der Zug kam ...«

»Als wir *dachten*, der Zug würde kommen«, korrigierte Rianna.

»Aber du hast es so schnell kapiert«, Robbie war voller aufrichtiger Bewunderung, »und hast genau gewusst, was du tun musstest.«

»Du wärst eine Sekunde später auch darauf gekommen.«

»Glaube ich nicht.«

Rianna sah sich um. Sie waren in demselben Raum, in dem sie eingeschlafen war, doch jetzt lagen hier zwei Matratzen statt nur einer, und es gab zwei Stück Seife und zwei Handtücher.

»Das ist alles so *verrückt*«, sagte sie leise.

»Kann man wohl sagen.« Robbie saß auf einer der Matratzen. Er war müde bis zum Umfallen.

»Geht es dir gut?«

»Ich bin nur ziemlich groggy.« Er sah zu ihr hoch. »Weißt du, wie lange ich schon hier bin?«

Rianna wusste das Datum, an dem er entführt worden war, aus der Zeitung. »Du bist am 31. Mai verschwunden.« Sie zögerte, bevor sie weitersprach. »Erinnerst du dich, was damals passiert ist?« Sie hatte ihm bereits von der Turnhalle, der falschen Nachricht und ihrer eigenen Verschleppung erzählt.

»Ich erinnere mich«, antwortete Robbie. »Es war Candices Geburtstag.«

»Candice?«

»Eine Freundin. Wir waren mit ein paar Freunden in einem Restaurant. Ich ging auf die Toilette und wurde ... überfallen, schätze ich.« Er schüttelte den Kopf. »Aber ich weiß nicht, wie lange es gedauert hat, bis ich hier unten wieder aufgewacht bin.« Er sah wieder zu ihr hoch. »Du hast vorhin auch ›hier unten‹ gesagt. Weißt du es, oder hast du nur das Gefühl?«

»Ich hab nur das Gefühl. Ich bin aber ziemlich sicher. Du nicht?«

»Ja.« Robbie nickte. »Und wie lange ist es bei dir her? Weißt du, wann du entführt wurdest?«

Rianna setzte sich neben ihn auf die Matratze. »Es war Samstag.« Sie dachte nach. »Der 22. Juli.« Sie hielt wieder inne. »Ich weiß auch nicht genau, wie lange ich schon hier bin – es ist schwer zu schätzen. Ich glaube, es sind erst ein paar Tage.«

Robbie schwieg.

Rianna wusste, warum. Was er gerade erfahren hatte, war zu irrsinnig, zu vernichtend für ihn.

»Zweiundfünfzig Tage«, sagte er schließlich sehr leise. »Ich bin seit mehr als *zweiundfünfzig* Tagen hier.« Er hielt inne. »Den halben Sommer ... Joshs Geburtstag ...«

»Josh?«

»Mein Freund ... mein bester Freund.«

Sie schwiegen beide eine Weile, dann rückte Rianna so nahe an ihn heran, dass sie ihm einen Arm um die Schulter legen konnte.

»Zumindest haben wir jetzt einander«, sagte sie.

Er nickte.

»Und wir beide wissen, dass sie nicht aufgeben, bis sie uns gefunden haben.«

»Ja«, sagte er. »Ich glaub schon.«

»Ich weiß es«, sagte sie.

Sie nahm ihren Arm von seiner Schulter, blieb aber dicht bei ihm sitzen und dachte darüber nach, wie aberwitzig selbst *das* war. Sie mochte ja von Robbie Johanssen gewusst haben, bevor sie hierher kam, aber im Grunde war er immer noch ein Fremder, der so gut wie nichts von ihr wusste. Und doch spürte Rianna, dass sie sich Robbie jetzt und hier, an diesem schrecklichen Ort, näher fühlte als jedem anderen Menschen, dem sie je begegnet war – ihre Familie, die Ryans und Shannon natürlich ausgenommen.

»Ich schätze, wir sind jetzt wirklich so was wie Steel und Dakota«, murmelte Robbie. »Die letzten beiden Teenager im Untergrund von New York, und der eine passt auf den anderen auf.«

»Du glaubst, wir sind in New York?«

Er zuckte mit den Achseln. »Ich weiß es nicht.«

Das Licht ging wieder aus. Rianna schauderte, und Robbie legte den Arm um sie – jetzt war es an ihm, Trost zu spenden.

»Du wirst dich daran gewöhnen«, sagte er.

»Das glaube ich nicht«, flüsterte sie.

»Ich auch nicht«, gab er zu. »Aber es ist leichter für mich, jetzt wo du da bist.« Rasch fügte er hinzu: »Das soll aber nicht heißen, dass ich froh bin, dass er dich auch entführt hat.«

Sie antwortete nicht.

»Versuchen wir zu schlafen«, sagte Robbie.

Sie legten sich hin, dicht nebeneinander. Beide verschwendeten keinen Gedanken daran, wie sie sich draußen verhalten hätten, in der Normalität – sie brauchten es einfach, nahe beieinander zu bleiben, solange es ihnen möglich war.

Robbie lag ganz still da und lauschte Riannas Atem, der immer gleichmäßiger wurde, als sie einschlief. Er war froh, dass sie auf diese Weise zumindest für eine Weile entfliehen konnte. Und es gab ihm Zeit, ein wenig für sich alleine nachzudenken.

Irgendetwas irritierte ihn an dieser Situation, aber er wollte Riannas Ängste nicht noch schlimmer machen: Wenn sie beide wie Steel und Dakota sein sollten – zu Steel und Dakota *werden* sollten, zur lebendigen Software dieses Wahnsinnigen –, dann war das hier etwas, das es im Computerspiel *Limbo* nie gegeben hatte. Dakota und Steel standen all ihre Abenteuer gemeinsam durch, sie retteten einander ständig aus allen möglichen Gefahren, aber sie waren immer nur für kurze Zeit zusammen, konnten nie beieinander bleiben ...

Vielleicht, dachte Robbie, wollte *er* sie erst einmal beobachten, wollte sehen, wie sie miteinander auskamen, wollte zuhören, worüber sie sprachen und welche Pläne sie vielleicht ausheckten.

Er wünschte, es *gäbe* Pläne, die der Dreckskerl belauschen könnte.

Der Gedanke, dass dieser Bastard sie ausspionierte, machte ihn krank. Vielleicht beobachtete der Irre sie durch ein Guckloch oder filmte sie mit einer versteckten Kamera, während sie redeten oder aßen oder pinkelten oder schliefen. Doch die andere Vorstellung, die sich Robbie immer wieder aufdrängte, war noch schlimmer: dass dieser Scheißkerl irgendwann die Lust verlor und wegging, dass er eines Nachts kein Essen und Trinken mehr in ihre Zelle stellte ...

Dass das Licht nie wieder angehen würde.

Du musst aufhören, daran zu denken, Mann.

»Robbie?« Riannas Stimme war so leise, dass sie in der Dunkelheit zu schweben schien.

»Ich dachte, du schläfst«, sagte er.

»Worüber denkst du nach?«, fragte sie.

Er hörte die Angst in ihrer Stimme.

»Nichts.« Er schwieg kurz. »Meinst du, wir können noch ein bisschen näher zusammenrücken?«

»Das wäre schön«, flüsterte Rianna.

Das war es auch.

75.

Er hielt die Ohren offen, um Neuigkeiten über Barnes aufzuschnappen, und fragte sich, wie lange sie das arme Schwein noch schwitzen ließen.

Von wegen armes Schwein.

Er war ein Kinderschänder, ein Pädophiler.

Es gab nichts Schlimmeres, nichts Feigeres auf der Welt.

Außer einem Ding-Monster.

Aus diesem Grund hatte er Barnes ausgewählt. Er hatte eine Zeit lang einen Sündenbock gebraucht, jemanden, der eine Zeit lang der Dumme für ihn war.

Wenn sie ihn gehen lassen mussten, konnte er immer noch einen anderen finden.

Das Ding-Monster braucht mehr Zeit.

Steel und Dakota hatten noch sehr viele Spiele zu spielen.

Sie hatten ja kaum angefangen.

Es hatte ihm gefallen, sie zu beobachten, wenn sie einander umarmten, sich zusammenkuschelten.

Mehr Zeit.

76.

Kurz nachdem Lydia gekommen war, rief Baum wieder an. Ich sagte ihm, dass sie bei mir sei und auf dem zweiten Apparat mithöre.

Wir hörten das Klicken, als sie im Wohnzimmer abhob; ich war in der Küche.

»Wie geht es Ihnen, Lydia?«

»Könnte schlimmer sein«, sagte sie. »Und Ihnen, Norman?«

»Mir geht es gut, danke«, antwortete Baum.

»Was gibt es Neues?«, beendete ich die Höflichkeiten.

»Ich glaube, die müssen Barnes bald gehen lassen«, sagte Baum. »Niemand glaubt ernsthaft daran, dass er ein Meister in *Limbo* oder sonst was ist.«

»Also hat ihn jemand zum Sündenbock gemacht«, sagte ich.

»Und das könnte doch wieder auf Eryx hindeuten?«, fragte Lydia schnell.

»Aber es könnte ebenso gut nur zu irgendeinem Hacker führen«, sagte Baum zu uns beiden. »Vielleicht zu dem Entführer, vielleicht aber auch nur zu irgendeinem verdammten Unruhestifter.«

»Mein Gott«, sagte Lydia. »Sie glauben wirklich, jemand würde so etwas tun?«

»Auf jeden Fall«, sagte ich leise. »Irgendein irres Computergenie, das ein bisschen Abwechslung vom Viren-Erfinden sucht.«

»Bis jetzt ist Barnes noch nicht auf freiem Fuß«, erinnerte Baum.

Was bedeutete, dass sie einen Grund gefunden hatten, ihn länger als üblich festzuhalten.

»Warum halten sie ihn denn noch fest?«, fragte ich. »Sie sagten doch, er habe kein Geld. Er hat also wahrscheinlich nicht die Mittel, um Jugendliche aus sechs Bundesstaaten zu entführen.«

»Dazu bräuchte er nicht allzu viele Mittel«, sagte Baum. »Wahrscheinlich nur einen Van. Und ob Barnes einen Führerschein hat, weiß ich nicht.«

»Hat er das Know-how und die Nerven, in New Haven ein Taxi zu stehlen und am helllichten Tag das Auto von Trainerin Carlins lahm zu legen? Und weiß er, wie man ein Taxi säubert und nur ein *einziges Haar* zurücklässt?«

»Fraglich«, sagte Baum.

»Weil Barnes es nicht war, richtig?«, sagte ich. »Weil er bloß ein ganz gewöhnlicher, kranker, neurotischer Perverser ist.«

»Und aus diesem Grund wird er voraussichtlich morgen früh entlassen«, sagte Baum.

»Warum warten sie dann bis morgen früh? Vielleicht gibt's da doch etwas, von dem wir nichts wissen.«

»Ich weiß es nicht, Jake.« Baum hatte so viel Geduld mit mir wie immer.

Ich hörte Lydias leises Atmen in der Leitung. Ich hatte fast vergessen, dass sie zuhörte. »Tut mir Leid«, sagte ich zu den beiden. »Vielen Dank, dass Sie angerufen haben, Norman.« Ich konnte nicht mehr weiterreden, mir war plötzlich nach Weinen zumute.

»Nehmen Sie es nicht zu schwer«, sagte Baum.

Ich legte auf, atmete ein paarmal tief durch, rieb mir mit dem linken Handrücken über die Augen und ging ins Wohnzimmer.

Lydia saß auf dem Sofa und starrte auf ihre im Schoß gefalteten Hände.

»Alles in Ordnung?«, fragte ich.

Sie sah mich an, ihre Augen waren feucht. »Es könnte immer noch jemand von Eryx sein, oder nicht?«

Ich antwortete mit einer Mischung aus Nicken und Schulterzucken. Sprechen konnte ich nicht.

Ich setzte mich neben sie.

Wir fühlten beide das Gleiche, daran gab es keinen Zweifel. Unsere Kinder waren immer noch verschwunden, und niemand schien auch nur einen Schritt weiterzukommen.

77.

Er hatte sich mehr erhofft als 48 lausige Stunden.

Gott, war das kräftezehrend. Er musste sich mit zu vielen Dingen gleichzeitig auseinander setzen. Sich um die Kids kümmern. Mit seinem Leben, seiner Arbeit, mit *Menschen* zurechtkommen. Dafür sorgen, dass der nächste Verdächtige reif zum Pflücken war.

Auf und ab, auf und ab.

Er war dankbar für seine Intelligenz und sein Durchhaltevermögen.

Letzteres erlahmte gerade ein wenig, und das machte ihn wahnsinnig.

Sie waren noch nicht beim besten Teil angekommen. Die Kids waren noch nicht so weit, sie brauchten eine bessere Grundlage, mehr Spiele, die er bereitstellen musste. Kein Wunder, dass er fix und fertig war, dass seine Moral hin und wieder absackte. Dabei gab es wirklich keinen Grund, sich so zu geißeln, wie er es in letzter Zeit getan hatte, keinen Grund, sich selbst so zu verunglimpfen.

Ding-Monster. So etwas Hässliches, Unfreundliches.

Wo er doch ein Genie war!

Auf und ab, auf und ab.

Er brauchte mehr Zeit, um es perfekt zu machen.

78.

Ella war für einen Tag bei ihrer Freundin Maggy Stewart, in der Nähe von Short Beach. Sie hatte gesagt, sie wollte nicht fahren, sondern lieber bei mir zu Hause bleiben, und im Grunde wünschte ich mir das auch, aber gleichzeitig wollte ich meinem kleinen Mädchen zumindest einen Anschein von Normalität verschaffen, wenn ich die Chance hatte.

»Wenn du früher zurückkommen willst, ist das okay«, versicherte ich ihr, bevor Mrs Stewart kam, um sie abzuholen. »Du musst nur anrufen oder es Maggys Mom sagen.«

Sie sah mich mit ihren durchdringenden Augen an. »Das gilt auch für dich.«

Ich muss wohl verblüfft ausgesehen haben.

»Wenn du willst, dass ich wieder nach Hause komme, Daddy«, sagte sie, »dann ruf an, und ich sag Maggys Mom, dass sie mich fahren soll, okay?«

Ich lächelte, beugte mich vor und schloss sie in die Arme. »Okay, Baby.«

»Versprochen?«

»Ja.« Ich nickte.

Ich hatte nicht gewusst, dass Ella so sein konnte – bis letzten Samstag. Rianna war stets meine große Stütze gewesen, die für ihre Mutter einsprang, während Ella fast immer die Schwierigere war, die größere Herausforderung. Jetzt zeigte sie mir plötzlich eine Seite, von der ich noch gar nicht gewusst hatte, dass es sie gab.

Sie nahm Riannas Platz ein.

Sobald Mrs Stewarts Auto außer Sichtweite war, rannte ich wieder hinauf in die Wohnung, lief im Flur ohne ein Wort an Lydia vorbei ins Badezimmer, schloss die Tür, setzte mich auf den Wannenrand und weinte wie ein Kind.

»Du musst etwas essen, Jake«, sagte Lydia einige Zeit später.

Sie machte Omeletts. Ich wusste nicht, wie ich auch nur einen Bissen herunterbringen sollte.

Baum rief an.

»Barnes ist raus«, informierte er mich.

»Okay«, sagte ich.

»Meine Quelle sagt, sie verhören jetzt jemand anderen.«

Wieder blitzte Hoffnung in mir auf. »Erzählen Sie.«

»Es gibt nicht viel zu erzählen, nur dass er auch ein Straftäter ist.«

Als Baum »Straftäter« sagte, wusste ich, was er meinte.

Sexualstraftäter.

Dieses Wort brannte sich wie eine weiß glühende Klinge in mein Hirn und sandte Wogen heißer Wut durch meinen Körper, bis sich sogar meine Finger anfühlten, als würden sie sieden.

Als könnten sie töten.

Lydia beobachtete mich vom Tisch aus, auf den sie gerade das Essen gestellt hatte.

Ich sah sie an. Sie trug Jeans und ein blaues T-Shirt, war ungeschminkt und hatte ihr Haar ganz schlicht lang und glatt gekämmt. Sie sah so schön aus, so ängstlich und sehnsüchtig – und so *verzweifelt* –, ich wollte am liebsten das Telefon fallen lassen, alles fallen lassen, sie in die Arme schließen und unseren Schmerz mildern.

Aber das würde nicht funktionieren.

Du musst etwas tun, Jake.

»Jake?« Baums Stimme. »Sind Sie noch dran?«

»Ja.«

Von überall her schienen mich Fotos von Rianna anzusehen, sogar in der Küche – ich hatte erst in diesen letzten Tagen bemerkt, wie viele es waren. Sie beobachteten mich, genau wie Lydia – graue Augen, die mich voller Vertrauen anschauten.

Daddy, hilf mir.

Tu etwas.

»Wenn ich mehr erfahre, rufe ich Sie sofort an«, sagte Baum. »Ich weiß, dass die Ermittlungen noch so offen sind wie vorher.«

»Das heißt, dass dieser Verdächtige wahrscheinlich auch wieder nur ein armer Irrer ist.« Ich zwang mich, logisch zu denken. »Die notwendigen Mittel ...«, sagte ich. »Daran muss ich immer wieder denken. Ich weiß, Sie sagten, dass nicht viel notwendig sei, aber das sehe ich anders. Geld geht oft Hand in Hand mit Arroganz, und so, wie dieser Scheißkerl uns das verdammte Spiel und seine Briefe vor die Nase hält, und dass er im Taxi nur ein einziges Haar zurückließ ... Ein Mann, der solche Dinge tut, ist möglicherweise der Meinung, das FBI würde ihn nicht belästigen. Vielleicht, weil er einflussreich ist oder dafür bekannt, prozesssüchtig zu sein ...«

»Womit wir wieder bei Eryx wären«, unterbrach Baum. »Aber alles, was Sie gerade gesagt haben, trifft auch auf Tausende andere reiche Männer in diesem Land zu.«

»Treffen wir uns in der Mitte«, sagte ich. »Sucht Kline nach *Limbo*-Mastern, die zufällig viel Geld haben, und nicht nur nach Pädophilen und anderen niederen Lebensformen?«

»Kline sucht vermutlich nach allem«, sagte Baum. »Allerdings glaube ich nicht, dass reiche, mächtige Leute daran interessiert sind, in die Datenbank eines Videospiel-Unternehmens zu kommen. Normalerweise sind sie eher darauf bedacht, ihre Privatsphäre zu wahren.«

»Genau wie Fitzgerald.« Ich überlegte weiter. »Die *Kinder* reicher Eltern könnten als *Limbo*-Master registriert sein.«

»Das hört sich schon realistischer an.«

»Könnten Sie das weitergeben?«

»Ich kann es versuchen«, sagte Baum und hielt inne. Er schien zu spüren, wie meine Stimmung sich wieder verfinsterte. »Es gibt noch mehr Neuigkeiten, Jake.« Er klang widerstrebend.

»Und welche?«

»Bleiben Sie ruhig. Regen Sie Lydia nicht zu sehr auf.«

Ich drehte mich ein klein wenig, sodass sie mein Gesicht nicht mehr sehen konnte. »Okay.«

»Das eine ist nur ein Gerücht«, sagte Baum. »Wie es heißt, lief Kordas Scheidung doch nicht ganz so zivil ab, wie es auf den ersten Blick den Anschein hat. Vielleicht hat er irgendetwas Hässliches vertuscht. Aber das ist nur ein Gerücht, okay?«

»Okay.« Mein Puls ging schneller, aber ich versuchte, ungezwungen zu klingen.

»Dann gibt es da noch eine Information, die meine Partnerin Thea über Fitzgerald ausgegraben hat ...«

Jetzt kam etwas Bedeutendes, das hörte ich Baum Stimme an.

»Auch sie ist bisher unbestätigt, aber wie es aussieht, wurde unser Bill damals in der Highschool – eine katholische Schule nicht weit von Stamford – im Alter von vierzehn oder fünfzehn beschuldigt, eine Lehrerin angegriffen zu haben.«

O Gott.

»Nichts Sexuelles«, kam Baum meiner Frage zuvor, »aber sehr merkwürdig. Die Lady sagt, er habe ihr an einem Winternachmittag aufgelauert, sie niedergeschlagen und sie dann in einen Schuppen auf dem Schulgelände gesperrt. Vielleicht war es ein Streich – es kann auch sein, dass mehr als ein Schüler beteiligt war –, aber sie nannte nur Fitzgerald namentlich.«

»Was geschah mit ihm?«

»Die Polizei holte ihn ab und verhörte ihn, aber dann zog die Lehrerin ihre Vorwürfe zurück, und der Fall wurde fallen gelassen.«

Weshalb wir bisher nichts davon erfahren haben, dachte ich.

»Vielleicht hatten Mama und Papa in der Gegend ein bisschen Einfluss«, sagte Baum. »Mehr wissen wir nicht, Jake. Niemand scheint die leiseste Ahnung zu haben, warum der junge Bill so etwas getan haben könnte.« Er hielt inne. »Thea ist der Meinung, wir sollten versuchen, mehr über den Unfall zu erfahren, bei dem seine Frau ums Leben kam.«

Das Herz schlug mir plötzlich bis zum Hals.

»Ich gehe davon aus, Sie wollen Lydia das verschweigen, oder?«

»Vorerst ja«, sagte ich.

»Nun, das ist Ihre Entscheidung.« Baum schwieg wieder kurz. »Das alles hat vielleicht gar nichts zu bedeuten.«

»Alles ist möglich«, sagte ich.

Hätte ich mir zehn Minuten vorher die Frage gestellt, ob ich bereit wäre, Lydia zu belügen oder ihr Informationen vorzuenthalten, die sie offensichtlich ebenso sehr betrafen wie mich, hätte ich diese Möglichkeit kategorisch ausgeschlossen.

Doch als ich jetzt den Hörer auflegte und mich zu ihr drehte – sie saß immer noch still am Küchentisch –, wusste ich, dass ich sie belügen würde.

»Erzähl«, sagte sie.

Ich berichtete ihr von dem neuen Verdächtigen und dass der Kerl eine Vorgeschichte hatte, dass wir im Augenblick aber nicht mehr als das wussten. Doch Baum würde uns auf dem Laufenden halten.

»Worum ging es im letzten Teil des Gesprächs?«, fragte sie. »Nachdem ihr über die Kinder der reichen Leute gesprochen habt.«

Ich nahm mir Zeit. Ich setzte mich vor mein mittlerweile kaltes Omelett, sah, dass Lydias Teller ebenfalls unberührt war, und zuckte mit den Achseln. »Norman hat mir nur erzählt, er habe das Gefühl, Klines Leute seien jetzt auf der richtigen Spur. Ich solle aufhören, den Feind bei Eryx zu suchen.«

»Ist das alles?«, fragte sie. »Es hörte sich nach mehr an.«

»Nein.« Ich schüttelte den Kopf. »Nur ein Vortrag darüber, dass man wissen sollte, wann man sich anderen Dingen zuwenden muss.«

»Er meint also, dass Eryx auch nur ein Opfer ist?«

Ich nickte. »Wirtschaftlich gesehen.«

Ich hatte nicht gewusst, dass ich so gut lügen konnte, aber ich war nicht stolz darauf. »Er sagte, er würde die Idee mit den Kindern reicher Leute weitergeben.«

»Keine jungen Leute«, sagte Lydia. »Das kann ich nicht glauben. Es ist zu schrecklich.«

»Junge Leute tun manchmal schreckliche Dinge«, erinnerte ich sie. »Denk an die Menendez-Brüder.«

»Das war etwas ganz anderes«, sagte Lydia.

»Ich könnte dir eine ganze Reihe anderer Fälle aufzählen.«

»Bitte nicht«, sagte sie.

Ich überließ ihr den Abwasch. Sie wollte es so, und ich war froh, zu entkommen – meinem Betrug, nicht Lydia.

Es gab jedoch keine wirkliche Alternative. Wenn Lydia die Wahrheit wüsste, sagte ich mir, wenn sie wüsste, was zu tun ich mich gerade entschlossen hatte – und ich *hatte* mich entschlossen, denn Baums Worte brannten Löcher in mein Hirn –, dann würde sie darauf bestehen, mitzukommen, und das konnte ich nicht zulassen.

Ich ging ins Schlafzimmer, schloss die Tür und rief Baum an, um es ihm zu sagen.

»Sind Sie verrückt?«, war seine spontane Reaktion.

»Vielleicht, vielleicht auch nicht«, sagte ich. »Aber ich kann nicht noch eine Nacht hier herumsitzen und nichts tun, wenn auch nur die geringste Chance besteht, dass ich herausfinde, wer unsere Kinder hat.« Es kostete mich unglaublich viel Kraft, nicht die Stimme zu heben.

»Glauben Sie nicht, dass Kline dasselbe herausgefunden hat wie Thea?«

»Kline informiert mich nicht über seine Ermittlungen, Norman. Ich kann nicht noch mehr Zeit verschwenden, indem ich auf seine Brosamen warte.« Ich sprach schnell, denn ich wollte es gesagt haben, bevor Lydia kam und nach mir sah. »Ich weiß, es ist nichts anderes als das, was

Lydia zu tun versucht hat, aber ich werde sehr viel vorsichtiger sein und mir alle Mühe geben, nicht erwischt zu werden.« Ich hielt inne. »Und eigentlich habe ich gehofft, dass Sie mitkommen.«

»Nichts zu machen«, sagte Baum.

»Jemand hat meine Tochter entführt, Norman. Vielleicht einer von diesen Männern. Und ich weiß, dass ich bessere Chancen habe, wenn ein Mann wie Sie das ein oder andere darüber weiß, wie man an Orten herumschnüffelt, an denen man eigentlich nicht sein dürfte.« Ich saß auf dem Bettrand, rieb mir mit der linken Hand den Nacken und betete, dass er Ja sagen würde. »Ich verstehe ja, wenn Sie das nicht möchten, aber ...«

»Aber Sie selbst werden es trotzdem tun«, sagte Baum.

»Natürlich. Ich bin das Gefühl nie losgeworden, dass einer von den dreien die Kinder hat ... jetzt auch *mein* Kind ...« Ich zitterte vor Anstrengung, leise zu sprechen. »Ich bin sicher, dass Rianna auch deshalb entführt wurde, um mich dafür zu bestrafen, dass ich versucht habe, Eryx weiter unter Druck zu setzen. Sehen Sie es doch mal so, Norman: Wenn ich falsch liege, verschwende ich zumindest nicht die Zeit des FBI. Die Beamten können suchen, wo sie wollen, und ich tue dasselbe.«

Ich verstummte. Ich hatte nichts weiter zu sagen, und ich wollte meine Kräfte sparen.

»Sie werden Lydia nichts davon sagen?«, fragte Baum.

»Noch nicht.« Ich wartete darauf, dass er mich zusammenstauchte.

»Das ist nicht richtig«, sagte er. »Aber vielleicht zu ihrem Besten.«

»Ja.«

»Ich kann nicht mitkommen, Jake, ich ...«

»Okay.« Ich war enttäuscht, aber nicht überrascht.

»Aber Sie tun es trotzdem?«

»Die Frage habe ich doch schon beantwortet.«

»Dann muss ich wohl genauso verrückt sein wie Sie.«

»Sie kommen doch mit?«

»Nur weil ich weiß, dass ich an Ihrer Stelle vielleicht das Gleiche tun würde.«

Ich war so dankbar, dass ich nicht mehr sprechen konnte.

»Aber als Erstes«, fuhr Baum fort, »werde ich mit meinem Kumpel sprechen, den ich überredet habe, sich in die Baupläne der Häuser der Eryx-Manager einzuhacken, um nach Kellern oder Ähnlichem zu suchen.« Er überlegte, während er sprach. »Obwohl es nicht sehr wahrscheinlich ist, dass der Täter die Kinder bei sich zu Hause hat. Sie sprechen ja immer von den Mitteln – und diese Männer haben riesige Mittel.«

»Ja. Andererseits aber ...« Ich stockte, weil ich glaubte, Schritte zu hören; dann fuhr ich fort: »Andererseits ist der Täter, wenn er einer von ihnen ist, wahrscheinlich geisteskrank, und Verrückte folgen nicht immer der Logik.«

»Wahrscheinlich nicht«, sagte Baum trocken. »Nach diesem Gespräch zu urteilen.«

79.

Kurz nach 17 Uhr erzählte ich Lydia, ich hätte gerade mit Stu Cooper telefoniert; er hätte gesagt, dass Fran allmählich die Nerven verliere und dass Stu mich gebeten habe, nach Brookline zu kommen, um sie zu besuchen.

»Hat er ihren Arzt angerufen?«, fragte Lydia.

»Der Doc ist nicht allzu begeistert von der Vorstellung, Fran in diesem Zustand Tabletten zu verschreiben.« Noch mehr Lügen.

»Arme Fran.«

»Stu scheint der Meinung zu sein, es würde ihr ein wenig helfen, mit mir zu reden.«

»Dann musst du hinfahren«, sagte Lydia überzeugt.

Ich zögerte. »Eigentlich sollte ich Ella abholen, aber die Mutter ihrer Freundin sagt, sie würde sie auch gern nach Hause fahren.«

»Glaubst du, es macht ihr etwas aus, mit mir alleine zu sein?«

Ich schüttelte den Kopf. »Kein bisschen.«

»Dann gibt es doch gar kein Problem«, sagte Lydia. »Ich bin hier und kümmere mich um Ella, und du fährst und besuchst die Coopers. Hört sich an, als könnten die beiden eine Hilfe von dir gebrauchen.« Sie sah die Regung in meinem Gesicht und hielt meine Schuldgefühle für Sorge. »Jake, wenn es irgendwas Neues gibt, rufe ich dich dort an.«

Ich konnte ihr kaum in die Augen sehen.

Ich sammelte Baum vor dem Busbahnhof ein, und wir fuhren aus New Haven heraus, so schnell es der Verkehr erlaubte.

»Und wenn Lydia die Coopers anruft?«, fragte Baum.

»Da habe ich vorgesorgt. Stu hat sich bereit erklärt, mich zu decken.«

»Sie haben ihm doch nicht gesagt, wo Sie hinfahren?«

Ich schüttelte den Kopf, ohne den Blick von der Straße zu nehmen. »Ich habe nur gesagt, dass ich alleine irgendwo hingehen muss und Lydia nicht kränken will.«

Als ich gegangen war, hatte sie mich mit einem seltsam durchdringenden Blick angesehen, als wisse sie ganz genau, dass ich nicht einmal in die Nähe der Coopers fahren würde, aber dass es keinen Sinn hätte, mich darauf anzusprechen. Ich hatte mich in dem Moment wie ein Schuft gefühlt, und jetzt fühlte ich mich auch nicht besser.

»Wie wäre es mit ein wenig Vorausplanung?«, befreite Baum mich aus meinen Grübeleien.

»Klar«, sagte ich. »Ich bin der Meinung, wir sollten bei Fitzgeralds Haus anfangen und dann zu Korda fahren, wenn wir nichts finden. Wenn alles schnell und glatt und ohne Ergebnisse verläuft, würde ich anschließend gern auf das Gestüt fahren.«

»Was ist mit Hawthorne?«, fragte Baum. »Wenn er unser Mann sein sollte, gibt es keinen besseren Ort, an den er die Kinder verlegen könnte, als sein bereits vom FBI durchsuchtes Haus.« Er zuckte die Achseln. »Ich meine, wenn wir vorhaben, drei Viertel von Connecticut abzudecken – was bedeutet dann schon ein Abstecher nach Chester?«

Ich grinste ihn schief an. »Glauben Sie, ich weiß nicht, wie verrückt ich mich anhöre?«

»Doch, wahrscheinlich wissen Sie es«, erwiderte Baum.

»Ich weiß, dass wir bis nach Einbruch der Dunkelheit warten müssen, bevor wir uns einem der Häuser nähern, und dass wir schon von Glück reden können, wenn wir die erste Station schaffen. Und mir ist klar, dass die ganze Aktion eigentlich fünf Profis oder mehr erfordern würde und nicht einen Fünf-Minuten-Cop und einen nicht mehr ganz frischen Privatdetektiv – nichts für ungut.«

»Kein Problem.«

»Und vielleicht bin ich wirklich auf Eryx fixiert.«

»Aber trotz allem müssen Sie das hier tun«, sagte Baum.

Ich war ihm so dankbar, dass ich ihn am liebsten umarmt hätte. »Wenn noch Zeit ist, können wir auf dem Heimweg vielleicht noch schnell einen Blick auf Hawthornes Haus werfen.« Ich grinste. »Das Weingut in New York muss wohl bis zur nächsten Nacht warten.«

»Ja, Jake«, sagte Baum. »Das glaube ich auch.«

Korda erfuhr von Ford, dass Woods und Baum auf dem Weg in den Norden waren, als er mit Ellen Zito und Dave Kaminski in Hal Hawthornes Büro saß.

Korda stellte das Telefon laut, damit Hawthorne mithören konnte.

»Mein Mann sagt, sie können theoretisch überallhin unterwegs sein«, sagte Ford.

»Aber du hast das Gefühl, sie kommen hierher?«, fragte Korda.

»Die Möglichkeit besteht.« Ford hielt inne. »Ich muss meinem Mann sagen, wie er weiter vorgehen soll.«

»Ich ruf dich zurück.«

Kaminski blickte entgeistert. »Ihr lasst Jake Woods beobachten?«

»Das klingt ein bisschen sehr dramatisch, Dave«, wandte Korda sich lächelnd an ihn. »Aber der Professor und Mrs Johanssen sind tatsächlich ein wenig besessen von ihren Anschuldigungen gegen Eryx, deshalb hielt Nick es für klug, sie im Auge zu behalten.«

»Ihr habt doch gehört, was letzte Woche bei Bill passiert ist«, sagte Hawthorne.

»Sicher«, sagte Zito. »Die arme Frau muss ja den Verstand verlieren.« Sie schüttelte den Kopf. »Und der Professor jetzt auch.«

»Absolut«, pflichtete Korda bei. »Deshalb sollten wir sichergehen, dass die beiden keine Dummheiten machen und sich nicht noch mehr Kummer einhandeln. Zu dieser Uhrzeit und ohne einen Termin bezweifle ich, dass sie hierher in die Firma kommen.« Er blickte Zito und Kaminski an. »Ich würde sagen, das war es erst einmal.« Er hielt inne. »Ellen, denkst du, du könntest Bill finden und ihn hierher bitten?«

»Kein Problem.«

Zito und Kaminski verließen das Zimmer.

Fitzgerald war innerhalb von zwei Minuten da. Er wirkte verärgert. »Was sollen wir mit diesen Leuten machen, Scott?«

»Noch nichts«, sagte Korda. »Wir wissen nicht, was sie vorhaben.«

»Ford glaubt, dass sie hierher kommen, sagt Ellen.«

»Kann sein.« Korda hielt kurz inne. »Ich werde Nick sagen, dass er seinen Mann abziehen soll.«

»Warum?«, fragte Hawthorne.

»Ich sehe nicht viel Sinn darin, sie jetzt zu beschatten«, antwortete Korda. »Entweder kommen sie hierher oder zu einem von uns nach Hause, oder keins von beidem – und im letzten Fall geht es uns nichts an, wohin sie fahren.«

»Und wenn sie kommen?«, fragte Fitzgerald.

»Dann werden wir damit umzugehen wissen.«

»Und wie? Indem wir die Polizei rufen?«, fragte Fitzgerald. »Damit die ihnen einen warnenden Klaps auf den Hintern gibt und sie nach Hause schickt?«

»Ich schreibe keinem von euch vor, was ihr tun sollt, wenn sie bei euch zu Hause auftauchen«, sagte Korda. »Das ist eure Entscheidung. Ich für meinen Teil werde nach Hause fahren und abwarten.«

»Vielleicht wollen sie nur reden«, sagte Hawthorne.

»Ohne vorher anzurufen?« Fitzgerald war skeptisch.

»Ich glaube, wir sollten nicht überzogen reagieren.« Korda nahm den Ordner, den er mitgebracht hatte, und ging zur Tür. »Ich möchte jeden Ärger vermeiden, wenn das möglich ist.«

»So sehe ich das auch«, sagte Hawthorne.

»Ich glaube, wir sollten mit Tillman sprechen«, sagte Fitzgerald.

»Das kannst du gerne tun«, sagte Korda.

80.

Maggy Stewarts Mutter hatte Ella nach Hause gebracht. Wenngleich Ella wusste, dass ihr Vater nur die Coopers besuchen war, brachte seine Abwesenheit sie offensichtlich aus der Fassung.

»Ist es okay, wenn ich allein bei dir bin?«, fragte Lydia. »Wir können auch Kim anrufen und fragen, ob sie Zeit hat.«

Während sie das sagte, hoffte sie, dass Ella nicht bei den Coopers anrufen wollte, denn obwohl sie nicht wusste, warum, war sie fast sicher, dass Jake nicht in Brookline war und dass sein Ausflug – wohin auch immer er führte – auf etwas beruhte, das Baum während ihres Telefonats gesagt hatte. Etwas, das Jake verschwieg. Und sie wollte Ella nicht erschrecken, wenn nicht herauszufinden war, wo ihr Daddy steckte.

»Ich brauche keinen Babysitter«, sagte Ella, doch ihr kleines Kinn bebte.

»Das weiß ich.« Lydia musste den Impuls unterdrücken, die Kleine in die Arme zu nehmen. »Aber ich weiß, dass ich deine Gesellschaft heute Abend gut gebrauchen könnte.«

»Du kennst mich doch gar nicht richtig«, sagte Ella frei heraus.

»Ich glaube, ich lerne dich gerade ein bisschen kennen«, sagte Lydia. »Deshalb würde ich mich über deine Gesellschaft freuen. Natürlich nur, wenn es dir nichts ausmacht.«

»Nicht allzu viel, glaub ich«, antwortete Ella.

Das Telefon klingelte um kurz nach halb acht. Ella rannte los, sprach kurz in den Hörer und kam dann mit dem schnurlosen Telefon zu Lydia, die gerade Tomatensauce auf Ellas Spaghettiteller löffelte.

»Es ist für Daddy, aber sie will mit dir sprechen.«

Lydia nahm das Telefon und bedeutete Ella, schon mit dem Essen anzufangen.

»Lydia Johanssen«, sagte sie.

Es war Thea Lomax, Baums Partnerin.

»Es ist nichts Großartiges, Mrs Johanssen«, sagte die Privatdetektivin schnell, da ihr bewusst war, dass jeder Anruf den Puls der Eltern dramatisch beschleunigen musste. »Ich glaube, Norman hat Professor Woods erzählt, dass ein weiterer Verdächtiger verhört wird.«

»Ja, das hat er.«

»Ich fürchte, auch dieser Mann ist nicht der Gesuchte.« Lomax sprach mit leiser Stimme. »Er wurde freigelassen.«

»Oh.« Lydia wusste nicht, was sie sagen sollte.

»Es scheint eine weitere Kreuzprobe gewesen zu sein – diesmal zwar nicht mit dem *Limbo*-Register, aber der Mann war Spiele-Freak und ebenfalls ein Sexualstraftäter.« Lomax hielt inne. »Unser FBI-Kontakt meint, dass irgendwelche Scherzbolde diese falschen Hinweise legen.«

»Jake sagte auch, es stecke vielleicht ein Hacker dahinter.« Lydia sah Ellas Augen funkeln. Sie wusste, dass die Erwähnung von Hackern das Mädchen faszinierte.

»Könnte sein.«

»Vielleicht ist es auch der Täter selbst. Schließlich ist er ein Fan von Videospielen, nicht wahr?« Lydia schwieg kurz. »Könnte das für Klines Team nicht eine Möglichkeit sein, ihm eine Falle zu stellen? In Filmen scheint so was zu funktionieren«, fügte sie ironisch hinzu.

Ella hatte inzwischen aufgegeben, so zu tun, als äße sie ihre Spaghetti.

»In Filmen können die Leute oft binnen Sekunden andere Personen aufspüren, die Tausende Meilen entfernt sind«, bestätigte Lomax. »Ehrlich gesagt, Lydia, ich weiß es nicht. Ich weiß nur, dass dem FBI gewaltige Mittel zur Verfügung stehen, und ich bin sicher, Kline zieht alle Register, um Ihre Kinder wieder nach Hause zu holen – aber ich weiß nicht, ob oder wie sie mit der Hacker-Idee arbeiten.«

»Okay«, sagte Lydia. »Ich weiß Ihre Ehrlichkeit zu schätzen.«

»Ich wollte dem Professor und Ihnen nur wegen des Verdächtigen Bescheid sagen.«

Lydia fiel ein, dass Lomax vielleicht wusste, wo Jake war. »Wenn Sie Jake persönlich sprechen wollen«, sagte sie ein wenig hinterlistig, »er ist zu Michael Coopers Eltern gefahren. Vielleicht sollten die auch davon erfahren ...«

»Norman sagte mir, er wolle die Coopers nicht mit zu vielen schlechten Nachrichten überschütten. Ich weiß, dass die Coopers ziemlich am Ende der Fahnenstange angelangt sind. Wie Sie wahrscheinlich auch«, fügte sie hinzu. »Aber jeder Mensch kommt unterschiedlich gut mit so etwas zurecht, nicht wahr?«

»Wahrscheinlich.« Lydia zögerte. »Hat Norman heute Abend frei? Nur, weil er Jake sonst immer selbst anruft.«

»Selbst Norman Baum braucht ab und zu ein wenig Freizeit«, sagte Lomax.

Lydia konnte nicht einschätzen, ob Thea Lomax sie abspeiste oder nicht. Sie wollte Jake eigentlich immer noch glauben; die Vorstellung, dass er sie angelogen hatte, nahm sie ziemlich mit. Andererseits – wenn er tatsächlich gelogen hatte, dann wohl aus der falschen Vorstellung heraus, sie oder Ella dadurch zu schützen. Das wiederum konnte bedeuten, dass Jake ein Risiko einging. Aus diesem Grund hoffte Lydia, dass Thea Lomax sie ebenfalls anlog; denn in diesem Fall war Baum vielleicht bei Jake – wo immer er hingefahren war – und stand ihm zur Seite.

»Was hat die Frau gesagt?«, fragte Ella, als Lydia sich an den Tisch setzte.

»Das war Mr Baums Partnerin ...«

»Ich weiß, wer das war.« Ella war nicht unfreundlich, sie war einfach nur ungeduldig.

»Sie hat nichts Wichtiges gesagt«, erklärte Lydia, wusste aber gleich, dass diese Antwort für ein so kluges Kind wie Ella nicht annähernd gut genug war. »Das FBI hat Gespräche mit einem Mann geführt …«

»Ein Verdächtiger?«, fragte Ella.

Lydia nickte. »Er *war* ein Verdächtiger, aber sie haben ihn laufen lassen, weil sie gemerkt haben, dass er nichts mit der Entführung von Rianna und Robbie zu tun hatte.«

»Und den anderen«, sagte Ella.

»Richtig.«

»Glaubt die Frau, sie erwischen den Mann, wenn er der Hacker ist?«

»Sie weiß es nicht. Aber *wenn* jemand ihn finden kann, sagt sie, dann das FBI. Mehr weiß sie auch nicht, weil das FBI nicht mit jedem darüber spricht.«

»Würden sie mit Daddy darüber sprechen?«, fragte Ella.

»Wahrscheinlich nicht«, antwortete Lydia.

»Nur glaub ich nicht, dass Daddy zu den Coopers gefahren ist.«

Lydias Magen verkrampfte sich. »Warum sagst du das, Ella?«

»Weil er dann schon hier angerufen und gefragt hätte, ob es mir gut geht.«

»Wahrscheinlich ist er noch nicht angekommen.« *Vorsichtig.* Was sollte sie Ella in einer Stunde erzählen?

»Ich glaube, Daddy ist losgefahren, um mit dem FBI zu sprechen.«

»Glaubst du?« Lydias Erstaunen war nicht gespielt. »Wie kommst du darauf?«

»Weil er wusste, dass ich nicht zu Maggy wollte, aber er sagte, ich soll hingehen – dabei weiß ich, dass er's zurzeit nicht gern hat, wenn ich weg bin, außer bei Kim und Tom.«

»Aber dein Dad kennt Maggy und ihre Familie, oder nicht?«

»Das ist was anderes«, sagte Ella und sah Lydia mit ihrem intensiven, forschenden Blick in die Augen. »Erst dachte ich, es wäre, weil er mit dir alleine sein wollte, aber dann wäre er ja nicht weggefahren.«

Lydia lächelte. »Vielleicht solltest du Polizistin werden, wenn du groß bist.«

»Vielleicht. Daddy war früher Polizist, weißt du?«

»Ja, ich weiß«, sagte Lydia. »Und dann war er Ermittler der Bundesstaatsanwaltschaft.«

Ella nickte. »Aber Professor zu sein macht ihm mehr Spaß. Dabei finde ich, Ermittler ist viel cooler.«

»Ich weiß nicht«, sagte Lydia. »Ich finde, Universitätsprofessor zu sein, ist auch ziemlich cool.«

»Findest du?«

»Ja.«

Da war er wieder, dieser Blick.

»Liebst du meinen Daddy?«

Lydia zögerte nur eine Sekunde.

»Ja, Ella.« Sie hielt inne. »Macht es dir etwas aus?«

»Ich weiß nicht.« Ella neigte den Kopf zur Seite. »Ich glaub nicht.«

»Das ist gut«, sagte Lydia.

»Lydia ...« Ella zögerte. »Darf ich dich so nennen?«

»Na klar.«

»Glaubst du, es geht Daddy gut?«

Zeit zu lügen. Ein bisschen jedenfalls.

»Ja, Ella. Ich bin sicher, es geht ihm gut.«

81.

Er bereitete sich auf sie vor. Auf ihn.

Den *Vater.*

Der wieder mal unterwegs war, um sich in Dinge einzumischen, von denen er nichts verstand.

Um sich mit ihm anzulegen.

Allmählich wurde er wütend.

Er war ruhig geblieben, gegenüber den Kids und allen anderen. Er hatte sich zusammengerissen, obwohl die Nächte schlimmer und schlimmer geworden waren. Trotzdem war er cool geblieben, oder nicht? *Oder etwa nicht?* Aber jetzt wurde er allmählich wütend.

Seine Pläne wurden durchkreuzt. Sein letzter Sündenbock war bereits wieder auf freiem Fuß – das war doch nicht fair! Er hatte alles so gut geplant, hatte einen Kindsvergewaltiger gefunden, der verrückt nach allen Computerspielen außer *Limbo* war, was es sogar noch besser machte, denn das allein verdiente schon Bestrafung ...

Aber die Cops hatten ihn verdammt schnell wieder freigelassen.

Das bedeutete, dass seine Zeit schneller ablief denn je – und sie war schon vorher knapp gewesen.

Schließlich hatte er Pflichten. Er musste sich um die beiden Teenager kümmern, sie füttern. Wie lange war es her, seit er ihnen zum letzten Mal zu essen gegeben hatte? Er konnte sich nicht mehr erinnern, er verlor den Überblick, verlor allmählich den Verstand, war verwirrt ...

Nur bei einer Sache war er sicher.

Er war verdammt wütend.

Und er war bereit für sie.

Für *ihn.*

82.

Dem Grundriss des Architekten zufolge befand sich unter Fitzgeralds Haus ein ziemlich großer Keller. Fitzgerald – der einzige der drei Eryx-Bosse, der bekanntermaßen einmal verhaftet worden war, noch dazu wegen einer ziemlich hässlichen Sache. Fitzgerald, dessen schwangere Frau bei einem Autounfall ums Leben gekommen war, der *vielleicht* – anders als bisher angenommen – kein Unfall gewesen war.

William Fitzgerald, ein Workaholic, fanatischer Olympia-Fan und noch fanatischer um seine Privatsphäre besorgt – wie er unter Beweis gestellt hatte, als Lydia verhaftet worden war, nachdem sie kaum mehr getan hatte, als an seiner Haustür zu klingeln.

Letzten Samstag, auf der Fahrt zurück nach New Haven (wie konnte das erst letzten Samstag gewesen sein? Wie konnte das, was wie ein ganzes Leben im Fegefeuer erschien, nur ein paar Tage her sein?) hatte sie mir erzählt, dass Fitzgeralds Haus es kaum verdiente, als »Landgut« bezeichnet zu werden. Sie hatte gesagt, es sei schön, ein Familienhaus, obwohl Baum uns vorher gesagt hatte, Fitzgerald habe es erst *nach* dem Tod seiner Frau gekauft.

Ein Haus mit einem großen Keller.

Sie waren fast da.

83.

Rianna und Robbie saßen immer noch im Dunkeln.

Seit scheinbar unendlich langer Zeit war nichts mehr geschehen. Keine Spiele, keine Übungen. Kein Licht.

Kein Essen.

Wenn sie nicht einander gehabt hätten, nicht hätten reden können, nicht die Nähe des anderen spüren ...

»Vielleicht kommt er nie mehr wieder«, sagte Rianna nachdenklich und bemühte sich, das Zittern in ihrer Stimme zu unterdrücken. »Vielleicht lässt er uns hier verhungern.«

»Natürlich kommt er zurück«, sagte Robbie.

»Vielleicht ist er tot ...«

»Warum sollte er tot sein?«

»Kann doch passieren. Vielleicht hatte er einen Herzinfarkt oder wurde auf der Straße überfahren. Oder er hatte einen Schlaganfall und kann nicht mehr sprechen.« Sie schwieg. »Zumindest haben wir im Waschbecken Trinkwasser.«

»Er ist nicht tot«, sagte Robbie entschieden. »Wahrscheinlich ist er gar nicht so lange weg, wie es dir vorkommt. Er war früher schon viel länger fort.« Das stimmte zwar nicht, aber das brauchte sie ja nicht zu wissen. »Er ist jedes Mal wiedergekommen, und er wird auch diesmal wiederkommen.«

Riannas Überlegungen gingen in eine andere Richtung. »Vielleicht ist er verhaftet worden? Vielleicht verhören sie ihn jetzt gerade und zwingen ihn zu sagen, wo wir sind?«

»In diesem Fall«, sagte Robbie, »wird nicht *er* herkommen, sondern das FBI.«

»Aber vielleicht verrät er ihnen nichts«, sagte Rianna.

84.

Wir waren bei Fitzgeralds Haus angekommen. Ich hielt den Cherokee in der Nähe des Tores, von wo ich den Anfang der langen, von Bäumen gesäumten Auffahrt zum Haus sehen konnte.

»Gelbbirken«, sagte Baum unerwartet.

»Wie können Sie das in der Dunkelheit erkennen?«

»Ich mag Bäume«, sagte der Privatdetektiv schlicht. »Ich erkenne sie an den Umrissen.« Er reckte den Hals, um mehr zu sehen. »Näher am Haus stehen Eichen, und auch Hemlocktannen.« Er hielt inne. »Davon gibt es im Devils-Hopyard-Park eine Menge.«

Ich warf ihm einen kurzen Blick zu. »Das haben Sie nachgeschlagen.«

Baum grinste. »Aber ich mag Bäume wirklich.«

Dann waren die Augenblicke der Leichtigkeit und der Normalität auch schon wieder vorbei.

An ihre Stelle trat grimmige Entschlossenheit.

»Ich werde es alleine tun«, sagte ich, plötzlich fest entschlossen. »Ich habe auf der Fahrt darüber nachgedacht, und ich will nicht, dass Sie Ihre Lizenz aufs Spiel setzen.«

»Vergessen Sie's«, sagte Baum.

»Ich will nicht darüber diskutieren.«

»Ich diskutiere ja nicht.« Mein gutmütiger Freund konnte durchaus resolut sein. »Wie Sie selbst gesagt haben, als Sie mich baten, mitzukommen: Sie sind nur ein Fünf-Minuten-Cop, und selbst das ist eine ganze Weile her.«

»Sie sind auch nicht gerade ein Bruce Willis«, bemerkte ich.

»Schon möglich, aber ich hab das ein oder andere über Schlösser und Alarmanlagen gelernt.«

Damit hatte er mich.

Das bedeutete allerdings auch, dass wir im Begriff waren, einen Einbruch zu begehen.

Es gibt für alles ein erstes Mal.

»Fahren Sie von der Straße runter, Jake.«

Ich steuerte den Cherokee, so weit es nur ging, auf den Streifen seitlich der Straße. Ich hatte die Scheinwerfer bereits ausgeschaltet und die Innenbeleuchtung so eingestellt, dass sie nicht aufflammte, wenn die Türen geöffnet wurden.

»Wir sollten noch ein paar Minuten warten«, sagte Baum. »Selbst auf einem öffentlichen Highway kann es Kameras geben, die uns registrieren.«

Ich sah mich um. Ich konnte nichts entdecken, wusste aber, dass das nicht viel zu bedeuten hatte. »Sie können uns doch nicht festnehmen, weil wir hier in unserem Auto sitzen.«

»Haben Sie je von dem Straftatbestand gehört, sich mit gesetzwidriger Absicht herumtreiben?«

»Dieser Straftatbestand interessiert mich heute Abend nicht, Norman.« Ich war unruhig und wollte so schnell wie möglich los. »Mich hier gründlich umsehen und irgendwie in Fitzgeralds Keller kommen, *das* interessiert mich.«

Baum legte mir kurz die linke Hand auf den Arm. »Bleiben Sie. Je mehr wir uns hetzen, desto wahrscheinlicher vermasseln wir die Sache. Das hier ist wahrscheinlich nur die erste Station des Abends, wissen Sie noch?«

»Gerade deshalb sollten wir loslegen.« Meine Tür öffnete sich leise. »Kommen Sie mit?«

Baums Tür gab ein leises Quietschen von sich. »Machen Sie Ihre Tür nicht zu«, warnte er mich, »lehnen Sie sie nur an.«

Wir stiegen aus und gingen auf Fitzgeralds Einfahrt zu.

»Warten Sie«, murmelte Baum. »Warum steht das Tor auf?«

»Lydia sagte, es war auch offen, als sie kam. Vielleicht ist es nie geschlossen.«

Wir musterten das große Tor rechts von uns. Ich ließ die Hand in die Tasche meiner Sportjacke gleiten und holte die Taschenlampe hervor – die kleinste, die ich in meiner Wohnung hatte finden können. Ich hätte ja den dunkelblauen Trainingsanzug angezogen, der in meinem Schrank hing, aber da ich sonst nie solche Kleidung trage, hätte Lydia es sicher merkwürdig gefunden, wenn ich in einem solchen Aufzug losgefahren wäre, um die Coopers zu besuchen.

Das Tor sah ziemlich windschief aus, eine Ecke war in den Boden gerammt.

»Okay«, sagte ich, und Baum nickte.

Wir durchschritten das Tor und hielten uns links der Straße, sodass wir so lange wie möglich im Schutz der Bäume laufen konnten.

Ein Hund bellte.

»Mist«, sagte Baum, »Lydia hat keine Hunde erwähnt, oder?«

»Nein.«

»Vielleicht hat Fitzgerald sich seither einen zugelegt.«

Das Bellen hätte so manchen Einbrecher abgeschreckt. Es war tief, rau und ziemlich laut – allerdings schien es aus dem *Innern* des Hauses zu kommen, nicht vom Grundstück, und das war immerhin etwas.

Ich lief los.

»Warten Sie.« Baum legte mir eine Hand auf den Arm, um mich zu bremsen. »Wenn Sie mein Gesicht jetzt sehen könnten, Jake, würden Sie wissen, dass ich eine Heidenangst vor Hunden habe.«

»Mist.«

»Besonders vor großen Wachhunden.«

Das Bellen klang in der Tat nach einem Schwergewicht.

»Und dieser hier hört sich nach einem verdammten Riesenvieh an«, sagte Baum. »Vielleicht sind es sogar mehrere.«

Wir standen ein paar Minuten regungslos da, warteten und spähten in die Dunkelheit.

»Warum kommt der Besitzer von dem Hund nicht raus und sieht nach, was los ist?«, sagte ich.

»Vielleicht ruft er die Polizei?«, meinte Baum.

Wir warteten weiter.

Keine Polizei.

Niemand kam aus dem Haus.

»Vielleicht ist keiner da.« Ich wusste, dass es wahrscheinlich Wunschdenken war, aber in meinem Denken stand Rianna ganz oben. Ich war nie sonderlich tapfer gewesen, doch wenn auch nur die kleinste Chance bestand, dass meine Tochter sich im Keller dieses Hauses befand, würden mich weder Hunde noch Alarmanlagen und nicht einmal Fitzgerald persönlich mit einer verdammten Schrotflinte davon abhalten, absolut und hundertprozentig alles zu geben, um es herauszufinden.

»Sie müssen hier Wache halten«, sagte ich leise zu Baum.

»Auf keinen Fall, ich ...«

»Halten Sie mal einen Augenblick den Mund und hören Sie mir zu.«

Baum hielt den Mund, aber der Hund – oder die Hunde – nicht.

»Ich brauche Rückendeckung«, sagte ich. »Wie Sie schon sagten, wir wollen ja nicht schon zu Anfang alles verderben. Deshalb gehe ich jetzt allein zum Haus. Sie bleiben hier und sind mein Aufpasser *und* meine Rückendeckung. Okay?«

»Ich weiß nicht ...«

»Aber ich. Mein kleines Mädchen ist vielleicht da drin, und *ich* habe kein Problem mit Hunden ...«

»Wenn Fitzgerald das Biest auf Sie loslässt, haben Sie ein verdammtes Problem«, bemerkte Baum.

»Wenn das passiert, renne ich weg.« Ich drückte seinen Arm. »Wir beide rennen, als wäre der Leibhaftige hinter uns her. Okay, Norman?«

Die Hunde siegten. »Sie sind der Boss«, sagte Baum.

»Nein«, sagte ich. »Ich bin nur der Vater.«

»Wenn etwas passiert, werde ich ...«

»Wenn mir etwas passiert«, unterbrach ich ihn, »gehen Sie los und holen Hilfe. Sie rufen die Polizei an, okay?«

»Okay.« Baum hielt inne. »Tun Sie mir nur einen Gefallen, ja?«

»Welchen?«

»Lassen Sie nicht zu, dass etwas passiert.«

»Ich tue, was ich kann.«

Als ich loslief, hörte ich, wie er ein paar Schritte zurückwich, zwischen die Bäume. Ich brauchte jetzt keine Taschenlampe mehr. Meine Augen hatten sich an die Dunkelheit gewöhnt.

Jetzt bist du allein, Professor.

Baum sah Jake hinterher. Er verlagerte sein Gewicht auf den anderen Fuß, spürte, wie etwas seinen Rücken berührte, und erstarrte.

Es war ein Baumstamm, bloß ein verdammter Baumstamm.

Beruhige dich, Norman, sagte er sich, *mach einfach nur deinen Job.*

Leichter gesagt als getan.

Jake verschwand rasch in der Dunkelheit.

Da fiel Baum sein Flachmann ein.

Er war kein großer Trinker, doch bei nächtlichen Überwachungen hatte er immer ein Schlückchen dabei. Natürlich hatte er auch eine große Thermoskanne voller Kaffee mitgebracht, aber die hatte er im Cherokee gelassen.

Und ein Schluck Whiskey war genau das, was er jetzt brauchte ...

Jake war schon außer Sichtweite.

Baum tastete nach dem kleinen Flachmann, fand ihn, schraubte den Deckel ab und nahm einen Schluck.

Guter Stoff.

Er schraubte den Deckel gerade wieder zu, als er hinter sich ein Geräusch hörte.

Schritte.

Zu spät drehte er sich um. Ein Arm packte ihn von hinten, eine Hand presste sich auf seinen Mund, und ein zweiter Arm legte sich um seine Kehle und drückte ihm die Luftröhre zu.

Ein starker Druck auf seinen Hals, an der Seite.

Schmerz.

Und dann war er weg.

Das Bellen wurde lauter, wilder, doch niemand schien den Hunden Beachtung zu schenken, und ich war jetzt schon zu weit gekommen, um noch einen Rückzieher zu machen. Wenn Rianna, Robbie und Michael nicht hier waren und wenn ich erwischt wurde, war ich bereit, die Konsequenzen zu tragen, ins Gefängnis zu gehen oder was auch immer ...

Solange Rianna nur gefunden wurde.

Bitte lass mich mein kleines Mädchen finden, bevor sie mich schnappen, alles andere ist mir egal ...

Da bewegte sich etwas.

Hinter mir.

Ich wirbelte herum.

Zu langsam.

Der Schlag traf mich auf die Schläfe.

Dann fühlte ich nichts mehr.

Fünfter Teil

85.

Ella lag im Bett. Als Lydia das letzte Mal nachgesehen hatte, schlief das Mädchen tief und fest.

Die Wohnung war jetzt still, bedrückend still.

Lydia ging leise in die Küche und überlegte, sich einen Tee zu machen, entschied sich dann aber dagegen, ging zurück in den Flur – und stand plötzlich in Riannas Zimmer.

Es wirkte so normal, dass es schmerzte.

Lydia wollte gerade wieder hinausgehen, als ihr Blick auf das Spiel fiel. Es stand im Regal, zwischen einer Reihe von CDs, doch es sprang ihr ins Auge wie eine Leuchtschildreklame. *Limbo.* Wahrscheinlich das Exemplar, das Kim für Jake gekauft hatte, um nach irgendwelchen Hinweisen zu suchen. Es hatte ihn keinen Schritt weitergebracht, aber vielleicht …

Sie fand Riannas Playstation und fragte sich, wie das Ding eingeschaltet wurde.

»Brauchst du Hilfe?«

Lydia drehte sich um und sah Ella in der Tür stehen.

»Darf ich dir ein paar Fragen über das Spiel stellen?«

»Klar.« Ella ging zu Riannas Bett und setzte sich darauf. »Was willst du wissen?«

Lydia drehte sich auf dem Stuhl zu ihr herum. »Vor einiger Zeit hat man versucht, mir *Limbo* beizubringen, aber ich habe nicht gut genug aufgepasst, denn ich kann mich kaum an etwas erinnern.«

Ella grinste. »Wie ich in der Schule.«

Lydia lächelte zurück. »Sag mir noch einmal, was Steel und Dakota versuchen. Wollen sie nur überleben?«

»Sie versuchen rauszukommen«, sagte Ella.

»Aber wenn New York zerstört wurde, was hätte das für einen Sinn?«

»Es hat den Sinn«, antwortete Ella, »dass ein Helikopter auf sie wartet.«

»Das wusste ich nicht.« Lydia erinnerte sich ganz vage.

Ella war jetzt in ihrem Element. »Ja, der letzte Hubschrauber in der Stadt – so wie Dakota und Steel die letzten beiden Teenager sind. Der Hubschrauber steht in einem getarnten Heliport.«

»Und wo ist der?«

»Oben auf dem U-Bahnhof in der 34. Straße«, erklärte Ella mit übertriebener Geduld. »Aber es gibt keinen Weg aus dem Bahnhof raus, weil alle Ausgänge zerstört wurden, als die Atombombe fiel, also ist alles zu, und es gibt keine Panzer oder Maschinen, die Steel und Dakota benutzen könnten.«

»Okay.« So viel zur Sensibilität einer Neunjährigen. »Auf gewisse Weise sind also alle Abenteuer von Dakota und Steel in Wirklichkeit Schritte auf dem Weg nach draußen? Das heißt, jedes Mal, wenn sie ein Hindernis überwunden haben, kommt ein neues – so lange, bis sie zur 34. Straße kommen. Stimmt das so?«

»Glaub schon.«

»Bist du je so weit gekommen?«

»Nein, aber ich kenne ein paar Kinder, die es geschafft haben.«

»Und hat einer von ihnen je den Helikopter erreicht?«

»Nein«, sagte Ella.

»Aber wenn sie es geschafft hätten«, fragte Lydia und erinnerte sich jetzt wieder an die Erklärungen bei Eryx, »wären sie *Limbo*-Master, nicht wahr?«

»Glaub schon«, sagte Ella wieder.

Das Kind war zu aufgedreht, um ins Bett zu gehen, doch nach einer Tasse warmer Milch konnte Lydia Ella überreden, sich auf dem Sofa zudecken zu lassen und sich den Zeichentrick-Kanal im Fernseher anzuschauen. Jetzt schien sie endlich wieder einzudösen, sodass Lydia Gelegenheit hatte, in Jakes Arbeitszimmer zu gehen und seine Bücherregale zu durchstöbern.

Sie wusste nicht genau, wonach sie suchte. Sie wusste nur, dass eine neue, schreckliche Idee in ihrem Innern Gestalt annahm – obwohl sie nicht schrecklicher war als die meisten anderen seit Robbies Entführung.

Wäre auch ein Wunder gewesen.

»Im Wohnzimmer sind noch mehr Bücher.«

Ella schlief immer noch nicht.

»Ella, Liebes, du brauchst jetzt wirklich ein bisschen Ruhe.«

»Mir geht's gut«, sagte sie. »Wenn du etwas nachschlagen willst, warum versuchst du es nicht im Internet? Du kannst Daddys Computer benutzen, das macht ihm nichts aus.«

»Gute Idee.«

Natürlich wollte Ella das Gerät für sie einschalten und ein bisschen angeben, indem sie mit Kennermiene von Booten, Einloggen und Suchmaschinen sprach.

»Vielen Dank, Ella«, sagte Lydia nach einer Weile. »Ich glaube, jetzt komme ich klar. Und du musst wirklich ins Bett.«

»Ich gehe sofort«, sagte Ella. »Was suchst du denn, Lydia?«

Sie zögerte. »Ich glaube, unser Gespräch hat mich neugierig gemacht, ein bisschen mehr über das U-Bahn-Netz von New York herauszufinden«, erklärte sie vorsichtig. »Vielleicht über Verkehrsnetze im Allgemeinen.« Das klang hoffentlich langweilig genug, um jedes Kind ins Bett flüchten zu lassen.

»Logg dich bei *Ask Jeeves* ein«, schlug Ella vor und zeigte ihr, wie sie die Seite auf der Favoriten-Liste ihres Vaters öffnen konnte. »Jetzt kannst du es eingeben. Nur *New York U-Bahn-Netz* ... genau. Und jetzt warten.«

»Gehst du jetzt ins Bett, Ella?«

»Sofort«, sagte sie wieder.

»Dein Vater wird wütend auf mich sein, wenn er herausfindet, dass du mir die ganze Nacht geholfen hast.«

»Da.« Ella zeigte auf den Bildschirm. »Jetzt kannst du aus den Antworten wählen oder eine andere Frage stellen.«

Lydia sah sich die Auswahl an und traute ihren Augen nicht.

Die dritte Option war genau das, was sie gesucht hatte.

Wo finde ich verlassene U-Bahn-Höfe in New York City?

Sie klickte auf den *Fragen*-Icon.

Siebzehn Seiten. Rasch überflog sie die Ergebnisse –soweit sie sehen konnte, gab es nichts, das mit der 34. Straße zu tun hatte ...

»Du glaubst, dass Rianna dort ist?«

Lydia erstarrte. Dann drehte sie sich um und blickte in Ellas ängstliche Augen. Sie erkannte, wie selbstsüchtig sie gewesen war, wie unverzeihlich gedankenlos.

»Nein, Liebes«, sagte sie, »natürlich glaube ich das nicht.«

Hastig drehte sie sich wieder zum Bildschirm, meldete sich ab und schaltete den Computer aus.

»Ich hasse U-Bahnen«, sagte Ella und schauderte.

Lydia stand auf und streckte die Hand aus. Ella ergriff sie.

»Dir ist kalt«, sagte Lydia und führte sie aus Jakes Arbeitszimmer.

Du hast den Schaden angerichtet, jetzt versuch ihn einzudämmen.

»Ich glaube nicht, dass Rianna an einem solchen Ort ist«, beruhigte sie Ella, während sie das Mädchen zu seinem Zimmer führte. »Ich musste nur wegen diesem albernen Spiel an die echte U-Bahn denken.« Sie hielt inne. »Mehr ist *Limbo* nicht. Das weißt du, Ella, nicht wahr? Bloß ein dummes Spiel – und das ist auch der Grund, warum dein Daddy nicht möchte, dass du es spielst.«

Ellas Tür stand offen, das Licht war aus. Lydia schaltete

die Nachttischlampe ein, eine große, rosarote Ballon-Glühbirne, die den Raum mit warmem Licht füllte.

»Ich muss auf die Toilette«, sagte Ella.

»Okay. Ich warte hier.«

Sie stählte sich innerlich für Ellas nächste Frage, doch als sie zurückkam und sich ins Bett legte, hatte sie keine Fragen mehr, und das fand Lydia fast noch schlimmer. Das Kind wusste genau, wie schrecklich die Situation war: zu schrecklich, um wagen zu können, die eigenen Ängste auszusprechen.

»Wie müde bist du, Ella?«

»Nicht sehr.«

»Wie wär's mit einer Geschichte? Oder bist du schon zu groß für Geschichten?«

»Eigentlich nicht.«

Lydia ging an ihr Bücherregal, sah zwei Harry Potters, entschied sich dagegen, suchte sich *Wilbur und Charlotte* aus und ging wieder zum Bett. »Wie wäre es damit? Ich weiß, dass du es wahrscheinlich schon vor langer Zeit gelesen hast.«

»Macht nichts.« Ella lehnte sich in die Kissen. »Lies mir bitte vom guten alten Wilbur vor.«

Lydia sprach ein stilles Dankgebet, setzte sich auf den Bettrand und begann die Geschichte von dem Schwein vorzulesen, das in Gefahr gerät, und von der Spinne, die es rettet. Sie hatte seit Robbies Kindheit nicht mehr vorgelesen und war ziemlich sicher, dass Ella auch schon lange keine Vorlesestunde im Bett mehr bekommen hatte.

»Bleibst du hier, bis ich einschlafe?« Ellas Stimme unterbrach sie nur dieses eine Mal.

»Auf jeden Fall«, sagte Lydia.

Die friedliche Ruhe, als das Mädchen schlief, trieb ihr Tränen in die Augen.

Sie wartete noch ein bisschen, diesmal wollte sie ganz sicher sein, dann stand sie auf, dimmte das Licht zu einem schwachen Schimmer herunter und ging aus dem Zimmer.

Ins Gästezimmer.

Eine Frage hatte sie Ella nicht stellen wollen, denn sie hatte sich davor gefürchtet. Die Frage, ob Rianna ihre Angst vor U-Bahnen teilte.

Robbie hatte die New Yorker Subway immer gemocht. Er hatte nie Probleme mit Tunneln oder geschlossenen Räumen oder Dunkelheit gehabt.

Lydia hoffte – wie schon viele Male, seit Jakes Tochter entführt worden war –, dass ihre Kinder zusammen waren, wo immer sie sein mochten.

86.

Ich kam zu mir, wild um mich schlagend wie ein Ertrinkender. Meine Erinnerung war umnebelt, setzte aber erschreckend schnell ein.

Jemand war hinter mir. Eine Hand kam auf mich zu, dann der Hammerschlag auf meine Schläfe, dann bohrender, rasender Schmerz ... dann nichts mehr, bis ... *bis* ... der verschwommene Moment des Erwachens, Schmerzen, Übelkeit ... Ich versuchte, etwas zu sehen, zu sprechen ... dann noch mehr Schmerzen, aber anders, langsamer, und ich versank wieder in Übelkeit erregende Dunkelheit ...

Bis jetzt.

Irgendetwas war auf meinem Kopf, über meinen Augen. *Eine Augenbinde?* Ich hob die Hände, um sie herunterzuziehen, doch sie steckten in dicken Handschuhen ...

Ich sehe nichts!

Ich versuchte aufzustehen, aber meine Beine waren zu schwach.

»He.« Meine Stimme war dünn und leise. »He!« Was hatte ich getan? Wie sollte ich Rianna jetzt helfen?

Zieh die Handschuhe aus.

Ich hob die rechte Hand an den Mund und versuchte, den Handschuh mit den Zähnen abzuziehen, doch er saß zu fest an meinem Handgelenk. Ich verlor die Geduld, hob beide Hände an den Kopf und versuchte, an diesem *Ding* zu ziehen ...

Als plötzlich das blaue Licht anging, zuckte ich vor Schreck zusammen und schlug schnell wieder die Hände auf den Boden, um nicht hinzufallen. Ich blinzelte, versuchte klar zu sehen, aber das Licht drang durch diese

Dinger – *eine Brille? Taucherbrille?* – bis zu meinen Augen, und ... o Gott, das war doch völlig krank ...

Mach sie ab!

Ich riss daran, so fest ich konnte.

»Lass das.«

Eine Männerstimme, aus dem Nichts. *Er.*

»Fassen Sie nichts an, bis ich es Ihnen erlaube, Professor.«

Ich wartete eine Sekunde, dann begann ich wieder an dem verdammten Ding zu reißen.

»Wollen Sie Ihre Tochter nicht wiedersehen, Professor?«

Meine Hände fielen herab, mit zitternden Fäusten.

»Werden Sie sich jetzt benehmen?«

Rasende Wut schnürte mir die Kehle zu, während eine innere Kraft mir befahl, so ruhig zu bleiben, wie ich konnte, und der Stimme aufmerksam zuzuhören. Ich hoffte, dass ich sie erkannte, aber sie war zu verzerrt.

Fitzgerald? Oder einer der anderen?

»Ich habe Sie gefragt, ob Sie sich benehmen werden, Professor.«

Ich atmete tief ein und gewann ein wenig Kontrolle über mich zurück. »Ja.«

Hurensohn, sagte ich innerlich. Solange ich es nur nicht laut aussprach ... Meine Gedanken konnte dieser Dreckskerl schließlich nicht lesen.

Das blaue Licht ging aus.

Schwarzblende.

»He!«, schrie ich.

Und da waren sie plötzlich.

Da war *sie.*

»Rianna!«

Sie antwortete nicht, konnte mich nicht hören oder sehen. Irgendetwas bedeckte ihre Augen und Ohren, das halbe Gesicht. Hastig griff ich an mein eigenes Gesicht, wo ich jetzt ertastete, was ich an Rianna sah: Froschaugen-Brille, Kopfhörer ... alles in einem, an meinem Hinterkopf befestigt.

Es verdeckte Riannas schöne Augen.

»Rianna, ich bin es, Daddy!«, rief ich.

Nichts.

Die Wut fraß mich beinahe auf. Rianna trug eine sehr kurze Tunika aus Leder, die ihre Arme und ihre langen Beine freiließ, und sie war barfuß. Wie das Mädchen in dem Spiel.

Wie Dakota.

Mir wurde plötzlich speiübel, aber ich zwang mich, mich auf den jungen Mann zu konzentrieren, der neben meiner Tochter saß, dicht bei ihr, fast an sie gekuschelt.

Robbie. Sein Gesicht war nur halb zu sehen, aber es war Robbie.

Sie lebten ... dem Himmel sei Dank. Das war die Hauptsache.

Ich wünschte, ich könnte es Lydia erzählen.

Bring die beiden nach Hause, Jake. Das ist jetzt alles, was zählt.

87.

Es ging wieder los.

Rianna und Robbie sahen und hörten es beide zugleich.

Wieder der Abwasserkanal.

»Nein«, flüsterte Rianna.

Ihre Haut begann zu kribbeln. Am liebsten wäre sie in sich hineingekrochen, weggelaufen, unsichtbar geworden, eingeschlafen, geflohen. Sie hatte das Abwasserkanal-Spiel schon nicht gemocht, als sie zum ersten Mal gesehen hatte, wie Shannon und das andere Mädchen es in der Schule gespielt hatten. Sie ekelte sich vor den Ratten und der widerlichen Schmiere, die um Dakotas Knöchel trieb, wenn sie hier unten war. Jetzt konnte sie beinahe spüren, wie sie über ihre nackten Füße schwappte ...

Es ist doch nur ein Spiel, hatte Shannon gesagt.

O Gott, sie vermisste ihre Freundin so sehr, sie hatte solche Angst, sie nie wiederzusehen ...

»Schon gut«, sagte Robbie jetzt leise zu ihr. Dann, als er etwas hörte, packte er unfreiwillig ihren Arm.

Es waren bestimmt wieder die Ratten, diese widerlichen, schmutzigen Ratten.

Er wartete auf das Gequieke und Gekreische.

»Schon gut«, sagte er noch einmal – und log. »Wir wissen, dass uns nichts passiert.«

»Ich weiß«, sagte Rianna – und log ebenfalls.

»Wir müssen nur daran denken, dass das alles nicht real ist.« Seine Stimme zitterte. *Mann, hör auf damit.* »Nichts von all dem ist echt.«

Keine Ratten.

Etwas Neues.

Ein Geruch. Ein *richtiger* Geruch.

»Was ist das?«, fragte Rianna und bedeckte Nase und Mund mit einer Hand.

Robbie tat es ihr gleich. Der Gestank war entsetzlich. Wie war das möglich, wenn alles nur virtuelle Realität war, bloß eine Computeranimation?

»Robbie, hör doch!«

Sie sprangen gleichzeitig auf, fassten sich an den Händen.

Das Geräusch wurde lauter.

Wasser.

Strömendes Wasser.

Sie starrten in den dunklen Abwasserkanal, bis ihre Augen brannten, starrten durch ihre Brillen und warteten, bis es kam, und dann ... o Gott, es kam, es kam *wirklich*. Und wenn es nicht real wäre, dann wäre doch dieser Gestank nicht da, oder? Es wurde lauter, donnerte heran ...

Eine Welle, eine riesige Flutwelle aus stinkendem Abwasser ...

Rianna schrie.

Robbie legte beide Arme um sie und drückte sie fest an sich.

»Mach die Augen zu«, rief er über das Tosen hinweg. »Halt dich fest und mach die Augen zu!« Er tat dasselbe, versuchte, die Welle auszublenden. »Es ist nicht die Wirklichkeit, denk dran!«

Nicht die Wirklichkeit.

Ich erkenne panische Angst, wenn ich sie sehe.

Jetzt sah ich sie bei meinem eigenen geliebten Kind ...

Sie stand da wie versteinert, fest umschlungen von Robbie Johanssen. Ihr Mund war geöffnet; bestimmt schrie sie angesichts eines unsichtbaren Schreckens – unsichtbar zumindest für mich. Aber wenn ich auch nicht sehen konnte, was Rianna und Robbie so erschreckte und was sie durch diese grässliche Brille sahen, fühlte ich doch mit ihnen, und was ich sah, genügte, mir beinahe den Verstand zu rauben und den heißen Wunsch zu erwecken, den Mann hinter der Stimme *töten* zu wollen. Ich dankte dem Himmel für Robbie, Lydias Sohn, der ebenfalls völlig verängstigt war, das war nur allzu offensichtlich, der aber sein Bestes tat, Rianna zu beschützen. Er schützte sie, wie es schien, vor etwas, das für die beiden *wirklich* war, das nur *ich* nicht sehen konnte. Robbies Arme waren fest um mein kleines Mädchen geschlungen; ich war in meinem ganzen Leben noch keinem Menschen so dankbar gewesen ...

Es wurde wieder schwarz.

Sie verschwanden.

»Nein!«, schrie ich entsetzt, jetzt wieder voller Angst und Verzweiflung. »Nein, du verdammter Dreckskerl!«

»War das nicht fantastisch?«

Wieder die Stimme.

»Haben Sie die beiden gesehen, Professor?« Seine Worte klangen atemlos, angespannt, voller ...

Euphorie.

Mir war speiübel, sodass ich kaum atmen, geschweige denn sprechen konnte.

»Sind sie nicht das perfekte Paar?«

88.

Das hatte ihm gefallen.

Und wie.

Es war nicht ganz so gelaufen, wie er es geplant hatte – anders, als wären sie nur zu dritt gewesen: Steel, Dakota und er. Aber trotzdem war es unglaublich aufregend.

Und spaßig.

Er hatte auf zwei Monitoren zugeschaut: die Kinder auf dem einen, der Vater auf dem anderen. Seine Angst, die Angst des Vaters, war der spaßige Teil gewesen. Es hatte ihn erheitert, ohne ihn sexuell zu erregen – das war eine andere Art von Unterhaltung.

Das Ganze hatte ihn so sehr inspiriert, dass er zu dem Spiel zurückgekehrt war, wenigstens für kurze Zeit, zu der neuen Version – *seiner* Version. Es hatte einen neuen Dreh gefunden, und vielleicht konnte er den noch hineinschreiben. Er hatte sich beinahe schon damit abgefunden, nicht genug Zeit zu haben, sein Spiel zu schreiben, geschweige denn es zeichnen oder umsetzen zu lassen – und dass der Professor ihm seine Zeit stahl, war einer der Gründe, warum er so wütend auf den Burschen war. Jetzt aber schaffte er es vielleicht doch noch, das Spiel zu Papier zu bringen, zumindest in einer Rohfassung – gerade genug, dass man es später sehen konnte, wenn er nicht mehr war, dass man sich anschauen konnte, wie brillant er gewesen war.

Möglicherweise verschaffte es ihm ein wenig Extra-Zeit, den Professor hier zu haben. Schließlich wusste niemand, wo Woods war, ebenso wenig, wie sie wussten, wo Steel und Dakota sich befanden.

Er dachte kurz darüber nach, was wohl mit dem anderen Mann war, mit Baum.

Er hatte ziemlich fest zugeschlagen. Vielleicht sogar fest genug, um den Mann zu töten, obwohl er das bezweifelte. Es hatte sich nicht angefühlt wie Töten; weder war ihm übel geworden, noch hatte er geschrien, also war der Kerl wahrscheinlich wieder aufgewacht. Aber es war ohnehin egal.

Schließlich hatte Baum ihn ja nicht gesehen.

Selbst wenn Baum gefunden wurde – der Mann hatte nichts gesehen.

Und das bedeutete, dass er noch ein bisschen Zeit hatte.

89.

Kim kam am nächsten Morgen. Innerhalb kürzester Zeit gelang es ihr, Ella zu beschäftigen. Lydia sah, wie großartig sie mit dem Kind umging, und verstand, warum Jake sich so ganz und gar auf sie verließ.

Er hatte nicht angerufen.

»Er hat angerufen«, hatte Lydia Ella gleich nach dem Aufstehen angelogen. »Sehr spät gestern Nacht.«

»Nein, hat er nicht«, antwortete Ella. »Ich hätte das Telefon gehört.«

»Es war eine ganze Weile, nachdem du schlafen gegangen warst.« Eine Notlüge. »Ich bin ganz schnell drangegangen, damit du nicht aufwachst.«

»Aber ich wollte doch mit ihm sprechen.«

»Ich weiß, aber du warst erst so spät im Bett, und dein Daddy sagte, ich sollte dich schlafen lassen und dir heute Morgen sagen, dass er erst später wieder anrufen kann, aber dass er dich sehr lieb hat.«

Sie war darauf vorbereitet, dies zu beschwören – Hand aufs Herz und großes Ehrenwort –, doch Ella hatte schweigend angefangen, ihr Frühstück zu essen. Lydia wusste nicht, ob das Mädchen es ihr abgekauft hatte oder ob sie so tat, als ob, entweder Lydia zuliebe oder aus Selbstschutz.

Aber Jake hatte nicht angerufen, weder nachts noch heute Morgen.

Und Kim war gerade mit Ella zusammen einkaufen gegangen.

Jetzt reicht's.

Lydia fand die Telefonnummer der Coopers in einem Adressbuch in Jakes Arbeitszimmer, setzte sich an seinen Schreibtisch und rief an.

Stu Cooper log ungefähr anderthalb Minuten lang, dann gab er es auf.

Lydias nächster Anruf galt Thea Lomax.

»Ich weiß, dass Jake nicht zu den Coopers gefahren ist.« *Fang so an, wie du weitermachen willst.* »Und ehrlich gesagt, hoffe ich, dass Sie mich angelogen haben, als Sie mir sagten, Norman habe einen freien Abend. Ich hoffe, dass Norman Jake begleitet hat, wohin auch immer.« Sie hielt inne. »Bitte sagen Sie mir die Wahrheit, Thea.«

Thea Lomax zögerte kaum. »Sie sind zusammen losgefahren.«

»Wohin?«

»Das weiß ich nicht.« Die Privatdetektivin schwieg kurz. »Das ist die Wahrheit. Ich sprach nur ganz kurz mit Norman, bevor er sich auf den Weg machte, und er sagte nur, dass Jake da weitermachen wollte, wo Sie aufgehört haben, bevor Rianna entführt wurde.«

Lydias Magen verkrampfte sich. »Und seitdem haben Sie nichts mehr von ihm gehört?«

»Noch nicht«, Lomax sprach schnell weiter, bevor Lydia etwas sagen konnte. »Ich empfehle Ihnen dringend, zu bleiben, wo Sie sind, Lydia. Glauben Sie mir – wenn ich wüsste, wo sie hingefahren sind, wäre ich jetzt schon unterwegs, und ich würde Sie auch gern mitnehmen. Doch ohne den geringsten Beweis, dass sie auch nur in die Nähe von Eryx gefahren sind, richten wir mehr Schaden als Nutzen an, wenn wir jetzt mit wehenden Fahnen in die Firma oder zu ihnen nach Hause stürmen.«

»Sollten wir dem FBI nicht sagen, dass Norman und Jake verschwunden sind?«

»Wenn zwei erwachsene Männer eine Nacht lang unterwegs sind, bedeutet das noch lange nicht, dass sie verschwunden sind, Lydia. Abgesehen davon würden wir Kline nur verärgern.«

Die U-Bahn-Idee beschäftigte Lydia immer noch, sie hatte die ganze Nacht in ihrem Kopf gegärt, also erzählte sie Thea davon. Eigentlich hatte sie erwartet, dass die Detektivin ihr sagen würde, das sei eine absurde Idee.

»Nicht absurder als die meisten anderen«, sagte Lomax. »Rufen Sie Klines Büro an und machen Sie ihn darauf aufmerksam.«

»Glauben Sie wirklich, das sollte ich tun?«, fragte Lydia erstaunt. »Ich möchte nicht, dass sie mir einfach nur meinen Willen lassen, Thea.«

»Das tue ich nicht«, sagte Lomax.

Kline war nicht da, doch Angela Moran nahm Lydias Anruf entgegen.

»Ehrlich gesagt, Mrs Johanssen«, erklärte ihr die Agentin, »sind wir schon sehr früh auf den Gedanken mit der U-Bahn gekommen und haben ihn wieder verworfen.«

»Warum?«

»Aus vielen Gründen«, sagte Moran sanft. »Die Tatsache, dass der Untergrund von Manhattan ein riesiges Labyrinth ist, ist nur einer davon – das hätte uns jedoch nicht abgehalten, diese Idee weiterzuverfolgen, wenn wir sie für die richtige gehalten hätten.«

»Sind Sie sicher, dass es nicht die richtige Idee *war*?«, fragte Lydia leise.

»Ja«, sagte Moran.

Lydia legte auf.

Lomax hatte gestern Abend gesagt, die Coopers seien am Ende der Fahnenstange angelangt.

Sie hatte das Gefühl, sich diesem Punkt ebenfalls in rasender Geschwindigkeit zu nähern.

90.

Wie sich herausstellte, waren die Nächte für *ihn* hier besser als zu Hause. Kein Hin- und Herwälzen, keine qualvollen Gedanken über Hölle und Verdammnis und Wahrheiten. Tag oder Nacht, Nacht oder Tag, es war alles eins, und es war seine Entscheidung, ob das Licht anblieb oder erlosch.

In dieser Nacht hatte er an dem Spiel gearbeitet.

An dem neuen Dreh. Dem Vater. Der neuen Gestalt. Dakotas Vater, den sie in der Apokalypse auf dem Erdboden verloren geglaubt hatten, der jedoch überlebte und in den Untergrund der Stadt gekommen war, um sein kleines Mädchen zu finden. Und wenn Dakota erfuhr, dass er hier war, würde sie ihn finden wollen, bei ihm sein wollen? Doch so einfach konnte das natürlich nicht sein.

Er hatte immer gewollt, dass das Spiel aus den üblichen Zutaten bestand: Gewalt, Furcht und Schrecken und andere Gefahren, das Übliche … Die Beziehung zwischen den beiden Jugendlichen war das Element, das *Limbo* von den anderen Spielen unterscheiden sollte. In den ersten beiden psychologisch eindimensionalen *Limbo*-Spielen rettete Steel Dakota, dann rettete sie ihn, und das höchste Ziel für beide war, zu entkommen. Natürlich gab es Liebe, auf gewisse Weise (eine weitere Zutat), denn wie konnten diese beiden schönen jungen Menschen sich nicht ineinander verlieben? Aber keinen Sex – und der Himmel wusste, dass er damit einverstanden gewesen war. Er wusste Bescheid über die Sünden des Fleisches und der Hölle.

Auch in der wirklichen Welt ging die Liebe Hand in Hand mit anderen Dingen.

Dem Missbrauch von Liebe, zum Beispiel.

Auch darüber wusste er Bescheid. Wer sonst, wenn nicht er? Über die kalten, grausamen Seiten der Liebe. Aus diesem Grund hatte er vorgehabt, Dakota und Steel – seinen Kindern – beizubringen, wie man richtig kämpft, und damit meinte er nicht nur Taekwondo und ähnliche Kampfsportarten, die Dakota gegen den schleimigen Ghoulo einsetzte. Er meinte *Dim Mak*, die Kunst, in der sein Meister ihn so gut unterrichtet hatte – der kleine, zierliche Lehrer, der ihm gezeigt hatte, worauf es wirklich ankam.

Wie er die Angst besiegen konnte.

Natürlich zu spät, um ihm bei Vater zu helfen.

Aber nicht zu spät für seine Kinder.

Er hatte vorgehabt, ihnen viele wichtige Dinge beizubringen. Dass Liebe niemals dauerhaft war, zum Beispiel. Dass die Menschen entweder starben oder einen schlecht behandelten oder einfach fortgingen.

Vor allem jedoch das Ende der Angst. *Dim Mak*. Die tödliche Berührung, Grundlage so vieler Kampfsportarten. Gefährlich. Todbringend. Unglaublich aufregend.

Er wusste, wie verängstigt die beiden waren, und – bei seiner unsterblichen, verderbten Seele – das erregte ihn beinahe ebenso sehr wie ihre Schönheit und das Wissen, dass sie ihm gehörten. Aber er hatte ehrlich vorgehabt, ihren Ängsten ein Ende zu setzen, wäre ihm die Zeit vergönnt gewesen.

Schwachsinn!

Die Wahrheit, dieser bösartige Wurm, wand sich wieder in seinem Kopf.

Er konnte zwar beschließen zu denken, dass es in dem Spiel darum gehe, ihnen zu helfen, sie Stärke und das Ende der Angst zu lehren, aber in Wirklichkeit dachte er an Sex, so wie er es immer getan hatte, weil er ein schmutziges, perverses, mordendes *Monster* war. Nur ein Mensch wie er konnte sich ein solches Spiel ausdenken …

Das war alles nur die Schuld des Professors.

Dieser Gedanke vertrieb den sich windenden Wurm, verschaffte ihm wieder einen klaren Kopf.

Er gab ihm, dem *Vater*, die Schuld an allem. Er hatte sein Kind entführt, und das hätte diesem Mann doch eigentlich Warnung genug sein sollen. Aber der Professor konnte sich einfach nicht heraushalten. Er und die Frau.

Mittlerweile wahrscheinlich ein Liebespaar.

Obwohl ihre Kinder verschwunden waren, in Gefahr schwebten.

Kopulation, das war die Devise.

Außer für ihn.

Er hatte doch nur um ein bisschen mehr Zeit gebeten.

Aber das war scheinbar schon zu viel.

91.

Finsternis.

Ich hatte die verdammte Brille und den Kopfhörer abgerissen und die Handschuhe ausgezogen, aber diese undurchdringliche schwarze Stille trieb mich in Panikattacken, die sich immer mehr steigerten, bis sie auf der Panik-Richterskala ausgereicht hätten, ganz New Haven in Matsch zu verwandeln. Also zog ich den Kram wieder an, denn hier unten zählte nur eins: Rianna und Robbie zu sehen, und offenbar boten die Brille und die anderen Gegenstände die derzeit einzige Möglichkeit dazu.

Nichts.

Ich schrie nach dem Mistkerl, schrie nach den Kindern, rief Rianna zu, dass ich jetzt da sei.

»Ich bin hier, Baby«, rief ich, so laut ich konnte. »Es ist nur noch eine Frage der Zeit, bis ich dich und Robbie hier raushole. Ella geht es gut, Schatz ... Zu Hause geht es allen gut, auch deiner Mutter, Robbie. Aber sie wollen euch beide wieder zu Hause haben, wo ihr hingehört. Und so wird es auch kommen.«

Nichts.

War es das? War das alles? Würden wir jetzt sterben?

Natürlich ist das nicht alles. Natürlich sterben wir jetzt nicht.

Das hier war schließlich eine Art Spiel. Für den Kidnapper.

Spiele endeten irgendwann. Auch *Limbo* hatte ein Ende, soweit ich mich an die Erklärungen bei Eryx erinnerte – irgendwas mit einer Flucht in einem Hubschrauber.

Ich musste an diese Erklärungen denken, und an unsere zwei jungen Lehrer. Da war dieser Typ mit den Apfelbäckchen, Lars. Ein skandinavischer Name, obwohl er nicht ausgesehen hatte, wie ich mir einen Skandinavier vorstelle, wie immer das war …

War Lars vielleicht derjenige welcher? An diese Möglichkeit hatte ich noch nie gedacht. Er war sehr jung, voller Begeisterung für das Spiel, für seine Arbeit. Ganz und gar nicht der gestörte Typ.

Kaminski. Der Kerl, dessen Rolle bei Eryx wir nie ganz ergründet hatten.

Das ist jetzt egal.

Jetzt, wo er *mich* hatte.

Jetzt war nur noch eins wichtig.

Konzentrier dich auf die Flucht.

Rianna hatte geweint. Hinterher schämte sie sich, weil Robbie, der viel mehr durchgemacht hatte, so lieb zu ihr war und ihr so sehr half.

»Ist dir nie danach, zu weinen?«, fragte sie ihn.

»Doch, natürlich«, sagte Robbie, »aber viel mehr, bevor du hierher kamst.« Er hielt inne. »Wie fühlst du dich jetzt?«

»Besser«, sagte Rianna.

Immer noch gab es weder Essen noch Trinken.

Und doch war *er* hier gewesen, das wussten beide.

Es sei denn, er steuerte das Spiel per Fernbedienung.

Das war eine Möglichkeit. Eine, über die sie lieber nicht zu lange nachdenken wollten.

92.

Kurz nachdem Lydias Telefonat mit Agentin Moran geendet hatte, kamen Kim und Ella vom Einkaufen zurück. Kim sah ihr kurz ins Gesicht und fragte, ob es ihr recht wäre, wenn Ella den Rest des Tages bei Tom und ihr verbringe, denn Tom habe einen freien Tag und große Lust, sich *Das Große Krabbeln* anzusehen.

»Hab ich schon gesehen«, antwortete Ella murrend. »Das weißt du doch.«

»Ja, weiß ich«, entgegnete Kim fröhlich. »Aber du hast gesagt, du willst den Film noch einmal sehen, und Tom würde ihn gern mit dir zusammen anschauen.«

Daraufhin hatte Ella einen Blick auf Lydia geworfen und eine Frau gesehen, mit der sie den Tag lieber nicht verbringen wollte, wenn es stattdessen einen Film zu sehen gab, und sei es zum zweiten Mal, und so sagte sie okay, sie würde Tom den Gefallen gern tun.

Gott segne Kim Ryan.

Nachdem sie sich vergewissert hatte, dass Kim bei Ella übernachten konnte, falls weder sie noch Jake rechtzeitig nach Hause kamen, nahm sie ein Taxi zum Bahnhof und stieg in einen Zug nach New York City.

Und hier stand sie jetzt. Sie war von der Penn Station bis zur 34. Straße gelaufen und am Herald Square, an der Ecke des Kaufhauses Macy's, die Treppe zur U-Bahn hinuntergestiegen.

Und da war es wieder, dieses Gefühl. So wie damals in Kordas Büro – diese Kälte, diese Bosheit. Dabei war es ein warmer Nachmittag, sogar hier unten, am Fuß der Treppe. An den erhitzten Gesichtern der anderen Menschen sah sie, dass die Kälte einzig und allein in ihrem Kopf war.

Einbildung.

Sie war sich aber nicht ganz sicher, ob sie das wirklich glaubte.

Sie kaufte einen Token für die U-Bahn und stieg weiter hinab in die Tiefe.

Hoffnungslos war das Wort, das ihr in den Sinn kam.

Was tat sie hier eigentlich, ziellos zwischen all diesen Leuten herumzuschlendern – in der 34. Straße wimmelte es vermutlich immer noch von Menschen – und auf die Schilder zu starren, die ihr plötzlich schrecklich kompliziert erschienen: Innenstadt/Express/Shuttle/Nassau St. Local ...? So viele Linien und Tunnel, offene, funktionierende Tunnel, ganz zu schweigen von den stillgelegten, die ins Nichts führten, die, in denen ein Monster sechs verschwundene Teenager verstecken konnte ...

Ein Irrgarten. Ein Labyrinth.

Agentin Moran hatte Recht gehabt.

Sie stieg wieder hinauf an die Oberfläche, auf die hektische Straße. Sie fühlte sich unsagbar müde, aber auch noch völlig niedergeschmettert von diesem schrecklichen, hässlichen Gefühl. Sie lehnte sich an eins der Macy's-Schaufenster, versuchte sich zusammenzureißen und dachte zurück an ihre nächtliche Unterhaltung mit Ella. Sie ließ den Blick über den Herald Square schweifen, der wie immer voller Autos und Fußgänger war, und sie sah zahllose Menschen ins Kaufhaus hinein- und herausströmen und fragte sich, wo die Erfinder von *Limbo* hier einen Helikopter verstecken wollten.

Nach der Apokalypse gab es keine Autos oder Menschen mehr ...

Dann wäre hier viel Platz, vorausgesetzt, man war »Master« und schaffte es, herauszukommen, wo immer man auch war.

Albernes, *dummes* Spiel.

Alberne Frau, die Nachricht eines Geisteskranken so ernst zu nehmen und in dem Spiel nach Hinweisen zu suchen. Allerdings hatte auch Jake das versucht, und Angela Moran zufolge hatten sogar einige der hellsten Köpfe des FBI ihre eigenen, mit Sicherheit ausgeklügelteren Versuche unternommen, in *Limbo* Antworten zu finden. Sie alle waren mit leeren Händen wieder erschienen. Leute, die sich mit solchen Dingen auskannten, ganz im Gegensatz zu ihr.

Sie war nur eine Mutter, außer sich vor Wut und Verzweiflung.

Das Gefühl war immer noch da.

Lydia trat vom Schaufenster weg und starrte noch einmal die Treppe hinunter, die in die U-Bahn führte. Sie musterte die Menschen, die hinauf- und hinunterliefen. Sie alle sind unterwegs zu einem normalen Ziel, dachte sie eifersüchtig, nach Hause zu ihren Familien oder zur Arbeit oder nirgendwohin im Besonderen, aber sie alle waren sicher und wohlbehalten.

Sie aber war dabei, den Verstand zu verlieren.

Robbie, wo bist du?

93.

Er wurde von Minute zu Minute verzweifelter, verwirrter, ratloser. Er konnte sich nicht auf seine Arbeit konzentrieren. Er *wollte* das hier tun, *musste* es tun, aber er schien mit seiner neuesten Version einfach nicht zurechtzukommen. Er stand unter zu großem Druck, das war der Grund. Niemand hatte auch nur die leiseste Ahnung, welche Bürde auf einem Mann – einem *Kidnapper* – lastete, der gut für seine Gefangenen sorgen wollte, und das wollte er wirklich.

Für die jungen Gefangenen jedenfalls.

Wie ihm jetzt klar wurde, war das ein Teil seines Plans, dem er anfangs nicht genügend Aufmerksamkeit geschenkt hatte. *Bevor* er zu einem Kidnapper geworden war.

Benutz dieses Wort nicht, ich mag es nicht.

Kidnapper. Perverser.

Hör auf.

Mörder. Mehrfacher Mörder.

Es war nicht meine Schuld.

Natürlich war es deine Schuld. Es hat dir sogar gefallen.

Ich fand es entsetzlich. Mir wurde übel davon.

Du warst schon immer ein Feigling.

Sei still!

Ding-Monster.

Halt die Schnauze!

Er konnte sich nicht konzentrieren. Wie sollte er sich auch konzentrieren, wenn ihm so viel durch den Kopf ging?

Daran ist nur der Professor schuld.

Wenn du es sagst.
Ich sage es.
Natürlich, Söhnchen.
Nenn mich nicht so!
Wie soll ein Vater seinen Sohn sonst nennen, Söhnchen?

Der Wurm in seinem Kopf wuchs. Er fühlte, wie er immer mehr die Kontrolle übernahm, er wand sich kaum noch, sondern schwoll nur immer weiter und weiter an, prall gefüllt mit Wurmkindern, und wenn er nicht etwas unternahm, würde er bald platzen, und sein Gehirn wäre voll von ihnen, Hunderte von Würmern, Wurm-Rushhour ...

Stopp!

Er schrie.

Niemand konnte ihn hören.

Doch es hielt den verdammten Wurm auf, zumindest eine Zeit lang.

Er blickte auf die Monitore.

Steel und Dakota kuschelten sich wieder dicht aneinander.

Sieh sie dir an. Klammerten sich aneinander wie primitive Bewohner einer finsteren Welt.

Sie bewegten ihn viel mehr, als er erwartet hatte.

Ergriffen. Reumütig.

Nein! Keine Scham mehr – die hatte schon sein ganzes Leben beherrscht.

Von jetzt an brauchte er *Wut*.

Und er wusste auch, wogegen er diese Wut richten musste. Gegen den, der sie am meisten verdiente. Der ihm seine Zeit gestohlen hatte. Der es ihm unmöglich gemacht hatte, seinen perfekten Plan so durchzuziehen, wie er es vorgehabt hatte. Der ihn dazu gebracht hatte, ihn niederzuschlagen und hierher zu bringen, wo er war, und der selbst jetzt noch die Absicht hatte, sein privates kleines Happy Valley zu zerstören ...

Der *Vater*.

94.

»Wie geht es Ihnen, Professor?«

Es war lange her, dass ich die Stimme dieses Dreckskerls gehört hatte, und ich hasste ihn so sehr, dass ihr Klang meine Haut zum Kribbeln brachte und ich krampfhaft die Fäuste ballte. Und doch hatte ich genau darauf gewartet, weil *er* mich zu Rianna führen würde, und solange ich hier in dieser erbarmungslosen, stillen Finsternis saß, konnte ich Robbie und ihr schließlich nicht helfen.

»Es ging mir noch nie besser«, sagte ich.

Allzu schlecht fühlte ich mich wirklich nicht, wenn man die Umstände bedachte. Meine Kopfschmerzen waren bereits vor geraumer Zeit hinter Wut und einem Gefühl der Hilflosigkeit zurückgetreten, und ich hatte einen Teil der verdammten Wartezeit dazu genutzt, so gut ich konnte auszukundschaften, ob der Dreckskerl mir etwas dagelassen hatte, das ich benutzen konnte. Anders als die Kids trug ich zumindest noch meine eigene Kleidung, die Jeans und mein Hemd – die Jacke jedoch war verschwunden, ebenso wie Schuhe, Gürtel und die Swatchuhr, die die Ryans mir zu meinem letzten Geburtstag geschenkt hatten. Meine Brieftasche steckte immer noch in der Gesäßtasche meiner Jeans, vollständig, soweit ich es in der Dunkelheit beurteilen konnte, mit einem 50-Dollar-Schein, zwei Zehnern, einem Fünfer, meinem Führerschein und zwei Kreditkarten, die sich vielleicht als nützlich erweisen würden, wenn ich auf eine Tür mit einem primitiven Schloss stieß ...

Du träumst wohl.

»Das ist gut«, sagte er. »Ich freue mich, dass Sie ein bisschen Ruhe hatten.«

»Wer sind Sie?« Es war das erste Mal, dass ich ihm diese Frage stellte.

»Sie wissen, wer ich bin.«

»Nein, das weiß ich nicht«, sagte ich. »Warum sagen Sie es mir nicht?« Ich hielt inne. »Es ist ja nicht so, dass ich losrennen könnte und es der Polizei erzählen.«

»Oder Agent Kline«, sagte er.

»Also, wer sind Sie?« In Gedanken spielte ich die Möglichkeiten durch: Korda, Hawthorne, Fitzgerald – dann, auf einem tieferen Level, Kaminski, Hendrick oder die anderen beiden Männer bei Eryx, an die ich seit den ersten Tagen nach dem Besuch kaum gedacht hatte: der bezopfte Anton Gluckman und der magersüchtig aussehende Jazz Brown.

»Wollen Sie nicht mal raten?«, fragte er mich jetzt.

»Ich bin nicht in der Stimmung für Ratespiele.«

»Dann sollten Sie in die Stimmung für Spiele *kommen*«, sagte er beinahe freundlich. »Denn nach diesem hier kommt gleich ein anderes auf Sie zu.«

»Wer *sind* Sie?« Noch einmal.

»Ich bin ihr Vater«, sagte er.

Mir drehte sich der Magen um.

»So gut wie, jedenfalls«, fügte er hinzu. »*Adoptivvater* ist wahrscheinlich die bessere Antwort. Sie *waren* Dakotas Vater ...«

»Ihr Name ist Rianna.« Ich war aufgesprungen und starrte mit weit aufgerissenen Augen in die Dunkelheit.

»Und Ihre Freundin Lydia *war* die Mutter vom jungen Steel.«

Wenn ich in diesem Augenblick auch nur seinen Schatten gesehen hätte, hätte ich mich auf ihn gestürzt, bereit, das Leben aus seinem unsichtbaren Hals zu würgen.

Aber da war kein Schatten. Nur seine verdammte verzerrte Stimme.

»Setzen Sie Ihr Headset auf, Professor.« Plötzlich war er wieder hart.

»Leck mich«, sagte ich.

»Setzen Sie es auf. Sofort.«

Robbie und Rianna sprangen auf, als sie *seine* Stimme hörten.

Sie waren eingenickt, und nun holte er sie wieder zurück.

»Ein neues Spiel«, sagte er. »Diesmal ist es ein anderes Spiel.«

Robbie tastete nach Riannas Hand, fand sie und hielt sie ganz fest.

»Dakota, Liebes«, sagte *er*, »dein Dad ist hier.«

Rianna hatte das Gefühl, ihr bliebe das Herz stehen, dann raste es weiter, klopfte wild. Robbie nahm ihren Arm, umfasste ihn, hörte *ihm* zu und glaubte nicht, was er da vernahm.

»Du dachtest, er sei tot, genau wie alle anderen da oben«, deklamierte er jetzt wie ein Quizmoderator bei der Einleitung zu seiner Show, »aber er ist nicht tot. Er ist hier heruntergekommen, und er versucht, dich zu finden.« Stimmlage und Stimmung veränderten sich wieder; jetzt sprach er tiefer, wie ein Fernsehansager, der die Soap der nächsten Woche ankündigt. »Aber er wird dich nicht finden, noch nicht jedenfalls ... Und, Dakota, meine Liebe, jetzt pass auf.«

Rianna konnte nicht anders. Mit schriller Stimme rief sie: »Daddy!«

»Ja, Dakota, er ist hier«, fuhr er fort. »Aber jetzt hör mir zu. Du auch, Steel. Hört genau zu, denn das betrifft euch beide.«

Robbie hatte nicht gewusst, dass es möglich war, unter solcher Anspannung zu stehen und jeden Muskel, jeden Nerv bis zum Zerreißen anzuspannen.

»Jetzt passt auf«, sagte *er* wieder. »Ihr beide seid euch sehr nahe gekommen. Nicht wahr? Genau wie Steel und Dakota. Das ist wohl unvermeidlich, schätze ich. All die Abenteuer, all die Gefahren, die ständige Sorge umeinander – das verbindet.«

Robbie merkte, dass er Riannas Arm viel zu fest umklammerte, aber er schien es nicht abstellen zu können, und loslassen würde er sie ganz bestimmt nicht. Er hörte sie atmen, ein keuchendes Atmen – er konnte nur ahnen, wie schnell ihr Herz schlug. Sein eigenes hämmerte schmerzhaft in seiner Brust.

Was jetzt?

»Nun, ich nehme nicht an, dass ihr das nächste Spiel allzu sehr mögen werdet.« Er hielt inne. »Wir werden noch viel Zeit miteinander verbringen, wisst ihr. Das war der Plan. Zeit genug, um euch einiges beizubringen, so wie alle guten Väter ihren Kindern etwas beibringen.« Wieder eine Pause. »Ich gehe nicht davon aus, dass ihr schon einmal von *Dim Mak* gehört habt.«

Weder Rianna noch Robbie antworteten.

»Das dachte ich mir. Ihr seid nicht die Typen für Kampfsport. Nun, Kinder, *Dim Mak* ist nicht irgendein Kampfsport, es ist *der* Kampfsport schlechthin, und diese Kunst wollte ich euch beibringen. Allerdings bräuchte ich dafür Zeit, und die habe ich nicht dank deines Vaters, Dakota – deinem biologischen Vater, wie man so schön sagt, denn dein eigentlicher Vater bin jetzt ich. Deiner auch, Steel. Ich habe viel durchgemacht, um euch zu adoptieren, euch hierher zu bringen, an diesen besonderen Ort, wo ich euch zusehen kann, wie ihr spielt und wie ihr euch näher kommt. Und wenn wir Zeit gehabt hätten, hätte ich euch beigebracht, auf intelligente Weise zu kämpfen. Aber jetzt bleibt keine Zeit mehr, wegen *ihm*. Das bedeutet, dass wir alle leiden müssen, wegen *ihm* – und deshalb leidest du, Dakota, vergiss das nicht. Weil er dich im Stich gelassen hat. Wäre er ein guter Vater gewesen, hätte ich nicht kommen und dich holen können, oder?«

»Er ist ein guter Vater!«, schrie Rianna in die Dunkelheit. »Er ist der beste Vater!«

»Du bist ein braves Mädchen, Dakota.«

»Ich bin nicht Dakota, ich bin Rianna Woods, und mein Vater ist Jake Woods, und du kannst dich zur Hölle scheren! Ich hör dir nicht mehr zu!«

»O, du solltest mir aber zuhören, Dakota, und du solltest

dich nicht zu sehr aufregen, denn wir werden jetzt ein Spiel spielen – das größte Spiel von allen, und dafür wirst du deine ganze Kraft brauchen. Es ist ein Spiel, das wir möglicherweise Schritt für Schritt spielen müssen, denn ich glaube, ihr werdet anfangs vielleicht versuchen, euch der Sache zu entziehen …«

»Warum?« Robbie glaubte, platzen zu müssen. »Was ist das für ein Spiel?«

»Eins, das du noch nicht kennst, Steel, mein Junge, denn es ist neu, frisch von meinem Skizzenblock – so neu, dass es noch nicht mal in der Produktion ist. Aber es ist *heiß*.«

»Wenn es so heiß ist«, sagte Robbie, »warum fangen wir dann nicht einfach an? Wir wissen sowieso, dass das alles nur Scheiße ist. Es ist alles nicht real, und deshalb haben wir keine Angst mehr davor.«

»Nichts davon ist real, Steel«, sagte er, »außer dir und Dakota. *Ihr* seid real.«

Robbie schwieg. Keine Angst? Noch nie hatte er sich so sehr gefürchtet.

»Das macht dieses Spiel so besonders. Die einzigen beiden Komponenten seid ihr.«

Riannas Gedanken rasten wie ein außer Kontrolle geratenes Fahrrad, das einen Berg herunterjagt. Sie konnte nicht aufhören, konnte die Gedankenflut nicht stoppen.

»Weil ihr gegeneinander kämpfen werdet«, sagte er.

»Nein«, sagte Robbie. »Das werden wir nicht.«

»O doch. Weil ihr kurz davor seid, die 34. Straße zu erreichen, zum letzten Mal, und weil wir alle wissen, dass *Limbo* zu Ende ist, wenn Steel und Dakota den Helikopter über dem U-Bahnhof finden und wegfliegen.«

Jetzt hörten beide zu. Und *wie*.

»Der Knackpunkt ist«, sagte er, »dass die neue, verbesserte Version der Helikopter nur Platz für *eine* Person bietet. Versteht ihr, Kinder?«

»Nein«, sagte Rianna.

»Oh, ich glaube doch, Dakota. Du verstehst mich sehr gut.«

»Wir werden nicht um den Platz im Hubschrauber kämpfen«, sagte sie, und ihre Stimme versagte beinahe. »Wir bleiben hier, wir finden einen anderen Ausweg.«

»Es gibt keinen anderen Ausweg. Ihr müsst kämpfen.«

»Wir kämpfen nicht gegeneinander, du Schwein«, sagte Robbie. »Du lausiger Dreckskerl.«

»Ich liebe euren Mut«, sagte er. »Wisst ihr das? Das liebe ich am meisten an euch. Ihr seid so tapfer.«

Weder Rianna noch Robbie sagte etwas.

»Der Knackpunkt ist«, sagte er wieder, »was passiert, wenn ihr nicht kämpft.«

»Was passiert dann?« Riannas Stimme zitterte, als sie die Frage stellte. Sie wollte es nicht, konnte aber nichts dagegen tun. Sie wusste nicht, wie viel sie noch ertragen konnte, glaubte aber nicht, dass sie noch *irgendetwas* ertragen konnte.

»Willst du das wirklich wissen, Dakota?«

»Ja.« *Nein.* »Ja!«

»Wenn ihr nicht kämpft«, erklärte er, »wird dein Daddy sterben.«

Ich hörte ihn.

Ich hörte den Dreck, den er meiner Tochter und Lydias Sohn erzählte – dass sie gegeneinander kämpfen mussten.

Und wie er ihnen sagte, was passieren würde, wenn sie es nicht taten.

Seine Worte erfüllten mich vollkommen, sogar den dunklen Raum um mich herum; sie gellten unerträglich, wie Glocken, wenn man ihnen zu nahe kommt – die Art Ton, die nicht nur wehtut, sondern einen beinahe umbringt, weil er die Trommelfelle platzen lässt und einen in den Wahnsinn treibt ...

Wenn du nicht kämpfst, hatte dieses Monstrum zu meinem Baby gesagt, *wird dein Daddy sterben.*

Ich riss mir alles wieder vom Kopf herunter – Brille, Kopfhörer, das ganze verdammte Ding, auch die Handschuhe. Dann ging ich auf und ab, streifte durch die Dunkelheit, wie große Katzen in einem Käfig es tun, wenn sie die Grenze dessen überschritten haben, was sie ertragen können, wenn sie bereit sind, auszubrechen oder zu töten.

Jetzt war keine Angst mehr in mir, kein bisschen. Der lodernde Zorn, der Wahnsinn, hatte sie mir ausgetrieben ...

Du musst hier raus. Jetzt.

Rianna und Robbie mussten aus diesem Höllenloch. Alles andere zählte nicht. Ich wusste nicht, wie, es war mir egal, und es war mir auch egal, ob es mich das Leben kosten würde – ich hoffte und betete mit aller Inbrunst, dass es diesen Scheißkerl umbringen würde –, aber ich würde die Kinder von hier wegbringen, und ich würde es jetzt tun!

Meine linke Schulter streifte eine Wand.

Dann ertönte wieder die Stimme.

»Setzen Sie Ihr Headset wieder auf, Professor.«

Sprichst du mit mir?

Mir egal.

Mit den bloßen Händen tastete ich die Wand Stück für Stück ab. Wahrscheinlich versuchte ich eine Tür zu finden. Da musste eine Tür sein, doch ich entdeckte sie nicht. In dieser Finsternis fühlte sich alles gleich an – keine Kanten, keine Ritzen, nichts. Ich machte trotzdem weiter, durchquerte den Raum und versuchte die Maße und das Material der Wand einzuschätzen, suchte nach Schwachstellen, klopfte dagegen ...

»Das hat keinen Sinn, Professor«, sagte er. »Sie müssen zuschauen, das ist Teil des Spiels. Sie müssen die beiden kämpfen sehen, denn in gewisser Weise findet der Kampf ja Ihnen zu Ehren statt.«

Ich ignorierte ihn, machte weiter und versuchte, ihn aus meinem Kopf auszusperren.

Da muss doch eine Tür sein!

»Denn wenn Sie nicht zusehen«, sagte er, »werden sie sterben.«

Ich blieb stehen.

»So ist das nun mal, Professor«, sagte er. »Das ist der Deal.«

Ich hörte ein Geräusch, einen eigenartigen Laut, wie ein tiefes Knurren.

Das war *ich*.

Ich löste mich aus meiner Erstarrung und tastete weiter die Wände ab. Jener Teil von mir, der noch logisch denken konnte, der auf gewisse Weise noch die Realität registrierte, merkte, dass die Wand nicht aus Beton war, jedenfalls nicht diese Seite, vor der ich gerade stand. Vielleicht war sie also keine tragende Wand. Vielleicht war sie nur eine Trennwand, und wenn das der Fall war, konnte ich sie leichter niederreißen. Dieses Material ... ich hatte so etwas schon einmal angefasst ...

In Lydias Wohnung, im Musikzimmer, in ihrem *schallgeschützten* Zimmer.

Natürlich, das schien logisch hier in diesem Gefängnis.

Okay, du Bastard.

»Ich will sie nicht töten, Professor.« Die Stimme klang nüchtern, vernünftig. »Das will ich wirklich nicht, ehrlich. Ich hasse das Töten mehr, als Sie sich vorstellen können, das sollten Sie wissen ...«

Ich hörte ihm gar nicht mehr zu, schaltete den Dreckskerl einfach ab.

Ich sah Riannas vor Angst weit aufgerissenen Mund wieder vor mir, hörte ihre zitternde Stimme.

Dachte an den Kampf, zu dem er sie und Robbie zwingen wollte.

Ließ die Wut wieder Macht über mich gewinnen, ließ sie mich verzehren, meinen Verstand ausschalten.

Die Art Wut, die einem Vater die Kraft verleiht, Wände einzureißen.

Ich entfernte mich von der Wand, ging Schritt für Schritt weiter zurück.

So weit ich konnte.

Ich brannte vor Wut.

Da stieß ich hinter mir an die andere Wand.

Ich atmete tief ein ...

Und warf mich mit aller Macht nach vorn.

Der Aufprall war so hart, dass er mir die Luft raubte und die Haut an der rechten Seite meines Kopfes aufreißen ließ.

Schmerz. Schmerz war gut.

Die Stimme sprach immer noch mit mir ... zu mir, aber ich nahm sie kaum wahr.

Ich betastete die Wand an der Stelle, wo ich dagegengesprungen war: eine kleine Delle.

Eine feste Wand hätte keine Delle.

Beim nächsten Mal klappt es besser.

Sobald ich wieder zu Atem gekommen war, würde ich es noch einmal versuchen.

Er wusste jetzt, was passieren würde.

Blitzartige Erleuchtung, zugleich erschreckend und süß.

Er hatte geglaubt, dass er diesen Moment hassen würde, dass er wütend werden würde.

Angst bekommen würde.

Aber er hatte keine Angst, zumindest jetzt nicht.

Es war gut. Es war richtig. Das begriff er jetzt.

Vielleicht war es das, was er die ganze Zeit geplant hatte, tief in seinem Innern.

Vater kommt zur Rettung der Kinder.

Das Beste für das Spiel.

Es brachte sie am Ende alle näher zusammen.

Es war gut für alle.

Besonders für das Ding-Monster.

Ich stand wieder an der gegenüberliegenden Wand und kam allmählich zu Kräften.

Ich stählte mich, wappnete mich, bereitete mich vor.

Ich musste nur an Rianna denken und daran, was *er* zu ihr gesagt hatte.

Allmächtiger.

Wenn das nur eine Schallschutzwand war, müsste sie zerbrechen, wenn ich fest genug dagegenprallte ...

Die Stimme sprach zu mir, drang wieder zu mir durch.

»Sie werden kämpfen, Professor. Sie werden einander bis zum Tod bekämpfen, und ich werde zusehen. Es wird das größte Spiel aller Zeiten – und auch das traurigste.«

Seine Worte bohrten sich in mein Inneres, zerrten an mir, ließen die letzte Sicherung durchbrennen.

»Danke, du Stück Dreck!«, schrie ich.

Und stürzte mich auf die Wand wie ein menschlicher Bulldozer.

Es geschah wie in Zeitlupe.

Die Wand krachte und ächzte. Ohrenbetäubend.

Dann brach sie ein, und ich mit ihr.

Ich hatte keine Kontrolle mehr, war nur ein Teil der Wand, mit ihr verschmolzen.

Krachen. Knirschen.

Dann war es geschafft.

Er sah zu, wie es passierte.

Das Ende, dachte er.

Zeit zu gehen.

Alles zurückzulassen. Steel, Dakota, das alles hier.

Es Vater überlassen.

95.

Rianna und Robbie warteten.

Auf den Beginn des Spiels.

Nichts.

»Ich verstehe das nicht.« Riannas Stimme klang erstickt und verängstigt. »Ich verstehe nicht, was da los ist.«

»Ich auch nicht«, flüsterte Robbie zurück.

»Ist mein Vater wirklich hier? Hat er ihn auch entführt?« Rianna klammerte sich an Robbie. Jetzt weinte sie, und sie konnte nichts dagegen tun. »O Gott, wenn er ihn hat, dann war es das, nicht wahr? Dann gibt es keine Hoffnung mehr.«

»Doch, sicher«, versuchte Robbie sie zu trösten, obwohl er genauso verwirrt war. Das Ganze ergab überhaupt keinen Sinn. Andererseits hatte hier unten noch nie etwas einen Sinn ergeben.

»Er hat gesagt, wir sollen gegeneinander kämpfen, Robbie.«

»Und wir haben ihm gesagt, dass wir das nicht tun.«

»Aber er hat gesagt ...« Sie konnte den Satz nicht beenden, sie konnte es nicht ertragen, an die letzte Drohung zu denken, dass er ihren Vater ...

»Ist schon gut, Rianna.« Robbie streichelte ihr Haar.

Es war nicht gut. Es war Milliarden Meilen von *gut* entfernt. Er wusste es, und sie wusste es, und es gab nichts, nicht das Geringste, was einer von ihnen dagegen unternehmen konnte.

Sie konnten nur abwarten.

Ich war zu benommen, um aufzustehen.

Der Lärm klingelte mir immer noch in den Ohren. Staub

verstopfte mir Augen, Nase und Mund, erstickte mich beinahe, und ich wusste, dass jetzt jeden Augenblick mein Feind vor mir stehen würde, um sich auf mich zu stürzen, um mir wieder einen Schlag zu versetzen. Ich musste bereit sein, mit allen Mitteln zu kämpfen ...

Ich hatte Schwierigkeiten, mich überhaupt zu bewegen, aber ich musste aufstehen, musste mich bereitmachen.

Die Kinder finden.

Ich versuchte, den Staub wegzublinzeln und einen Teil des Schmutzes wegzureiben, ohne es noch schlimmer zu machen. Meine Augen tränten, und die Feuchtigkeit half ein wenig.

Es war immer noch finster.

Von einem Raum in den nächsten? War das alles, was ich erreicht hatte?

Doch da ...

Luft.

Ein winziges Flüstern von einem Luftzug, irgendwo links von mir.

Und *Geräusche*. Kein bestimmtes Geräusch, aber auch nicht mehr diese absolute, undurchdringliche Totenstille, die den Raum stets erfüllt hatte, wenn *er* nicht gesprochen und ich nicht geschrien hatte.

Endlich stand ich wieder auf den Füßen. Ich wusste, dass ich Wunden und Prellungen haben musste, und mein ganzer Körper schmerzte fürchterlich, aber das war mir vollkommen egal. Ich bewegte mich wieder, raus aus diesem Raum und auf den Luftzug zu. Ich ging zaghaft, ganz vorsichtig, die Hände vor mir in der Dunkelheit ausgestreckt.

Gleichzeitig horchte ich nach ihm und den Kindern. Ich wusste noch sehr genau, wie lautlos er sich mir auf Fitzgeralds Grundstück genähert hatte, bevor er mich niederschlug.

War das der Ort, an dem wir uns befanden? Waren wir immer noch auf Fitzgeralds Grundstück? Vielleicht in dem Keller, den Baum auf den Grundrissen entdeckt hatte?

Wo *war* Baum eigentlich? Ich konnte es nicht fassen,

dass ich bis jetzt noch gar nicht an ihn gedacht hatte, an meinen guten neuen Freund. *Ob er auch hier unten ist?*, fragte ich mich. Waren alle verschwundenen Kinder hier, nicht nur Rianna und Robbie?

Das Geräusch war ein tiefes Summen irgendwo rechts von mir. Ein elektronisches Geräusch, wie man es zum Beispiel von einem Computerraum kennt.

Von einem Operationszentrum wie seinem.

Scheiße.

Sollte ich auf das Geräusch zugehen oder auf den Luftzug?

Das war die Millionenfrage.

Nun, wenn der *Luftzug* für einen *Ausgang* stand, würde ich nicht ohne die Kinder dorthin gehen.

Die Frage stellte sich also gar nicht.

Langsam und vorsichtig nahm ich Kurs auf das Summen, die Hände wieder vor mir ausgestreckt.

Meine rechte Hand berührte etwas Hartes, Festes. Eine Wand. Etwas weiter nach rechts. Das Geräusch wurde lauter. Meine Fingerspitzen streiften etwas.

Eine Tür.

Eine verdammte Tür mit einer verdammten Klinke.

Ich stand ganz still.

Jetzt hatte ich im Grunde keine Wahl mehr. Wenn *er* da drin war, würde ich kämpfen. Wenn er ein Gewehr hatte, würde ich wahrscheinlich sterben, und vielleicht, nur vielleicht, würde mein Tod dieses Stück Dreck befriedigen, und vielleicht, nur vielleicht würde es damit enden und er würde die Kinder gehen lassen.

Oder auch nicht.

Denk nicht darüber nach, Jake.

Er hatte gesagt, er mochte das Töten nicht, hatte gesagt, er hasse es mehr, als ich mir vorstellen könne.

Ich öffnete die Tür mit einer schnellen Bewegung, schlug sie komplett auf, so wie ich mich zu erinnern glaubte, dass man es mir vor langer, langer Zeit beigebracht hatte ...

Niemand.

Das Zimmer war schwach beleuchtet.

Keiner da. Nur eine Reihe von Monitoren, eine Art Computer, jede Menge Schalter und kein Platz zum Verstecken. Wenn *er* vorher hier drin gewesen war, war er jetzt fort.

Ich zitterte, hatte bis zu diesem Moment gar nicht bemerkt, wie sehr ich zitterte, aber plötzlich waren meine Beine so schwach, dass sie mich nicht mehr tragen konnten. Ich schaffte es gerade noch zu dem einzigen Stuhl und ließ mich darauf fallen.

Ich sah zu den Monitoren. Schwarz. Ausgeschaltet. Ich schaute genauer hin, auf der Suche nach einem Schalter. *Da.* Ich betätigte ihn. Der Bildschirm flackerte.

Nichts.

Ich schaltete einen zweiten Monitor ein. Wieder ein Flackern.

Großer Gott!

Rianna. Und Robbie. Ohne die seltsamen Apparate auf ihren Gesichtern.

Sie klammerten sich aneinander.

Wie konnte ich mit ihnen sprechen? Es musste irgendwie möglich sein – schließlich hatte *er* auch mit mir gesprochen.

Ein weiterer Schalter rechts von mir – eine Gegensprechanlage, ganz simpel.

Ich drückte den Knopf, neben dem ein grünes Licht aufleuchtete.

»Rianna?« Ich hatte Angst, laut zu sprechen, falls er mich hören konnte.

Ich sah, wie sie leicht den Kopf drehte. Sie sah schrecklich erschöpft und verängstigt aus.

»Rianna«, wiederholte ich, diesmal etwas lauter. »Ich bin es, Daddy.«

Ich sah, wie ihre Angst sich in freudige Verwirrung verwandelte, dann in wilde Freude, und auch mein Herz überschlug sich. »Ich bin hier, mein Schatz, und ich komme euch jetzt suchen.«

Der gleiche Ausdruck trat auf Robbies Gesicht. *O, Lydia, wenn du wüsstest.*

»Ich muss nur noch herausfinden, wo genau ihr seid, okay?«

Rianna versuchte, mir etwas zu sagen, aber ich konnte sie nicht hören.

»Ich weiß nicht, wie ich euch hören kann, Schätzchen«, erklärte ich ihr, »aber das ist nicht wichtig, weil ich jetzt gleich losgehe, um euch zu suchen. Ich hole dich und Robbie hier raus.«

Sie versuchte immer noch eindringlich, mich etwas zu fragen, und Robbie schien das Gleiche zu sagen.

Plötzlich verstand ich.

»Er ist nicht hier«, sagte ich den beiden. Ich musste mich sehr zusammenreißen, um ruhig und deutlich zu sprechen. »Ich weiß nicht, ob er weg ist oder nicht, aber bisher hat er noch nicht versucht, mich aufzuhalten.«

Sei vorsichtig, Daddy.

Ich glaube, das war es, was Rianna mir zu sagen versuchte.

»Ich bin vorsichtig, Schatz. Mach dir um mich keine Sorgen.«

Klar, warum auch. Warum sollte sie sich auch Sorgen machen.

Ich sah mich nach irgendetwas um, das ich als Werkzeug oder als Waffe benutzen konnte. Nach etwas Schwerem.

Nichts.

Der Stuhl.

Es dauerte ein paar Minuten, doch meine Hände zitterten immer noch, und ich war nicht gerade in Höchstform. Dann schaffte ich es endlich, die verdammten Metallbeine abzuschrauben. Sie waren nicht ideal, aber ziemlich schwer, also …

Keine Taschenlampe zu sehen.

He, wie wäre es damit? Eine Klappe an der Wand neben der Tür. Dahinter befand sich eine Schalttafel.

Ich schaltete sie alle ein und öffnete die Tür, um nachzusehen.

Es ward Licht.

Es fiel Robbie schwer, daran zu glauben.

Riannas angespannter, zitternder Körper und die extreme Aufregung, fast schon Ekstase in ihrer Stimme verrieten ihm, dass sie es mit ziemlicher Sicherheit glaubte. Was Rianna betraf, war ihr Dad gekommen, um sie, *sie beide*, zu retten, und das war wundervoll, fantastisch, unglaublich.

Robbie wollte es zwar glauben, konnte sich aber beim besten Willen nicht vorstellen, dass *er* einfach fortgegangen war und den Weg für Riannas Vater freigemacht hatte. Dass er ihn und Rianna einfach gehen ließ.

»Du glaubst nicht, dass er es schafft, nicht wahr?«, fragte sie plötzlich in die Dunkelheit.

»Ich denke nicht an ihn«, sagte Robbie, wenngleich er es hasste, ihr diese Momente der Hoffnung zu verderben, die vielleicht alles waren, was sie hatten.

»Ich weiß«, sagte Rianna.

»Du glaubst, *er* lässt das zu?«

»Keine Ahnung«, sagte sie. »Aber ich kenne meinen Vater. Er hat gesagt, er ist hier. Er hat gesagt, er kommt, um uns hier rauszuholen.«

»Ich weiß«, sagte Robbie, »aber ...«

»Nichts aber.« Rianna war unnachgiebig. »Das hat er gesagt, und so wird es geschehen.«

Ich hatte den Computerraum verlassen und ging in die Richtung, aus der ich gekommen zu sein glaubte.

Die Beleuchtung in dem engen Gang war dürftig, aber trotzdem tausendmal besser als die Dunkelheit. Viel zu sehen gab es hier allerdings nicht.

Aber schließlich war ich hier nicht auf der Suche nach dem Stein der Weisen. Ich suchte bloß nach Türen. Die erste würde mich zu Rianna und Robbie führen, die zweite würde uns alle nach draußen bringen.

Ich bog rechts um eine Ecke, in jeder Hand ein Stuhlbein schwingend, nur für den Fall.

Und sah die Überreste der Wand, die ich durchbrochen hatte. Es fiel mir schwer zu glauben, dass ich das getan hatte.

Noch eine Ecke. Ich bog im Polizeischul-Stil darum und wünschte sehnlichst, die zwei verdammten Stuhlbeine gegen eine Automatik eintauschen zu können.

Keiner da.

Vielleicht war der Mistkerl wirklich fort. Jedenfalls konnte ich seine Präsenz nicht spüren.

Auf Fitzgeralds Grundstück hast du seine Präsenz auch nicht gespürt.

Eine Tür.

Mein Herz raste, als ich die Klinke herunterdrückte.

Nichts. Das verdammte Ding ging nicht auf, und es gab kein Schloss.

In diesem Augenblick bemerkte ich, was mir bisher entgangen war. Wie hatte ich das übersehen können? Ein Tastenfeld an der Wand links von mir. Ich hatte so etwas schon in modernen Büros gesehen – eine Art digitales Schloss, bei dem man normalerweise eine vierstellige Zahlenkombination eingeben muss, um die Tür zu öffnen.

Verdammt.

Ich hatte bisher darauf verzichtet, zu klopfen, für den Fall, dass die Kinder nicht darin waren, falls ...

Zur Hölle damit.

Keine Antwort.

Doch wenn auch dieses Zimmer schallgeschützt, war, hatte es natürlich nicht viel zu bedeuten, dass keine Antwort erfolgte ...

Limbo.

Plötzlich erinnerte ich mich wieder an ein Bruchstück unserer Lektion bei Eryx.

Geh zurück und sprich noch einmal mit den Kindern.

Ich beeilte mich, rannte, denn plötzlich hatte ich Angst,

dass es für unseren Ausbruchsversuch ein Zeitlimit geben könnte, vielleicht eine versteckte Sprengladung, die alles in die Luft jagte, wenn ich zu lange brauchte, als Teil des Spiels, *seines* Spiels.

Im Computerraum (warum war an *dieser* Tür kein digitales Schloss? Nicht nötig, wenn nur *er* sie benutzte) legte ich die Stuhlbeine hin, drückte den Knopf der Sprechanlage und sprach schnell, während ich die beiden im Monitor ansah.

»Kinder, hört zu. Vor allem du, Robbie.« Ich sah ihn nicken. »Bei *Limbo*, dem normalen Spiel, gibt es da einen speziellen Code? Zum Beispiel vier Ziffern oder sonst eine Kombination, mit der Steel und Dakota in verschlossene Räume reinkommen oder aus ihnen raus?«

Robbie nickte wieder und sagte irgendetwas.

»Denk daran, dass ich euch nicht hören kann«, sagte ich eindringlich. »Wenn es Zahlen sind, benutz deine Finger.«

Robbie nickte wieder, dann hob er drei Finger.

»Die Zahl drei, ja?«, sagte ich.

Jetzt nickte auch Rianna. Robbie hob die ganze rechte Hand und vier Finger seiner linken.

»Neun.«

Jetzt nur vier Finger.

»Vier.«

Zwei Finger.

»Zwei«, sagte ich. »Drei, neun, vier, zwei. Okay?«

Robbie war noch nicht fertig. Ich sah, wie er nachdachte, und ich sah Rianna lachen – sie lachte tatsächlich –, doch Robbie blickte todernst, und ich war froh darüber.

Er hob sechs Finger.

Jetzt hatte ich den Code. Fünf Ziffern, nicht vier: 39426.

»Sicher?« Ich wiederholte die Zahlen und sah beide nicken.

Ich schnappte mir wieder die Stuhlbeine, meine Waffen, prägte mir die Zahlen noch einmal ein und machte mich schnell wieder auf den Weg – zu schnell, denn ich vergaß beinahe die Gefahr eines Hinterhalts.

Es gab keinen Hinterhalt.
Ich erreichte das Tastenfeld und tippte die Zahlen ein.
Ein Klicken ertönte. Ich drückte die Klinke, und die Tür öffnete sich.
Der Raum war leer.
Ich hätte am liebsten geweint, geschrien.
Such ein anderes Zimmer, Jake.
Wieder eine Ecke, ein weiterer leerer Korridor, dieselbe schwache Beleuchtung.
Noch eine Tür. Noch ein Tastenfeld.
Ich gab den Code ein, vertippte mich. Als ich es noch einmal versuchte, wurden die Zahlen nicht angenommen. Panik stieg in mir auf. Dann aber zwang ich mich, ruhiger zu werden. Ich drückte KORREKTUR, dann LÖSCHEN.
39426.
Klick.
Die Tür öffnete sich.
Dahinter war meine Tochter.
Robbie stand neben ihr.
Beide waren wohlauf.
Keiner von uns sagte ein Wort. Ich legte die Stuhlbeine auf den Boden, leise und vorsichtig, und streckte die Arme aus.
Rianna warf sich hinein.

96.

Lydia war nach Hause gegangen.

Erst hatte sie deswegen ein schlechtes Gewissen gehabt – schließlich erwartete Jake von ihr, dass sie bei Ella blieb. Und das hätte sie ja auch getan, wäre Kim an diesem Morgen nicht aufgetaucht. Und wenn sie ehrlich war, war Kim Ryan auch die bessere und vor allem viel vertrautere Person, um der Neunjährigen Gesellschaft zu leisten, solange ihr Vater nicht da war – definitiv besser als eine verängstigte Frau, die glaubte, ziellos durch eine New Yorker U-Bahn-Station wandern zu müssen.

Warum war sie nicht wütend auf Jake? Warum fühlte sie sich immer noch schuldig, New Haven verlassen zu haben? Vor allem, seit sie vorhin mit Kim telefoniert hatte, denn die hatte ihr gesagt, es gebe absolut keinen Grund, zurückzukommen, sie würde gern bei Ella bleiben.

Und so war Lydia jetzt wieder ganz allein.

Eigentlich war sie gar nicht wütend auf Jake. Sie hatte nur Angst um ihn. *Panische Angst* um ihn und vor den Folgen, die das, was Baum und Jake widerfahren war, für Robbie und Rianna haben konnte.

Sie rief Thea Lomax an und erzählte ihr, was sie empfand.

»Ich mache mir mittlerweile auch ziemliche Sorgen«, gab die Privatdetektivin zu.

»Ich weiß, es ist noch keine 24 Stunden her«, sagte Lydia, »und niemand wird ernsthaft glauben, dass der Kidnapper möglicherweise zwei erwachsene Männer entführt hat, zumal er hinter Teenagern her ist, aber …«

»Aber Sie glauben, das FBI sollte davon wissen«, unterbrach Lomax sie.

»Ja.«

»Ich habe bereits mit Agentin Moran gesprochen.«

Dankbarkeit erfüllte Lydia. »Was hat sie gesagt?«

»Was sie in Anbetracht der Umstände sagen konnte«, entgegnete Lomax. »Sie leitet die Information weiter, dass die beiden in Richtung Eryx unterwegs waren. Aber, Lydia, das Problem ist, dass wir es nicht genauer wissen, und solange das der Fall ist ...«

»Unternimmt das FBI nichts«, fiel Lydia ihr ins Wort.

»Ich weiß es nicht genau«, sagte Lomax.

»Und wenn sie überhaupt etwas tun, sagen sie uns nicht, *was* sie unternehmen.«

»Ja.« Die Detektivin schwieg kurz. »Es tut mir Leid.«

»Es braucht Ihnen nicht Leid zu tun«, sagte Lydia. »Sie haben alles versucht.«

Als sie aufgelegt hatte, fühlte sie sich ausgelaugt, enttäuscht und verängstigter denn je. Sie ging in die Küche, um sich ein Glas Wein einzuschenken, und überlegte, ob sie sich ein Bad einlassen oder nachsehen sollte, ob Melanie Steinman zu Hause war und Zeit hatte, auf einen Besuch heraufzukommen – irgendetwas, um ein wenig zu entspannen oder sich zumindest auf weiteres Warten vorzubereiten.

Doch es wäre eine sinnlose Übung.

Es würde ihre schreckliche Angst nicht vertreiben. Was sonst als Angst und Verzweiflung sollte eine Frau empfinden, deren Sohn seit Ewigkeiten verschwunden war, deren neuer Freund sich wie ein Trottel aufführte, der sich in Begleitung eines Privatdetektivs, der alt genug war, um es besser zu wissen, aus dem Staub gemacht hatte und spurlos verschwunden war – wie sollte sich eine Frau in dieser Situation fühlen?

Lydia wusste, dass Jake und Baum in Gefahr waren.

Wie ihre beiden Kinder.

Also keinen Wein. Kein warmes Bad. Keine Freunde.

Nur Kaffee, und zwar viel.

Und dazu vielleicht ein paar Gebete.

97.

Wir hatten angefangen, einen Weg nach draußen zu suchen.

Immer noch keine Spur von *ihm*.

Rianna hatte eine Menge Aufhebens wegen meiner Wunden und Prellungen gemacht, doch ich hatte sie beruhigen können. Wir hatten viel geredet – nur nicht darüber, wo wir sein könnten.

Unter der Erde, da waren wir uns alle einig. Wahrscheinlich in Connecticut. Vielleicht unter Fitzgeralds Haus, vielleicht aber auch ganz woanders, an einem Ort, von dessen Existenz niemand wusste.

Nun suchten wir eine Tür, die hinausführte. Der Grundriss dieses Ortes schien nicht sehr kompliziert zu sein – es gab nur rechte Winkel –, aber irgendwie war es doch so verwirrend, dass ich noch keine Orientierung hatte. Hinter jeder Ecke wartete nur ein weiterer kahler Gang mit einer oder zwei Türen, von denen aber keine ein Ausgang zu sein schien. Das deutete darauf hin, dass dieses Labyrinth Teil einer größeren Anlage war.

Wir hatten die Tür zu einer weiteren kargen kleinen Zelle mit derselben Zahlenfolge geöffnet. Diese Folge war, wie Robbie mir erklärte, lediglich ein einfacher alphanummerischer Code aus den Buchstaben des Wortes *Limbo*.

Ich bemerkte, wie Rianna Robbie ansah. Es war der gleiche Blick, mit dem sie mich manchmal angeschaut hatte – in den (für mich) großartigen Augenblicken, in denen sie mich für besonders klug hielt: Bewunderung, vermischt mit Liebe. Ich glaube, die meisten Töchter empfinden manchmal so für ihre Väter. Aber ich hatte vorher noch nie gesehen, dass Rianna ein anderes männliches Wesen so ansah.

Doch ich konnte es gut nachvollziehen.

Wieder bogen wir um eine Ecke. Meine Verwirrung wuchs, und ich glaubte schon fast, dass wir immer wieder denselben kurzen Abschnitt auf und ab liefen.

Wieder eine Tür. Hier gab es kein Tastenfeld, aber sie war trotzdem verschlossen.

»Wir könnten sie eintreten«, schlug Robbie vor.

Rianna hielt meinen Arm fest. »Das lohnt sicher nicht.«

Ich sah die Furcht in ihren Augen und wusste, dass sie Angst hatte, *er* könnte dahinter sein.

»Wir lassen es erst einmal«, sagte ich.

Dann fiel mir der Luftzug wieder ein.

»Verdammt«, sagte ich laut.

»Was?« Robbie und Rianna starrten mich an.

»Ich habe frische Luft gespürt, nur eine ganz leichte Brise«, sagte ich, »bevor ich euch fand.« Ich schloss für einen Moment die Augen und versuchte mich zu orientieren. »Kurz nachdem ich aus meinem Raum entkommen war.«

»Dann lass uns dahin zurückgehen«, sagte Rianna, die es eilig hatte, von hier fortzukommen.

Wir kehrten um. Ich schloss noch einmal die Augen und folgte dem Weg, den ich glaubte vorher gegangen zu sein. Wieder spürte ich den leisen Luftzug und ging direkt darauf zu.

Ein finsterer Gang.

Ich weiß nicht, wie wir ihn vorher hatten übersehen können – waren wir zu beschäftigt damit gewesen, nach Türen zu suchen, oder vermieden wir unbewusst dunkle Ecken?

»He«, sagte Robbie, »daran sind wir doch gewöhnt, oder?«

Der Mut dieses jungen Burschen war schier unglaublich, und ich freute mich schon wahnsinnig darauf, Lydia von ihm zu erzählen – von den Eigenschaften ihres Sohnes, von deren Existenz sie wahrscheinlich noch gar nichts wusste.

»Okay«, sagte Rianna.

Für sie galt das auch, aber das war ein anderes Thema. Irgendwie konnte ich es nicht ertragen, über die Courage meiner Tochter nachzudenken, konnte es nicht ertragen, darüber nachzudenken, was sie durchgemacht hatte.

Jetzt war ohnehin nicht die Zeit zum Nachdenken.

»Kommt mit«, sagte ich.

Ich ging als Erster hinein, das Stuhlbein fest umklammert. Rianna folgte mir dichtauf und hielt sich an meinem Hemd fest, während Robbie – das zweite Metallbein in der Hand – die Nachhut bildete.

Am Ende des Korridors waren Stufen.

»Ja!«, hörte ich Robbie, und es klang, als stieße er dabei triumphierend die Faust in die Luft.

Doch ich war noch vorsichtig. »Ihr wartet hier. Ich gehe rauf und sehe mich um.«

»Auf keinen Fall«, sagte Rianna. »Wir kommen mit.«

Für Diskussionen war keine Zeit. Ich ging voran, ertastete den Weg nach oben. Die Treppe führte um eine Kurve. Ich zählte zweiundzwanzig Stufen, bis ich das Ende erreicht hatte.

Ein Absatz.

Noch eine Tür.

Ebenfalls verschlossen. Kein Tastenfeld.

Ich drehte mich zu Robbie um, der hinter Rianna auf dem schmalen Absatz stand. »Hier werde ich Hilfe brauchen.« Ich hob das metallene Stuhlbein und hielt es wie eine Brechstange. »Wir können versuchen, sie aus den Angeln zu heben.«

»Okay.« Robbie schob sich sanft an Rianna vorbei und kam mir zu Hilfe.

Bauarbeiter mit Eisenstangen.

Die Tür gab nicht nach.

»Ich glaube, sie öffnet sich nach außen.« Ich grinste Rianna an. »Dein Dad, der Heimwerker.«

»Falls du mal ein Regal aufbauen willst«, erklärte sie Robbie, »das nur einen Abend stehen soll, dann frag meinen Dad.«

»Du solltest mehr Vertrauen haben.«

»Oh, sie hat Vertrauen in Sie«, sagte Robbie. »Glauben Sie mir.«

Ich sah ihm ins Gesicht, das so viel hagerer war als auf den Fotos, und er rührte mich fast zu Tränen. »Ich glaube dir, Robbie.«

»Was jetzt?«, fragte Rianna.

Ich wandte mich wieder der Tür zu. »Da wird es wohl wieder Zeit für den menschlichen Bulldozer.« Schon bei dem bloßen Gedanken taten mir Kopf und Körper weh.

»Ich versuche es«, sagte Robbie, der meine Reaktion spürte.

Ich sah ihn noch einmal an. Ich bezweifelte, dass der Teenager in seiner augenblicklichen Verfassung diese Tür einrennen konnte, aber ich wollte ihn auf keinen Fall herabsetzen.

»Wir können es gemeinsam versuchen, Robbie«, schlug ich vor.

»Okay«, sagte er.

»Auf drei.«

Ich zählte rückwärts – und dann *los*.

Nichts.

»Zu wenig Power«, sagte ich.

»Wir brauchen mehr Anlauf«, meinte Robbie.

Wir versuchten es ein zweites Mal.

Diesmal gab die Tür ein wenig nach.

»Noch ein Versuch«, sagte ich, sobald ich wieder atmen konnte.

»Ja«, keuchte Robbie.

Ich fragte mich plötzlich, was uns draußen erwartete.

Oder *wer*.

Plötzlich sah ich Fitzgerald vor mir, wie er vor der Tür stand. Vielleicht war es Teil seines Spiels … vielleicht wartete er mit einer Waffe in der Hand.

»Okay?«, fragte Robbie.

Ich nickte. Es hatte keinen Sinn, ihm oder Rianna zu sagen, dass sie vielleicht lieber ein paar Stufen nach unten gehen und sich darauf vorbereiten sollten, sich zu verstecken. Ich wusste, sie würden nicht auf mich hören.

»Diesmal klappt es, ihr beiden, alles klar?« Ich versuchte, meine Stimme fest und optimistisch klingen zu lassen.

»Alles klar«, sagte Robbie.

»Klar«, sagte Rianna und ging einen Schritt nach hinten, um uns mehr Platz zu machen.

Robbie und ich traten zurück, so weit wir konnten.

»Eins«, zählte ich. »Zwei.« Ich atmete ein. *»Drei.«*

Wir warfen uns gegen die Tür, die mit einem lauten, kreischenden Splittern nachgab.

Wir fielen mit ihr nach draußen.

Licht blendete uns. Wie zwei Surfer schlitterten wir auf der zerborstenen Tür über den Boden.

»Lasst los!«, schrie Rianna und warf sich nach vorn. Sie versuchte, meine Jeans zu packen, verfehlte sie, prallte hart auf den Betonboden und schrie noch einmal: »Lasst los!«

Ich ließ zuerst los, Robbie eine halbe Sekunde später. Ich war noch immer zu geblendet, um etwas erkennen zu können, doch es gelang mir, den Jungen an seiner Ledertunika zu packen.

Die Tür flog ohne uns weiter. Wir hörten ein lautes Krachen und sahen sie gerade noch aus unserem Blickfeld verschwinden.

Rianna schrie immer noch, jetzt wortlos, und klammerte sich mit aller Kraft an mein linkes Bein.

Jetzt sah ich, warum sie schrie.

Warum Robbies Atem klang, als würde er schluchzen.

Wir waren nicht in Connecticut.

Wir waren nicht aus irgendeinem Keller geklettert.

Wir standen auf der Spitze, am äußersten Rand eines verdammten *Wolkenkratzers.*

Um uns her standen noch mehr Wolkenkratzer, viele davon höher als dieser.

Und unter uns ein erschütternd vertrauter Anblick.

Herald Square.

New York City.

Die Tür wirbelte immer noch nach unten, drehte sich wie eine Spirale.

Direkt auf die Straße unter uns zu.

98.

»Jetzt sind es mehr als 24 Stunden«, sagte Lydia am Telefon zu Thea Lomax.

»Ich weiß«, antwortete Lomax.

»Rufen Sie Kline oder Moran noch mal an oder soll ich?«

»Nein, ich ruf an.«

»Vielleicht sollten wir beide anrufen«, schlug Lydia vor.

»Damit nerven wir sie nur.«

»Ist mir egal.«

»Das ist Ihnen nicht egal«, sagte Lomax, »wenn das FBI bereits daran arbeitet, Jake und Norman zu finden, und wir nur ihre Zeit verschwenden. Also lassen Sie mich diesen Anruf machen. Falls nötig, können Sie den nächsten übernehmen, okay?«

»Okay«, sagte Lydia. »Aber seien Sie hart zu ihnen, ja?«

»Ich werde einen Riesenaufstand machen, wenn sie nicht bereits dran sind.« Lomax hielt kurz inne. »Und ich rufe auch die State Police an, um sicherzugehen, dass die örtlichen Behörden ebenfalls davon wissen.«

»Was kann ich in der Zwischenzeit tun?«

»Nichts, so Leid es mir tut«, erwiderte Lomax. »Glauben Sie mir, ich weiß, dass Nichtstun im Moment das Schwerste für Sie ist. Aber es gibt nichts, was Sie tun können.«

»Bitte halten Sie mich auf dem Laufenden, Thea.«

»Ganz bestimmt.« Wieder eine kurze Pause. »Und ich muss Ihnen ja nicht sagen, dass ich sofort Bescheid wissen will, falls Sie von Jake oder Norman hören.«

»Geht klar.«

99.

Ich hatte Robbie befohlen, vom Rand wegzutreten, und sogar ich hatte ein paar Minuten gewartet, bevor ich mich dem Abgrund wieder näherte. Ich hatte warten *müssen*, weil die Welt sich um mich drehte wie ein Kreisel, und weil ich immer noch zitterte wie Wackelpudding.

Aber jetzt hatte ich keine andere Wahl.

Ich musste einen Blick hinunterwerfen.

»Sei vorsichtig, Daddy«, sagte Rianna, die mit dem Bauch nach unten auf dem flachen Dach lag und von ihrem Sturz noch Schmerzen hatte.

O ja, ich würde vorsichtig sein.

Das Dach war sehr klein, deshalb befand sich die Tür, die wir aufgebrochen hatten, ungewöhnlich nah am Rand. Und deshalb war besagte Tür unter Einwirkung unserer vereinten Kräfte auch über das Dach geschlittert und durch die Brüstung gebrochen.

Und hätte uns beinahe mitgerissen.

Ich kroch wieder zum Rand und spähte darüber.

Bis zu dieser Sekunde hatte ich neben den Stimmen der Kinder und meinem heftigen Herzklopfen zwar die allgemeine Kakofonie der Stadt wahrgenommen, doch jetzt, als ich in die Tiefe starrte und versuchte, etwas zu erkennen und mein Schwindelgefühl zu ignorieren, hörte ich viel mehr, als ich eigentlich wollte.

Hupen. Eine Sirene.

Schreiende Menschen.

»Mein Gott«, sagte ich laut.

»Was ist?«, riefen Robbie und Rianna hinter mir.

»Bleibt, wo ihr seid«, wies ich sie an.

Ich wollte nicht, dass sie es sahen, bevor es unbedingt nötig war.

Die Tür – *unsere* Tür – war von hier aus fast nicht mehr zu sehen.

Fast.

Sie war auf das Dach eines Busses gefallen und hatte sich hindurchgebohrt.

Der Verkehr auf dem Herald Square war zum Stillstand gekommen. Pkws und Taxen, Busse und Lieferwagen standen kreuz und quer durcheinander. Menschen rannten auf dem Platz umher, riefen, schrien, weinten.

Und einige von ihnen – eine Gruppe, die von Sekunde zu Sekunde größer wurde – blickten nach oben.

Und zeigten mit dem Finger auf mich.

100.

Lydia schlief auf der Couch, als die Klingel sie weckte.

Eingeschlafen! Wie konnte sie nur eingeschlafen sein?

»Ich komme«, sagte sie, obwohl sie wusste, dass niemand sie hören konnte.

Schlaftrunken ging sie über den Flur zur Sprechanlage.

»Ja?«

»Hier ist Joseph, Madam.« Einer der Teilzeit-Portiers. »Sie haben Besuch.«

»Wer ist es denn?«

»Professor Woods«, sagte Joseph.

Es schien ein oder zwei Sekunden zu dauern, bis der Name von Lydias Ohren in ihr Gehirn gelangte. Dann zündete er wie eine Rakete. *Gott sei Dank.*

»Bitten Sie ihn hinauf«, rief sie dem Portier zu.

Sie ließ die Tür einladend offen stehen und eilte wie aufgedreht durch die Wohnung – erst zum Spiegel im Flur, wo sie ihrem Spiegelbild eine Grimasse schnitt, dann ins Schlafzimmer auf der Suche nach ihrer Haarbürste und etwas Parfum als Sofortmaßnahme, dann ins Bad, um sich kaltes Wasser ins Gesicht zu spritzen und sich den Mund auszuspülen.

Mach langsam, Lydia.

Sie blieb stehen, atmete tief ein und ging – rannte nicht, ging – wieder in den Flur.

Ihr Besucher stand bereits in der Wohnung. Er hatte die Tür hinter sich geschlossen.

Sie hatte den Mann schon einmal gesehen. Damals hatte er entspannt und selbstbewusst ausgesehen. Jetzt dagegen sah er aus ...

Seltsam.

Es war nicht Jake.

Es war ein anderer Mann.

In Baumwollhose, Mokassins und einem weißen T-Shirt, das aussah, als habe er heftig geschwitzt.

In der rechten Hand hielt er eine Pistole.

101.

»Ich kann nicht richtig auftreten, Daddy. Es tut ziemlich weh.«

»Du sollst auch nicht auftreten, Schatz.« Ich hatte mir Riannas Knöchel angeschaut. »Du hast dir den Fuß verstaucht. Deshalb möchte ich, dass du ganz ruhig sitzen bleibst.« Ich brachte ein Lächeln zustande. »Zumindest müssen wir uns keine Sorgen machen, wie wir von hier herunterkommen, denn die Polizei wird gleich da sein, um uns zu holen.«

»Werden wir Ärger bekommen?«, fragte Rianna.

Sie war vor ein paar Minuten an den Rand des Dachs gekrochen, und ich hatte sie festgehalten, während sie über den Teil der Brüstung schaute, der noch intakt war. Ich beobachtete ihr Gesicht und auch Robbies, als die beiden hinunterstarrten, und sah, wie beide – nur ein oder zwei Sekunden lang – zwischen Faszination und Bestürzung hin- und hergerissen waren, wie wohl nur junge Menschen es sein können. Dann löste nacktes Entsetzen diese Empfindungen ab, als sie daran dachten, was den Fahrgästen des Busses zugestoßen sein könnte.

»Wir werden keinen Ärger bekommen«, erklärte ich, »aber wir müssen bestimmt sehr viele Fragen beantworten.« Ich wollte nicht, dass sie sich wieder Sorgen machten, weder über den Bus noch darüber, wo *er* sich vielleicht versteckt hielt. Sie hatten schon viel zu viel durchgemacht. Ich konnte mir nicht einmal ansatzweise vorstellen, wie viel.

Mir fiel auf, wie still Robbie war, schon seit wir uns von dem Schreck erholt hatten, als wir herausfanden, wo wir waren – ganz zu schweigen davon, dass wir dabei fast draufgegangen wären.

»Erzähl mir von meiner Mom«, sagte er jetzt plötzlich, immer noch sehr leise. »Geht es ihr wirklich gut? Ich meine, ich weiß, dass du mir da drin gesagt hast, es ginge ihr gut, aber …«

»Es geht ihr bestens«, antwortete ich lächelnd. »Aber noch viel besser wird es ihr gehen, wenn sie deine Stimme hört – wenn sie dich endlich wiedersieht.«

Ich setzte mich zwischen die beiden, näher an Rianna, legte ihr einen Arm um die Schultern und streckte den anderen in Richtung Robbie aus – eine Einladung, falls er sie wollte.

Er wollte.

Ich kann nicht in Worte fassen, wie fantastisch die Berührung dieser Kinder sich anfühlte, wenn sie auch schon fast erwachsen waren. Rianna weinte jetzt leise, während sie sich an meine Brust lehnte, und auch Robbie wischte sich mit dem Handrücken über die Augen.

Ich machte mir nicht die Mühe, meine Tränen wegzuwischen.

Wir blieben ganz still sitzen.

Warteten ab.

102.

Es war Lydia egal, was als Nächstes passierte. Sie musste ihn fragen, Waffe hin oder her.

»Was haben Sie mit meinem Sohn gemacht?«

»Ihrem Sohn geht es gut«, antwortete er ruhig. »Und dem Mädchen des Professors auch.« Er hielt inne. »Und auch dem Professor, was das betrifft.«

»Wo sind die drei?« Lydia rührte sich nicht vom Fleck, stand fast regungslos vor ihm, mit ihrem frisch gewaschenen Gesicht – frisch gewaschen für Jake –, wild entschlossen, ihm die Fragen zu stellen, die vor allem anderen gestellt werden mussten, bevor sie richtige Angst bekam. »Was haben Sie mit ihnen gemacht?«

»Mittlerweile dürften sie frei sein«, sagte er; dann zuckte er mit den Achseln. »Wenn nicht, ist es nur noch eine Frage der Zeit. Sie brauchen sich keine Sorgen zu machen.« Er hob die Pistole ein wenig, ohne sie direkt zu bedrohen, er gestikulierte nur. »Ich würde mich jetzt gern setzen, wenn es Ihnen nichts ausmacht, Mrs Johanssen. Ich bin sehr müde.«

Ohne ein weiteres Wort drehte Lydia sich um und ging voraus ins Wohnzimmer, zur Couch, deren Kissen immer noch zerknautscht waren, weil sie nur Minuten zuvor darin geschlafen hatte.

Das Telefon klingelte.

Sie drehte sich zu ihm um. Er schüttelte den Kopf.

Der Anrufbeantworter schaltete sich ein, doch er stand im Arbeitszimmer, und Lydia hörte nur, dass eine Männerstimme sprach, die Worte waren unverständlich. Dann das Geräusch, als das Band wieder auf Bereitschaft schaltete.

Er zögerte einen Augenblick, als erwarte er, dass sie zuerst Platz nahm, aber als sie stehen blieb, zuckte er wieder mit den Achseln und setzte sich auf einen der Sessel.

»Tut mir Leid«, sagte er immer noch leise. »Ich wollte keinem wehtun.«

Lydia schwieg. Er hielt die Pistole noch in der Hand, und doch fühlte sie sich nicht unmittelbar bedroht.

»Warum sind Sie hier? Warum bei mir?«

»Gute Frage«, sagte er, als müsste er darüber nachdenken.

Es war die bestmögliche Antwort, auf die Lydia hatte hoffen können.

Denn er wollte nachdenken oder vielleicht sogar reden, statt sie sofort zu töten.

103.

Wir hörten Lärm von unten, aus dem Gebäude.

Wahrscheinlich brach die Polizei die Türen auf.

Robbie stand auf.

»Nein«, sagte ich. »Bleib hier. Bleib nahe bei uns.«

»Daddy ...«, sagte Rianna verunsichert.

»Ist schon gut, Liebes. Es wird alles gut.«

Es dauerte eine Weile, bevor wir sie die Treppe heraufkommen hörten.

Vier uniformierte Beamte der New Yorker Polizei, die Hände an den Pistolenhalftern, unsicher, was sie erwartete.

»Bleiben Sie ganz ruhig«, sagte ich zu ihnen und blieb ruhig stehen. Ich sah, wie sie uns als Gruppe registrierten, von der weder Feindschaft untereinander noch ihnen gegenüber zu erwarten war. Dann sah ich, wie sie sich entspannten.

»Was ist hier oben passiert?«, fragte ein Sergeant.

»Das ist eine lange Geschichte«, antwortete ich.

»Dann fangen Sie besser an«, sagte der Polizist.

»Wurde da unten jemand verletzt?«

»Was denken *Sie* denn?«, erwiderte der andere Beamte gehässig.

Rianna fing wieder zu weinen an. Ich nahm sie noch einmal in die Arme, murmelte ihr tröstende Worte zu, sagte ihr leise ins Ohr, dass alles wieder in Ordnung käme. Dann stand ich vorsichtig und unter Schmerzen auf.

»Bleiben Sie zurück.« Wieder der Sergeant, ein Afroamerikaner um die dreißig. Seine Hand lag an der Waffe. Er ging keine Risiken ein bei jemandem, der so verdächtig aussah, wie es bei mir zweifellos der Fall war – von Mauerstaub und Trümmern bedeckt, mit Wunden und frischen Prellungen auf Kopf und Armen. Ganz zu schweigen von den beiden offensichtlich verängstigten Kindern, die möglicherweise gegen ihren Willen bei mir waren.

»Um Himmels willen«, brauste Robbie plötzlich auf, »er hat uns beiden gerade das Leben gerettet! Wir waren hier unten eingeschlossen, eine halbe Ewigkeit!«

»Wir wurden entführt«, fügte Rianna hinzu.

Der Sergeant schaute verblüfft drein; dann beugte er sich vor, um einen genaueren Blick auf die beiden zu werfen. Plötzlich ging ihm ein Licht auf.

»Du bist Robbie Johanssen.«

»Ja, Sir.« Ganz höflich.

»Und Sie sind?« Immer noch ein wenig Feindseligkeit und viel Misstrauen mir gegenüber.

»Er ist mein Vater«, sagte Rianna und versuchte aufzustehen, doch ihr Knöchel trug sie nicht, und sie sank wieder zu Boden. »Er wurde auch entführt.« Sie blickte den Sergeanten an. »Er hat ganz alleine eine Wand eingerissen, um uns zu retten, aber wir haben den Weg nach draußen nicht gefunden, deshalb mussten Robbie und er diese Tür aufbrechen.« Sie hielt inne, warf einen Blick auf den Rand des Daches, schluckte ihre Tränen herunter und fuhr fort: »Sie mussten sich fest gegen die Tür werfen, anders ging sie nicht auf ... und als sie endlich nachgab, ist sie geschlittert, als wäre das Dach aus Eis, und ... und wir wussten ja nicht, dass hier draußen ein Dach ist, wir dachten, wir wären unter der Erde ... Robbie und mein Vater wären beinahe mit der Tür über den Rand gerutscht.«

»O Mann«, sagte einer der anderen Beamten, ein junger Bursche mit dunklen Augen.

»O Mann«, wiederholte der Sergeant.

Ich konnte ein Lächeln nicht unterdrücken. Mit einer Fürsprecherin wie Rianna hatte niemand eine Chance gegen mich.

Ich streckte dem Sergeant die Hand hin, nannte ihm meinen Namen und zeigte ihm meinen Führerschein. Er schüttelte mir die Hand, identifizierte sich als Sergeant John Thurlow und wies die anderen Beamten an, nach Robbie zu sehen und Riannas Knöchel zu versorgen. Währenddessen sagte ich ihm, so schnell und so leise ich konnte, dass ich eine Reihe von Leuten verständigen müsste, angefangen mit Special Agent Roger Kline vom FBI und Lydia Johanssen. Und dann müsse man nach dem Dreckskerl suchen, der das alles hier getan hatte … und noch mehr.

Thurlow nahm mich ein kleines Stück beiseite. »Was ist mit den anderen vermissten Kindern?«

Ich schüttelte den Kopf. »Keine Spur von ihnen.«

»Sieht nach einer ziemlich verrückten Szene aus da unten«, bemerkte einer der anderen Männer.

»Sie kennen noch nicht mal die Hälfte«, sagte Robbie zu ihm.

104.

»Möchten Sie eine Tasse Kaffee?«, bot Lydia an.

»Wenn es nicht zu viele Umstände macht.« Höflich wie ein gut erzogener Junge. Der er natürlich auch einmal gewesen war.

Er folgte ihr in die Küche, setzte sich an den Tisch und legte die Pistole darauf, unmittelbar vor sich. Lydia bezweifelte, dass sie ihm die Waffe abnehmen konnte und dass er zuließ, dass sie die Pistole behielt, selbst wenn sie es schaffen sollte. Bezweifelte, ob sie auf ihn schießen konnte, wenn es hart auf hart kam.

Es wäre etwas anderes, wenn er immer noch eine Gefahr für Robbie darstellte, wenn er ihn noch bedrohen würde. Unter diesen Umständen könnte sie ihn umbringen, keine Frage.

Jetzt war niemand mehr in Gefahr, außer sie selbst.

Sie machte sich daran, Kaffee zu kochen, und nahm sich Zeit.

105.

Wieder Lärm von unten. Minuten später tauchte ein weiterer Uniformierter im zerschlagenen Türrahmen auf, das Gesicht weiß wie ein Laken, und winkte Sergeant Thurlow zu sich, um ihm außerhalb der Hörweite der Kinder und mir etwas zu sagen.

Wenige Augenblicke später blickte auch John Thurlow schockiert und verstört drein. Er brauchte einen Moment, dann bedeutete er mir, dass ich zu ihm kommen sollte.

Allein. Das wusste ich.

»Wir müssen reden«, sagte er mir, als ich bei ihm an der Tür stand. »Sie sollten sich lieber hinsetzen.«

»Es geht mir gut«, sagte ich. »Viel wichtiger ist, dass wir die Kinder von hier wegbringen. Sie haben schon mehr durchgemacht, als sie verkraften können.«

»Das wissen wir, Sir«, sagte Thurlow, »aber wir sind immer noch dabei, für die beiden einen sicheren Weg nach draußen zu räumen. Wir werden ihre Tochter hinaustragen müssen, und wir wollen auf keinen Fall, dass noch jemand verletzt wird.«

»Sie haben uns noch nicht gesagt, was mit den Insassen des Busses passiert ist«, sagte ich.

»Wir hatten andere Dinge im Kopf«, erwiderte der Mann.

Ich sah ihn an. In seinen dunkelbraunen Augen stand immer noch der Schock. Ich war mir plötzlich gar nicht mehr so sicher, ob ich wissen wollte, was ihn in diesen Zustand versetzt hatte.

»Haben Sie mit Kline gesprochen?«, fragte ich.

Thurlow nickte. »Ja.«

»Also haben Sie meine Geschichte überprüft?«

Ein weiteres Nicken. »Ernsthafte Zweifel hatten wir nach der Aussage Ihrer Tochter ohnehin nicht.«

Ich lächelte, drehte mich nach ihr um und sah, dass sie einigermaßen gefasst war. Robbie jedoch sah aus, als würde er nervös, als juckte es ihn, aufzustehen und herüberzukommen. Dann aber nahm Rianna seine Hand, und er schien sich zu beruhigen.

»Sir?« Thurlow wollte meine volle Aufmerksamkeit. »Professor Woods?«

Ich blickte ihn an. Ich wusste, dass ich dem finsteren Geheimnis nicht entkommen konnte, das er mit mir teilen wollte. »Sagen Sie es mir.«

»Wir haben mehrere Leichen gefunden.« Thurlow sprach so leise er konnte, besorgt, dass der Wind seine Worte weitertrug. »In einem der verschlossenen Räume ... einer, in dem Sie nicht gewesen sind oder nicht hineinkonnten.«

Ich dachte an Riannas Reaktion auf diese Tür: die Tür, die Robbie hatte eintreten wollen ... die Tür, die meine Tochter beunruhigt hatte und von der sie so schnell wie möglich Abstand gewinnen wollte.

Mir wurde speiübel und bitterkalt.

»Vielleicht sollten Sie sich setzen«, schlug Thurlow vor.

Ich rührte mich nicht vom Fleck, lehnte mich nur an die Wand.

»Offenbar wussten Sie nichts davon«, sagte er leise.

Ich sah ihn an, doch in seinen Augen lag nicht der geringste Vorwurf, und ich schüttelte den Kopf und widerstand dem Impuls, mich umzudrehen, um meine Reaktion nach Möglichkeit vor Rianna und Robbie zu verbergen. »Die vermissten Kinder?« Mikey Coopers Gesicht drängte sich vor mein inneres Auge.

Der Sergeant stockte einen Augenblick, bevor er antworten konnte. »Wir wissen es noch nicht – wir hatten noch keine Gelegenheit, sie genauer zu untersuchen.« Er hielt inne. »Sie sind alle eingewickelt, Professor – in einer Art Schrumpffolie.« In seinem Gesicht arbeitete es. »Aber da unten liegen *sieben* Leichen, alle aufgereiht ...« Er schluckte schwer, dann begegnete er meinem Blick. »Es ist ein Kühlraum. Er hat sie kalt gelegt.«

»Allmächtiger«, murmelte ich, verstummte und versuchte, einen klaren Kopf zu bekommen. »Sieben, sagten Sie? Es wurden nur sechs Teenager als vermisst gemeldet, Sergeant, einschließlich meiner Tochter und Robbie ...«

»Ich weiß«, sagte Thurlow. »Ich weiß, Sir. Wir warten auf eine ganze Reihe von Spezialisten ... Mordkommission, Spurensicherung.« Er schwieg kurz. »Aber Sie wissen ja alles darüber.«

»Ein wenig«, sagte ich.

»Sie haben mal für die Polizei gearbeitet, nicht wahr?«

»Ja.«

Ich beließ es dabei, machte mir nicht die Mühe, meine kurze Karriere bei der New Yorker Polizei zu erwähnen, und hoffte, er würde nicht fragen. Offen gesagt, wenn auch nur die geringste Chance bestand, dass dieses zarte Band uns den Weg aus diesem Höllenloch auch nur ein klein wenig erleichtern würde, ergriff ich die Chance um der Kinder willen.

Thurlow fragte nicht, er war zu aufgewühlt.

»Wissen Sie«, nutzte ich die Gelegenheit, »ich möchte Robbie und Rianna so schnell wie möglich von hier weghaben, sie in ein Krankenhaus bringen und sie durchchecken lassen.«

»Sie sehen selbst aus, Sir, als könnten Sie einen kleinen Gesundheitscheck vertragen«, sagte Thurlow. »Anschließend dürften eine Menge Fragen auf Sie drei zukommen. Das FBI und unsere Leute werden jede noch so kleine Information haben wollen.«

Ich wollte nach *ihm* fragen, aber zuerst musste ich eine andere Frage stellen.

»Hat schon jemand mit Lydia Johanssen gesprochen? Ihr gesagt, dass Robbie in Sicherheit ist?«

»Soweit ich weiß, haben wir sie bisher noch nicht erreichen können«, sagte Thurlow. »Sie war nicht zu Hause.«

»Weil sie *bei mir* zu Hause ist«, erklärte ich ihm. »Bei meiner jüngeren Tochter.«

Thurlow schüttelte den Kopf. »Nein, Sir, dort ist sie auch nicht.«

Die Panik, die mich innerhalb eines Sekundenbruchteils überfiel, ließ mein Gesicht aufglühen wie eine Leuchtrakete.

»Ella geht es bestens«, versuchte Thurlow mich zu beruhigen. »Die Frau, die bei ihr ist …« Er warf einen Blick in sein Notizbuch. »Mrs Ryan?«

»Kim Ryan, ja.« Mir wurden vor Erleichterung die Knie weich.

»Sie hat zur Polizei von New Haven gesagt, dass sie vorerst bei Ella bleiben werde. Sie sagte, Mrs Johanssen habe irgendwo hingemusst.«

Die schlimmste Panik war verflogen, doch mein Magen war immer noch ein harter Knoten. Ich warf einen kurzen Blick auf Rianna und Robbie, sah, dass sie durchhielten, und wandte mich wieder dem Sergeant zu. »Sie haben den Dreckskerl noch nicht gefunden, stimmt's? Sie haben nicht die geringste Ahnung, wo er ist? Ich meine, Fitzgerald … falls es Fitzgerald sein sollte.«

»Noch nicht.« Sein Gesicht verriet mir, dass er nicht genau wusste, wer Fitzgerald war.

»Okay.« Ich spürte, wie ich mit den Zähnen knirschte. »Dann möchte ich einen Mann bei mir zu Hause, zur Bewachung von Ella.«

»Professor …«

»Dieser Bastard ist verrückt, Sergeant, total wahnsinnig. Wir wissen jetzt, wozu er fähig ist. Er könnte versuchen, sich Ella zu schnappen, so wie er es vorher mit Rianna gemacht hat. Er könnte so ziemlich *alles* tun.«

»Ich werde sehen, was ich tun kann«, sagte Thurlow.

Meine Gedanken waren schon wieder einen Schritt weiter. »Wissen Sie, was mit Baum passiert ist?«

Thurlows Gesicht blieb ausdruckslos.

»Norman Baum«, erklärte ich ihm. »Er ist Privatdetektiv, und er war mit mir auf Fitzgeralds Grundstück, als ich niedergeschlagen wurde.« Ich raufte mir die Haare, langsam wurde mir klar, wie viel ich noch nicht wusste – wie viel diese Polizisten, vielleicht sogar das FBI noch nicht wussten. »Sie müssen Kline sagen, er soll dorthin fahren, zu Fitzgeralds Haus. Immerhin besteht die Chance, dass der Dreckskerl dorthin gefahren ist, obwohl ich das bezweifle. Aber jemand muss nach Baum suchen – vielleicht ist er immer noch dort.«

Thurlow streckte eine Hand nach mir aus und fasste meinen rechten Arm, um mich zu stützen. »Bleiben Sie ruhig, Sir. Wir kümmern uns um alles, so schnell wir können.«

Mir war bewusst, dass ich mich anhörte, als würde ich gleich durchdrehen, aber ich konnte nichts dagegen tun. »Zuerst um meine Tochter, Sergeant.« Ich schaffte es nur mit viel Mühe, leise zu sprechen. »Meine *andere* Tochter. Sie müssen der Polizei in New Haven sagen, dass jemand zu ihr fahren soll. Ella muss in Sicherheit sein, bitte.«

»Ich werde die Kollegen anfunken«, sagte Thurlow, »jetzt sofort.«

»Es ist noch nicht vorbei.« Ich wusste, ich wirkte beinahe hysterisch, doch es war mir egal. »Ich dachte, es sei vorüber, als wir hier draußen waren, aber es wird erst vorbei sein, wenn Sie dieses Stück Dreck gefunden haben.« Ich schüttelte die Hand des Polizisten ab. »Und jetzt will ich die beiden Kinder endlich von hier wegbringen.«

»Sobald der Weg nach draußen gesichert ist«, sagte Thurlow.

»Gesichert? Was meinen Sie mit gesichert?« Ich verstand nicht. »Glauben Sie, der Bastard ist immer noch da unten? Wollen Sie mir das damit sagen?«

»Nein, Sir«, versicherte der Sergeant mir. »Dafür wurden die Räume viel zu gründlich durchsucht.« Er hielt inne. »Wie ich schon sagte, es geht darum, den Weg nach draußen für die beiden freizumachen. Wir wollen doch nicht, dass Ihre Tochter und ihr Freund die Toten sehen, oder …?«

Sieben Leichen.

106.

Sie hatte Kaffeebohnen gemahlen und Wasser aufgekocht, das jetzt langsam durch den Papierfilter in eine Glaskanne tropfte, und sie wartete immer noch darauf, dass er sie zur Eile antrieb, vielleicht sogar aggressiv wurde. Aber er saß nach wie vor still am Küchentisch. Er sah müde aus, wie ein ganz normaler Mann nach ein paar schlimmen Tagen im Büro. Müde und besorgt. Und seltsam. Seltsam war das Wort, das ihr immer wieder in den Sinn kam.

Natürlich ist er seltsam.

Er hatte gesagt, es ginge Robbie gut, aber sie wusste nicht, was das bedeutete. Ihr war klar, dass sie kein einziges Wort glauben konnte, das über seine Lippen kam. Mittlerweile dürften die Kinder frei sein, hatte er gesagt, aber was das hieß, wusste sie ebenso wenig. *Frei* konnte heißen …

Sie wollte ihn packen und ihm ins Gesicht schreien, er solle ihr die Wahrheit sagen, solle ihr endlich sagen, wo Robbie, Rianna und Jake waren *(und die anderen, vergiss die anderen nicht)*, aber nach allem, was Lydia wusste, besaß er vielleicht immer noch die Macht über Leben und Tod.

Abgesehen davon hatte er die Waffe.

Also stellte sie stattdessen Kaffee und Tassen auf ein Tablett und trug es zum Tisch. Sie schenkte ihm Kaffee ein und überließ es ihm, sich zu bedienen oder sie nach Milch und Zucker zu fragen. Dann setzte sie sich ans andere Ende des Tisches – nicht zu nahe, nicht zu bedrohlich für sie beide. Er bat nicht um Milch und Zucker.

In ihrem Innern führte Lydia eine erhitzte Debatte darüber, wie sie jetzt am besten vorgehen sollte, falls sie die Wahl hatte.

Beachte die Pistole gar nicht, vielleicht vergisst er, dass sie da ist. Fang ein Gespräch an. Das rät man Geiseln doch immer.

»Sie müssen wütend sein«, sagte sie leise.

Er schüttelte den Kopf.

»Oder zumindest aufgeregt.«

Er antwortete nicht.

»Wenn Sie die Kinder gehen ließen«, sagte sie. »Wenn alles vorbei ist, sind Sie sicher aufgeregt.« Sie griff nach ihrer Tasse. »Ich dachte, Sie seien vielleicht hierher gekommen, weil Sie wütend auf mich sind.«

»Warum sollte ich wütend auf Sie sein, Mrs Johanssen?«

Endlich eine Antwort.

»Weil ich mich eingemischt habe. Weil ich Jake Woods dazu gebracht habe, sich einzumischen.« Lydia schwieg kurz. »Weil ich dem FBI gesagt habe, dass ich Eryx verdächtige.«

Ein kleines, beinahe trauriges Lächeln umspielte seine Lippen.

»Ich war wütend«, gab er zu, »auf Sie und den Professor. Aber jetzt nicht mehr. Ich fühle mich jetzt viel ruhiger.«

Er hatte gute Manieren.

Lass dich nicht davon täuschen. Es heißt, der Serienmörder Ted Bundy hatte auch sehr gute Manieren.

Seine Kaffeetasse rührte er nicht an.

107.

Wir waren raus.

Unten auf der Straße, völlig durcheinander, wie betäubt von New York City und den Ereignissen. Der gute Sergeant und zwei Officers führten uns durch den geräumten Bereich vor dem Gebäude. Rianna und Robbie waren beide in Decken gehüllt – nicht dass es die Gaffer davon abgehalten hätte, sie anzustarren –, und ich erwischte mich dabei, wie ich mich fragte, was die Leute wohl denken würden, wenn sie die spärlichen Aufmachungen sehen könnten, die der Bastard die Kinder zu tragen gezwungen hatte; auf sie mussten sogar unsere nackten Füße befremdlich wirken.

Ich blieb stehen, um mich umzusehen, hoffte, dass die Vertrautheit dieses Ortes mich ein wenig fester in der Wirklichkeit verankerte. Es war überfüllt hier, unglaublich laut. Obwohl die Rushhour schon vorbei war, wie ich bei einem Blick auf die Uhr an einem der Gebäude feststellte, ging es trotzdem noch ziemlich wild zu. Auf der anderen Seite des Platzes, schräg gegenüber, war Mac's, wo Scharen frühabendlicher Kunden ein- und ausgingen. Da waren die anderen Geschäfte: ein großer Spielwarenladen, Florsheim, GAP, das Übliche. Der kleine freie Fleck in der Mitte 3des Platzes mit dem Bronze-Standbild von James Gordon Bennet, dem Gründer des *New York Herald*. Und überall Eingänge zur U-Bahn-Station 34. Straße.

»Ist das zu fassen?«, sagte Robbie links von mir und starrte auf die Treppe zur U-Bahn.

»Kein Helikopter«, sagte Rianna.

Ich verstand, was sie meinten, obwohl ich die Verbindung zu *Limbo* fast schon vergessen hatte.

»Kommt weiter, Freunde«, trieb Sergeant Thurlow uns an.

Da stand der Bus, an der Kreuzung zur 34. Straße. Wir sahen, dass die Tür sich durchs Dach gebohrt hatte, direkt ins Innere. Keine Insassen, nicht mehr. Kein Hinweis darauf, was mit ihnen geschehen war. Kein Blut, Gott sei Dank, zumindest nicht außen am Bus.

Ich fasste die Kinder bei den Armen, Rianna auf der einen Seite, Robbie auf der anderen, als wir an dem Bus vorbei zum wartenden Krankenwagen gingen. Ich wünschte, ich hätte ihnen diesen Anblick ersparen können.

»Wurde jemand getötet?«, fragte Robbie.

»Soweit wir wissen, nicht«, antwortete einer der Beamten und versuchte, uns noch mehr zur Eile anzutreiben.

»Sie *müssen* es doch wissen«, beharrte Robbie; er schien wütend zu werden.

Rianna weinte jetzt nicht mehr. Sie war vor einiger Zeit verstummt, noch oben auf dem Dach, und nun war sie sehr still – zu still für mein Empfinden.

»Ich *muss* es wissen«, beharrte Robbie. »*Ich* habe die Tür losgelassen. *Ich* hab sie durch die Brüstung über den Rand schlittern lassen!«

»Steig erst mal in den Krankenwagen«, sagte Thurlow sanft, »und warte drinnen, während ich nach jemandem suche, der mir sagen kann, was passiert ist. Okay?«

»Gute Idee«, sagte ich und nickte dem Sergeant zu, in der Hoffnung, dass er mich verstand und die Neuigkeiten, falls sie schlecht waren, zumindest noch eine Weile vor Robbie geheim hielt.

Wir erreichten den Krankenwagen und stiegen ein.

»Wo ist meine Mutter?«, fragte Robbie plötzlich aufgeregt.

»Schon gut«, sagte Rianna. »Jetzt wird alles gut, Robbie.«

Sie stand von dem Platz auf, den man ihr zugewiesen hatte, setzte sich neben Robbie und legte ihm den Arm um die Schultern, und wieder sah ich, wie sie ihn beruhigte, zumindest ein bisschen. Während ich die beiden betrachtete, dachte ich über die Nähe zwischen ihnen nach und versuchte für eine Sekunde, mir vorzustellen, was sie gemeinsam durchgemacht hatten, doch ich verscheuchte den Gedanken gleich wieder. Vielleicht war ich zu feige, es mir auszumalen. Oder es war noch zu früh.

Thurlow kam zurück, er lächelte. »Gute Nachrichten«, verkündete er. »Es wurde niemand getötet.«

»Verletzt?« Wieder Robbie.

»Eine Frau hat sich den Arm gebrochen«, sagte der Sergeant, »und ein junger Mann hat eine Knöchelfraktur. Ansonsten gab es nur Prellungen und kleinere Wunden sowie ein paar Fälle von Schock, was kaum überrascht angesichts ...« Er hob den Blick zu Robbie und sah ihm geradewegs in die Augen. »Es ist niemand gestorben, und es gab keine schweren Verletzungen.« Er wartete einen Augenblick. »Glaubst du mir?«

Robbie nickte.

Thurlow trat einen Schritt zurück, und die Türen schlossen sich.

Der Krankenwagen setzte sich in Bewegung. Mir wurde auf einmal klar, dass ich mir das Gebäude, in dem wir gewesen waren, gar nicht richtig angesehen hatte, aber jetzt war es zu spät – vom Wagen aus sah ich es nicht, und das ließ die ganze Sache noch unwirklicher scheinen. Schwer zu glauben, fast *unmöglich* zu glauben. Ich beschloss, hierher zurückzukommen, wenn alles vorbei war. Wenn sie Fitzgerald hatten – falls er es wirklich war. Wenn wir sicher waren, dass es vorbei war. Dann wollte ich mir alles genau ansehen. Vielleicht würde mir das helfen, ein paar Geister zu vertreiben.

»Alles klar bei euch?«, fragte ich.

Die beiden nickten. Sie waren jetzt sehr blass. Ausgelaugt. Überlebende.

Mein Kopf war voller Fragen, alle unbeantwortet – und im Augenblick offenbar auch nicht zu beantworten. Wo war Lydia hingegangen? Wo war Baum? Und immer noch

Frage Nummer eins: Wer war *er?* War er William Fitzgerald, mein Kandidat *numero uno?* Und wo war er jetzt?

Und unter all diesen Gedankentrümmern lag das Bild der Leichen, Gott sei Dank nur in meiner Vorstellung.

Die Polizei hatte getan, was sie konnte, hatte die zertrümmerte Tür mit Tüchern verhängt, damit die Kinder nicht in den Raum sehen konnten. Aber beim Vorübergehen hatte die unnatürliche Kälte uns gestreift, und ich hatte gehört, wie Rianna vor Schreck aufschrie und Robbie etwas vor sich hin murmelte.

Sieben Leichen. Und keine Spur von Michael.

Arme Fran, armer Stu. Und all die anderen Eltern.

Konzentriere dich auf das, was du tun kannst, sagte ich mir, während wir hinten im Krankenwagen durchgerüttelt wurden.

Zuerst sorg dafür, dass Rianna und Robbie in dem Krankenhaus in Sicherheit sind. Dann ruf Ella und Kim an und dann die Polizei von New Haven, um dich davon zu überzeugen, dass deine Jüngste gut geschützt ist.

Und dann musst du zu Lydia. Ihr sagen, dass es Robbie gut geht.

Sie in den Arm nehmen.

108.

»Es stimmt natürlich«, sagte er plötzlich, »dass alles schief gegangen ist.« Er zuckte mit den Achseln. »Noch ein Versagen – was bedeutet das schon?«

Lydia wartete, dass er weitersprach, doch er schwieg.

»Die meisten Menschen«, wagte sie sich vor, »würden Sie als sehr erfolgreich bezeichnen.«

»Warum?« Sein Mund verzerrte sich. »Weil ich geholfen habe, ein Spiel zu erschaffen, das für Millionenumsätze sorgt?« Für einen Moment wirkten seine blauen Augen beinahe amüsiert. »Ein Spiel, das zu viele Kids an elektronische Kästen fesselt, wenn sie draußen an der frischen Luft sein könnten?« Er hielt inne. »Mein Vater hätte das nicht als Erfolg empfunden.«

Lydia wühlte blitzartig in ihrem Gedächtnis und versuchte, sich an Baums Bericht über die Familie dieses Mannes zu erinnern, doch es gelang ihr nicht.

»Ihr Vater?«, soufflierte sie vorsichtig.

Er blinzelte, dann wurde sein Gesicht ausdruckslos.

Falsche Frage, Lydia.

»Ich habe Hunger«, sagte er plötzlich. »Ich hätte gern etwas zu essen. Natürlich nur, wenn es Ihnen nichts ausmacht.«

Wieder höflich, genau wie schon beim Kaffee, nicht wie ein Geiselnehmer, der Forderungen stellt.

Lydia öffnete die Kühlschranktür und spähte hinein. Sie hatte nicht gekocht, aber Joshs Mutter hatte ihr vor einigen Tagen einen Topf mit Schmorbraten gebracht.

»Schmorbraten?«, fragte sie.

»Gut«, sagte er.

Lydia stellte den Topf auf die Herdplatte.

»Die Mikrowelle ist schneller«, sagte ihr Gast.

»Aber nicht so gut«, sagte Lydia.

»Gut genug«, sagte er. »Ich möchte noch genügend Zeit zum Essen haben.«

Das machte ihr wieder Angst.

Genug Zeit, bevor was geschah?

109.

Im Bellevue Hospital kam eine Ärztin namens Lundquist zu mir, eine attraktive blonde Frau von etwa dreißig Jahren, und ließ mich wissen, dass die Kinder in relativ guter körperlicher Verfassung waren, was ihrer Meinung nach besonders in Robbies Fall erstaunlich sei.

»Wir röntgen das Fußgelenk Ihrer Tochter«, sagte sie, »obwohl wir ziemlich sicher sind, dass es nur eine Verstauchung ist, wie Sie selbst schon vermutet hatten.«

»Hat sie Ihnen gesagt, dass sie Turnerin ist?« Daran hatte ich bis jetzt noch gar nicht gedacht, denn im größeren Zusammenhang schien es kaum eine Rolle zu spielen, aber plötzlich lag das Leben wieder vor uns, ein wundervoll *normales* Leben, und Riannas Leidenschaft fürs Turnen war wieder wichtig.

»Ja, sie hat mir davon erzählt«, sagte Lundquist, »und ich bin sicher, dass der Knöchel ihr keinerlei Probleme bereiten wird.« Sie blickte mir intensiv ins Gesicht. »Sie sehen aus, als sollten Sie auch einmal durchgecheckt werden.«

»Es geht schon.« Einer der Polizisten hatte statt meines zerrissenen, schmutzigen Hemds ein sauberes, weißes T-Shirt aufgetrieben und auch ein Paar Turnschuhe, und ich fühlte mich bereits besser.

Sie nahm meinen linken Arm und hob ihn hoch, um ihn genauer zu inspizieren. »Die Schnittwunden müssen gesäubert werden, vielleicht sind auch ein oder zwei Stiche notwendig.« Sie ließ meinen Arm los und sah mir wieder in die Augen. »Wie ich hörte, haben Sie heute eine Wand und eine Tür eingerannt, Professor Woods. Vielleicht sollten wir Röntgenaufnahmen machen.« Lundquist lächelte. »Besser, wir gehen auf Nummer sicher.«

»Nicht bevor ich ein Telefon gefunden habe«, erwiderte ich und lächelte zurück. »Ich bin sicher, Sie werden in der Zwischenzeit jemanden finden, der es nötiger hat, von Ihnen verarztet zu werden.«

Als ich zu Hause anrief, zitterten meine Finger ein wenig.

Ella hob ab.

Freude und Erleichterung durchströmten mich.

»Daddy! Daddy! Ist alles in Ordnung? Ist Rianna bei dir? Geht es ihr gut? Kim sagt, es geht ihr gut, aber stimmt das wirklich? Was ist mit euch passiert?«

»Es geht uns beiden gut, Baby.« Schon wieder strömten die Tränen.

»Warum weinst du? Daddy, was ist denn los?«

»Nichts, mein Schatz.« Jetzt lachte ich. »Ich weine nur, weil ich mich so freue, deine Stimme zu hören.«

Ella hatte irgendwie die Information ergattert – wahrscheinlich hatte sie am Telefon gelauscht, denn ich wusste, dass Kim ihr so etwas niemals gesagt hätte –, dass der Entführer mich ebenfalls erwischt hatte. Daher war sie jetzt, wo sie wusste, dass Rianna und ich gesund und munter waren, ganz wild auf die Einzelheiten. Und vielleicht würde ich später behutsame Worte finden, um Ellas Neugier zu befriedigen, ohne sie mit allzu viel Düsterem zu belasten. Mir fiel wieder ein, was mir jemand einmal erklärt hatte: Zu wenig Information kann ebenso viel Schaden anrichten wie zu viel, wenn es um Kinder und ihre allzu lebendige Fantasie geht.

Aber nicht jetzt.

»Ich muss mit Kim sprechen, mein Schatz.« Es war der dritte Versuch, Ella vom Telefon loszueisen. »Jetzt gleich, ja? Es ist wichtig.«

Endlich gab sie auf.

»Ist die Polizei da?«, fragte ich Kim ohne Vorrede.

»Direkt vor der Haustür. Zwei große starke Kerle. Nicht die Art von Männern, die ihre Wache vernachlässigen.«

Mir fiel ein Stein vom Herzen.

»Geht es euch beiden wirklich gut, Jake?«

»Ja, wirklich, so unglaublich es auch klingen mag.« Ich hielt inne. »Wie ich hörte, ist Lydia nicht zu Hause. Hast du eine Ahnung, wo sie sein könnte? Weißt du, ob sie Ella irgendwas gesagt hat, bevor sie fortgegangen ist?«

»Wir waren nicht da, als sie gegangen ist. Allerdings hat Ella erwähnt, dass Lydia sich wohl auf die U-Bahn eingeschossen hatte.«

»U-Bahn?«, wiederholte ich dümmlich. New Haven hat keine U-Bahn.

»Ella sagte, Lydia habe sich im Internet Seiten über die New Yorker U-Bahn angesehen«, erklärte Kim. »Eine Website, die mit verlassenen Tunneln zu tun hat. Ella sagte, sie habe Lydia gefragt, ob sie glaube, dass Rianna dort sei, und Lydia hat die Frage verneint.«

»Glaubst du, Lydia ist zurück nach New York gefahren?«

»Ich bin davon ausgegangen, dass sie nach Hause wollte«, sagte Kim.

Kurz darauf hängte ich ein und versuchte es in Lydias Wohnung. Der Anrufbeantworter meldete sich, und ich hinterließ ihr eine kurze Nachricht, denn vieles, das ich ihr sagen wollte, war nicht dazu angetan, auf einen Anrufbeantworter gesprochen zu werden, also fasste ich mich kurz und sagte ihr nur das eine, das ihr so unglaublich viel bedeuten würde:

»Ich bin es, Jake. Robbie ist in Sicherheit, Lydia. Er ist in Sicherheit, und Rianna auch. Wir sind jetzt im Bellevue Hospital. Keine Bange, es ist alles in Ordnung, man will uns nur durchchecken. Robbie geht es gut.« Ich schwieg einen Moment. »Ich versuche es später noch einmal.«

Aus dem Augenwinkel sah ich Dr. Lundquist in meine Richtung schauen, wandte das Gesicht ab und wählte die nächste Nummer, die der FBI-Zentrale. Ich wurde fast umgehend zu Special Agent Kline in Connecticut durchgestellt.

»Schön, Ihre Stimme zu hören, Professor.« Er klang ehrlich erfreut. »Das mit Ihrer Tochter und dem Johanssen-Jungen ist unglaublich!«

»Für die anderen sieht es leider nicht so gut aus«, sagte ich.

»Ja. Bisher haben wir die Leichen noch nicht identifiziert, also muss ich Sie bitten …«, sagte Kline.

»Ich sage niemandem etwas«, versicherte ich ihm rasch. »Haben Sie Fitzgerald gefunden?«

»Noch nicht«, sagte Kline. »Wir sind zurzeit auf seinem Grundstück.«

»Was ist mit Norman Baum? Sie wissen sicher, dass er bei mir war, als ich vor Fitzgeralds Haus niedergeschlagen wurde, nicht wahr?«

»Ich weiß. Bisher noch keine Spur von Baum«, sagte Kline. »Aber seine Partnerin ist hier bei uns. Sie können also ganz sicher sein, dass in diesem Moment bereits nach Ihrem Freund gesucht wird.« Der Agent hielt inne. »Ein PERT-Team ist schon im Einsatz. Das ist ein Expertenteam zur Spurensicherung, wie Sie sicher wissen …«

»Ja.« Ich war froh, dass sie bereits vor Ort waren.

»Wir glauben nicht, dass Fitzgerald zwangsläufig der Täter sein muss, weil Sie auf seinem Grundstück entführt wurden, aber wir suchen im großen Stil nach ihm und den anderen Eryx-Partnern. Sie können sich also entspannen.«

Entspannen. Ich wusste nicht, wann mir dieses Kunststück zuletzt gelungen war. Wenn Kline sagte, dass im großen Stil gesucht werde, meinte er damit, dass an allen erdenklichen Flughäfen, Bahnhöfen, Busstationen, Autovermietungen und dergleichen Agenten postiert waren. Wahrscheinlich wurden sogar sämtliche Starts und Landungen von Hubschraubern und Sportflugzeugen überprüft.

»Weiß man schon, wer die oberen Stockwerke des Gebäudes gemietet hat, in dem wir gefangen gehalten wurden?«

»Wir arbeiten daran, Professor«, sagte Kline. »Die Einzelheiten kommen immer noch herein.«

»Korda ist der größte Immobilieneigentümer von den dreien, nicht wahr? Er besitzt Wohnungen und Häuser in aller Welt – vielleicht auch die zwei, drei obersten Etagen eines Gebäudes am Herald Square?«

»Vielleicht«, sagte Kline kurz angebunden. »Wir tun, was wir können, Professor. Wir werden die Männer schon noch auftreiben.«

»Lassen Sie es mich wissen, wenn Sie Baum finden.«

»Ja«, sagte Kline. »Übrigens, haben Sie Mrs Johanssen gesprochen?«

»Sie geht nicht ans Telefon.«

»Wir haben ihren Portier gebeten, bei ihr zu klingeln, aber sie scheint nicht da zu sein«, sagte Kline. »Verdammt ärgerlich, dass sie nicht weiß, dass ihr Sohn frei ist.«

»Wem sagen Sie das«, sagte ich.

110.

Draußen war es dunkel geworden. Das Essen stand auf dem Tisch. Lydia hatte zwei Teller hingestellt. Der Schmortopf stand auf einem hitzefesten Brett zwischen ihnen, doch Lydia konnte sich nicht vorstellen, dass sie auch nur einen Bissen herunterbekam.

Sie betrachtete ihn verstohlen. Sie wusste immer noch nicht, warum er eigentlich hier war.

Er legte sich die Serviette auf den Schoß, nahm die Gabel, aß einen Bissen, schloss die Augen und öffnete sie wieder.

»Sehr gut«, sagte er. »Ich glaube, ich habe seit meiner Kindheit keinen Schmorbraten mehr gegessen.«

»Hat Ihre Mutter den für Sie gemacht?«, fragte Lydia.

Er lachte. Ein hohles Lachen. »Soweit ich mich erinnere, hat meine Mutter nie etwas gekocht.«

Lydia nahm einen kleinen Bissen, schmeckte aber kaum etwas. Sie begriff selbst nicht, was hier geschah und wie sie es schaffte, an diesem Tisch zu sitzen und gemeinsam mit dem Mann zu Abend zu essen, der Robbie und Rianna und mindestens vier andere Kinder entführt hatte.

Einen Augenblick lang stieg Panik in ihr auf, ebbte jedoch bald wieder ab, verdrängt von einer schrecklichen, furchteinflößenden Distanz vor sich selbst, ihrer Umgebung und dem Mann, der ihr gegenübersaß. Sie kam sich vor wie in einem riesigen Wattebausch gefangen, und sie hasste dieses Gefühl. Jede Bewegung schien unglaubliche Kraft zu erfordern.

Sie hob die Gabel zum zweiten Mal, blickte ihn an, sah, dass er mit Appetit aß, dass er offenbar tatsächlich hungrig war, wie er gesagt hatte, und sie fragte sich wieder einmal, was sie hier eigentlich tat – ihn zu füttern und mit ihm gemeinsam Schmorbraten zu essen.

Warten, gab sie sich selbst die Antwort. *Warten, bis ich gerettet werde.*

Überleben. Für Robbie und für Jake.

111.

Thea Lomax war keine fünfzig Meter entfernt, als der Deputy Sheriff von Middlesex County Norman Baum fand.

In einem Dickicht, ein gutes Stück abseits von William Fitzgeralds Privatstraße.

Hände und Füße waren mit einer Kordel gefesselt, und er hatte ein Taschentuch im Mund, war nur halb bei Bewusstsein und völlig unterkühlt.

Aber am Leben.

112.

Dr. Lundquist wollte sowohl Robbie als auch Rianna zur Beobachtung über Nacht dabehalten und schlug mir vor, ebenfalls zu bleiben. Aber das kam gar nicht in Frage, solange ich nicht wusste, wo Fitzgerald und Lydia waren.

Lomax hatte vor einiger Zeit angerufen, um mir die Neuigkeit über Baum mitzuteilen und mir zu sagen, dass sie nach einigem Nachdenken zu dem Schluss gekommen sei, dass *sie* möglicherweise eine der letzten Personen gewesen war, die mit Lydia gesprochen hatten.

»Um genau zu sein«, erklärte sie, »haben wir uns etwa um die Zeit zum letzten Mal unterhalten, als Sie und die Kinder diese Tür eingerannt hatten. Die Uhrzeit weiß ich aus den Nachrichten. Es wurde darüber berichtet, dass am Herald Square eine Tür in einen Bus gestürzt ist, gegen 18 Uhr, noch während der Rushhour – und das war ziemlich genau die Zeit, als Lydia und ich übereinkamen, Sie und Baum offiziell vermisst zu melden.«

»Dann sind Sie sicher, dass Lydia zu diesem Zeitpunkt zu Hause war?«, fragte ich.

»Sie hatte mich angerufen – ich habe ihre Nummer auf dem Display gesehen.«

Als ich auflegte, hatte ich ein schlechtes Gefühl.

Die Frage war, ob ich Kline davon erzählen sollte oder nicht.

Die Antwort lautete nein. Aber da waren meine Vorahnungen ... Ich hoffte von Herzen, dass ich mich irrte, dass ich mir nur etwas einbildete, aber wenn ich Recht hatte und Lydia in ihrer Wohnung in Schwierigkeiten steckte und wenn ich diese Information ans FBI weitergab, würde ein schwer bewaffnetes SWAT-Sondereinsatzkommando zur 73. Straße West fahren, und damit stünde Lydia mit ziemlicher Sicherheit im Mittelpunkt einer Belagerungssituation.

Ich dagegen konnte vielleicht einen Weg finden, mich leise hineinzuschleichen.

Ich hatte einen Vorteil. Ich hatte mit ihm gesprochen, mit dem Mann hinter der verzerrten Stimme. Ich wusste ein paar Dinge über ihn. Ich wusste, dass er mindestens sieben Menschen ermordet hatte, aber behauptete, das Töten zu hassen. Und was noch wichtiger war, er *wollte* offenbar nicht mehr töten, sonst hätte er Rianna, Robbie, mich oder uns alle drei umgebracht. Aber das hatte er nicht getan.

Ich wusste, dass er ein zutiefst gestörter Mann war. Wenn Fitzgerald tatsächlich der Täter sein sollte, musste er seit dem letzten Mal, als ihn jemand gesehen hatte, einen tiefen Kopfsprung in die Abgründe psychischer Krankheiten gemacht haben.

Noch nie im Leben hatte ich inständiger gehofft, mich zu irren.

Ich hoffte – betete –, dass der Bastard irgendwo unter einen Stein gekrochen war und sich selbst getötet hatte.

Aber ich machte noch einen weiteren Anruf.

Er galt dem Dienst habenden Portier in Lydias Haus.

»Ich habe dem FBI bereits gesagt …«

»Ich weiß«, unterbrach ich ihn, »aber ich möchte Sie bitten, noch ein weiteres Mal zu klingeln.«

»Wie Sie wünschen.«

Das Warten zog sich endlos.

Bis ich am Klappern des Hörers hörte, dass er wieder am Apparat war, hatten meine Fingernägel bereits kleine Sicheln in meine Handflächen gemeißelt.

»Keine Antwort. Möchten Sie, dass ich hinaufgehe, Sir, und an der Wohnungstür klingle? Ich habe gleich Dienstschluss. Sobald Joseph kommt, um mich abzulösen, könnte ich hinauf in den 15. fahren …«

Ich zögerte nur eine Sekunde.
Dann sagte ich ihm, er solle es lassen.

Kline hatte gerade erfahren, dass Korda etwa zehn Stunden zuvor bei seiner Exfrau in New York gewesen war.

Pamela Korda hatte einem FBI-Agenten vom dortigen Büro erzählt, dass er gekommen sei, um seine Kinder zu besuchen. Dann sei er wieder gegangen, sie wisse aber nicht, wohin. Solange er die Kinder nicht mitnehme oder nach Übersee reise, sagte sie, habe er normalerweise nicht die Angewohnheit, sie über seine Pläne zu informieren.

Der Eryx-Anwalt, Alan Tillman, hatte mit Agent Phil Rubik gesprochen; er sagte, er habe Korda vorgeschlagen, sich für ein paar Tage zu verkriechen, weil er sich die Entführungen so sehr zu Herzen nehme. Tillman sagte Rubik, er sei zutiefst entsetzt über die Morde, aber erleichtert, dass Robbie und Rianna gerettet waren. Er sei sicher, Korda, Fitzgerald und Hawthorne würden ebenso denken, sobald sie davon erführen.

Die Durchsuchung von Fitzgeralds Grundstück war immer noch im Gange. Falls der Eigentümer dort auftauchen sollte, würde ihn eine beträchtliche Anzahl bewaffneter Männer erwarten.

In der Zwischenzeit stieg Kline in ein Flugzeug.

Nach New York City.

Rianna war für diese Nacht sicher in ihrem Krankenhauszimmer untergebracht. Robbie lag nebenan. Beide wurden vom Krankenhauspersonal bestens versorgt; darüber hinaus blieb einer von John Thurlows Beamten in der Nähe. Robbie hatte allerdings energisch darauf hingewiesen, dass er nicht bleiben würde, falls man ihm nicht erlaube, auf den Krankenhausfluren herumzulaufen, sich Getränke zu holen und ein bisschen Freiheit zu genießen. Er wusste so gut wie ich, dass er eigentlich keine Wahl hatte, aber der arme Junge war über zwei Monate eingesperrt gewesen.

Und ich hatte mittlerweile kaum noch Angst, dass Rianna oder Robbie unmittelbare Gefahr durch den Entführer drohte.

Doch ich hatte *höllische* Angst, unser Mann könne auf Erwachsene »umgesattelt« haben.

Aus diesem Grund hatte ich mich frisch gemacht, Rianna umarmt und ihr gesagt, dass ich eine Zeit lang unterwegs sein würde. Dann verließ ich das Krankenhaus und nahm ein Taxi Richtung Uptown.

Joseph – der Portier, der seinen Kollegen Anthony abgelöst hatte – war ein großer, schlaksiger Mann mit einem kleinen, von krausem rotem Haar gekrönten Kopf. Er war hilfsbereit und freundlich, ohne das vorherrschende Misstrauen, das viele Manhattaner Portiers gegenüber Fremden an den Tag legen, die Fragen stellen. Im Augenblick war ich mir nicht ganz sicher, ob das gut oder schlecht war.

»Mrs Johanssen war vor ein paar Stunden noch zu Hause«, erzählte er mir. »Aber Anthony sagte mir, dass sich keiner mehr meldet.«

»Woher wissen Sie, dass Mrs Johanssen vorhin noch zu Hause war?«, fragte ich. »Haben Sie sie gesehen?«

Joseph schüttelte den Kopf. »Ich habe einen Besucher hochgeschickt.«

»Wen?«, fragte ich atemlos.

»Das darf ich Ihnen nicht sagen.« Endlich doch etwas Misstrauen. »Möchten Sie, dass ich noch mal an der Wohnung klingle?«

»Haben Sie einen Zweitschlüssel für 15c?«

Josephs haselnussbraune Augen wurden wachsam. »Ohne Mrs Johanssens Erlaubnis darf ich den Schlüssel nicht benutzen.«

»Ich bitte Sie ja nicht, ihn zu benutzen. Ich bitte Sie, ihn mir zu geben, damit *ich* ihn benutzen kann.«

»Unmöglich.«

»Ich verstehe Ihre Haltung, Joseph.« Ich blickte mich

rasch in der Lobby um, sah, dass sie immer noch menschenleer war, und lehnte mich ein kleines Stück über seinen Schreibtisch. »Aber ich glaube, dass Mrs Johanssen möglicherweise mit einem sehr gefährlichen Mann da oben ist.«

Josephs Brauen hoben sich leicht, dann kniff er argwöhnisch die Augen zusammen. »Da hat das FBI zu Anthony aber was anderes gesagt.«

»Weil das FBI nichts davon weiß.«

»Aber Sie wissen es?« Die Skepsis des Portiers wuchs.

»Ich bin mir nicht hundert Prozent sicher. Deshalb möchte ich ja leise zu ihr hineingehen, ohne großes Aufheben.« Ich sah ihm in die Augen. »Sie können gerne draußen im Flur warten und aufpassen, dass ich die Wohnung nicht ausräume.«

»Wenn Sie glauben, dass dort oben was Schlimmes vor sich geht, sollten Sie die Polizei anrufen.« Joseph schüttelte wieder den Kopf. »Ich meine, schließlich hab ich keine Ahnung, wer Sie sind. Wie war gleich Ihr Name?«

Ich hatte ihn noch nicht genannt, jetzt tat ich es.

Der Gesichtsausdruck des Mannes wurde noch misstrauischer.

»Was ist?«, fragte ich.

Der Portier starrte stirnrunzelnd in ein Buch auf seinem Tisch; dann sah er mich wieder an. »*Sie* sind Mr Woods?«

Zorn stieg in mir auf. »Was ist Ihr Problem, Joseph?«

»Mein Problem ist«, erwiderte er, »dass heute jemand anders hier war, der denselben Namen benutzt hat.«

»Um Mrs Johanssen zu sehen?«, fragte ich entgeistert.

»Nur, dass er Professor *war*.« Joseph sah wieder in das Buch und nickte. »Professor Woods, 15c, um 18.03 Uhr.«

Jetzt steigerte sich meine Furcht zu einer ausgewachsenen Panik, doch just in diesem Augenblick kam eine Frau mittleren Alters mit schweren Einkaufstaschen von der Straße herein, und Joseph wandte sich ihr zu, um sie zu begrüßen und ihr seine Hilfe anzubieten.

Ich biss mir auf die Lippen. Wenn ich Lydia helfen wollte, musste ich ruhig bleiben.

Ein junger Bursche mit bunter Sonnenbrille und lila getöntem Haar stieg aus einem Aufzug, winkte Joseph grüßend zu und verschwand durch eine Tür, die vermutlich zum Postraum führte.

»Okay«, ich hatte die Aufmerksamkeit des Portiers wieder, »Sie müssen mir jetzt zuhören, Joseph. Wollen Sie damit sagen, dass einem Mann, der sich als Professor Woods ausgab, erlaubt wurde, in Wohnung 15c zu gehen?«

»Ich hab an der Wohnung geklingelt und Mrs Johanssen gesagt, dass Mr Woods hier unten sei«, murmelte er, »und sie sagte, ich soll ihn raufschicken.«

»Hören Sie mir gut zu, Joseph.« Ich legte einen drohenden Unterton in meine Stimme und setzte eine finstere Miene auf. »Der Mann, den Sie in 15c gelassen haben, war *nicht* Professor Jake Woods. *Ich* bin Jake Woods. Dieser Mann ist fast mit Sicherheit ein Kidnapper und Mörder. Verstehen Sie?«

Der arme Kerl verstand genau. Seine kleinen Augen quollen ihm beinahe aus dem Schädel.

»Wenn Sie mir den Ersatzschlüssel geben, jetzt sofort«, sagte ich drängend, »kann die Katastrophe wohl noch verhindert werden, und vielleicht findet dann nie jemand heraus, dass Sie derjenige waren, der den Kerl hereingelassen hat.«

»Wie hätte ich denn wissen sollen, dass er lügt? Wir haben keine Anweisung, einen Ausweis zu verlangen. Der Typ hat mir seinen Namen genannt, und ich hab oben angerufen, fertig, aus. Mehr wird nicht von mir erwartet.«

»Geben Sie mir den Schlüssel.«

»Woher soll ich wissen, dass *Sie* die Wahrheit sagen?«

»Das können Sie noch nicht wissen, aber gleich.« In der Brieftasche in meiner Hose steckten immer noch der Führerschein und der Fünfziger, und ich dachte daran, wie mächtig die Gier war. Ich zog Führerschein und Geld hervor und wedelte mit beidem unter seiner Nase. »Hilft Ihnen das, mir zu glauben?«

Joseph blickte sich nervös um.

»Das bleibt unter uns«, versprach ich ihm.

Er öffnete eine Schublade seines Schreibtischs und begann darin zu kramen, dann erstarrte er plötzlich. »Und was ist, wenn ich Ihnen den Schlüssel gebe und alles dadurch noch schlimmer wird? Ich sollte zuerst die Polizei anrufen.«

Ich lehnte mich noch näher zu ihm, innerlich schon darauf vorbereitet, mir die Schlüssel zu greifen, falls er mir keine Wahl ließ. »Wenn die Polizei auftaucht«, presste ich zwischen den Zähnen hervor, »kommt es hier zu einer regelrechten Belagerung. Und wenn Mrs Johanssen dabei etwas passiert, ist es die Schuld des verdammten Vollidioten, der einen Mörder ins Haus gelassen hat. Können Sie mir folgen, Joseph?« Ich streckte ihm die Hand mit dem Geld entgegen.

Joseph fand den richtigen Schlüssel, hielt ihn hoch und starrte den Fünfziger an. »Wenn ich in einer Viertelstunde nichts von Ihnen gehört habe, wähle ich den Notruf.«

Ich schnappte mir den Schlüssel. »Machen Sie eine Stunde daraus.« Ich rannte zu den Fahrstühlen und drückte auf die Knöpfe. »Dann rufen Sie die Polizei und das FBI an. Fragen Sie nach Special Agent Roger Kline.«

»Eine halbe Stunde«, rief Joseph, während der Junge mit dem lila Haar aus dem Postzimmer kam und ihm einen fragenden Blick zuwarf.

Der Fahrstuhl kam.

Ich stieg ein und drückte den Knopf.

113.

Der Mann an Lydias Küchentisch hatte den Schmorbraten schweigend aufgegessen. Jetzt legte er die Gabel beiseite und sah ihr direkt in die Augen.

»Wir sprachen von meinem Vater«, sagte er.

Als hätte es die halbe Stunde, die verstrichen war, gar nicht gegeben.

»Wir hatten den gleichen Namen«, sagte er. »Er hieß auch Hal Hawthorne. Niemand nannte mich ›Junior‹ – Gott sei gedankt für diese kleine Gnade –, aber man nannte mich häufig den ›jungen Hal‹.«

Jetzt erinnerte Lydia sich wieder an Baums Bericht über seinen Vater. *Kriegsheld*. Das war es. Invalider Kriegsheld und Wohltäter. Jung verstorben.

Sie wartete ab.

»Mein Vater war ein erstaunlicher Mann«, sagte Hawthorne. »Das sagte jeder. Ein Held. Vietnamveteran. Aber er war nicht verbittert wie so viele andere. Er nutzte seine Behinderung – ebenso wie seinen Reichtum –, und ließ beides für sich arbeiten. Meine Mutter erzählte mir mal, dass er vor Vietnam nie großen Wert auf Sport gelegt hatte, aber hinterher tat er so, als wäre Sport sein unerreichbarer Heiliger Gral. Wenn *er* schon keinen Sport treiben konnte, sagte Vater, wolle er wenigstens vielen anderen Menschen helfen, die Freude am Sport zu genießen, die ihm selbst verwehrt war.«

Er hielt inne, um Atem zu holen. Er hatte schnell gesprochen, und sein zurückweichender Haaransatz war feucht vor Schweiß.

»Er finanzierte auch andere Dinge«, fuhr er fort. »Krankenhäuser und Schulen. Aber wenn er konnte, konzentrierte er sich auf den Sport: Tenniscamps, Schwimmbäder, Turnhallen ...« Er nickte. »Turnen war aus seiner Sicht die ultimative Disziplin – vielleicht, weil diese Sportart für einen Mann im Rollstuhl am unerreichbarsten war. Ihm gefiel alles, was Mut erforderte. ›Mumm‹ war das Lieblingswort meines Vaters.«

Hawthorne verstummte wieder und sah Lydia über den Tisch hinweg in die Augen. »Es tut mir Leid«, sagte er, und sein Blick schweifte von ihr ab und wanderte nach unten, zu der Waffe auf dem Tisch. »Die Wahrheit ist, ich glaube, ich muss jetzt reden, solange ich noch kann.«

Lydia schwieg. Sie hatte nicht das Bedürfnis, ihn zu unterbrechen, denn am nötigsten brauchte sie Zeit. Genug Zeit, bis jemand kam und sie aus dieser Situation befreite – Jake, das FBI, Thea Lomax, wer auch immer.

Wo sind sie alle?

»Ich fühle mich nicht besonders«, sagte Hawthorne. »Ich weiß nicht genau, warum ich hergekommen bin, Lydia, denn mein Verstand ist seit den letzten Tagen ein bisschen durcheinander ... aber ich dachte, Sie sind vielleicht die Person, mit der ich reden kann, weil Sie Mutter sind.« Er schüttelte den Kopf. »Ich erwarte nicht, dass Sie mich verstehen. Nicht nach allem, was ich getan habe.« Er hielt inne. »Aber man hat mir gesagt, dass Frauen die besseren Zuhörer sind, verständnisvoller als Männer.«

114.

Robbie döste im Krankenhausbett, als das Telefon klingelte.

»He, Mann«, sagte Josh, »wie geht's?«

Robbie hatte bereits mit ihm telefoniert, trotz der Anweisung des FBI, ausschließlich mit Familienangehörigen über seine Befreiung zu sprechen. Robbie hatte Josh als seinen Vetter ausgegeben, zum Teil, weil er seine Stimme hören wollte, aber vor allem, weil er gehofft hatte, Josh oder dessen Mutter wüssten, wo seine Mom war.

»Gibt's was Neues?«, fragte Robbie jetzt und setzte sich auf.

»Ich weiß nicht genau«, sagte Josh mit gesenkter Stimme. »Aber ich hab unten in der Lobby gerade etwas gehört, das du bestimmt wissen willst.«

»Was?«

»Ein Mann war da unten – dieser Woods, der Professor – und sagte Joseph, dem Portier, dass in eurer Wohnung vielleicht was Schlimmes vor sich geht.« Josh hielt inne. »Joseph gab ihm einen Schlüssel, und Woods sagte, wenn er in einer Stunde nichts von ihm gehört hat, solle er die Cops anrufen, und dann stieg er in den Aufzug ...«

»Okay«, sagte Robbie. »Du musst jetzt Folgendes tun, Josh ... Josh, hörst du mir zu?«

»Klar.«

»Ich brauche ein paar Klamotten und Turnschuhe.«

»Meine Klamotten?« Es dämmerte Josh zu spät, dass sein Freund möglicherweise der letzte Mensch war, dem er hiervon hätte erzählen sollen.

»Natürlich *deine* Klamotten! Oder möchtest du gern

rauf zu 15c gehen und den verdammten Kidnapper fragen, ob du in mein Zimmer darfst?«

»Okay, schon gut«, erwiderte Josh. »Glaubst du wirklich, dass er da oben ist?«

»Ich weiß es nicht«, sagte Robbie, »aber wenn Jake da war und so etwas gesagt hat …« Er konzentrierte sich wieder darauf, was er brauchte. »Also, ich brauche etwas zum Anziehen und eine Waffe, vielleicht ein Messer, eins von diesen großen Küchenmessern …«

»He, Mann«, sagte Josh. »Bist du verrückt geworden?«

»Hatte dein Dad nicht mal ein Luftgewehr?«

»Nee, hatte er noch nie«, sagte Josh. »Und wenn er eins hätte, würde ich den Teufel tun und es ihm klauen, um es dir zu geben …«

»Dreh nicht durch«, sagte Robbie. »Vergiss das Gewehr, aber bring mir ein Messer oder irgendwas mit, damit ich nicht unbewaffnet da reinmuss.«

»Unbewaffnet? O Mann, hätte ich dir bloß nichts davon erzählt!«

»Du hast es mir aber erzählt, weil du mein bester Freund bist«, sagte Robbie. »Also, hilfst du mir jetzt? Denn ob du es tust oder nicht, Josh, ich werde auf keinen Fall auch nur eine Minute länger hier herumsitzen, während meine Mutter in Gefahr ist.«

»Das wissen wir doch gar nicht«, wandte Josh ein. »Du musst es dem FBI sagen. Die sollen sich darum kümmern.«

»Auf keinen Fall«, sagte Robbie. »Verdammt, wir wissen doch, was passiert, wenn plötzlich die Polizei erscheint und alles außer Kontrolle gerät.«

»Das ist nur im Film so.«

»Es ist in den Nachrichten so, Mann, die ganze Zeit, das weißt du ganz genau.«

»Und wo ist der Unterschied, wenn *du* reingehst?«, fragte Josh.

»Das ist was anderes, weil es persönlich ist«, antwortete Robbie. »Ich liebe meine Mutter, die Cops nicht. Und ich mag Jake.« Er hielt inne. »Also kommst du jetzt her und bringst mir die Sachen?« Er wartete. »Josh?«

»Ja, okay«, sagte Josh.

»Dann beeil dich.«

115.

Hawthorne und Lydia hörten ein Geräusch – eine Art dumpfen Schlag irgendwo außerhalb des Apartments, doch innerhalb des Gebäudes, so nahe, dass Hawthorne stockte und nach der Waffe griff. Er nahm sie in die Hand, stand auf und ging zur Küchentür, um zu horchen.

»Es sind nur die Nachbarn«, sagte Lydia, die am Tisch sitzen geblieben war.

Hawthorne drehte sich zu ihr um und bedeutete ihr mit der Waffe, still zu sein. Sein Gesicht war jetzt angespannt, an beiden Schläfen traten Adern hervor, und sein Atem ging flach und schnell. Zum ersten Mal hatte Lydia wirklich Angst vor dem, was er tun könnte – nicht so sehr für sich selbst, doch der Gedanke, dass Robbie nach Hause kam, endlich nach Hause kam und sich hier eine Tragödie abspielte, war unerträglich.

Und Jake. Die Erinnerung an ihn, an seine Kraft, Wärme und Zärtlichkeit durchfuhr sie wie ein Blitz.

Noch ein Grund, das hier durchzustehen.

Ich war mit dem Fahrstuhl in den 13. Stock gefahren, um in den 15. weiterzulaufen und mich so leise wie möglich der Wohnung zu nähern.

Ich wusste, dass es tollkühn war, was ich tat. Das letzte Mal, als ich losgestürmt war, hatte es mit einer Gehirnerschütterung für Baum und einem finsteren Gefängnis für mich geendet. Mir war klar, dass es sehr gut möglich war, dass *er* mich hörte oder sogar sah, wenn ich Lydias Wohnung betrat, und dass sich in diesem Fall die Gefahr für sie möglicherweise noch erhöhte – und das wollte ich nun wirklich nicht.

Aus diesem Grund schlich ich leise durch den Hausflur und betete, dass kein Nachbar herauskommen und mich fragen würde, was ich hier trieb.

Keine Nachbarn ließen sich blicken.

Ich legte mein Ohr an die Wohnungstür von 15c. Nichts zu hören. Dann kauerte ich mich so tief herunter, dass ich an dem schmalen Spalt zwischen Tür und Boden horchen konnte.

Da war etwas. Eine Stimme. Eine Männerstimme. Von hier aus kaum zu hören.

Im Taxi vom Bellevue bis hierher hatte ich einen mentalen Grundriss von Lydias Wohnung rekonstruiert, und ich war sicher, dass der Mann sich entweder im Wohnzimmer oder in der Küche aufhielt – ich hoffte, dass es die Küche war, denn die hatte zwei Türen, von denen eine zum Wohnzimmer und die andere zum Flur vor den Schlafzimmern führte.

Wie dem auch sei, jetzt gab es kein Zurück mehr.

Ich richtete mich auf und hielt den Schlüssel vors Schloss. Meine Hand zitterte. Ich atmete tief ein und riss mich zusammen.

Dann ließ ich den Schlüssel vorsichtig ins Schloss gleiten.

Hawthorne saß wieder am Tisch, das Geräusch war vergessen.

»Die Sache ist die«, erzählte er, »mein Vater, der den Mut zur höchsten Tugend erhob, hatte einen Feigling zum Sohn.«

Lydia beobachtete, wie die Wachsamkeit langsam aus seinem Gesicht verschwand, während er den Faden seiner Geschichte wieder aufnahm, und sie dankte dem Himmel für ein wenig gewonnene Zeit.

»Dem Sohn gefiel das nicht. Er hätte alles dafür gegeben, das mutige Kind zu sein, das sein Vater sich wünschte, das er brauchte, aber es ging einfach nicht. Doch mein Vater wollte, dass ich körperlich herausragend wurde, ein

Ass im Sport. Nach dem Wunsch des Vater würde der junge Hal ein großartiger Athlet oder Turner werden, würde Polo und Eishockey spielen – die Sportart spielte keine Rolle, Hauptsache, es war ein harter Sport.«

»Das war sicher sehr schwer«, sagte Lydia.

»Manches war gar nicht so schlimm«, sagte Hawthorne. »In einigen Sportarten war ich gut genug, um mich durchzumogeln. Aber ich spielte die Spiele nur mit, ohne es je bis ins Team zu schaffen, verstehen Sie? Wenn es Schulsport war, konnte Vater ja nicht immer dabei sein und zusehen – und wenn er zusah, musste er immer den Trainer markieren, vom Spielfeldrand aus ständig dazwischenrufen und Anweisungen brüllen.« Er hielt inne. »Und nach der Schule nahm er den jungen Hal mit in eins dieser tollen Schwimmbäder, deren Bau er finanziert hatte, und versuchte, einen Turmspringer aus ihm zu machen.«

Lydia hörte ihm zu und beobachtete ihn, immer noch voller Angst, zugleich aber auch mit einer gewissen Faszination, beinahe gegen ihren Willen ...

»Aber Vater wollte den jungen Hal nicht einfach nur von der Seite des Beckens ins Wasser springen sehen.« Hawthorne sprach immer schneller, als wüsste er, dass ihm die Zeit davonlief. »Vater wollte ihn auf dem Sprungbrett sehen, auf dem Zehnmeterturm, von dem Turmspringer ihre Kopfsprünge und Saltos machen. Kennen Sie den?«

»Ja«, sagte Lydia.

»Das Problem war nur«, sagte Hawthorne, »dass der junge Hal panische Höhenangst hatte.«

116.

Josh saß in einem Taxi auf dem Weg zum Bellevue.

Er fühlte sich wie ein Dieb oder ein Spion, und dabei hatte er nichts weiter getan, als seinen Trainingsanzug und seine Turnschuhe einzupacken – und ein Küchenmesser – und seiner Mom zu sagen, er mache einen Spaziergang.

»Sicher, mein Schatz. Aber pass auf dich auf«, hatte Melanie gesagt, und schon war Josh draußen gewesen. Unten in der Lobby sah er Joseph, der völlig außer sich zu sein schien, ständig auf die Uhr schaute und das Telefon auf seinem Schreibtisch anstarrte. Josh war ganz schnell an ihm vorbeigeschlichen. Das Taxi hatte direkt vor der Tür gestanden, ein alter Mann war gerade ausgestiegen, und Josh war praktisch hineingesprungen.

Jetzt hielten sie vor dem Krankenhaus, und obwohl Robbie nicht gesagt hatte, wie sie zurück nach Hause kommen sollten, ging Josh davon aus, dass er so schnell wie möglich los wollte, und bat den Fahrer, zu warten.

»Ich hole einen Patienten ab«, erklärte er dem Mann. »Und dann gebe ich Ihnen ein richtig gutes Trinkgeld.«

Er rechnete damit, dass der Fahrer maulte oder sich weigerte, aber vielleicht hatte er Joshs Aufregung bemerkt und dachte, sie gelte einem Schwerkranken, denn er sagte nur: »Klar«, und ließ das Taxameter weiterlaufen.

117.

»Habe ich Ihnen von der Jagd erzählt?«, fragte Hawthorne.

»Nein«, sagte Lydia. »Haben Sie nicht.«

Er verlor den Faden, griff einfach nach den Erinnerungen, wie sie ihm durch den Kopf gingen.

Wenige Sekunden zuvor hatte Lydia geglaubt, etwas zu hören, nur ein winziges Geräusch, das *er* offenbar überhaupt nicht bemerkt hatte – ein Geräusch, das für ihn nicht bemerkenswerter war als der tropfende Wasserhahn in der Spüle, das gelegentliche Knarren der Rohre in den Wänden oder das Geräusch, das die Rollläden im Wohnzimmer machten, wenn der Wind an ihnen rüttelte.

Aber Lydia kannte ihre Wohnung sehr genau. Und sie wusste, wie es sich anhörte, wenn jemand leise – mit Absicht leise – einen Schlüssel ins Schloss steckte. Schließlich hatte sie einen Sohn im Teenageralter, der gelegentlich später nach Hause kam als abgesprochen. Und genau *das* hatte sie gerade gehört, wenn sie sich nicht sehr täuschte.

Hawthorne sprach über die Jagd.

»Vater liebte sie, trotz seines Rollstuhls. Wahrscheinlich dachte er, so könne er beweisen, dass er immer noch ein Mann war. Er musste ein ganzes Gefolge zu Hilfe mitnehmen, aber sein Gewehr hielt er immer selbst, und er feuerte auch die Schüsse selbst ab.«

Waffen. Lydia wünschte, er würde wieder übers Kunstspringen oder Turnen sprechen.

»Ich glaube, ein Problem war, dass meine Mutter katholisch war ... *ist*. Sie brachte mir alles über die Hölle und die ewige Verdammnis bei ... also noch etwas, wovor ich mich fürchten musste.« Hawthorne schwieg einen Moment.

»Einmal fragte der junge Hal sie nach der Jagd, und sie sagte, jede Form des Tötens sei eine Sünde, und der junge Hal war unendlich froh, sie das sagen zu hören, denn er hasste es, auch nur ein Insekt zu töten.«

»Hat sie Ihrem Vater das nicht gesagt?« Lydia versuchte, interessiert zu erscheinen. Sie war jetzt fast sicher, dass jemand ihre Wohnungstür geöffnet hatte und draußen im Flur stand.

»Mutter hätte niemals so etwas zu Vater gesagt«, beantwortete Hawthorne ihre Frage. »Sie lehrte den jungen Hal, was sie für die Grundregeln hielt, und dann überließ sie es ihm, mit seinem Leben zurechtzukommen, so gut er konnte. Mutter hatte ihr eigenes Leben.« Sein Mund zuckte ironisch. »Die heldenhafte Frau eines heldenhaften Invaliden, die einen perfekten Haushalt führte, Mittagessen zubereitete und shoppen ging und Spenden für wohltätige Zwecke sammelte.« Über den Tisch hinweg sah er Lydia in die Augen. »Ich glaube, sie ist ein gutes Beispiel dafür, dass Frauen verständnisvoller sind als Männer. Mutter verstand, dass es Vaters Aufgabe sein musste, den jungen Hal großzuziehen. Wegen seiner Behinderung musste er auf vieles verzichten, da würde sie ihm das nicht auch noch verderben.« Er schwieg wieder für einen Moment. »Abgesehen davon glaube ich, dass sie es nicht wagte.«

Ich war im Flur.

Ich hatte richtig geraten – sie saßen in der Küche, was bei näherer Betrachtung nicht ganz so gut war, wie ich zunächst gedacht hatte, da sich so ziemlich alle Gegenstände, die als Waffe in Frage kamen, in diesem Raum befanden.

Zum ersten Mal seit mehr als zehn Jahren wünschte ich mir, noch Polizist zu sein, dann hätte ich wenigstens eine Waffe und die dazugehörige frische Ausbildung. Ich fragte mich, womit er bewaffnet war. Aber vielleicht brauchte er auch keine richtigen Waffen. Vielleicht genügten ihm seine tödlichen Hände.

Im Geiste ging ich das potenzielle Arsenal eines normalen Haushalts durch: Spraydosen, Messer, Scheren, Brieföffner …

Zuerst sah ich in Robbies Zimmer nach. Die Türen waren gut geölt und knarrten nicht, und es gab auch keine Hindernisse, gegen die ich laufen konnte. Vielleicht hatte der Junge ein Schweizer Taschenmesser in einer Schublade versteckt. Ich ging davon aus, dass er so etwas vor seiner Mutter verstecken musste …

Kein Messer. Nichts Nützliches bis auf eine Papierschere.

Raus aus Robbies Zimmer und ins Bad.

Deodorant, Pumpsprays … umweltfreundlich, aber nicht zu gebrauchen, um einen verdammten Mörder aufzuhalten.

Lydias Arbeitszimmer. Der Brieföffner war aus blauem Plastik, und ihre Schere taugte auch nicht als Waffe.

Zeitverschwendung.

Musikzimmer. Klavier. Hocker. Metronom. Notenständer. Nichts.

Ihr Schlafzimmer. Süße Erinnerungen. *Nicht jetzt.* Ein Hauch von schlechtem Gewissen, als ich ihre Nachttischschublade öffnete … nichts … hinüber zur anderen Seite, mit noch größerem schlechtem Gewissen … Aaron Johanssens alte Schublade … Briefe, Fotos, eine alte Brille …

Halt.

Damit hatte ich nun wirklich nicht gerechnet.

Tränengas. Wahrscheinlich uralt. Auf jeden Fall das Beste, was ich hier finden würde. Außerdem hatte ich keine Zeit mehr, weiterzusuchen.

Tränengas, eine Papierschere und das Überraschungsmoment.

118.

Rianna war gerade in Robbies Zimmer gehumpelt, als Josh dort erschien.

Sie war rastlos. Es langweilte sie, fernzusehen oder den Versuch zu machen, ein wenig Schlaf zu finden. Sie hatte mit Ella und Kim und Tom telefoniert, und das FBI hatte sie gebeten, niemand anderen anzurufen, also konnte sie noch nicht mit Shannon sprechen – und überhaupt fühlte sie sich noch nicht bereit für eine solche Unterhaltung. Sie wusste nicht, wohin ihr Dad verschwunden war, und ihr Knöchel tat immer noch weh, aber ihr war nicht klar, warum sie mit einem verstauchten Fuß nicht nach Hause durfte. Das einzig Gute daran, hier bleiben zu müssen, war, dass Robbie auch hier war, denn von ihrer Familie abgesehen, gab es niemanden auf der Welt, mit dem sie lieber zusammen war.

»Freut mich, dich kennen zu lernen«, sagte sie zu Josh, als sie ihm vorgestellt wurde.

»Ganz meinerseits«, sagte Josh steif und betrachtete sie interessiert. Er versuchte, sich dieses hübsche Mädchen in Dakotas Leder-Outfit vorzustellen.

»Was machst du?«, fragte Rianna, als Robbie ein Bündel mit Sachen aus Joshs Sporttasche ins Badezimmer trug.

»Halt mal Wache, Josh«, sagte Robbie zu seinem Freund.

Josh verdrehte die Augen, ging aber zur Tür, öffnete sie ein kleines Stück und spähte links und rechts den Gang hinunter. »Die Luft ist rein.«

»Was ist denn los, Robbie?«, fragte Rianna wieder.

Robbie kam aus dem Badezimmer. Er trug Joshs Trainingsanzug. »Die Turnschuhe sind ein bisschen zu eng.«

»Tja, tut mir unendlich Leid, dass ich kleinere Füße habe als du, Rob.«

»Warum trägst du Joshs Sachen?«, fragte Rianna.

»Weil ich für eine Weile ausgehe«, erklärte Robbie.

Josh drehte sich zu Rianna um. »Weil er ...«

»Weil ich einen Gefängniskoller habe«, warf Robbie rasch ein. »Weil ich durchdrehe, weil ich hier schon wieder so eingepfercht bin. Darum hab ich Josh gebeten, mir ein paar Klamotten einzuschmuggeln, damit ich rausgehen und ein bisschen frische Luft schnappen kann.«

Er verstummte, sah sie an und versuchte einzuschätzen, ob sie ihm die Geschichte abkaufte.

Schwer zu sagen.

»Falls jemand fragt, wo ich bin, sagst du einfach, ich wäre in die Cafeteria gegangen, um was zu essen, okay?«

Rianna warf erst ihm einen langen, forschenden Blick zu, dann Josh, der ihr nicht in die Augen sehen konnte, sondern den Blick schweifen ließ. Jetzt wusste sie sicher, dass es hier um etwas anderes ging. Dann schaute sie wieder Robbie an.

Er sah, dass sie ein bisschen verletzt aussah. Und sehr besorgt.

Aber sie sagte kein Wort.

Sie ist fantastisch, dachte Robbie wohl zum hundertsten Mal.

119.

»Mein Vater hatte eine grausame Ader«, erzählte Hawthorne, »aber ich glaube, ein großer Teil davon war pure Enttäuschung. Wahrscheinlich konnte er einfach nicht anders, als die Ängstlichkeit zu verachten. Ich glaube, er hat versucht, seinem Sohn einen Gefallen zu tun, indem er einen Mann aus ihm machen wollte.«

»Seine Vorstellung von einem Mann.« Lydia war sehr vorsichtig und immer noch ein wenig fasziniert, vor allem davon, dass Hawthorne teilweise in der dritten Person von sich sprach.

»Dass der junge Hal ein Problem mit dem Töten hatte, ärgerte ihn mehr als alles andere«, fuhr er fort. »Das machte ihn besonders gemein. Er gewöhnte sich an, auf den Armlehnen seines Rollstuhls einen Golfschläger mitzunehmen. Wenn er in Sichtweite des Jungen war, erschlug er damit jedes Lebewesen, das groß genug war, um es mit dem Schläger zu erwischen.« Hawthornes blaue Augen blickten in weite Fernen. »Er bat die Stallburschen, ihm Bescheid zu sagen, wann immer sie eine Ratte sahen, und dann zwang er den jungen Hal zuzusehen, wenn er die Tiere totschlug.« Er hielt inne. »Die Ratten quiekten, der Junge weinte, und der Vater lachte.«

120.

Kline war in New York und arbeitete in einem MCP – einem mobilen Kommandoposten, einem technisch erstklassig ausgestatteten Wohnmobil, das im Augenblick vor dem Schauplatz des Mordes am Herald Square parkte.

Das FBI hatte Scott Korda in seinem Apartment auf der Upper East Side aufgetrieben, wo er den Abend mit einer Freundin aus London verbringen wollte, Susan Bantinck. Kline hatte ihn noch nicht gesehen, war von Moran aber informiert worden, dass der Eryx-Chef sich zwar tatsächlich nahe genug am Unterschlupf des Kidnappers befunden hatte, um theoretisch verdächtig zu sein, dass seine Alibis jedoch stichhaltig zu sein schienen.

William Fitzgerald war vor 53 Minuten zu Hause eingetroffen – offenbar nach einem Besuch bei den Eltern seiner verstorbenen Frau, die in Cambridge, Massachusetts lebten. Er hatte empört festgestellt, dass es auf seinem Grundstück von FBI-Agenten nur so wimmelte, doch die Verärgerung über die Invasion seines Besitzes war einem offenbar aufrichtigen Entsetzen gewichen, als er gehört hatte, dass Baum und Woods vor seinem Haus angegriffen worden waren.

Zito und Kaminski hatten bei ihrer Befragung ausgesagt, dass Nick Ford alle drei Partner darüber informiert hatte, dass der Professor und der Privatdetektiv möglicherweise zu ihnen unterwegs waren. Korda behauptete, er habe eine Zeit lang gewartet, sei dann wütend geworden und habe spontan beschlossen, nach New York zu fahren. Fitzgerald gab zu Protokoll, dass er beschlossen habe, nicht auf Woods und Baum zu warten, weil er befürchtet hatte, er könne seine Wut möglicherweise nicht im Zaum halten; deshalb sei er nach Cambridge gefahren.

Sowohl Korda als auch Fitzgerald wurden zur weiteren Befragung festgehalten, und auch Susan Bantinck und die Eltern von Fitzgeralds verstorbener Frau wurden noch vernommen.

Von Hal Hawthorne gab es bis jetzt noch keine Spur. Die Polizei hatte sein Haus in Chester, seine Wohnung in Boston und sein Weingut in New York durchsucht und alle drei Gebäude leer vorgefunden.

Kline wartete immer noch auf die Information, was den Eigentümer der beiden oberen Etagen des Hauses am Herald Square betraf. Moran zufolge war der neueste Stand der Erkenntnis, dass diese Stockwerke für die »persönliche Nutzung« des Hausbesitzers reserviert waren und dass das gesamte Gebäude sich in Privatbesitz befand – obwohl bisher offenbar noch niemand in der Lage gewesen war, den Namen des Eigentümers ausfindig zu machen.

Doch das störte Kline derzeit nicht allzu sehr.

Im Augenblick erschien ihm diese Frage beinahe von rein theoretischem Interesse.

Die Fingerabdrücke, die die Spurensicherung am Ort des Verbrechens gefunden hatte, stimmten exakt mit denen in Hal Hawthornes Büro bei Eryx überein – auf seinem Schreibtisch, seinem Stuhl, seinen Telefonen, dem Kalender, dem Wasserhahn, an der Toilette neben dem Büro und an jeder beliebigen anderen Stelle.

Sie hatten ihn immer noch nicht gefunden.

Ebenso wenig wie Lydia Johanssen.

Robbie und Josh waren aus dem Krankenhaus entkommen und saßen in Joshs Taxi auf dem Weg zurück in die 73. Straße.

»Ist doch super gelaufen«, sagte Josh und atmete für den Moment erleichtert auf, während er und sein kürzlich verrückt gewordener Freund sich auf die Rückbank sinken ließen.

Robbie ruhte sich ein paar Minuten aus, dann beugte er sich nach vorne, um mit dem Fahrer zu sprechen. »Wir haben es uns anders überlegt«, sagte er. »Könnten Sie uns an der Kreuzung Amsterdam und 72. Straße rauslassen?«

»Kein Problem«, erklärte der Fahrer, und Robbie lehnte sich wieder zurück.

»Der Plan ist, dass wir von nebenan reingehen und den Notausgang im Keller benutzen.«

Das Gebäude, das in der 72. neben dem ihren stand, war vom gleichen Architekten entworfen worden; beide Gebäude waren nahezu identisch, hatten einen gemeinsamen Garten und einen verbundenen Keller mit Swimmingpool, gemeinschaftlicher Waschküche und Hausmeisterwerkstatt. Robbie und Josh wussten beide noch – aus der Zeit, als verschlossene Türen und Verstecke ihre Spezialität gewesen waren –, dass dieses Türmodell sich von außen immer leichter hatte öffnen lassen, als es nach dem Sicherheitsstandard der Fall hätte sein sollen.

»Auf diese Weise«, fuhr Robbie mit gesenkter Stimme fort, »gelangen wir in unser Haus, ohne gesehen zu werden, auch wenn Joseph oder jemand anders die Polizei gerufen hat, seit du weg bist.«

»Und dann?« Joshs schlimmste Bedenken kamen zurückgeschlichen.

»Wir nehmen die Treppe bis oben aufs Dach – am 15. Stock vorbei.«

»Ich will gar nicht wissen, warum«, sagte Josh.

»Du weißt, warum«, sagte Robbie.

Josh verstand und starrte ihn entgeistert an. »Du meinst doch nicht etwa die Falltür.« Doch er sah seinem Freund an, dass er genau dies im Sinn hatte. »Das kann nicht dein Ernst sein. Das ist verrückt! Glaubst du wirklich, du kannst auf diesem Weg einsteigen, ohne dass der Kerl dich sieht oder hört? Die Tür quietscht, Mann. Sogar die Tür zur Treppe quietscht!«

»Niemand, der nicht im Gästezimmer ist, kann die Falltür hören«, sagte Robbie. »Und da werden sie bestimmt nicht sein.«

»Vielleicht doch.« Josh raufte sich die Haare. »Das ist Irrsinn, Rob. Das ist völlig hirnrissig, und das weißt du.« Er schüttelte wild den Kopf. »Erzähl den Cops von der Falltür – sie können sie benutzen.«

»Natürlich.« Robbie hob einen Finger an seine Lippen, um seinen Freund zur Ruhe zu ermahnen. »Und *sie* hört dieser Bastard ganz bestimmt, wenn sie überall auf dem Dach herumklettern. Außerdem würden sie die Falltür benutzen, um mit gezückten Waffen reinzustürmen.«

»Das würden sie nicht tun«, widersprach Josh, »solange deine Mutter und Jake da drin sind.«

»Sie würden überreagieren«, beharrte Robbie. »Und der Scheißkerl würde Angst bekommen.« Er sah die Ohnmacht im Gesicht seines Freundes. »Ich will doch bloß einen Blick reinwerfen und sehen, was los ist. Wenn er eine Pistole hat oder sonstwie bewaffnet ist – ich schwöre, dass ich die Polizei rufe.«

»Ich glaube dir nicht«, sagte Josh wieder. »Sobald wir drin sind, war's das, und wenn wir alleine reingehen, wird was Schlimmes passieren.«

»Nicht *wir*«, sagte Robbie leise.

Josh starrte ihn wieder an.

»Was ist?«

»Du siehst verändert aus«, sagte Josh.

»Ich hab mich nicht verändert.«

Josh sagte nichts mehr. Er war zu entnervt, um weiterzureden. Es lag etwas Fremdes in Robbies Gesicht, das machte ihm die meiste Angst. Sein Freund war stets ein gelassener Typ gewesen, mutig, aber sanftmütig. Jetzt sah er wild und kampflustig aus – und er hatte ihm gerade das verdammte Messer seiner Mutter gebracht.

Und dann, wie um dem Ganzen die Krone aufzusetzen, sah Robbie ihn an und lächelte.

»Ich werde nichts tun, was Steel nicht alleine hinbekommen würde«, sagte er.

Das gab Josh den Rest.

Rianna fühlte sich so hilflos wie seit den ersten Stunden ihrer Gefangenschaft nicht mehr.

Jetzt, da sie sich eigentlich entspannt und sicher fühlen sollte, weil sie wusste, dass ihr Leben, ihr eigentliches, normales Leben wieder beginnen konnte, waren alle fortgegangen und hatten sie allein in diesem Vakuum zurückgelassen.

Und was noch schlimmer war – niemand sagte ihr etwas.

Sie behandelten sie wie ein Kind, und dabei hatte sie doch nach allem, was sie gerade durchgemacht und überlebt hatte, wohl das Recht, dass man ihr die Wahrheit sagte, egal, wie unangenehm oder erschreckend sie sein mochte.

Sie war wütend auf ihren Vater, weil er weggegangen war – was etwas mit Lydia zu tun haben musste, da war sie fast sicher. Und – das war das Beängstigende – mit dem Mann, der ja schließlich noch nicht verhaftet worden war. Es war ja schön und gut, dass Dad helfen wollte, wenn Robbies Mutter in der Klemme steckte, aber er hatte nicht das Recht, sich wieder in Gefahr zu begeben, ohne es ihr zumindest zu sagen.

Wenn ihm etwas passiert …

Rianna ballte die Fäuste und presste sie auf die Augen, versuchte, ihre Gedanken, ihre Fantasie abzuschalten.

Auch Robbie war weg. Er war nicht nur rausgegangen, um frische Luft zu schnappen – das hatte sie ihm keine Sekunde lang abgenommen. Aber er hatte sie gebeten, ihn zu decken, und sie hatte sich nicht geweigert.

Wo immer ihr Vater und Robbie sein mochten, ob an dem gleichen Ort oder nicht – die Verbindung musste Lydia sein.

Was war nur los mit den Männern, verdammt? Warum

konnten sie nicht vernünftig sein und der Polizei und dem FBI sagen, was ihnen Sorgen machte? Und selbst wenn sie zu chauvinistisch waren, um *ihr* schlechte Nachrichten anzuvertrauen – was war mit der Sonderkommission oder mit Sergeant Thurlow?

»Ich hab die Nase voll.« Rianna schaute auf die Uhr auf ihrem Nachttisch.

9.33 Uhr. Robbie und sein Freund waren schon über zwanzig Minuten weg. Wenn sie noch viel länger wartete, war es wahrscheinlich schon zu spät, da war Rianna sich fast sicher.

Was immer Robbie und ihr Vater vorhatten, sie wusste, dass es gefährlich war. Dumm. Verrückt.

»Okay«, sagte sie.

Ruftaste oder Telefon?

»Beides«, beschloss sie.

Kline war kein glücklicher Mann.

Man hatte ihn soeben informiert, dass nicht nur Jake Woods aus dem Bellevue verschwunden war, sondern auch der Johanssen-Junge.

Dazu kamen bisher noch unbestätigte Hinweise, die noch immer einliefen, während er schon einen Wagen rief: Im Apartmenthaus der Johanssens in der 73. Straße gab es offenbar Probleme.

Er war keine Spielernatur, aber in diesem Moment hätte Kline eine verdammte *Farm* darauf verwettet, dass sie es hier mit einer Geiselnahme zu tun hatten, möglicherweise mit einer bewaffneten Belagerung.

Amateure.

121.

Ich hatte eine ganze Weile gebraucht, um von meinem neuen Lauschposten im Flur – auf halbem Weg zwischen den Schlafzimmern und der zweiten Küchentür – zu erkennen, wem ich da zuhörte.

Nicht Fitzgerald, dem ehemaligen Yale-Studenten.

Es war auch nicht der Massachusetts-Akzent von Korda, dem Sammler.

Harvard, ja, aber der Mann in der Küche sprach weniger abgehackt als Korda. Weicher. Mit einer Stimme, die im Augenblick in der Vergangenheit weilte, irgendwo in einer Kindheit voller persönlicher Schreckenserlebnisse.

Hal Hawthorne.

Herr Ach-so-hilfsbereit. Herr Kommen-Sie-bitte-herein. Und sie hätten auch weitermachen und seine Wohnung in Boston durchsuchen können und sein verdammtes Weingut – sie hätten nicht den Hauch einer Spur gefunden, wo die Kinder zu finden waren.

Hawthorne sprach über die *Jagd*.

Lydia hatte das sichere Gefühl, dass die Person, die vor kurzem durch die Wohnungstür hereingekommen war, durch mehrere Zimmer geschlichen war und dass Hawthorne jeden Moment aufspringen, die Pistole ergreifen und sich von einem Geschichtenerzähler in einen Mörder verwandeln konnte …

Aber falls er etwas hörte, zeigte er es nicht.

»Der junge Hal hatte einen Hund«, erzählte er weiter, »den er von Herzen liebte. Kein Rassehund, nur ein kleiner Köter, den er gefunden hatte und behalten durfte.«

»Wie hieß er?«, fragte Lydia, besorgt, dass er etwas hören könnte, wenn er zu sprechen aufhörte, also schob sie hier und da eine Frage ein und gab sich weiterhin interessiert.

»Scamp – Spitzbube.« Hawthorne lächelte. »Vater sagte, das sei ein lächerlicher Name, und vielleicht hatte er Recht, aber Scamp gefiel mir. Vater sagte, ich solle ja nicht mit dem Hund sprechen, als wäre er ein Mensch. Er sagte, er sei bloß ein Tier, das mir zu Diensten sein müsse.« Er hielt inne. »Vater benutzte Scamp, um den jungen Hal zu zwingen, mit ihm auf die Jagd zu gehen. Er sagte, entweder würde der junge Hal mitkommen oder er würde den Hund töten. Es sei in Ordnung, sagte Vater, der junge Hal müsse nicht selbst schießen, er solle ihm nur zur Hand gehen. Für den Jungen war es die reinste Folter, dieses Töten mitzuerleben – aber viel schlimmer war die Gewissheit, dass sein Vater ihn eines Tages zwingen würde, selbst das Gewehr zu benutzen.«

Lydia zuckte zusammen, als ihr bewusst wurde, dass aus diesem jungen Hal der Mann mit der Waffe geworden war. *Der Mann, der Robbie entführt hat.*

»Es war ein Hirsch.« Hawthornes Stimme wurde leiser. »So schön, dass der junge Hal einen Schrei des Entzückens ausstieß, als er ihn sah. Daraufhin fuhr der Vater ihn an, er solle das Gewehr laden und schießen. Er stellte ihn vor die Wahl: der Hirsch oder sein Hund. Der junge Hal schoss und verfehlte den Hirsch absichtlich, und dann schwor er dem Vater, er habe sein Bestes versucht. Doch als sie nach Hause kamen, als Scamp ihnen entgegenrannte, um den jungen Hal zu begrüßen, packte Vater seine Hand und zwang ihn, das Gewehr festzuhalten, während *er* auf das Tier schoss.«

Lydia sah, dass in Hawthornes blauen Augen jetzt Tränen standen. In ihren auch.

»Der junge Hal schrie und riss seine Hand los, und Vater feuerte einen Schuss ab, der Scamps Kopf nur um Haaresbreite verfehlte. Nur um den Jungen und den Hund zu quälen. Scamp war danach nie wieder der Alte. Er duckte sich nur noch in dunkle Ecken.« Hawthorne verstummte wieder für einen Augenblick. »So wie der junge Hal, nehme ich an.«

122.

Unten im Erdgeschoss wurde das Gebäude systematisch abgeriegelt. Man verwehrte Besuchern und Bewohnern gleichermaßen den Zutritt und sagte den anderen, sie sollten in ihren Wohnungen bleiben.

Roger Kline verfügte über ein erstklassiges Team: siebzig Prozent FBI-Leute, dreißig Prozent NYPD, und alle standen heute Abend unter seinem Kommando – Strategieexperten, Überwachungsspezialisten, die besten Scharfschützen, und keiner von ihnen war schießwütig genug, um einen Fehler zu machen ...

Schon sieben Tote.

Man war zu der Einsicht gelangt, dass die Evakuierung der beiden anderen Wohnungen im 15. Stock zu riskant war, weil sie den Mörder alarmieren könnte. Nach Aussage von Albert Loomis, dem Verwalter des Häuserblocks, war die Familie, die in 15a wohnte, bis nach dem Labor Day verreist, und die Rubinsteins in 15b hatte man bereits angerufen und angewiesen, in ihrer Wohnung zu bleiben und sich von Fenstern und Türen fern zu halten.

Joseph, der Portier, hatte eine fahrige, aber zutreffende Beschreibung von Hawthorne geliefert, dem ersten Mann, den er vor einigen Stunden in 15c gelassen hatte.

Ob Hawthorne im Augenblick bewaffnet war oder nicht, Kline wusste jetzt, dass die Toten vom Herald Square alle erschossen worden waren. Fünf Teenager, zwei Erwachsene. Sie gingen davon aus, dass Hawthorne auch jetzt eine Pistole bei sich hatte.

Verdammt, sie mussten davon ausgehen, dass er ein ganzes Waffenarsenal bei sich hatte.

Robbie weigerte sich, Josh mit nach oben aufs Dach gehen zu lassen.

»Ich hab das Messer, falls ich es brauche«, sagte er, nachdem sie in den Keller des Zwillingsgebäudes eingedrungen und auf dem Weg zur Treppe waren. »Und wenn ich alleine gehe, ist die Chance, dass man mich hört, nur halb so groß. Abgesehen davon ist das hier *mein* Kampf ...«

»Es ist niemandes Kampf«, sagte Josh, der sich inzwischen darüber im Klaren war, dass er nicht die geringste Chance hatte, seinen Freund von diesem Irrsinn abzubringen.

»Wenn meine Mutter mit *ihm* da oben ist«, sagte Robbie leise, »dann wegen mir. Dadurch wird es zu meinem Kampf, findest du nicht?« Er wartete nicht auf Antwort. »Außerdem könnte ich nicht damit leben, wenn dir etwas zustieße.«

Josh hätte ihn am liebsten angeschrien, und wahrscheinlich hätte er es auch getan, hätten sie nicht gerade versucht, leise die Treppe hinaufzusteigen. Aber dann, auf halber Strecke zwischen dem vierten und dem fünften Stock, sagte Robbie das Vernünftigste, das er in der letzten Stunde von sich gegeben hatte.

»Wenn die Sache schief geht und die Cops doch reinmüssen, bist du der Einzige, der ihnen von der alten Falltür erzählen kann, die nicht mehr zugenagelt ist.«

Also hatten sie sich im 13. Stock getrennt, und Josh war in die Welt der Vernunft – die Wohnung der Steinmans – zurückgekehrt, während Robbie seinen Weg nach oben fortsetzte.

»Josh, Gott sei Dank!« Seine Mutter begrüßte ihn mit einer innigen Umarmung, die er dieser Tage hasste, doch heute Abend störte sie ihn nicht so sehr. Sein Dad stand ebenfalls im Flur, sagte aber nichts, sondern sah ihn nur an.

»Wo warst du denn?« Zum Glück ließ Melanie ihm keine Zeit zu antworten. »Hast du gesehen, was da unten los ist? Die Polizei hat uns angewiesen, in der Wohnung zu bleiben, und wir haben uns schreckliche Sorgen gemacht, weil wir nicht wussten, wo du warst.«

»Ich war mit ein paar von den Jungs unterwegs.« Josh hoffte, dass sie nicht fragen würde, mit wem, denn er war nicht sicher, ob er im Augenblick hätte lügen können.

»Wie bist du denn wieder hereingekommen?«, fragte seine Mutter. »Wir haben gehört, sie lassen keinen mehr ins Gebäude.«

Josh zuckte mit den Achseln. »Mich hat keiner aufgehalten.« Er sah seinen Vater an, schaute aber schnell zur Seite, weil er sich unter David Steinmans prüfendem Blick nicht wohl fühlte. »Ich hab wohl einfach nur Glück gehabt.« Er konzentrierte sich ganz auf Melanie. »Und was ist hier los, Mom?«

»Zelma Rubin sagt, sie habe gehört, es wäre eine Art Einbruch«, sagte Melanie. »Und Sidney Khama behauptet, er habe gehört, irgendwo im Haus sei ein Mann mit einer Bombe. Aber das kann nicht stimmen, sagt dein Vater, sonst hätten sie das Haus evakuiert.«

»Klingt einleuchtend«, sagte Josh, beschloss dann aber, den Mund zu halten.

»Ich bin froh, dass die arme Lydia noch nicht wieder hier ist«, sagte Melanie zu ihrem Mann. »Gott weiß, dass sie schon mehr als genug durchgemacht hat, auch ohne diesen Unsinn vor ihrer Tür.«

Josh nutzte die Gelegenheit, in sein Zimmer zu huschen.

Das hier war ihm viel zu heftig.

Es klopfte an der Tür.

Schon bevor sie sich öffnete, war Josh klar, dass sein Dad davor stand.

David Steinman hatte draußen im Flur kein Wort gesagt, aber Josh wusste, dass sein Vater ein ruhiger und aufmerksam beobachtender Mann war.

»Willst du mir nicht sagen, wo du wirklich warst, Joshua?«

123.

»Da lernte der junge Hal auch die ersten Dinge über Sex«, sagte Hawthorne. »Auf den Jagdausflügen mit Vater.«

Plötzlich stockte er.

Lydia erstarrte und versuchte, sich ihr Erschrecken nicht anmerken zu lassen.

»Wissen Sie, ich hätte gern noch ein bisschen Kaffee, falls es Ihnen nichts ausmacht.«

»Natürlich nicht.«

Lydia stand auf. Ihre Beine waren ein wenig taub, und sie wäre gern ein paar Minuten herumgelaufen, hatte aber zu viel Angst, dass er es ihr nachtun und den Mann draußen im Flur entdecken könnte.

Hawthorne blieb am Tisch sitzen.

Ich näherte mich der Küchentür ein weiteres Stück.

Sie stand auf, doch in die andere Richtung, sodass ich an der Tür vorbeimusste, wenn ich hineinsehen wollte.

Ich kann nicht für immer hier stehen bleiben.

Obwohl das vielleicht sicherer wäre. Für Lydia.

Aber ich musste wissen, ob *er* bewaffnet war.

In Lydias Arbeitszimmer klingelte das Telefon, und der Anrufbeantworter lief an.

Ich nutzte diesen Moment, um einen Schritt nach vorn zu tun – eine rasche Bewegung, die mich auf die andere Seite der Tür brachte. Ich sah Hal Hawthorne, wie er in einem verknitterten weißen T-Shirt an Lydias Tisch saß, und jetzt sah ich auch Lydia, die Teller oder etwas Ähnliches in die Spüle stellte.

Hawthorne wirkte nicht verrückter als an dem Tag, an dem wir uns bei Eryx zum ersten Mal begegnet waren.

Aber er war es. Keine Frage.

Und er hatte eine Waffe.

Auf die seine rechte Hand sich zubewegte.

Jetzt hielt er die Waffe in der Hand. Entsicherte sie.

Mein Herz hämmerte wild in meiner Brust.

Lydia bemerkte, was Hawthorne tat, und drehte sich zu ihm um. Ihr Gesicht war blass und angespannt. Ihr Blick huschte zur Tür, zu meiner Tür, und dann – es muss sie übermenschliche Anstrengung gekostet haben – drehte sie sich wieder zur Spüle um.

»Möchten Sie lieber koffeinfreien Kaffee?«, fragte sie Hawthorne.

Worauf Hawthorne sagte:

»Warum kommen Sie nicht herein und setzen sich zu uns, Professor?«

SECHSTER TEIL

124.

Ich steckte das Tränengasspray in die Jeanstasche. Die Jacke, die ich vor tausend Jahren angezogen hatte, als ich Lydia erzählte, ich würde die Coopers besuchen fahren, wäre praktisch gewesen, um die Schere zu verstecken, aber jetzt konnte ich sie mir hinten nur in den Hosenbund stecken.

»Möchten Sie nicht hereinkommen?«

Ich trat langsam durch die Tür.

Hawthorne zielte mit der Waffe auf mich, dann richtete er sie auf Lydia.

»Legen Sie die Schere auf den Tisch, Professor.«

Ich tat, was er sagte. Dann warf ich Lydia einen Blick zu – sie war müde und erschöpft, aber wohlauf.

»Danke. Treten Sie wieder zurück.«

Ich tat wie geheißen.

»Haben Sie sonst noch irgendwelche Waffen? Haben die Cops Ihnen eine Pistole gegeben?«

»Nein.«

»Bitte rollen Sie die Hosenbeine hoch, eins nach dem anderen.« Hawthornes Pistole blieb auf Lydia gerichtet. »Schön langsam. Gut.«

Ich richtete mich auf. »Keine versteckten Waffen«, sagte ich. »Sie haben zu viele Filme gesehen.«

»Schon möglich«, sagte Hawthorne.

»Und fürs Protokoll«, fügte ich hinzu, »niemand weiß, dass ich hier bin.«

»Draußen sind mittlerweile wahrscheinlich ein ganzer Haufen Polizisten und FBI-Agenten«, sagte Hawthorne, »das Telefon hat mehrere Male geklingelt. Vielleicht ein Unterhändler, der mit mir sprechen will.«

»Ich habe Freunde«, sagte Lydia. »Die rufen mich manchmal an.« Sie hielt inne. »Wir wollten gerade Kaffee trinken. Möchtest du eine Tasse, Jake?«

Zum ersten Mal, seit ich in die Küche gekommen war, sah ich sie richtig an, blickte ihr in die Augen und lächelte. Sie lächelte zurück. Ihr Mund zitterte nicht einmal.

»Ich hätte sehr gern eine Tasse«, antwortete ich.

»Nehmen Sie Platz, Professor«, sagte Hawthorne.

Ich setzte mich auf den Stuhl auf meiner Seite des Tisches. Von hier aus konnte ich Lydia sehen, und wenn sie wieder zu ihrem Stuhl ging, würde ich zwischen ihr und dem Mörder sitzen.

Sie weiß nicht, dass er ein Mörder ist.

Hawthorne erhob keine Einwände gegen meine Platzwahl.

»Robbie geht es gut«, sagte ich zu Lydia – ich wollte es gesagt haben, nur für den Fall. »Es geht ihm bestens.«

Sie stand mit dem Rücken zu mir, aber ich sah, wie ein Schauder durch ihren Körper lief. Ich wünschte mir, aufstehen und sie in die Arme nehmen zu können – ich wünschte es von ganzem Herzen. Aber ich blieb brav auf meinem Stuhl sitzen.

»Rianna?«, fragte sie leise.

»Geht es auch bestens.«

»Dann ist ja alles schön und gut«, sagte Hawthorne und legte die rechte Hand, die immer noch die Pistole hielt, wieder auf den Tisch. »Sagen Sie, Professor, wie viel haben Sie da draußen gehört? Ich sprach gerade über meinen Vater.« Er schwieg. »Wissen Sie, eine Zeit lang habe ich Sie gehasst, bloß weil Sie *Vater* waren … Vater sind. Ein guter Vater.«

Ich antwortete nicht. Lydia kochte den Kaffee.

»Ich hatte Lydia gerade etwas erzählt, das Sie vielleicht auch interessiert, Jake. Darf ich Sie Jake nennen? Lydia und ich nennen uns beim Vornamen, und ihr macht es nichts aus – nicht wahr, Lydia?«

»Ganz und gar nicht, Hal«, antwortete sie, immer noch mit dem Rücken zu uns.

»Ich sprach über Sex«, sagte Hawthorne. »Über meine

ersten Lektionen in dieser Hinsicht, erteilt von meinem Vater, wenn er mich auf die Jagd mitnahm. Immer, wenn ich mit ihm alleine im Wald war, prahlte der alte Mann, dass er vom Töten eine Erektion bekäme. Einen Ständer, nannte er es. Er sagte, in der Army sei es dasselbe gewesen. Er sagte, das Töten sei für Männer etwas ganz Natürliches, so natürlich wie einen Ständer zu bekommen. Er habe in dieser Hinsicht nie Probleme gehabt, sagte er. Obwohl er im Rollstuhl sitze, sei er immer noch ein Mann, könne die Mutter des jungen Hal immer noch befriedigen. Und vielleicht, sagte er, wenn der junge Hal irgendwann aufhören würde, beim Töten so ein Schlappschwanz zu sein, würde er doch noch zu einem Mann heranwachsen.«

Lydia goss den gemahlenen Kaffee mit kochendem Wasser auf, holte saubere Tassen aus dem Regal und öffnete eine Schublade, um Löffel herauszunehmen. Ich sah, wie ihr Blick eine Sekunde länger in der Schublade verweilte als nötig. Vielleicht schaute sie nach einem Messer, wog die Risiken ab.

Sie schloss die Schublade *beinahe.*

»Irgendwann fand ich ein Magazin.« Hawthorne sprach wieder schnell, offenbar ganz in der Kindheit versunken. »Eins von diesen Schmuddelheftchen. Ich konnte kaum fassen, dass ich einen Ständer davon bekam – ich war so froh darüber, dass ich am liebsten zu meinem Vater gelaufen wäre und es ihm erzählt hätte.« Seine linke Hand lag jetzt auch auf dem Tisch, und hin und wieder strichen seine Finger über den Lauf, nur eine flüchtige Berührung, bevor sie wieder auf dem Tisch ruhten. »Aber irgendetwas hielt mich davon ab. Ich kannte Vaters Launen, daher konnte ich nicht sicher sein, wie er reagieren würde – und überhaupt, schmutzige Magazine anschauen war schließlich nicht das Gleiche wie Töten. Also behielt ich die Bilder für mich und spielte nachts an mir herum. Ich wichste in eine Plastiktüte, damit ich keine Flecken hinterließ, von denen das Hausmädchen meiner Mutter erzählen würde.«

Ich warf einen Seitenblick auf Lydia, die sich zu uns umgedreht hatte. Sie hielt die Kaffeekanne in beiden Händen. Ihr Gesichtsausdruck war unmöglich zu deuten; vielleicht überlegte sie, Hawthorne die heiße Flüssigkeit ins Gesicht zu schütten oder ihm die ganze Kanne auf den Kopf zu schlagen. Doch seine rechte Hand hielt die Waffe fest umklammert, sie schien fester zuzupacken, während er auf alten, hässlichen Pfaden wandelte …

»Bringen Sie den Kaffee doch her, Lydia«, sagte Hawthorne. »Und entschuldigen Sie, dass ich so losplappere, während Sie dort stehen und warten.«

»Ist schon in Ordnung.« Lydia kam zum Tisch und stellte die Kanne mit dem frischen Kaffee ab.

»Nein«, sagte Hawthorne, »das ist nicht in Ordnung. Nichts von all dem hier ist in Ordnung. Aber wie ich Ihnen schon sagte, uns läuft die Zeit davon, und ich will Ihnen noch so viel mehr erzählen …«

Die Scharfschützen standen in Position, auf und in den umliegenden Gebäuden verteilt. Auf jedem geeigneten Punkt befand sich einer. Allen waren die äußeren Merkmale – Größe, Statur – der beiden Männer mitgeteilt worden, die man in der Wohnung vermutete.

Der mobile Kommandoposten, der vom Herald Square hierher gefahren war, um Kline wieder zur Verfügung zu stehen, parkte an der Ecke zur Columbus Street. Man hatte den Verkehr so umgeleitet, dass in jede Richtung zwei Blocks frei blieben. In dem ehemaligen Wohnmobil, das man völlig ausgeweidet und bis unter die Decke mit modernster Technologie voll gestopft hatte, arbeitete Kline im Augenblick mit Moran, Drew Frankenheimer (einem jungen Agenten, der dem LIMBO-Team wegen seiner Computer- und Überwachungsfähigkeiten zugeteilt worden war) und Klines favorisierter Taktik-Expertin Joan Storm.

Sie alle waren verärgert, da ihre Fähigkeiten von einer Vielzahl unkalkulierbarer Faktoren eingeschränkt wurden. Die Infrarotsensoren empfingen weder im Wohnzimmer noch in einem der drei Schlafzimmer mit Fenstern Aktivität, und irgendetwas störte den Apparat, der die Geräusche in der Johanssen-Wohnung empfangen sollte.

Bisher also keine Spur von Hawthorne, Lydia Johanssen oder Woods. Auch nicht von dem Unterhändler, von dem man Kline schon vor einer Stunde gesagt hatte, er sei unterwegs. Und ebenso wenig von dem Psychologen, der ebenfalls hierher unterwegs war. Moran hatte gerade Loomis ausgequetscht, den Verwalter, um genaue Angaben über Größe, Beschaffenheit und Einrichtung der Zimmer zu erhalten, die für die Scharfschützen eine Rolle spielen konnten. Loomis stand kurz vor einem Nervenzusammenbruch, so eingeschüchtert war er. Er hatte Moran gesagt, er sei noch nicht oft in 15c gewesen; die Johanssens würden kleinere Reparaturen immer selbst erledigen. Immerhin wusste er, dass es in der Wohnung ein Zimmer mit einem großen Klavier und einem Notenständer gab, dass der Fernseher im Wohnzimmer in einem Hängeelement stand und dass es ein Sofa und Stühle gab – aber das war auch schon so ziemlich alles. Moran ließ den Mann gehen.

Unterhändler hin oder her – Kline hatte entschieden, dass es an der Zeit sei, mit Hawthorne zu sprechen, doch in der Wohnung meldete sich nur der Anrufbeantworter. Kline konnte unmöglich feststellen, ob der Dreckskerl ihn überhaupt hörte.

David Steinman hörte seiner Frau gar nicht zu.

Melanie wollte, dass er zu Hause blieb und sich nicht einmischte. Als er versucht hatte, in der Lobby anzurufen und sich mit der Polizei oder dem FBI verbinden zu lassen, hatte er nur Leute an den Apparat bekommen, die keine Ahnung hatten. Deshalb war er entschlossen, selbst hinunterzugehen und dafür zu sorgen, dass man ihm zuhörte.

»Bitte, David«, flehte Melanie und klammerte sich an seinen Arm. »Wenn du da runtergehst, kann dir alles Mögliche passieren.«

»Mir passiert gar nichts.« David löste sich von ihr, so sanft er konnte. »Unser Sohn hat uns gerade mitgeteilt, dass er geholfen hat, Robbie und Lydia in noch größere Gefahr zu bringen, als sie sowieso schon waren.« Er ging zur Wohnungstür und öffnete. »Das FBI muss jetzt sofort davon erfahren.«

Robbie war auf der Dachterrasse.

Er spähte durch die Dunkelheit zum Zwillingsgebäude hinüber und rechnete beinahe damit, ein SWAT-Team zu sehen, das sich auf ihn zubewegte, vielleicht sogar an Seilen vom benachbarten Dach herüberschwang.

Nichts.

Wenn sie hier waren, sah er sie nicht.

Trotzdem duckte er sich, so tief er konnte, als er sich der Falltür näherte.

Über der Falltür stand eine Bank, schon seit Jahren. Der alte Einstieg war fast völlig von Moos bedeckt. Er wusste, dass er die Bank sehr vorsichtig verrücken musste, um kein Geräusch zu machen. Die Tür von der Treppe hatte gequietscht, genau wie Josh ihn gewarnt hatte, aber niemand schien etwas gehört zu haben, und seitdem war er leise wie fallender Schnee gewesen. Er starrte auf die Bank. Früher hatten Josh und er sie immer zusammen beiseite geschoben, weil sie so schwer war. Jetzt war er alleine. Aber schließlich war er jetzt auch stärker als mit zehn.

Es war unheimlich hier oben in der Dunkelheit.

Es erinnerte ihn zu sehr an andere dunkle Orte.

Er legte sich die Hände aufs Gesicht und erwartete schon fast, das verdammte Headset zu ertasten.

Nur Haut. Augen.

Kurz bevor sie sich getrennt hatten, hatte Josh ihn auf das angesprochen, was er über Steel gesagt hatte.

»Du lässt dich von dieser Steel-Sache doch nicht zu sehr mitreißen, oder?«

Robbie hatte gelacht. Nein, natürlich nicht, hatte er gesagt.

Er wusste, dass er nicht Steel war.

Schließlich trug er einen Trainingsanzug und Turnschuhe.

Und ein echtes Messer im Hosenbund.

»Vorhin habe ich mich eine Zeit lang besser gefühlt«, erzählte Hawthorne Lydia, »als Sie Essen gemacht und sich mit mir an den Tisch gesetzt haben. Fast wieder ich selbst.« Er schüttelte den Kopf. »Das ist nicht wahr. Dieses Ich hat nie existiert.« Er zuckte mit den Achseln. »Wahrscheinlich habe ich mich einfach so gefühlt, wie ich mir mein Leben gewünscht hätte. Normal. Dass mir eine nette Lady Schmorbraten serviert. Ich kam nie in den Genuss eines solchen Privilegs.« Er hielt inne und verzog das Gesicht. »Aber zumindest war ich vorher kein Kidnapper.«

Es war irgendwie interessant – falls interessant das richtige Wort war –, dass er seine ganze Retrospektive an Lydia richtete und nicht an uns beide. Vielleicht, weil sie diejenige war, die er hatte besuchen wollen – was mich zu einem ungeladenen Gast machte. Oder er fühlte immer noch den Hass auf mich als Vater, von dem er vorher gesprochen hatte.

Lydia faszinierte mich von Minute zu Minute mehr. Es war schwer zu sagen, wie lange sie Hawthornes Anwesenheit vor meiner Ankunft schon hatte ertragen müssen, und doch zeigte sie keine wirkliche Angst. Ab und zu bemerkte ich, wie sie sich die Lippen mit der Zunge oder einem Schluck Kaffee befeuchtete, aber die Tasse in ihrer Hand zitterte nicht.

Doch die Angst war da, tief in ihren Augen – ich erkannte sie, wenn wir uns ansahen. Eine Art Flehen. *Bring das hier in Ordnung, aber tu nichts Verrücktes.*

Ich war nicht sicher, was meine Augen ihr sagten.

»Ist das nicht nett?«, stieß Hawthorne plötzlich hervor. »Das ist schon die zweite Kanne Kaffee, die sie mir gemacht hat, Jake.« Jetzt sprach er wieder mich an. »Und nicht zu vergessen den Schmorbraten – ich bin übrigens gar nicht sicher, ob ich überhaupt schon mal welchen gegessen habe. Ich muss ganz ehrlich sein und sagen, dass er nicht gerade mein Leibgericht war, aber schließlich darf ein Mörder nicht wählerisch sein, nicht wahr? Ein letztes Abendmahl ist schließlich ein letztes Abendmahl.«

Das Wort *Mörder* hing in der Luft.

Lydia sah mich an, die Pupillen geweitet vor Schreck, vor wieder erwachter Angst, trotz meiner Beteuerung, dass Robbie in Sicherheit war. Ich schüttelte den Kopf und lächelte ihr beruhigend zu, und sie verstand und nickte kurz. Dann konnte ich die grauenvollen Gedanken, die im Stechschritt durch ihren Kopf marschierten, beinahe sehen. *Wenn nicht Robbie und Rianna, dann Michael Cooper und die anderen.*

»Eine nette Frau.« Hawthorne war wieder bei *nett* angelangt. »Sie hat kein einziges Mal versucht, mich mit Kaffee zu verbrühen oder mit einem der Messer in ihrer Schublade nach mir zu stechen. Und jetzt sitzen wir hier und plaudern. Ich könnte wetten, dass ich zu Ihren ungewöhnlicheren Besuchern zähle, Lydia. Ein Kidnapper.« Er verzog den Mund. »Ein Mörder. Ein echter Mann, nach Vaters Maßstäben, ein Mann, der gelernt hat, mit einer bloßen Berührung zu töten. Natürlich auch mit einer Kugel. Es ist leichter, es nicht mit bloßen Händen zu tun, aber so oder so wird mir immer noch davon übel. Das habe ich Ihnen doch erzählt, Jake, nicht wahr?«

»Haben Sie.« Ich wartete ab, bis er die Waffe loslassen und mir eine Chance geben würde, aber bisher hatte er sie noch keine verdammte Sekunde aus der Hand gelegt. Er hatte die Tasse mit der linken Hand hochgehoben, hatte sich mit der linken Hand am Kopf gekratzt, ein paar Gesten gemacht – alles mit der verdammten linken Hand.

Das Telefon klingelte noch mehrmals, und wir hörten – selbst der Mann, der mit der Hälfte seines Verstandes in der Vergangenheit versunken war, musste es hören – eine Männerstimme, die laut auf den Anrufbeantworter sprach. Wir konnten jedoch immer noch nicht verstehen, was er sagte. Wahrscheinlich war es Kline, oder vielleicht ein Unterhändler, aber Hawthorne zeigte kein Fünkchen Interesse, dranzugehen.

»Irgendwann erwischte Vater den jungen Hal dabei.« Hawthorne glitt wieder ganz zurück. »Er lachte ihn aus, weil er schmuddelige Bilder brauchte, um sich zu erregen, und weil er allein sein musste, weil er sich verschämt einschloss. Er schlug ihn von seinem Rollstuhl aus, schlug mit beiden Händen wieder und wieder auf den jungen Hal ein. Keine Frau, sagte er, würde ihn jemals respektieren oder begehren. Nicht so einen schmutzigen, dreckigen, verklemmten Feigling wie ihn. Und dann zwang er den jungen Hal, duschen zu gehen, zwang ihn, eine Bürste zu nehmen und sich abzuschrubben, bis er blutete. Er sah Hal dabei zu. Er *genoss* es, ihm zuzusehen.«

Hawthorne verstummte.

»Das tut mir Leid«, sagte Lydia.

Ich glaube, sie meinte es ehrlich.

»Mir auch«, sagte Hawthorne.

Auf dem Dach war jemand.

Frankenheimers Geräte hatten entdeckt, was Menschenaugen nicht sehen konnten.

Eine Gestalt kauerte auf dem Dach des Hauses, direkt über der Wohnung 15c. Laut Bauplan und laut Loomis – obwohl niemand viel darauf gab, was der verstörte Verwalter sagte – gab es keinen Weg vom Dach in die Wohnung, aber sie alle wussten um die zahlreichen Methoden, mit denen die Einbrecher von New York City sich von Dächern aus Einlass in Häuser verschafften.

Wenn es der Mörder war und wenn es ihnen gelang, ihn ins Schussfeld zu bekommen, würden weder Kline noch Storm oder einer der Scharfschützen auf den Dächern auch nur eine Millisekunde zögern, ihn ins Jenseits zu pusten.

Das Problem war, niemand wusste, ob die Person auf dem Dach Hawthorne *war.*

125.

In einem Zimmer des Hartford Hospital saß Thea Lomax neben Norman Baum, der gerade aus der Intensivstation entlassen worden war – bei vollem Bewusstsein und mit besten Aussichten auf Genesung, falls keine unvorhergesehenen Komplikationen auftreten und er die Anweisungen der Ärzte befolgen würde. Weil Baum darauf bestand, brachte Lomax ihn auf den neuesten Stand der Dinge. Sie versuchte, sich auf die positiven Nachrichten zu beschränken, doch Baum kannte sie zu gut, nagte auf ihren Informationen wie ein Hund auf einem Knochen. Und jetzt, wo er endlich akzeptiert hatte, dass er ihn bis aufs Mark abgenagt hatte, wollte er aufstehen, sich anziehen und nach New York City fahren.

»Ich hab deine Sachen versteckt«, erklärte Lomax ihm. »Und was genau willst du denn eigentlich tun, wenn du dort bist, ob nackt oder angezogen?«

»Was immer getan werden muss«, sagte Baum.

Im Augenblick hatte er keinen Funken Humor, denn neben den anderen Fakten, die er aus seiner Partnerin herausgesaugt hatte, wusste er nun auch vom Tod der fünf entführten Kinder – fünf, nicht die vier, von denen sie gewusst hatten. Und das bedeutete nicht nur eine Tragödie für eine weitere Familie – mit ziemlicher Sicherheit bedeutete es auch, dass Michael Cooper unter den Toten war, der Junge, dessen Verschwinden er ursprünglich hatte untersuchen sollen. Seine Erinnerung an diese armen Menschen war sehr lebendig, an die blutende Wunde, die das Verschwinden ihres Sohnes den beiden ins Herz gerissen hatte. Norman Baum hatte solche Dinge nie mit einer gewissen Distanz betrachten können, und so fühlte er sich jetzt im Augenblick danach, zu weinen und zu schreien – und wenn er die Gelegenheit bekäme, wäre er vielleicht sogar fähig, zu töten.

»Es tut mir Leid«, sagte Lomax ihm.

»Ich weiß«, sagte er und ließ sie seine Hand halten.

Aber Mitleid half nicht weiter.

126.

Die Fahrstühle waren nicht in Betrieb, daher musste David Steinman die Treppe nehmen. Zwischen dem neunten und achten Stock begegnete er einem uniformierten Polizeibeamten und einem Mann in Zivil. Beide zogen ihre Waffen und wollten seinen Ausweis sehen – zum Glück war er so vorausschauend gewesen, ihn in die Gesäßtasche zu stecken, bevor er die Wohnung verließ. Dann beorderten sie ihn zurück in 13b.

»Nicht bevor ich mit dem Verantwortlichen gesprochen habe.«

»Sie müssen zurück in die Wohnung, Sir«, erklärte der Mann in Zivil.

»Sie müssen mir zuhören«, sagte Steinman.

»Nein, *Sie* müssen zuhören.« Der Mann hatte seine Pistole wieder ins Halfter gesteckt, doch seine Hand schwebte über dem Kolben. »Sie behindern einen FBI-Einsatz. Wenn Sie nicht wollen, dass wir Sie unter Arrest stellen ...«

»Verdammt noch mal«, rief Steinman und senkte dann hastig die Stimme. »Genau in diesem Augenblick ist ein *Teenager* auf dem Dach und versucht, in die Johanssen-Wohnung einzudringen – *das* wollte ich Ihnen zu sagen versuchen!«

»Sein Vater sagte dem jungen Hal einmal, es gäbe nichts Schmerzlicheres für ihn, als sich für seinen einzigen Sohn schämen zu müssen.«

Lydia und ich hörten ihm schweigend zu, während Hawthorne uns mit hinunterriss in seinen persönlichen Abgrund. Kurz kam mir der Gedanke, dass jeder Kriminalpsychologe sich um diese Gelegenheit reißen würde. Einige Augenblicke lang fühlte ich mich tatsächlich schuldig, als mir bewusst wurde, dass ich den Gefühlsergüssen einer gepeinigten Seele lauschte. Dann aber fiel mir sofort wieder ein, dass – persönliches Leiden hin oder her – Hal Hawthorne zu einem Kindermörder geworden war, und meine Schuldgefühle verflogen.

»Der Mutter des jungen Hal sagte Vater dasselbe, und die erzählte es ihrem Pfarrer, Father Kilkenny – ergänzt um die Masturbationssünde ihres Sohnes. Der kam daraufhin vorbei, um unendlich sanft mit dem Jungen darüber zu sprechen, dass er vermutlich in der Hölle schmoren würde.«

Die Wohnung war jetzt unnatürlich still. Das einzige Geräusch war das gleichmäßige Tropfen des Wassers, das auf den Rand einer Tasse in Lydias Spüle fiel.

»Eines Tages«, fuhr Hawthorne fort, »bat Vater den Jungen, ihn wieder auf einen Jagdausflug zu begleiten, doch der junge Hal wurde ein einziges Mal in seinem Leben rebellisch und weigerte sich. Später an diesem Tag schoss Vater sich eine Kugel durch die Stirn. Nur ein paar Stunden, nachdem sie davon erfahren hatte, sagte die Mutter zum jungen Hal, dass es der größte Kummer im Leben seines Vaters gewesen war, einen Feigling zum Sohn zu haben. Sie sagte, er habe ihr mehr als einmal gesagt, er wünsche sich deswegen manchmal den Tod ...«

Jetzt waren die blauen Augen nicht mehr von der Erinnerung getrübt und auch nicht feucht.

Nur völlig leer.

»Und da wusste der junge Hal, dass alles, was von da an bis zu seinem eigenen Tod geschehen würde, im Grunde schon entschieden war, dass alles schon geschrieben stand.« Hawthorne zuckte mit den Achseln. »Alles vorbei, bis auf das Verbrennen.«

Die Scharfschützen, deren Waffen auf das Dach über 15c gerichtet waren, waren informiert, dass es sich beim

Schatten dort oben möglicherweise nicht um den Verbrecher handelte, sondern um Robbie Johanssen, und dass sich dort möglicherweise ein Einstieg in die Wohnung befand. Kline, Moran und Storm waren in Wohnung 13b eingetroffen, in der Absicht, auch den letzten Tropfen Information aus den Steinmans herauszupressen.

Josh saß mit Moran in der Küche und erzählte ihr alles, was er über die Falltür wusste, während sie sämtliche Details sofort an Kline im Zimmer nebenan und Frankenheimer im mobilen Kommandoposten weitergab. Weil 15c ursprünglich Teil des privaten Penthouses des Eigentümers gewesen war, erklärte Josh, und dieser einen privaten Zugang zur Dachterrasse haben wolle, wurde eine Falltür mit Leiter und Geländer installiert. Als Robbie ein kleines Kind gewesen war, hatte Aaron Johanssen die Tür als Gefahrenquelle betrachtet und zugenagelt. Und so war es geblieben, bis Josh und er diese Tür ungefähr sechs Jahre zuvor für ihre eigenen geheimen Zwecke aufgestemmt hatten.

Im Wohnzimmer beantworteten Melanie und David Steinman Joan Storms knappe Fragen, und Melanie – selbst überrascht von ihrer plötzlichen Ruhe – beschrieb mit geschlossenen Augen die drei fensterlosen Bereiche in 15c: Küche, Musikzimmer, Flur.

»Und es gibt zwei Badezimmer«, fügte sie hinzu, »aber die wären zu klein.« Sie hielt inne, die Augen wieder geöffnet; Erschrecken spiegelte sich darin. »Außer er hat sie eingeschlossen und ...«

»Beschreiben Sie mir die *ganze* Wohnung, Melanie«, unterbrach Storm sie. »Stellen Sie sich die Wohnung im Dunkeln vor, stellen Sie sich vor, wie unsere Männer hineinzugehen versuchen, ohne etwas umzurennen.«

»Ich kann einiges davon beschreiben«, sagte David der Agentin.

»Legen Sie los«, sagte Storm.

Kline hörte zu, sowohl den Steinmans als auch Moran. Er sprach mit Frankenheimer, überprüfte die Positionen des Teams und tat alles, was in seiner Macht stand, um einigermaßen auf eine Aktion vorbereitet zu sein. Da die Abhöranlage immer noch nicht zufriedenstellend funktionierte, hatten Storm und er beschlossen, die Rubinsteins aus 15b herauszuholen und Sicht- und Hörsonden an den Verbindungswänden anzubringen. Alle paar Minuten wählten sie die Telefonnummer der Johanssens, damit das Klingeln die Installationsgeräusche übertönte. Bisher zeigten ihre winzigen Kameras jedoch nur einen leeren Flur und ein Wohnzimmer, und die einzigen Geräusche, die sie auffingen, waren klingelnde Telefone, ein Anrufbeantworter, der sich in einem anderen Zimmer einschaltete, das Ticken mehrerer Uhren und das Summen der Klimaanlage.

Und die undeutlichen, unverständlichen Stimmen zweier Männer und einer Frau.

Wahrscheinlich Hawthorne, Woods und Lydia Johanssen.

Wahrscheinlich in der Küche, einem der Zimmer ohne Fenster.

Verdammt.

Aber das bedeutete wenigstens, dass Hawthorne seine Geiseln noch nicht getötet hatte. Wahrscheinlich wollte er das Publikum nicht verlieren, das er jetzt brauchte – dieses Gefühl hatten sowohl die Agenten als auch der Psychologe, der jetzt bei Frankenheimer im MCP saß.

Alle waren sich einig: Ein siebenfacher Mörder, der sich an einen Ort begab, von dem er sicher sein konnte, dass man ihn dort finden würde, musste eine Art Finale im Sinn haben. Eins, das ihm Gelegenheit gab, sein Herz zu erleichtern oder mit seinen Taten zu prahlen – oder beides. Eins, von dem er mit Sicherheit erwartete, dass es mit seiner Verhaftung oder seinem Tod enden würde.

Eine Frage jedoch konnte niemand beantworten: Was hatte er mit Lydia Johanssen und Jake Woods vor? Schließlich waren sie die vielleicht einzigen Menschen, die Hawthorne als treibende Kräfte seines Untergangs betrachtete. Und was wurde aus Robbie Johanssen, wenn der sich auf direktem Weg wieder in Hawthornes Klauen stürzte?

Hal Hawthorne war ein Mann, der nichts zu verlieren hatte.

Ein Mann, den sie schnappen mussten, sobald sie eine günstige Gelegenheit bekamen.

Ob ein Schuss oder fünfzig, kümmerte Kline nicht.

Ein Trupp Schützen war jetzt unweit der Treppe in Stellung, die zum Dach führte; dort standen die Männer bereit und warteten auf das Kommando, um auf die Dachterrasse und von dort in die Wohnung vorzurücken. Sie würden jede Chance nutzen, Robbie Johanssen davon abzuhalten, die Falltür zu öffnen. Falls das nicht gelang, waren die verbleibenden Möglichkeiten riskant und gefährlich.

Zum Reden – darüber herrschte Einigkeit – war es zu spät, ob mit oder ohne Unterhändler. Wenn Hawthorne reden wollte, wäre er längst ans Telefon gegangen. Ein Megafon wollten sie nicht benutzen, um ihn nicht aufzuschrecken und die Erfolge zunichte zu machen, die Woods oder Robbies Mutter vielleicht bei ihm erzielt hatten.

Wenn sie hinter dem Jungen die Falltür benutzten, ganz gleich wie lautlos, würden sie ihm seinen besten Ausweg blockieren und ihn damit in noch größere Gefahr bringen.

Auf welchem Weg sie auch in die Wohnung gingen – durch die Falltür, die Wohnungstür oder die Fenster –, Hawthorne bliebe genügend Zeit, seine Geiseln zu töten, bevor sie die Küche erreichten.

127.

Robbie war es eben erst gelungen, die Bank beiseite zu schieben. Es war stockfinster hier oben; bei seinem ersten Versuch, das Ding zu verrücken, hatte er sich verschätzt und die Bank wieder zurück in die andere Richtung schieben müssen. Beinahe hätte er sie fallen lassen. Die Bank war schwerer, als er sie in Erinnerung hatte, oder er selbst war schwächer, als er dachte – aus diesem Grund hatten sie ihn wahrscheinlich im Krankenhaus behalten wollen. Allmählich wünschte er sich, er hätte Josh nicht weggeschickt ...

Obwohl die Person, die er jetzt *wirklich* an seiner Seite brauchte, Dakota war.

Der Gedanke ließ ihn erstarren.

Hör auf mit dem Mist, Johanssen.

Es gibt schon mehr als genug Verrückte.

Er nahm weder Bewegungen noch Geräusche vom Dach des benachbarten Gebäudes wahr. Er konzentrierte sich jetzt wieder völlig darauf, die Falltür zu öffnen, in die Wohnung einzusteigen und seine Mutter und Riannas Vater zu retten.

Alles andere war unwichtig.

»In der Woche, nachdem mein Vater sich das Leben genommen hatte, ging ich in ein Schwimmbad, nahm allen Mut zusammen und sprang vom höchsten Brett.«

Mir fiel auf, dass er plötzlich wieder in der ersten Person von sich sprach, und ich warf Lydia einen kurzen Blick zu. Sie schien tief in Hawthornes Geschichte versunken zu sein; ihre Augen waren dunkel, und sie schien mit den Gedanken weit fort zu sein.

»Ich hatte solche Angst, ich glaubte, sterben zu müssen. Ich glaubte wirklich, der Sprung würde mich das Leben kosten ... und dann, als es nicht geschah, schaute ich mich nach Vater um. Ich war sicher, ihn am Beckenrand gesehen zu haben, in seinem Rollstuhl, wie er triumphierend eine Faust in die Luft stieß. Aber natürlich war er nicht da. Niemand war da, der sich einen feuchten Kehricht darum scherte, ob ich einen lausigen Sprung machte oder nicht.« Hawthorne hielt inne. »Doch ich sah einen kleineren Jungen, der gerade lernte, vom Beckenrand ins Wasser zu springen. Doch er fürchtete sich zu sehr. Ich beobachtete ihn und seinen Lehrer und seine Freunde ein paar Minuten lang. In ihren Gesichtern lag tiefste Verachtung, und zum ersten Mal in meinem Leben empfand auch ich dieses Gefühl. Jetzt endlich, als es zu spät war, verstand ich, was Vater mir gegenüber empfunden haben musste.«

Er unterbrach sich, sah erst Lydia und dann mich an.

»Ganz schön neurotisch, nicht wahr?« Er zuckte mit den Achseln. »Aber so bin ich wohl groß geworden – neurotisch. Auch was das Körperliche betrifft, wissen Sie? Kein Sex mit Frauen, weil Vater gesagt hatte, sie würden mich nicht wollen, und er hatte Recht. Auch keine Masturbation, nie wieder seit damals ...« Er schwieg kurz. »Schließlich gab es die Hölle, und damals bedeuteten Himmel und Hölle mir etwas. Jetzt bedeutet *mir nichts* mehr irgendetwas. Schon lange nicht mehr.«

Rianna hatte auch schon eine Weile geschlafen, teils aus Erschöpfung, teils aus dem Wunsch heraus, zu fliehen. Aber sie hatte geträumt, sie sei wieder Dakota und an ein U-Bahn-Gleis gekettet. Ratten liefen ihr über die Beine und quiekten, und sie schrie nach Steel, dass er kommen und sie retten solle ... Aber dann drehte sie den Kopf nach links und sah, dass ihr Vater an ein anderes Gleis gekettet war, und ein Zug kam durch den Tunnel auf ihn zu, kam mit dröhnendem Horn näher und näher, und Steel war nirgends zu sehen ...

Danach konnte sie nicht mehr weiterschlafen.

Eine Krankenschwester bot ihr eine Tablette zur Entspannung an, doch Rianna sagte, es ginge ihr gut, und die Schwester verschwand wieder.

Sie hatte überlegt, Kim anzurufen. Kim würde Ella bei Tom lassen und nach New York kommen, um bei ihr zu sein. Aber es war schon spät, und ihr gefiel der Gedanke nicht, Kim im Dunkeln fahren zu lassen und vielleicht zu schnell. So war ihre Mom gestorben. Und dabei hatte sie sich nicht einmal um *sie* gesorgt, sondern sich bloß beeilt, um das Abendessen eines Kunden pünktlich auszuliefern ...

Rianna lag in ihrem unbequemen Krankenhausbett auf der Seite und starrte aus dem Fenster. Wenn nicht bald jemand kam und ihr die *Wahrheit* darüber sagte, was mit ihrem Vater, mit Robbie und mit Lydia geschah, würde sie zu schreien anfangen, auch wenn das nicht viel helfen würde. Wahrscheinlich brachte es ihr nur eine Spritze ein, mit der sie ruhig gestellt wurde.

Gar kein so schrecklicher Gedanke. Gerade jetzt erschienen Rianna ein paar Stunden erzwungener Bewusstlosigkeit als verlockende Idee.

Wenn nur die Träume nicht wären.

Joan Storm hatte beschlossen, dass es zu gefährlich war, hinauszugehen und Robbie zu holen – zu gefährlich für *ihn*.

Die Tür quietschte schon, wenn man sie nur berührte, und nur weil der Teenager offenbar hindurchgekommen war, ohne die Aufmerksamkeit des Mörders zu erregen, bedeutete das nicht, dass sie das Gleiche tun konnte.

Zweitens zeigte die Körpersprache des Jungen, den sie durch den Spalt der leicht geöffneten Tür beobachtete, dass er wild entschlossen war, diese verdammte Falltür zu öffnen. Hätte Robbie die Hilfe des FBI gewollt, wäre er zu ihnen gekommen – und wer wusste schon, in welcher psychischen Verfassung er war, nach allem, was er durchgemacht hatte?

Einen Kampf zwischen Agenten und Opfer konnte sie am wenigsten gebrauchen.

»Nachdem mein Vater auf diese Weise gestorben war, war es nicht leicht für mich, mit meinem Leben klarzukommen, wie man es von mir erwartete.«

Er redete wie ein Wasserfall.

Ich wusste nicht, was in Lydias Kopf vorging, aber jedes Fünkchen Gefühl in mir, das auch nur entfernt an Mitgefühl erinnerte, hatte sich in Luft aufgelöst, und ich war kurz davor, zu explodieren. Wenn ich seine Stimme noch lange anhören musste, wenn er weiter seinen Blödsinn von sich gab, wusste ich nicht, wie ich mich davon abhalten sollte, auf den Dreckskerl loszugehen ...

Aber er hielt immer noch die Waffe in der Hand.

»In gewisser Weise hatte ich es natürlich leicht«, schwafelte er weiter. »Über einen Mangel an materiellen Dingen konnte ich nie klagen. Aber ich hatte nie das Gefühl, wie die anderen zu sein, ich fühlte mich nie normal.« Wieder ein Achselzucken. »Aber ich machte weiter, ging nach Harvard, wo ich sogar ziemlich erfolgreich war. Ich fand etwas, das mir wirklich Spaß machte und das ich gut beherrschte. Vater hätte es nicht gebilligt, aber das braucht wohl nicht extra gesagt zu werden.« Er hielt inne. »Allerdings fand ich meinen *Dim Mak*-Meister, und vielleicht hätte der alte Herr das gar nicht so schlecht gefunden.«

Wieder klingelte das Telefon, wieder schaltete sich der Anrufbeantworter ein.

Und wieder achtete Hawthorne nicht darauf.

Doch plötzlich sah er uns an.

»Haben Sie keine Fragen an mich? Vor dem Ende?«

»Mehrere«, sagte ich. Meine Stimme war ein wenig heiser, meine Kehle trocken.

»Dann sollten Sie diese Fragen stellen«, sagte Hawthorne, »und keine Zeit verschwenden.« Seine Stimme blieb ruhig, doch seine Hand legte sich fester um die Pistole.

»Warum gehen Sie nicht ans Telefon?«, wollte Lydia von ihm wissen.

»Es gibt keinen, mit dem ich sprechen möchte«, antwortete er. »Außer Ihnen beiden.« Er lächelte. »Und natürlich Steel und Dakota ... mit den beiden würde ich sehr gern noch einmal reden ... aber ich weiß, dass das unmöglich ist.«

Ich sah den erschrockenen, verwirrten Ausdruck auf Lydias Gesicht, und mir wurde klar, dass sie immer noch keine Ahnung hatte, was am Herald Square geschehen war. »Hawthornes Namen«, erklärte ich ihr rasch, »für Robbie und Rianna.«

»Steel und Dakota waren wirklich fantastisch, wissen Sie, Lydia«, sagte Hawthorne. »Das sollten Sie wissen, vor allem ihr Junge – obwohl Dakota auch großartig war. Mit ein bisschen mehr Zeit wäre auch sie bemerkenswert gewesen. Besser als alle anderen.«

»Warum?«

Lydias Stimme, in der plötzlich heiße Wut lag, versetzte mich in höchste Alarmbereitschaft.

»Warum was?«, fragte Hawthorne. »Sie sollten sich präzise ausdrücken, wo wir nur noch so wenig Zeit haben.«

»Warum haben Sie das getan? Warum haben Sie die Kinder entführt?«

»Sie sind keine Kinder«, sagte Hawthorne. »Sie sind junge Männer und Frauen.« Er hielt kurz inne. »Sie würden es besser verstehen, wären Sie selbst dort gewesen.«

»Nein«, sagte ich, und meine Stimme war hart und klar. »Würde sie nicht.«

»Ich begreife das nicht.« David Steinman war außer sich. »Wenn Sie der Meinung sind, dass es zu spät ist, Robbie vom Dach zu holen, warum folgen Ihre Leute ihm nicht einfach und gehen auf demselben Weg hinein?«

»Aus dem gleichen Grund, aus dem wir nicht durch die Wohnungstür reingestürmt sind.« Der junge Agent aus dem Manhattaner FBI-Büro, den Kline abgestellt hatte, um bei den Steinmans zu bleiben, benutzte das »wir« voller Stolz. »Wir wollen vermeiden, dass Unschuldige getötet werden.«

»Also lassen Sie diesen Jungen alleine hineingehen?« Melanie war ebenso bestürzt wie erleichtert, dass Josh in sein Schlafzimmer gegangen war und jetzt laute Musik spielte – ein schwacher Versuch, seine eigenen Ängste auszublenden, da war sie sicher.

»Sehr wahrscheinlich ist er bereits drin«, sagte der Agent. Um die Wahrheit zu sagen, wusste er das nicht; eigentlich wusste er kaum etwas, außer dass es seine Aufgabe war, diese Familie innerhalb ihrer Wohnung zu halten, fern von allem Ärger, bis der Einsatz vorüber war.

»Was tun Sie dann?«, fragte David.

»Alles, was wir können, das kann ich Ihnen versichern.«

»Es war wie in einem Film«, sagte Hawthorne, »in einem Livefilm.« Er fiel langsam wieder zurück in seine Vergangenheit. »Lange nach Vaters Tod, als diese ... Bedürfnisse zurückkamen, lieh ich mir Videos aus, aber ich musste immer daran denken, was passiert war, nachdem Vater mich mit den Schmuddelzeitschriften erwischt hatte. Also sagte ich mir, ohne die Filme sei mein Leben anständiger. Damals war ich schon bei Eryx und hatte Geschäftspartner, die mich respektierten.«

Er stand abrupt auf, zum ersten Mal, seit ich in die Küche gekommen war. Doch er streckte nur die Beine aus und wechselte die Pistole von der rechten in die linke Hand, lockerte die Finger der Rechten und ließ die Hand im Gelenk kreisen, um die Durchblutung anzuregen, dann legte er die Waffe wieder zurück, wohin sie gehörte.

Die ganze Übung dauerte nicht mehr als sieben oder acht Sekunden.

Zu wenig Zeit, um irgendetwas zu unternehmen. Und mit Sicherheit zu wenig Zeit, um an die halb offene Schublade zu stürzen und zu versuchen, ein Messer zu finden.

»Dann, eines Nachts, als ich lange arbeitete – ganz alleine in meinem Büro, nur mit meinen kleinen Cyber-Freunden Dakota und Steel als Gesellschaft –, da geschah es.« Hawthorne schüttelte den Kopf. »Es geschah einfach.« Er ließ sich wieder auf den Stuhl sinken. »Es widerte mich an. Ich dachte an Vater, fuhr heim nach Chester, stellte mich unter die Dusche und schrubbte mich ab, bis ich blutete. Ich sagte mir, dass ich schlecht sei, und schwor, dass so etwas nie wieder passieren würde.« Noch ein Kopfschütteln. »Doch ich konnte nicht aufhören, daran zu denken, und natürlich *brauchte* ich es. Das tut doch jeder, nicht wahr? Von da an wuchs das Bedürfnis immer weiter, und mir wurde klar, was mir gefehlt hatte. Es tat ja keinem weh, und Hölle und Verdammnis schienen in weiter Ferne zu liegen.« Jetzt lag der Anflug eines Lächelns in diesen blauen Augen. »Und je öfter ich es tat, desto mehr verliebte ich mich in ...«

Ich schnaubte. Allmählich gewannen Hohn und Abscheu in mir die Oberhand.

»Ich weiß, wie sich das anhört, Jake, aber für mich fühlte es sich wie eine Art Liebe an. Diese unglaublichen, perfekten Körper, dieser Mut ...«

»Sie waren nicht wirklich.« Ich *musste* ihn einfach unterbrechen. »Sie waren bloß Cartoons.«

Hawthorne beachtete mich nicht. »Je mehr ich sie liebte, desto besser wurde ich in meiner Arbeit – kreativer, fantasievoller.«

»Fantasievoll?« Ich wusste, dass Lydia nervös wurde, aber jetzt, wo ich angefangen hatte, den riesigen psychologischen Schrotthaufen dieses Mannes auseinander zu nehmen, konnte ich nicht mehr aufhören. »*Kinder* zu entführen, sie einzusperren, zu terrorisieren, zu missbrauchen ...«

»Ich habe sie niemals missbraucht!« Seine Stimme überschlug sich vor Entrüstung. »Ich habe für sie gesorgt. Ich habe ihnen zu essen gegeben, ich ...«

»Sie haben sie getötet!«, brach es aus mir hervor. »Sie haben mehrere Menschen ermordet!«

»Und das fand ich grauenvoll!« Hawthorne spie mir diese Worte beinahe entgegen. »Sie können sich nicht vorstellen, wie schlimm das für mich war! Sie beide nicht! Ich habe Ihnen doch schon erzählt, wie ich mich wegen des Tötens fühlte … dass ich es kaum fertig bringe, ein Insekt zu zertreten …«

»Sie haben sieben Menschen getötet«, schrie ich ihn an, schon halb vom Stuhl aufgesprungen. Ich blieb nur deshalb an meinem Platz, weil er die Hand mit der Waffe wieder von der Tischplatte gehoben hatte und sie fest umklammerte. »Und das sind nur die Morde, von denen die Polizei weiß. So viel mir bekannt ist, könnten Sie auch *siebenundzwanzig* Morde begangen haben!«

»Nein!«, widersprach Hawthorne entsetzt. »Nur diese Menschen.«

»*Nur?*«, wiederholte Lydia.

»Wenn du es nicht bist«, sagte Fitzgerald zu Korda, »und ich es nicht bin, und wenn niemand uns auch nur ein einziges Wort über Hal sagen will, dann …«

Vor einiger Zeit von den FBI-Beamten entlassen, waren die beiden Eryx-Bosse übereingekommen, wieder in die Firma zu fahren statt nach Hause. Es war besser, jetzt zurückzukommen als im harten Licht des Morgens, wo sie allen Mitarbeitern Rede und Antwort hätten stehen müssen.

Kordas Büro sah aus wie immer. Doch die beiden Männer fühlten sich nahezu geschändet. Ängstlich. Schockiert.

»Ich kann es nicht glauben«, sagte Korda.

»Ich auch nicht.«

»Vielleicht irren sie sich ja.«

»Da wäre ich mir nicht so sicher«, sagte eine Frauenstimme.

Korda und Fitzgerald fuhren zur Tür herum und sahen Ellen Zito an den Türrahmen gelehnt vor dem Zimmer stehen.

»Ich habe mich oft über Hal gewundert«, sagte sie.

»Ach, wirklich?«, fragte Korda überrascht.

Zito trat einen halben Schritt ins Büro, als wolle sie erst die Temperatur testen. »Habt ihr ihn denn nicht auch manchmal merkwürdig gefunden?«

»Nicht merkwürdiger als die meisten anderen«, sagte Fitzgerald mit unbewegter Miene.

»Komm und trink ein Glas mit uns, Ellen«, sagte Korda.

Zito kam ein bisschen weiter ins Zimmer und beobachtete, wie ihr Chef ihr einen Brandy einschenkte. »Was wird das für uns bedeuten? Für die Firma? Wenn es wirklich Hal war?«

»Ich weiß es nicht«, sagte Korda und reichte ihr das Glas.

»All diese Kinder«, murmelte Fitzgerald.

»Ich glaube es immer noch nicht«, sagte Korda.

»Nicht alle, die ich töten musste, waren jung«, sagte Hawthorne und leckte sich die Lippen. Sein Atem ging schnell. »Nehmen wir zum Beispiel den Mann, der mir half, die Geräte für die Computersimulation zu installieren. Ich musste ihn erschießen. Er hörte einfach nicht auf, mir Fragen zu stellen.«

Ich hatte mich wieder hingesetzt. Lydia war sehr still; sie wirkte wie betäubt.

»Die meisten Leute haben kaum Fragen gestellt«, fuhr der Mörder fort. »Sie taten einfach nur ihre Arbeit und nahmen das Geld. Die Schallisolierung war einfach genug, und auch mit dem Elektroniker gab es keine Probleme. Ich musste auch keine Genehmigung für die Arbeiten einholen, weil mein Vater dieses Gebäude nicht Mutter hinterlassen hatte, sondern mir – aus steuerlichen Gründen, nehme ich an. Es war der perfekte Ort. Ich hatte das Penthouse und das Stockwerk darunter immer für mich selbst behalten. Niemand hatte das Recht, mich deswegen auszufragen. Aber der Virtual-Reality-Spezialist hat es *doch* getan, und der Mann, der den Kühlraum installierte, wurde ebenfalls zu neugierig, und ... es war entsetzlich für mich.«

»Ach ja?« Lydias Stimme klang, als sei ihr übel.

»Selbstverständlich.« Er schüttelte den Kopf. »Ich hatte nie vor, jemanden zu töten.«

»Sie lügen«, sagte ich leise. »Sie sind ein dreckiger, mörderischer Scheißkerl.«

»Ich weiß«, sagte Hawthorne. »Das weiß ich jetzt. Ich weiß, was ich bin. Ich beschimpfe mich selber. *Ding-Monster* ... so nenne ich mich selbst.«

Lydia starrte mich hilflos an.

»Aber zu Anfang«, sagte Hawthorne, »sollte es bloß ein Spiel sein.«

128.

Robbie kämpfte immer noch, um die Falltür aufzustemmen, ohne Lärm zu machen, aber sie war ziemlich verrostet, seit Josh und er sie zuletzt benutzt hatten. Auch damit hatte Josh Recht gehabt: Die Tür quietschte wirklich, wenn sie aufging – o Scheiße, Scheiße, *Scheiße.*

Während er sich umsah und versuchte, das Ding nicht fallen zu lassen, glaubte Robbie zu sehen, wie sich in der Dunkelheit auf dem Nachbardach etwas bewegte.

Ein SWAT-Team, vermutete er. Ein paarmal blitzte eine Lampe auf, und Robbie begriff, dass sie versuchten, mit ihm Verbindung aufzunehmen. Dann sah er noch etwas aufleuchten – einen kleinen, dünnen Lichtstrahl, drüben bei der Tür, durch die er gekommen war.

Jetzt würde jeden Augenblick irgendein pistolenschwingender Cop auftauchen und versuchen, ihn vom Dach zu zerren. Oder sie wagten das nicht, weil *er* – wenn er da unten war – sie hören könnte.

Plötzlich war er versucht, aufzugeben und es den Profis zu überlassen.

Wenn sie überhaupt hier sind, Mann. Ein bisschen Tränengas, eine hübsche kleine Schießerei.

Wahrscheinlich würde niemand getötet werden, außer dem Bösen.

Wahrscheinlich.

Das reicht mir nicht.

Er klappte die Falltür ganz zurück.

Die Scharniere quietschten.

Robbie wagte kaum zu atmen.

Der Raum darunter – das Gästezimmer – war stockdunkel.

Du bist die Dunkelheit gewöhnt, Steel.

Die alte Leiter hing zusammengeklappt unter der Öffnung, doch wenn die Tür schon so viel Lärm gemacht hatte, wollte er sich gar nicht erst ausmalen, wie sie sich anhörte, wenn er versuchte, sie herunterzuschieben.

Aber wenn er sprang, war es vielleicht noch lauter.

Alle standen bereit, auf Hawthorne zu feuern, sobald sie freie Schussbahn hatten. Sobald der Junge drin war, würde es losgehen, da waren sich alle sicher.

Der Unterhändler hatte endlich angerufen und Bescheid gesagt, dass er gerade erst aus einem stecken gebliebenen Fahrstuhl in der Stadtmitte befreit worden war, in dem sein Mobiltelefon nicht funktioniert hatte.

»Niemand würde *so etwas* erfinden«, sagte Moran.

»Ich hoffe, du hast ihm gesagt, dass es jetzt auch keinen Sinn mehr hat«, sagte Kline finster.

»Ja, es ist zu spät für ein Plauderstündchen«, sagte Storm.

Die ganze Operation war ein einziger Albtraum. Es war schon schwer genug gewesen, auch ohne dass ein durchgedrehter Sechzehnjähriger sich freiwillig dem Fiasko auslieferte. Kline hatte nicht vor, es irgendjemandem einzugestehen, nicht einmal Storm oder Moran, aber seiner Meinung nach – falls ihr Glück nicht in letzter Minute noch umschlug – waren sie geliefert, egal, wie man die Situation betrachtete.

»Glauben Sie, ich weiß nicht, was ich getan habe?«, fragte Hawthorne. »Glauben Sie, ich würde nicht am liebsten *sterben*, wenn ich daran denke? Aber ich konnte meine Kinder doch nicht einfach im Stich lassen. Ich hatte gut für sie gesorgt – fragen Sie sie, sie werden es Ihnen sagen. Ich habe ihnen gut zu essen gegeben, habe ihnen immer Milch und Saft gebracht …«

»Und sie eingesperrt und völlig verängstigt im Dunkeln sitzen lassen«, fügte ich hinzu.

Hawthorne ignorierte mich, er sah Lydia direkt in die Augen.

»Fragen Sie Steel bei Gelegenheit«, sagte er. »Er wird es Ihnen sagen.«

Robbie hatte Joshs Turnschuhe ausgezogen und stieg in die Öffnung. Jetzt hing er mit beiden Händen am Rand der Falltür. Wenn er auf den Boden prallte, würde er sich zur Seite abrollen wie ein Fallschirmspringer, dann würde er vielleicht nicht so viel Lärm machen.

Er ließ sich fallen.

Hawthorne hörte das Geräusch.

Wir alle hörten es.

Ich sah, wie seine rechte Hand sich fester um den Schaft der Pistole schloss, und seine Knöchel wurden weiß.

Er stand auf.

»Wie wäre es«, sagte ich laut, »wenn Sie Lydia erzählten, was die Kinder für Sie tun sollten?«

Hawthorne hörte mir nicht zu.

»Nachdem Sie *mich* in Ihr Versteck geschleppt hatten, in Ihre computeranimierte *Limbo*-Welt«, sagte ich. »Erzählen Sie Steels Mutter, wozu Sie die Kinder zwingen wollten, um die Sie sich so gut gekümmert haben.«

»Wozu wollten Sie die Kinder zwingen?« Lydia verstand. »Wozu, Hal?«

Hawthorne war aufgestanden, doch die Fragen waren zu ihm durchgedrungen und lenkten ihn tatsächlich für einen Moment ab. Er schaute nach unten, in Lydias anklagende Augen.

»Ich wollte sie nicht wirklich dazu zwingen.«

»Wozu zwingen?« Lydias Augen waren weit aufgerissen. Jetzt schauspielerte sie nicht mehr.

»Ich wollte es nicht so weit kommen lassen ...«

»*Was* so weit kommen lassen?« Lydias Hände umklammerten den Tischrand.

Wieder ein Geräusch. Ein dumpfer Schlag diesmal, aus dem hinteren Teil der Wohnung.

Hawthorne bedeutete uns beiden, uns nicht von der Stelle zu rühren.

Ich überlegte fieberhaft.

Wenn Agenten in der Wohnung waren, würden Schüsse fallen.

Warte noch einen Augenblick, dann schnapp dir Lydia und wirf sie auf den Boden, unter den Tisch.

Hawthorne war wahnsinnig, aber er war nicht dumm.

Er trat vom Tisch zurück, schlängelte sich gewandt hinter Lydias Stuhl und drückte ihr die Pistolenmündung an den Hinterkopf.

Genau in dem Augenblick, als Robbie in der Tür erschien.

Er ist drin.

Die Nachricht verbreitete sich wie ein Lauffeuer, Lichtblitze alarmierten die Truppen.

Und noch eine Information.

Bewegungen in dem Raum, der nach Norden zeigt.

Kurz darauf schon wieder verschwunden.

Ins unsichtbare Herz der Wohnung.

Storm gab kurze, scharfe Anweisungen in der FBI-Sprache.

Die alle bedeuteten: *abwarten.*

Kein Befehl war so schwer zu befolgen.

Sogar der stets so korrekte, geschliffene Kline saß mit Frankenheimer unten im MCP und fühlte beinahe körperlichen Schmerz. Er hasste es, eine Situation nicht in der Hand zu haben. Aber er wusste, dass er ein großartiges Team hatte und dass sich alle in höchster Alarmbereitschaft befanden.

Abwarten …

Robbie starrte Hal Hawthorne an.

Er sah *ihn* zum ersten Mal.

Lydia, die am Küchentisch saß, wollte aus einem Reflex heraus aufstehen, doch Hawthorne drückte sie wieder auf den Stuhl und ließ die linke Hand auf ihrer linken Schulter liegen.

Robbie starrte auf die Waffe, die auf den Hinterkopf seiner Mutter gerichtet war. Grelle Wut loderte in ihm auf.

Seine Hand fuhr zu dem Messer in seinem Hosenbund.

»Das würde ich nicht tun, Steel«, sagte Hawthorne.

»Bleib ganz ruhig«, sagte ich leise zu ihm.

»Es geht mir gut, Robbie«, sagte Lydia. »Er wird mir nichts tun.«

»Deine Mutter hat Recht, Steel«, sagte Hawthorne. »Also, tu einfach nur das, was ich dir sage ... schön langsam.« Plötzlich lächelte er, ein völlig unpassendes, jungenhaftes Lächeln. »Wie im Film. Schön langsam.« Das Lächeln verschwand wieder. »Leg das Messer auf den Boden, Steel, und schubs es mit dem Fuß zu mir.«

Robbie sah mich an. Ich nickte. Die Pistole am Kopf seiner Mutter machte ihn fügsam. Er zog das Messer aus dem Hosenbund, bückte sich und legte es auf den Boden, dann trat er mit dem nackten rechten Fuß dagegen.

»Danke, Steel«, sagte Hawthorne. »Du bist ein guter Junge.« Er hielt inne. »Okay, Jake, jetzt bückst du dich, hebst es auf, und legst es in meine linke Hand.« Seine blauen Augen verengten sich ein wenig. »Wenn du mich schneidest oder auch nur *kratzt*, drück ich ab.«

Ich tat, was er sagte.

Hawthornes Waffe blieb auf Lydia gerichtet, während er das Messer in den Hosenbund steckte.

Es fiel mir schwer, diesen Mistkerl zu verstehen. Auf der einen Seite war er ein unberechenbarer Geisteskranker; dann wieder war er kalt wie Eis und dachte glasklar.

»Es geht mir gut, Robbie«, sagte Lydia leise. »Und dir?«

»Mom ...« Robbie schluckte schwer. »Ich liebe dich.«

»Ich liebe dich auch.« Ihre Augen füllten sich mit Tränen.

»Alles kommt in Ordnung.« Ich packte die Chance beim

Schopf, solange Hawthorne es uns gestattete. »Wir müssen nur ruhig bleiben.« Ich schwieg kurz. »Wir haben uns gerade unterhalten, Robbie.«

»Wer ist bei dir, Steel?«, wollte Hawthorne wissen.

»Niemand«, antwortete Robbie.

»Wer ist bei dir?«

»Wenn jemand mit ihm hereingekommen wäre«, sagte ich, »wären sie jetzt hier in der Küche. Polizisten schicken keine Teenager als Vorhut in den Kampf.«

»*Polizisten* sind keine Feiglinge, meinen Sie«, sagte Hawthorne.

Ich sagte kein Wort.

»Dieser Dreckskerl ist der größte Feigling der Welt«, sagte Robbie zu seiner Mutter.

»Sei nicht so gemein, Steel«, sagte Hawthorne. »Das steht dir nicht. Aber so oder so, wir wissen doch alle, dass ich nicht die Polizei gemeint habe.«

»Auch nicht das FBI«, sagte Robbie.

»Du weißt besser als jeder andere, von wem ich spreche.«

Ich verstand zuerst. »Er meint Dakota.«

»Natürlich meine ich Dakota«, sagte Hawthorne. »Wo versteckt sie sich?«

Jetzt ist er wieder verrückt. Wie der sprichwörtliche Märzhase.

Aber nicht verrückt genug, um ihm zu verzeihen. Dafür war er nicht *annähernd* verrückt genug.

»Dakota versteckt sich nirgendwo«, antwortete Robbie. »Nirgendwo, du wahnsinniger Scheißkerl.«

»Vorsichtig, Steel«, zischte Hawthorne.

Seine rechte Hand bewegte sich ein wenig, doch der Lauf seiner Pistole berührte Lydia noch immer. Ich musterte sie und sah, dass ihr Blick fest auf Robbies Gesicht geheftet war. Es lag Faszination darin. Falls dieses Gesicht der letzte Anblick auf Erden für sie wäre, schien ihr Blick zu sagen, wäre sie zufrieden.

Ich nicht.

Das Tränengas in meiner Gesäßtasche fiel mir wieder ein, doch es war wohl zu alt, um noch zu funktionieren, und überhaupt, solange die Waffe da war, wo sie war …

»Wenn Sie meiner Mutter wehtun«, sagte Robbie zu Hawthorne, »sterben Sie auch.«

»Vielleicht ist es mir egal, ob ich sterbe.«

»Wenn das stimmt«, sagte Robbie, »warum nehmen Sie die Pistole nicht von ihr weg und erschießen sich selber?«

»Vielleicht ist es nicht die Art und Weise, wie ich sterben will.«

»Vielleicht wollte *ich* auch nicht gekidnappt und eingesperrt und halb zu Tode geängstigt werden«, sagte Robbie. »Vielleicht wollte Rianna das auch nicht … genauso wenig wie all die anderen!«

»Dakota, nicht Rianna«, berichtigte Hawthorne. »Ich verstehe deine Argumentation, Steel.«

»Ich bin nicht Steel.«

Wieder ein Lächeln. »O doch, das bist du, und es tut gut, dich zu sehen, selbst unter diesen Umständen.« Hawthorne schwieg kurz. »Wie bist du hier reingekommen, Steel? Es gibt keinen Hintereingang.« Er überlegte. »Auch keinen Balkon, also muss es das Dach sein.«

Robbie antwortete nicht.

»Gut«, sagte Hawthorne. »Frische Luft. Genau was der Doktor verschrieben hat.«

Er machte einen Schritt rückwärts und ließ die Waffe blitzschnell von Lydias Hinterkopf an ihre rechte Schläfe wandern. »Kommt mit, alle. Steh auf, Lydia.« Er nickte mir zu. »Du auch, Jake.«

Ich stand auf, den Blick auf die Pistole und auf Lydias Gesicht geheftet.

»Steel, du gehst voran. Dann der Professor. Lydia und ich bilden das Schlusslicht. Falls jemand irgendwelche Tricks versucht, schieße ich. Verstanden?« Hawthorne trieb uns vor sich her aus der Küche in den Flur. »Ich will aufs Dach, ein bisschen gute, frische New Yorker Luft atmen.«

Robbie ging voraus zum Gästezimmer, in dem ich in dieser Nacht geschlafen hatte ... einen *Teil* dieser Nacht. Hawthorne zögerte, drehte sich kurz um, ging dann weiter.

»Ich muss jetzt wirklich hier raus«, sagte er hinter mir, hinter Lydia und der Pistole, »sonst könnte es wirklich passieren, dass ich diese nette Lady hier erschieße, und das will ich ehrlich nicht. Ich bin zu Ihnen gekommen, Lydia, weil ich wusste, dass Sie klug und tapfer sind, und weil ich dachte, Ihnen eine Erklärung zu schulden.« Seine Stimme klang plötzlich wie ein Gummiband, das man zu lang gezogen hatte. »Es macht das *Ding-Monster* krank, wenn es Menschen erschießen muss, aber es tut es trotzdem, wenn es sein muss. Wie *Vater* es ihm beigebracht hat.«

Wieder Bewegung in demselben Zimmer nach Norden, doch es lag immer noch im Dunkeln.

Drei ... nein, vier Personen.

Sie bewegten sich. Nicht nahe genug an den Fenstern, um sie richtig sehen zu können ... dicht beieinander, zu dicht, um einen Schuss zu riskieren ...

Kline, der immer noch im MCP saß, spürte, wie seine Haut zu kribbeln begann.

Ein neuer Lagebericht.

Offenbar gingen sie aufs Dach.

Kline sprang auf und rannte los.

»Es wäre leichter, wenn das Licht an wäre«, sagte Robbie.

»Falls jemand einen Schalter berührt«, sagte Hawthorne, »erschieße ich Lydia.« Er atmete keuchend ein. »Zieh die Leiter runter, Steel.«

Ich sah zu, wie Robbie versuchte, sie zu erreichen. Sogar in diesem Halbdunkel war offensichtlich, wie dünn er war, wie wenig Kraft er noch in Schultern und Armen hatte.

»Lassen Sie mich ihm helfen«, sagte ich.

»Steel schafft das schon«, beharrte der Bastard.
»Ich versuche es ...«, Robbie zerrte an der Leiter, doch sie gab nicht nach, »aber sie klemmt fest.«
»Lassen Sie Jake helfen«, sagte Lydia mit beinahe hysterischer Stimme.
»Also gut«, willigte Hawthorne ein. »Steel scheint nicht ganz er selbst zu sein. Vielleicht kann er ein bisschen Hilfe gebrauchen.«
Ich ging zu Robbie und stellte mich neben ihn. Unsere Blicke trafen sich.
»Ich sagte, ihr sollt die verdammte Leiter runterholen.«
Wir zerrten zu zweit daran, drückten sie nach oben und rissen sie dann mit aller Kraft herunter.
»Wir brauchen noch Hilfe«, sagte ich.
»Vergessen Sie es«, fuhr Hawthorne mich an. »Ich bin nicht dumm, Professor. Gestört vielleicht, aber nicht dumm.«
»Was wollen Sie denn erreichen?«, fragte Lydia, trotz der Pistole an ihrem Kopf.
Ich betete, dass sie nichts weiter sagen würde – ich wünschte mir nichts mehr, als dass Hawthorne aufs Dach kletterte und sich zur Zielscheibe machte.
»Frische Luft«, antwortete Hawthorne. »Und ein Ende.«
Amen.
Die Leiter flog mit einem lauten Krachen herunter, erschreckte uns alle.
Lydia ergriff die Chance, riss sich von Hawthorne los und rannte zurück in die Dunkelheit des Flurs. Ich senkte den Kopf, stürmte los und rammte ihn so fest gegen die Brust des Verrückten, dass er taumelte und das Gleichgewicht verlor, doch die Waffe hielt er immer noch in der Hand.
Das Tränengas.
Ich zog es aus der Hosentasche, riss den Deckel ab, zielte auf Hawthornes Gesicht und sprühte.
Unbrauchbar.
Aber genug, um einen Schreck-Reflex auszulösen.

Das Geräusch des Pistolenschusses dröhnte im Zimmer, ließ die Fenster klirren.

Robbie schrie auf.

Er fiel zu Boden.

»*Nein!*«, schrie Lydia. »*Robbie!*«

»Lydia, lauf weg!« Ich beugte mich nach unten und versuchte, die Wunde des Jungen zu finden. »*Lauf!*«

»Du Schwein!« Sie stürzte sich auf Hawthorne. Die Pistole war ihr jetzt egal. Wild drosch sie auf ihn ein, schlug ihm ins Gesicht, auf die Brust, überallhin, und er ließ es zu, war zu fassungslos, um sich zu wehren. Aber die Waffe war nach wie vor in seiner rechten Hand.

»Lydia, hör auf!«

Ich stand auf, und meine Bewegung brachte Hawthorne wieder zurück in die Realität. Er gab eine Art Brüllen von sich und packte Lydia. Sein starker linker Arm legte sich um ihre Taille und zog sie auf die Leiter zu. Dann kletterte er hinauf und zog Lydia hinter sich her.

»Geh ihnen hinterher!«

Robbies Stimme, vom Fußboden.

Ich starrte zu ihm hinunter.

»Es geht mir gut, Jake. Geh!«

Ich lief zur Leiter und kletterte hinauf.

Sah Lichter über mir aufblitzen …

Schob mich durch die Falltür, blinzelte geblendet …

Vor mir sah ich Hawthorne und Lydia, als Silhouetten, viel zu nahe zusammen … und er bewegte sich, dieses Stück Dreck. Er lief mit ihr vor und zurück, drehte und wandte sich, sodass niemand auf dem benachbarten Dach, von wo ein Teil des Lichts kam, einen sauberen Schuss abfeuern konnte …

»Lassen Sie die Waffe fallen, Hawthorne!« Aus der anderen Richtung, irgendwo links von mir, erklang eine Frauenstimme. Volltönend und gebieterisch hallte sie übers Dach und den schwarzen Abgrund zwischen den beiden Gebäuden. »Lassen Sie die Frau los, und legen Sie die Waffe auf den Boden, dann wird niemand schießen.«

»Niemand wird schießen, solange ich die Frau festhalte«, schrie Hawthorne zurück und wirbelte noch einmal herum, zog Lydia zur äußeren Mauer, wobei er sich immer wieder im Kreis drehte, sodass die Schützen kein sicheres Ziel hatten.

»Ich dachte, Sie hassen es, wenn man Sie für einen Feigling hält«, rief ich aus. »Ich kann mir keine größere Feigheit vorstellen, als sich hinter einer Frau zu verstecken.«

»Nur solange ich mir überlege, wie es weitergeht«, antwortete Hawthorne, der sich immer noch drehte.

»Geben Sie auf«, sagte ich. »Sie haben keine Chance mehr.«

»Ich dachte eher daran«, wieder eine Drehung, »wieder auf das allerhöchste Sprungbrett zu steigen, für einen letzten Sprung.«

Mir drehte sich der Magen um. »Großartige Idee«, sagte ich, »aber lassen Sie zuerst Lydia gehen.«

»Lassen Sie Mrs Johanssen gehen, Hawthorne!«, befahl die andere Stimme.

Hawthorne drehte sich immer weiter, kreiselte fast über das Dach. Langsam musste ihm schwindelig werden. Lydias Gesicht war aschfahl, als er sie hin und her wirbelte.

»Ist Lydia eine gute Springerin, Jake?«

»*Nein!*«, schrie Robbie. Er stand auf der obersten Stufe der Leiter in der offenen Falltür.

Ein Krachen von unten.

Robbie und ich drehten uns instinktiv um und sahen nach unten, von wo der Lärm kam. Wir alle hörten, dass Menschen durch die Wohnung unter uns rannten.

Noch ein Geräusch. Lydia schrie auf.

Ich fuhr herum.

Hawthorne stand auf der Mauer, die Pistole immer noch in der rechten Hand, aber jetzt hing sie locker von seinen Fingern, baumelte hin und her.

»Lydia!«, schrie ich, ließ den Blick schweifen und entdeckte sie.

Sie war noch auf dem Dach, saß zusammengekauert vor der Mauer und starrte hinauf zu Hawthorne.

Nur eine Sekunde, aber endlos lang.

Die Scharfschützen auf dem anderen Dach zielten.

»Schau mir zu, Vater!«

Hawthornes Stimme schien ein wenig höher zu klingen, fast wie die eines Jungen.

Als er zu seinem letzten Sprung ansetzte.

Doch selbst den schaffte er nicht. Der Kugelhagel, der in ihn einschlug und ihn zerfetzte, riss ihn in einer wilden, spiralförmigen Drehung hinunter in die Dunkelheit.

129.

An dem Tag, als Lydia Robbie aus dem Krankenhaus abholte, erwarteten Rianna, Ella, Josh und ich die beiden in ihrer Wohnung, wie wir es vorher ausgemacht hatten.

Wir hatten etwas Wichtiges zu erledigen.

Ein weiterer Besuch auf der Dachterrasse stand an – dieses Mal von der Treppe aus. Ich hatte Aaron Johanssens Arbeit erneuert, die Falltür wieder zugenagelt und dabei ziemlich ordentliche Arbeit geleistet.

Auf die Dachterrasse hatte ich eine große, alte Metallkiste mitgebracht, die ich mir von Albert Loomis geborgt hatte – eine Kiste, wie Gärtner sie benutzen, um Laub und Unkraut darin zu verbrennen.

Wir zündeten ein Feuer an, eine kleine, kontrollierte Flamme.

Und dann warfen Robbie, Rianna, Josh und Ella unsere *Limbo*-Exemplare hinein.

Eine symbolische Handlung.

Das Feuer rauchte stark, roch aber überraschend schwach, wenn man bedachte ...

Es fühlte sich gut an. Und wenn ich Lydia, unsere Kinder und Josh anschaute, sah ich, dass es ihnen nicht anders erging.

Gott sei Dank.

Die Psychologin, die Robbie im Krankenhaus und Rianna zu Hause in New Haven besucht hatte, äußerte die Sorge, dass unsere Kinder aufgrund der durchstandenen Torturen langfristige Schäden erlitten haben könnten. Lydia und ich sprachen ausführlich darüber, auf welche Verhaltensweisen wir achten mussten. Sie erzählte, die Psychologin habe die Besorgnis geäußert, Robbie könne einen gewissen Glauben an seine *Steel*-Rolle entwickelt haben.

Ich gebe zu, dass dies eins der vielen Dinge war, die mich in jener langen Nacht erschreckt hatten: Robbie mit nackten Füßen und dem Messer im Hosenbund in der Tür stehen zu sehen. Ich wusste auch, dass Josh ähnliche Ängste geäußert hatte, nachdem sein Freund darauf bestanden hatte, alleine auf das Dach zu gehen.

Doch zu unserer unendlichen Dankbarkeit hat er seither kein ähnliches Verhalten mehr gezeigt.

Doch Lydia behält ihn genau im Auge. Wir alle.

Überhaupt beobachten wir unsere Kinder in jedem Augenblick, in dem es uns möglich ist. *Zu* genau wahrscheinlich, zumindest für die beiden. Wir alle sind nicht ganz unbeschädigt aus dieser Sache herausgekommen, in unterschiedlichem Maße. Wir gesunden langsam, sanft – und *zusammen*.

Die Psychologin meinte, die Kinder könnten die Beerdigungen der von Hawthorne ermordeten Teenager besuchen, wenn sie wollten. Sie war der Ansicht, es könne ihnen eher nützen als schaden. Manche Leute, sagte sie, litten unter irrationalen Schuldgefühlen, weil sie traumatische Erlebnisse überlebt hatten, bei denen andere gestorben waren, und an den Trauerzeremonien teilzunehmen könne ihnen beim Verarbeitungsprozess helfen.

Rianna und Robbie nahmen an der Trauerzeremonie für Michael Cooper teil.

Und fanden sie unerträglich.

Vor allem, das wusste ich, konnten sie den Ausdruck auf den Gesichtern von Fran und Stu nicht ertragen – ich wusste es deshalb so genau, weil auch ich den Anblick nicht ertragen konnte.

Daher gingen sie zu keiner der anderen Beerdigungen.

Lydia und ich hingegen besuchten alle Beisetzungen. Bekundeten unser Beileid. Boten unsere Hilfe an. Wohl wissend, dass es keine Hilfe gab. Wir fürchteten, die anderen Eltern würden es uns übel nehmen, dass wir unsere Kinder zurückbekommen hatten.

Uns ist klar, dass wir unglaubliches Glück haben.

Glück ist nicht einmal annähernd das treffende Wort.

Wir haben auch auf andere Weise Glück.

Einander gefunden zu haben. Ganz gleich, wie es passiert ist.

Auch Korda, Fitzgerald und Ellen Zito kamen zu den Beerdigungen und wirkten aufrichtig schockiert.

Das Spiel *Limbo* und seine Nachfolgeversion waren vom Markt genommen worden. Der gesamte Lagerbestand wurde vernichtet, und Korda und Fitzgerald verkündeten Pläne für ein großes Projekt, das Teenagern in Not helfen sollte – finanziert von Eryx Software im Namen der Opfer. Jedoch nicht bevor Anwalt Tillman eine Erklärung abgegeben hatte, in der betont wurde, dass weder seine Mandanten noch das Unternehmen Verantwortung für die Taten ihres früheren Geschäftspartners Hal Hawthorne trügen.

»Wahrscheinlich haben sie ein neues Spiel in der Hinterhand«, sagte ich zu Lydia, nachdem wir von dem Projekt erfahren hatten. »All diese Selbstgeißelung hat sicher genügend positive Resonanz hervorgerufen, um die schlechte PR wettzumachen.«

»Ich weiß nicht«, sagte sie. »Auf den Beerdigungen sahen sie sehr betroffen aus.«

»Ich hoffe, sie sind es«, sagte ich.

Rianna und Robbie sehen sich, so oft sie können.

Lydia und ich freuen uns für sie, dass sie gute Freunde sind, doch wir fürchten, das alles, was darüber hinausgeht, kompliziert werden könnte. Besonders wenn ihre Beziehung zu einer Trennung führen sollte wie bei den meisten Teenager-Beziehungen. Und kompliziert wurde sie angesichts der immer engeren Beziehung zwischen Lydia und mir.

Vielleicht sind wir selbstsüchtig, aber ich hasse den Gedanken, dass das Unglück sich zwischen uns stellt und verdirbt, was wir haben und was wir, hoffe ich, zu gegebener Zeit bekommen werden.

Eine Familie.

Im Augenblick – so sehr ich Robbie auch liebe – mache ich mir manchmal Sorgen, dass Rianna zu viel Zeit mit der Person verbringt, mit der sie die schrecklichste Zeit ihres jungen Lebens erlebt hat. Ich frage mich, ob es nicht besser für sie wäre, einen Schlussstrich unter diese Erinnerungen zu ziehen.

Norman Baum sagt, ich mache mir unnötige Sorgen. Schließlich lebten wir nach wie vor in zwei verschiedenen Städten, sagt er. Es wird sich alles finden, sagt er.

Kluge Worte, nehme ich an.

Rianna sagt, dass ich mit meinen Sorgen völlig falsch liege. Es gebe auf der ganzen Welt niemanden, dessen Gesellschaft ihr so gut tun würde. Robbie sei der Einzige, der sie wirklich versteht.

Aber ich bin derjenige, der nachts in ihr Zimmer rennt, wenn sie schreiend aufwacht.

Vor einiger Zeit hat sie eingestanden, dass sie fast jede Nacht träumt, Dakota zu sein, und dass es meist schlimme Albträume sind.

Manchmal jedoch, sagt sie, wacht sie auf und lächelt.

Weil sie geträumt hat, dass Steel kommt, um sie zu retten.

Auch Ella hat diese Geschichte verändert. Ihre kindischen Wutausbrüche scheinen endgültig der Vergangenheit anzugehören, ebenso wie ihre verfrühte Erwachsenen-Phase. Sie hängt jetzt mehr an mir und ihrer großen Schwester, und auch an Kim – sie behauptet zwar, sie leide nicht darunter, was passiert ist, aber sie lässt uns nur noch ungern länger aus den Augen.

Ich weiß genau, wie sie sich fühlt.

Ich selbst habe selten Albträume, aber das liegt vor allem daran, dass ich nicht viel schlafe. Ich bin 38 Jahre alt und habe nachts manchmal Angst, das Licht auszuschalten – als ich fünf war, hatte ich nie solche Probleme.

Nur in den Nächten, die ich mit Lydia verbringe, habe ich keine Angst.

In den Nächten, in denen wir alle zusammen sind, alle unter einem Dach.

Ich glaube, in diesen Nächten fühlen wir alle uns sicherer.